나를 위한 위로곡

지 만 원

자연은 논리에 따라 운행되지만
인생은 미리 정해진 운명에 따라
운행된다는 것을
세월이 흐른 뒤에야 발견할 수 있었다.

도서출판
시스템

나를 위한 위로곡

발행처/ 도서출판시스템
발행인/ 지만원

초판1쇄 발행 / 2025년 7월 31일

출판등록/ 제321-2008-00110호(2008. 8. 20)

주소/ 서울특별시 서초구 방배4동 854-26 동우빌딩 503호
대표전화/ (02)595-2563   팩스/ (02)595-2594
홈페이지: systemclub.co.kr

잘 못 만들어진 책은 구입하신 서점에서 교환해드립니다.

나를 위한 위로곡

지 만 원

자연은 논리에 따라 운행되지만
인생은 미리 정해진 운명에 따라
운행된다는 것을
세월이 흐른 뒤에야 발견할 수 있었다.

도서출판
시스템

목차

나를 위한 위로곡

프롤로그 / 11

제1장 사랑의 요람 / 15
사랑받는 아기로 태어나 / 15
사랑밭에서 자란 소년 / 17
사랑을 준 선생님들 / 20

제2장 최악의 고난기 14~17세 / 27
서울서 온 이웃 / 27
동네형 따라 서울로 무임승차 / 28
서울의 가시밭길 / 30
사랑의 신세계 / 34
하늘의 단련 / 38
하늘의 기적 / 40

제3장 육사시절 / 51
짐승훈련 1개월 / 51
꿈같은 육사 생도대 / 56
스승 정화명 선배님 / 58

위기 속의 인연 / 60

생애 최고의 요람, 육사생도 신분 / 62

생도의 연애 / 64

하급생을 연설 상대로 / 70

키 작은 지휘관 생도의 영광 / 74

제4장 대한민국 육군 소위 / 81

초등군사반 과정, 광주 4개월 / 81

유격훈련 / 83

양평 소위 / 87

연인에 바친 모험 / 90

소위의 리더십 / 93

하극상 / 98

월남으로 가는 배 / 105

홍길동 작전 / 109

전략마을 작전 / 116

부하 생명 경시한 대위 중대장 / 121

피로 물든 하천 / 126

피의 계곡 / 127

공수부대 출신 수색중대장 / 132

월남어 교육대 / 136

목차

제5장 따이한 육군 중위 / 141

파격적인 보직 / 141
미군 소령에 대한 하극상 / 143
한국 포에 눈을 단 중위 / 145
전쟁터의 낭만 / 148
시대의 미녀 정인숙과의 만남 / 150

제6장 따이한 육군 대위 / 161

아시아 흑진주 사이공 / 161
담배 부관 / 164
장군의 공관 에피소드 / 167
다시 전쟁터 / 172
젊음의 꽃 포대장 / 174
부대 환경 건설 / 181
대위의 지휘 방식 / 187
내 새끼 의식 / 192
보이지 않는 박격포 제압 / 198
산포 전술 / 201
진중 토의 문화 / 207
포병의 소총 실력 100점 / 212

순발력과 운명 / 217

국방부 근무 / 222

제7장 제1차 유학 석사 과정 / 233

미국 서부 땅 몬터레이(Monterey) / 233

왜 하필 미 해군대학원인가? / 238

미국에서의 교우관계 / 244

미국의 문화 속으로 / 252

기적으로 찾아온 행운 / 260

폐쇄된 영혼들 / 263

악마와 천사 / 269

새옹지마 / 273

제8장 제2차 유학 박사과정 / 279

재수 없는 선배의 질투 / 279

고슴도치 배 / 281

4개의 지옥문 / 284

인생이 피워낸 가장 화려한 꽃 / 286

미 해군에 기여한 발명 / 292

너를 위한 졸업식 / 295

무엇이 특별했던가? / 297

목차

제9장 중앙정보부 / 303

제2의 차지철 / 303
한시적인 특별 보좌관 / 305
세 갈래 길 / 308

제10장 국방연구원 / 313

가자마자 홈런 / 313
전군 예산개혁 5년 / 317
3인의 전라도 박사 카르텔 / 320
1년 선배 오 박사와의 결투 / 322
연구원장과의 담판 / 325
2년 후배 황 박사와의 결투 / 327
윤성민 국방장관의 격노 / 329
지만원 주도의 국방개혁 / 332
악연의 공군 방공자동화사업 / 334
율곡사업 13년의 평가 / 336
군복이여 안녕 / 338
신내림의 인연 / 340

제11장 3년의 미국 교수시절 / 347

학습의 연장 / 347
시애틀 미 공군기지 / 348

제12장 프리랜서 10년의 영광 / 355

F/A-18을 F-16으로 바꾼 경위 / 355
사회적 프리마돈나 시절 / 363
좌익계 거물들 몰려와 / 370
1995.5.24. 스위스그랜드호텔 국제세미나 기조연설(일부) / 373

제13장 5·18의 진실 탐구 / 383

김대중을 불신하게 된 이유 / 383
5·18을 연구하게 된 동기 / 387
책을 낼 때마다 고소하는 광주 / 390
수학적 접근이 판도라 상자 열어 / 393
권영해와 김경재가 밝힌 5·18진실 / 395
2020년, 미 CIA보고서가 밝힌 5·18 진실 / 397
현장 사진들에 나타난 북괴 전투매니아 / 398
현장 사진들에 나타난 수백 명 규모의 북한 민간인 집단 / 403
북한 민간인 집단 어떻게 광주까지 왔나? / 405

목차

5·18이 과연 민주화 운동인가? / 407
광주의 유언비어, 북한이 제작 / 410
도청 앞 집단 발포 주장이 전라도 사기극이라는 사실 밝혀낸 5·18 조사위 / 415
도청 앞 발포 모략 작전은 인민군의 전설 리을설 원수의 작품 / 417

제14장 최후의 승리 / 423

광수가 등장한 사연 / 423
노숙자담요의 화려한 안면인식 기술과 집요한 진실 규명 노력 / 424
너는 어떻게 감옥에 가게 되었지? / 434
안면인식 기술 모르면서 무조건 부인하는 자칭 애국지식인들 / 436
국과수 문기웅 감정관, 1, 2심 판사들 모두 다 반국가 반역자 / 438
노담의 기술을 과학으로 인정해준 조선일보 만물상 등장 / 441
점령군식 위헌 판결 사례: 재심의 명확한 사유 / 442
5·18때 광주에 왔던 유명 탈북자들도 지만원 죽이기에 나서 / 446
TV 유명세 타는 탈북자들은 국정원과 북이 공모하여 남파시킨 트로이목마 / 449
5·18 조사위원회의 자기 발등 찍기 / 452
권영해 전 안기부장의 증언 어떻게 이해해야 하나? / 453
북한군 490명 어디에서 전사했을까? / 456
계엄군은 왜 490명의 북한군 시체를 확보하지 못했을까? / 458
179명의 행방불명자, 왜 발생했을까? / 459

우익 진영이 낸 유일한 5·18 책 / 460
문화 간첩 황석영과 윤이상은 김일성의 괴벨스 / 462
가시밭길에서 널리 알린 5·18 진실 / 465
방송이 도울 줄이야 / 467
광주와 박근혜의 콜라보 / 468

제15장 운명 / 473

왜 고난의 길을 걸었나? / 473
왜 외로운 연구자가 되었나? / 476
승리의 고지 이미 탈환 / 479

제16장 옥살이 스케치 / 483

에필로그 / 486

프롤로그

태어나서 한동안은 세상을 관찰하면서 살았다. 세월이 흘러서야 비로소 자신을 관찰하게 되었다. 너무나 바쁘게 살아온 내가 나를 집중해서 관찰할 수 있었던 것은 80대가 처음이었다. 나는 깨달았다. 자연은 논리에 따라 운행되지만 인생은 미리 정해진 운명에 따라 운행된다는 것을!

나는 어두운 감옥에 있다. 국가를 위해 5·18을 21년 동안 연구한 것이 광주의 명예를 훼손했다는 것이다. 억울하고 분하지만 남을 원망하면 내가 망가진다. 내가 옥에 있는 것도 하늘의 뜻이라고 생각했다. 나에게 해코지를 한 그들이 아니라 해도 누군가가 그 일에 동원됐을 것이다. 하늘은 그들을 따로 심판하기 위한 연자매를 마련하여 빈틈없이 돌리고 있을 것이다.

감옥은 내가 나를 위로해야만 견딜 수 있는 막다른 골목이다. 나를 위로할 수 있는 사람은 오로지 나 한 사람뿐이다. 지만원A가 지만원B를 위로하는 글을 쓰기 시작했다. 독서에 몰입해 있던 사관생도 시절, 청년이면 누구나 한 번씩은 고민했던 인생의 의미에 대해 나는 이렇게 정리했다. "하늘은 내게 백지 한 장을 주셨다. 그 백지 위에 아름다운 그림을 그려 절대자에 가져가 결산해야 한다. 결산의 멍에를 지고 태어난 존재가 곧 인생이다."

얼마나 아름다운 그림을 그렸는지 찾아내기 위해, 수많은 돌틈속에 숨어있는 '자아'(ego, self esteem)를 발견하기로 했다. '자아의 재발견' 만이 어둠 속에 갇힌 나를 위로할 수 있는 유일한 자산이었다. 감옥은 자아 발견의 공간이자, 자아를 창조하는 공간이었다. 쉴 틈 없이 책을 썼다. 사과 박스 2개를 포개놓은 것이 책상이었고, 플라스틱 쓰레기통을 엎어 놓은 것이 의자였다. 필기 도구는 싸구려 볼펜. 모두 5권을 써서 그중 3권을 출간했다. 이 책이 감옥에서 집필한 네 번째 책이다.

모든 인생은 외롭다. 그래서 때로는 다른 사람들의 삶에서 자신을 위로할 수 있는 자양분을 얻고 싶어 한다. 이러한 맥락에서 이 책이 독자들로 하여금 그동안 잊고 살아온 '자아'를 새롭게 발굴할 수 있는 계기가 될 수 있기를 소망한다.

제1장 사랑의 요람

제1장 사랑의 요람

사랑받는 아기로 태어나

너는 7남매 중 막내. 어머니가 47살에 낳으셨어. 강원도 횡성군 공근면 도곡리 산골에서 화전민의 자식으로 태어나 강보에 싸인 나이로부터 12살 때까지 11번씩이나 이사를 다니는 떠돌이 가정에서 자랐지. 경기도와 강원도가 접하는 영화마을 구둔. 지금까지도 문명의 발톱이 닿지 않은 은둔의 고향! 그 좁은 마을 안에서 11번씩이나 집을 옮겨 다니면서 살았으니 얼마나 가난했겠니. 마을 한가운데 냇물이 흐르고, 냇물 주위에는 하얀 돌, 하얀 모래 그리고 찔레나무 숲이 깔려 있었지. 거기가 너의 놀이터였어. 입을 옷도 없고, 신발도 없는 알몸의 아이었지. 투명한 물이 자박자박 흐르는 내에서 하얀 돌멩이 들쳐가며 가재 잡고, 모래로 가두리장 만들어 깨알 같은 송사리떼와 함께 하루를 보냈지. 동네 누나들과 형수들이 빨래를 하다 너를 보면 모두가 다 너를 가까이 오라 불렀어. 그만큼 네가 귀엽고 사랑스러웠던 거야. 그런 게 다 네 가슴속에 뿌려진 사랑의 씨앗이었어. 누구나 다 그런 사랑 받은 게 아니었다구. 그 천진하고 해맑았던 네 모습을 상상해 보자구.

엄마는 또 어땠어? 늘 몸이 부실해 배앓이를 하는 너를 업고 개울 건너 큰 동네 할머니댁에 가서 침을 맞혔잖아. "우리 이쁜 막내는 울지도 않고 얼마나 의젓한데~ 그치? 막내야." 엄마의 그 칭찬을 헛되게 하지 않으려고 침 끝이 따갑게 찌를 때마다 눈만 끔벅끔벅 감았잖아. 너를 떼어놓고 잔칫집에 갔다 오시면 "우리 막내 보고 싶었다"며 네 몸 전체를 눈 속에 집어넣으려는 듯 사랑의 꿀이 절절 흘렀지. 잔칫집에서 당신의 몫으로 받은 사과쪽, 배쪽, 송편을 허리춤에 돌돌 말아갖고 오셔서 네게 먹이곤 하셨지. 사과쪽도 따뜻해졌고, 배쪽도 따뜻해졌지만 너는 잘도 받아 먹었어.

매일 아침 부엌 옆 나뭇가지에 실 걸어 놓으시고. 정화수 떠놓고 간절히 비셨잖아. 우리 막내 건강하게 잘 크게 해 달라고. 추수 때면 시루떡을 지어, 새벽 칠흑에 아버지에 짐 지우고 험악한 고래산 자락으로 숲길 헤치고 관솔불 비치며 어느 바위 밑에 내려놓고, '우리 막내 잘 크게 해달라'고 간절하게 비셨지. 그런 엄마니까 지금도 하늘에서 너를 지켜주고 계실 거야. 어머니는 그렇게 착하게 사셨으니까 영계에서도 마을 유지처럼 대접받고 계실 거야. 지금도 삼신할머니와도 같은 엄마가 너를 지켜보고 계실 거라구.

사랑밭에서 자란 소년

 너보다 일곱 살 위인 넷째 형, 사근사근하고 눈치가 빨라 경찰서 소사를 했고, 거기서 보고 들은 게 있어서, "막내만은 학교에 보내야 한다" 며 어리광에 젖은 너를 업고 개울 건너 일신국민학교에 입학시켰지. 1학년 때 선생님들은 응석뿐인 너에게 흰 수염을 달게 해놓고 학예회에서 똘똘이 할아범 연극을 시키셨잖아. 수많은 이웃 동네들에서 어른들이 와서 구경했기에 너는 그 일신리 고을에서 어딜 가나 '똘똘이 할아범' 이라며 귀염을 받았지. 이렇게 뭇사람들로부터 귀여움과 사랑을 받은 것이 다 어디로 갔겠어. 수도 없이 많이 받은 그 귀염들이 네 몸속에 사랑의 세포로 심어졌을 거야. 네가 뭔가 못마땅해 울면 엄마와 아빠가 다 달려오시고, 형들 누나가 다 달려와 달래주었잖아. 그것만이 아니지. 동네형들이 아무것도 모르는 너에게 와서 방학 숙제도 해주고, 데리고 다니면서 놀아도 주었지.

심지어는 지나가는 미군 아저씨로부터도 사랑을 받았어. 기억나? 계단처럼 층층으로 개간된 다락논에 미군 아저씨가 불도저 몰고 이리 왔다 저리 갔다 할 때, 동네에서 쌈 잘한다는 날랜 형이 미군 아저씨를 향해 그랬잖아. "헤이~ 초코레토 시가레토 메니메니 오케이?" 그러자 그 미군 아저씨, 카이젤 수염 기르고 구레나룻 무성한 얼굴로 형들을 향해 불도저를 막 돌진시켰었지. 거대한 삽을 올렸다 내렸다 겁을 주면서! 너도 형들과 휩쓸려 높은 논에서 낮은 논으로, 다시 낮은 논에서 높은 논으로 뛰어다니다 형들은 다 도망가고 너만 힘이 빠져 도자가 무섭게 다가오는데도 울기만 했었지. 그 무서운 미군 아저씨가 차를 세우고 내려오더니 너를 어루만졌어. 다시 차로 돌아가더니 학용품과 구슬 등이 가득 차 있는 박스를 가져다 네게 들려주었지. 그걸 형들이 빼앗지 않고 집에까지 들어다 너에게 다 주었잖아. 동네형들이 산에도 데려가고, 열매도 따서 먹여주고, 먹는 것만 감자, 옥수수, 수수밥, 조밥 등 악식이었지 사랑은 원도 없이 많이 받았잖아. 형들이 머루, 다래, 으름 등 산에서 나는 맛있는 열매들을 따면 막내부터 챙기고, 나뭇등걸에서 커다란 애벌레 나오면 그것도 구워 먹이고.

여름에 소나기가 오면 처마에 물 떨어지는 것을 바라보는 게 유일한 볼거리였지. 세찬 바람에 굵은 빗줄기들이 이리저리 쏠려 다니면 그것이 지금의 나이아가라 폭포에 비견되는 장엄한 볼거리였어. 재만 남은 화로에 감자 한 개 묻어놓고 볏짚 처마에서 떨어지는 굵은 빗물이 땅에 조그만 구멍을 팔 때 그것이 신기하다고 쪼그려 앉아 한없이 바라보다 잠이 들곤 했지. 형들이 꺼내 숨겨놓고, 감자가 다 타버리고 없다고 놀리기도 했잖아.

산자락 중턱에 지어진 외딴집. 마당에서 내려다보면 푸른 숲과 하얀 돌밭으로 코디한 맑은 냇물이 내려다보였지. 하늘을 찌를 듯 솟아오른 몇 그루의 미루나무들에서는 반짝이는 이파리들이 파들거렸고, 개울가 숲에서는 언제나 신비한 기운이 서려 올랐어. 그런 상상이 너에게 목가적 낭만의 생리를 심어줬을 거야. 마을 건너 동쪽 산자락을 휘말아도는 둑 위에는 검정색 중앙선 열차가 오고 갔지. 그 기차는 어린 너에게 신기한 꿈의 물건이었어. 북쪽 터널에서 나온 기차는 오르막

길에서는 검은 연기를, 내리막길에서는 흰 연기를 뿜으면서 칙칙폭폭 소리를 냈고, 그것이 네게는 커다란 볼거리였지. 그런 기차, 누구나 매일같이 구경하는 물건이 아니었어.

메리 도꾸 데리고 하모니카 불며 철로 길 위를 많이도 걸었지. 촘촘히 놓인 침목 위로 걷는 것이 답답하니까 레일 위를 잘도 걸었어. 주먹 안에 쥐어지는 아주 작은 하모니카, 숨을 내쉬고 들이쉴 때마다 음이 달랐지. 동네 누나들이 서로 배워가면서 부르던 유행가, 신라의 달밤, 백마강, 홍콩 아가씨... 작은 하모니카로 꽤나 잘 불렀지. 하모니카로 노래를 부르면 메리 도꾸 두 마리가 무척이나 신나 했어~. 이런 추억 아무에게나 있는 것이 아니야. 너는 추억이 많은 정신적 부자야. 꿈을 꾸면 늘 구둔의 장면들이 등장하지.

사랑을 준 선생님들

초등 4학년 때 멋도 모르고 전교 일등상을 받았지. 그런데 그때 너는 공부가 무엇인지도 몰랐어. 6학년이 되자 시골 학교에도 어머니들의 치맛바람이 있었지. 그때 너는 8등을 했어. 담임선생님이 서울 장충동에 있는 광희중고등학교를 나오셨잖아. 선생님은 1등에서 10등까지 인솔해서 광희중학교 입학시험을 치르게 하셨지. 그런데 열 명 중 너 혼자만 합격하고 다 떨어졌어. 하지만 서울에 연고가 없는 네겐 그 영광의 합격이 그림의 떡이었어. 1년 유급을 하기로 했지. 반면 같은 반 동네 아이들은 지평면 소재지에 있는 지평중학교에 다녔어. 여름에는 30리 길을 걸어서 다녔지. 그 길에는 커다란 고개가 있었어. 미군 트럭이 오니까 오르막길에서 친구들이 다 올라탄 거야. 그런데! 그 미군 트럭이 고개 정상을 넘어 꼬불꼬불한 내리막길을 달리다가 전복이 됐지. 너와 가장 친했던 친구 '돼지'가 즉사했고, 다들 병원엘 갔지. 만일 네가 유급을 하지 않고 중학교를 다녔다면, 어찌 됐겠어? 넌 운이 있는 아이였던 거야.

이듬해 너는 너와 함께 재수했던 몇몇 친구들과 함께 지평중학교에 입학했지. 그런데 어찌 된 일인지 중학교에서는 네가 평균 98점이나 되는 거야. 모든 선생님들의 귀염을 받았지. 여름에는 산을 넘어 걸어 다니고, 겨울이면 몰래 기차를 훔쳐 탔지. 청량리와 원주를 오가는 통근열차가 구둔역에는 새벽 5시에 통과했잖아. 시계가 없어서 엄마가 닭 우는 소리에 맞춰 계란한 개에 밥을 비벼 먹여 보냈지. 새벽 5시 20분쯤 지평역에 도착하면 거의 3시간 동안 역 사무실 난로 옆에서 8시가 되기를 기다렸지. 그리고 하교 후에도 역에서 기다렸다가 원주행 기차를 타면 언제나 군인 아저씨들이 앉아 있었어. 아저씨들이 유독 너만 불러 무릎에 앉히고, 영어책을 꺼내서 읽어보라 했지. 역에서도, 열차 내에서도 그리고 학교에서도 너는 귀염과 사랑을 많이 받았어. 누구와 경쟁한다는 생각도 없고, 누구를 시기해 본 적도 없었고, 선생님들이 질문을 하시면 알아도 손드는 것을 쑥스러워했지. 이렇게 티 없이 자라기가 쉽지 않아.

6학년 때, 군 고을에서 미인으로 소문나 있는 여선생님이 주말이면 너를 데리고 5개 정거장이나 떨어진 원주에 학용품 사러 가셨잖아. 혼자 가시기 싫으니까 너를 데리고 다니셨지. 그때 너는 참 행복해했어. 수줍어서 말도 못하면서도 선생님 옆이 무작정 좋았지. 중학교 1학년 때에는 무섭기로 소문난 국어 담당 여선생님이 너에게 가끔 심부름도 시키셨어. 평양에서 피난 나오신 음악 선생님. 성악가 선생님이라 목소리도 멋있고 미남 선생님이었어. 무서운 괴기 이야기도 실감 나게 해주시고, 그 선생님이 영어를 담당하셨잖아. 영어

선생님한테는 여러 출판사들에서 자기네 책 선택해 달라고 책들을 많이 보냈는데 선생님이 너를 사택으로 오라 해서 밥도 먹여주시면서 "이 책 다 네가 갖고 가서 공부 열심히 하라"며 다 주셨어. 함께 밥을 드시면서 물으셨지. 그 멀리에서 어떻게 학교에 오느냐고. 겨울에는 통근차가 너무 일찍 역에 도착해서 역 사무실에서 기다리다 온다고 하자, 내일부터는 바로 자기 집으로 와서 공부하다가 시간 되면 교실로 가라고 하셨어. 그런데 막상 다음 날 새벽 5시 20분에 단칸방 방문 앞에 도착하니, 주무시는 선생님을 도저히 깨우기가 힘들어 한동안 추위에 떨면서 망설였잖아. "선 생 님~." 기어가는 소리를 내고는 다시 서성거리니까 선생님이 너를 기다리셨는지 문을 열어주시면서 "들어오라, 얼른 들어오라" 하셨지. 들어가니 사모님은 이불 속에 애기를 안고 누워계셨고. 선생님이 차디찬 손발을 만져주시면서 불을 켜주셨지. 너를 얼마나 사랑하셨으면 그렇게 했겠니?

그때에도 너는 잘 때마다 축 늘어진 엄마 젖을 만지작거리면서 잠이 들었어. 뜨거운 밭에서 엄마가 땀을 줄줄 흘리시고, 땀이 눈으로 들어가 눈이 부어 계신 데도 넌 학교에서 오면 밭일하시는 엄마에 달려가 땀에 쩐

젖을 허리춤에서 끄집어내 빠는 철부지였어. 학교에서는 1등으로 귀염받으면서도 집에 와서는 엄마의 품을 찾는 열세 살은 세계에서도 드물 거야. 이렇게 늦도록 응석을 받아준 엄마도 없을 거야. 유년시절의 너는 아마도 이 세상에서 가장 따뜻한 사랑을 받은 희귀한 존재일 거야. 온 가족이 너를 예뻐해 주고, 학교 선생님들이 다 널 예뻐해 주고, 주위로부터도 고통당한 적 없는 너의 유년시절은 사랑의 계절이었지. 너무 행복한 유년이었다구.

제2장 최악의 고난기 14~17세

제2장 최악의 고난기 14~17세

서울서 온 이웃

백두산 천지에서 나온 물방울이 작은 돌 하나에 부딪히는 순간 압록강으로도 가고 두만강으로도 가듯이 인생의 행로에도 아주 작은 순간이 전환점을 만들지. 네게도 14살 때 그런 순간이 있었어. 네가 살던 고래산 자락 외딴집에 갑자기 이웃이 생겼잖아. 서울에 살던 60대 부부가 이웃의 허름한 집에서 노년을 보내려고 이사를 오셨지. 어느 한겨울 저녁, 아버지가 주전자에 막걸리를 담고, 안줏거리를 만들어 '서울 집'을 찾아가셨어. 네가 술 주전자를 들었고. 그 노인은 유식한 분이었어. "보아하니 막내는 영리하게 생겼는데 이런 시골에서 중학교를 나온들 농사밖에 더 짓겠소! 몸도 애리하게 생겨 농사를 지을 아이가 아니오. 여기 학교 때려치우고 무조건 서울로 보내세요. 넓은 데 가야 뭐가 돼도 됩니다." 아버지는 한숨만 내쉬셨지. 바로 이때 네 가슴엔 충격파가 일었어. '맞아! 여기서 1등으로 졸업을

한들 농사밖에 더 짓겠어?'

무작정 학교부터 중단했지. 봄이 오자 셋째 형이 네게 괭이자루를 쥐여 주면서 돌밭을 일구라 했지. 괭이질 몇 번에 손바닥에 물집이 생겼어. 손바닥이 아프다고 하소연하니까 "물집이 생기고 손바닥이 굳어야 농군이 될 수 있다"며, 괭이자루를 놓지 못하게 했었지. 개울 건너 학교 운동장에서는 선거 유세하느라 마이크 소리가 크게 들려오고. 잠깐 구경하고 오겠다 했더니, 바람 들어가면 농군이 못 된다고 못 가게 했어. 꼼짝없이 농군이 된다는 무서운 생각이 드는 순간 너는 결심했지. 무작정 서울로 가겠다고.

동네형 따라 서울로 무임승차

아무도 없는 생면부지의 서울 땅, 네가 무슨 희망이 있어서 콩당콩당 마음 졸이며 올라왔겠니? 당시의 네 가슴에 무엇이 있었지? 무엇이 되겠다는 그 어떤 희망이 있었니? 그냥 부초처럼 떠밀려온 거잖아. 시골에선 희망이 없고, 희망이 없어서 서울로 오긴 했어도 가진 것도 없고, 친척도 없이 동네형네 자취방에서 밥 얻어먹는 신세가 되었어.

전학 증명 없이 다닐 수 있는 학교부터 찾았지. 고흥중학교! 숭인동 인근 청계천 건너에 지어진 1층 건물의 학교. 학비조차 없이 감히 교무실로 들어섰지. 키가 자그마하고 통통하고 얼굴이 해맑은 선생님이 너더러 이리 오라 하셨어. "너 교무실에 왜 왔냐?" "네, 경기도 양평군 지평중학교1학년 마치고 왔는데 2학년이 되고 싶어서요." "그래? 요놈 봐라. 너 눈이 아주 예쁘게 생겼구나. 너 이 책 읽고 해석해 봐." 영어책을 네게 건네주셨고, 너는 또박또박 읽고 해석을 했지. "야, 요놈 봐라. 제법인데~ 수학선생님, 애 수학 실력 좀 알아봐주세요." 수학 문제, 인수분해를 냈는데 주저 없이 풀었지. 교장 선생님은 이마에 점이 있고, 키가 크고, 훤칠하게 잘생기신 이인수 선생님. 너를 보시더니 귀엽다고 머리를 쓰다듬으시면서 "이 아이 2학년 반에 앉혀주세요." 다른 선생님께 지시했고, 너는 곧바로 2학년 반에 앉았어. 그야말로 촌뜨기였지.

반에는 키가 크고 얼굴이 잘생긴 학생이 주름을 잡았지. 영화란 영화는 다 보고 영화 이야기를 해주면, 모든 급우들이 넋을 잃은 채 턱 밑에 서서 그애를 쳐다봤지. 그때 그 아이가 자기 아버지를 "우리 꼰대"로 부르는 것을 보고 문화적 충격을 받았지. 감히 아버지를 꼰대로 부르다니! 그래도 너는 주간학교에 다녔던 거야. 학비를 벌기 위해 동네형이 소개해준 청량리 신문배급소에 가서 새벽에 신문을 돌렸지. 홍릉, 안암동, 고대 앞 등에 신문을 돌렸는데. 여러 집이 신문값 안 내고 이사를 갔지. 그렇다고 네게 물어줄 돈이 있는 것도 아니고, 무섭기로 소문이 나 있는 배급소장이 발로 정강이를 찰까 무서워 학교를 그만두었잖아.

서울의 가시밭길

동네형 자취집에 너무 오래 있는 것도 눈치 보이고, 그래서 또 구둔으로 내려갔지. 몇 달 후 큰형이 장안동 기와집 따님과 재혼을 했어. 네가 7살 때 여주에서 시집오신 큰형수님은 네 가족이 1.4 후퇴 때 충북 음성으로 피난 갈 때부터 돌아올 때까지 너를 아들처럼 업어서 키웠지만 애석하게도 피난 이후 폐병으로 돌아가시고, 재혼한 형수님이 장안동 돌산 밑에 토담집을 얻어 살림을 하셨지. 당시에는 일자리가 정말로 귀했어. 청량리역에는 석탄 더미가 산처럼 높이 쌓여있었고, 석탄가루가 바람에 날려 답십리 도로까지도 검게 채색시켰어. 형수님은 큰형을 그 석탄 더미에서 삽질을 하는 인부로 취직을 시켰지. 큰형의 얼굴은 눈만 반짝이고 모두가 숯검정. 그래도 그 노동자 자리를 얻으려고 큰 형수님은 연줄을 찾아 십장에게 머리를 조아리면서 부탁을 하셨지. 1955년이었어. 대한민국의 일자리는 박정희 대통령이 등장한 이후인 1970년대 중반에야 폭발했지.

큰형수님이 살림을 차리신 장안동 돌산 마을에는 시발택시 껍데기를 망치로 두드려서 만드는 서비스공장 공장장이 살았어. 형수님은 그 공장장에 부탁을 해서 일자리를 구했다면서 너더러 상경하라 하셨지. 장안동에서 종로 5가에 있는 서비스공장으로 출근하는 거였어. 너는 성격이 까칠해서 손에 점심밥을 들고 다니기 싫어했지. 긴긴 여름날, 하루 종일 땀과 먼지로 얼룩진 얼굴로 일하면서 점심을 굶었어. 철조망 밖을 지나다니는 여학생들이 천사처럼 보였을 때, 네 열등감이 어떠했었지?

기운이 없으니 몸에는 손바닥보다 더 두껍게 두드러기가 부어오르고, 가려움에 대한 공포가 엄습했지. 그래도 그 임금 받아 고흥고등학교 1학년 야간 학비를 내려고 했는데 사장이 월급을 떼어먹었지. 며칠 동안 새벽에 사장집을 찾아갔지만 쇠도둑처럼 생긴 사장은 끝내

내일 준다 모레 준다 고생만 시키고 도망을 쳤지. 공사장에 나가 등짐도 졌고, 새로 짓는 건물에 가서 바닥을 매끄럽게 갈아내는 노동일도 했고. 그래도 장안평에서 고흥고등학교 야간반에 5개월 정도 걸어 다녔던 것이 기억에 많이 남지. 이인수 교장 선생님이 네가 돈이 없는 줄 아시고, 중학교 2학년 다니다 그만둔 너를 고1 야간반에 넣어 주셨지. 그 덕분에 좋은 친구 두 사람 얻었어. 송창대와 채승시, 이 두 사람은 너보다 3~4살 많았지만 한 사람은 화장품 행상을 하고, 다른 사람은 신당동 중앙시장에서 마른 미역을 어깨에 메고 다니면서 팔았지. 그렇게 번 코 묻은 돈으로 네게 밥도 사주고, 두 친구들이 널 사랑한 거야. 그 송창대가 너를 가정교사로 취직시켜 주었고, 그래서 지상에의 천사였던 누나도 만나게 된 거잖아.

세 들어 사는 토담집 부뚜막 위에 형수님이 올려놓은 밥에는 얼음이 가시처럼 솟아나 있었고, 너는 거기에 왜간장을 넣어 숟갈로 비볐어. 서걱서걱 소리가 나는 밥을 조금씩 입에 넣고, 한참씩 녹이고 씹어 삼켰는데도 대골대골 배를 쥐어뜯는 위경련이 났지. 셋방 주인 노인은 돌을 연탄불 위에 달궜다가 수건에 싸서 그걸 명치에 대고 있으라 했고~.

답십리와 장안평 사이에는 집들이 없고, 논들만 있었어. 야간수업이 끝나면 캄캄한 밤이었지. 답십리까지는 친구와 함께 걸어왔지만 답십리로부터 장안평까지는 참으로 무서웠었지. 더구나 공동묘지 구역을 지나는 것은 공포 그 자체였어. 혹시 동행자가 나타날까 한참씩 기다렸다가 각오를 단단히 한 후, 단숨에 들고 뛰었어. 뛰고 나면 숨이 하늘에 맞닿았지. 비가 억수로 내릴 때는 공동묘지가 더욱 싫었어. 비가 억수로 퍼붓는 칠흑에 미끄러운 논길을 따라 걷다가 미끄러지면 논으로 처박혔지. 그럴 때면 저절로 울음이 터졌어.

2학년 때, 학교를 한영고등학교로 옮겼지. 용두동 미나리밭 한가운데 지어진 한영고등학교 야간반으로 옮겼어. 이렇게 너는 14살 때부터 17살까지 부초처럼 이리저리 밀려다니면서 희망 없이 세월을 지탱한 거야. 네 사전에 사춘기는 없었어. 모든 사람이 다 너보다 위에 있었고, 너는 그들을 부러워할 여유조차 없이 너무나 각박하게 떠다녔어. 어머니와 아버지가 보고 싶어 울기는 했어도 가난하게 낳아주신 부모를 단 한 번도 원망해본 적이 없었지. 그렇다고 단 한 번이라도 희망이나 꿈을 가져본 적도 없었어. 4년 동안 그냥 몸부림만 쳤지. 살아남기 위해, 공부 좀 더 하기 위해! 그것이 네 10

대 인생이었어. 네 10대 인생은 부초였어. 하늘이 너에게 10대 인생을 다시 허락해 주신다면 그걸 받겠니? 절대 싫지? 그런 지옥 같은 인생을 어떻게 또 살겠니? 10대의 네 인생은 모두 네 뜻에 의해 이어져 온 것이 아니라 천하고 가난하게 굴러다닌 부초였어. 하지만 그 험한 길에도 언제나 사랑은 있었지. 그리워하는 부모님이 계셨고, 사랑을 주는 사람들이 있어서, 연명할 에너지가 생겼던 거야.

고흥고등학교, 지금은 동대문상고가 됐지. 거기에서 만난 송창대가 너를 가정교사로 취직시켰고, 그때 너는 네 인생에서 잊을 수 없는 천사를 만난 거야. 그때부터 너는 지옥 같던 삶에서 탈출할 수 있었지. 1958년부터. 너는 한영고등학교 제10기가 되어 야간반이지만 2학년과 3학년을 줄곧 다닐 수 있게 됐던 거야.

사랑의 신세계

네가 가정교사가 되어 가르친 학생은 중학교 2학년이었는데 나이가 너보다 한 살 더 많았지. 그의 어머니는 이북에서 남매를 데리고 넘어와 살림이 어렵다보니 자식을 학교에 보내지 못하다가 어쩌다 살림이 펴지는 바람에 아들을 학교에 보낸 거였어. 그는 가끔 네 머리를 툭툭 치면서 "요 쬐끄만 게 웬 머리가 그렇게 좋으냐"며 장난을 쳤지. 그 가정이 갑자기 멀리 이사하는 바람에 네 가정교사 자리도 없어졌지. 학습 때마다 학습 현장을 지켜보면서 너를 보호해주신 27세 된 두 아이 어머니가 너에 대한 걱정을 하셨지. "얘, 지만원, 내가 당분간 네 학비와 식사는 해결해 줄 수 있다. 하지만 잠은 재워줄 수 없는데 어떻게 할래?" 눈물이 핑 돌 만큼 고마웠지. "너무 감사합니다. 교실에서 자면 돼요." "할 수 있겠니?" "그럼요. 문제없어요. 고3 선배들이 밤늦게까지 입시 공부하던데요. 그 옆 교실에서 자면 돼요."

용두동 미나리밭 근방에 지어진 검은 판잣집 교실에서 잠을 잤지. 바닥이 흙이라 울퉁불퉁했어. 검은 나무책상 4개를 포개놓고 뒤뚱거리는 책상 위에 누워 잠을 청했지. 무서웠지만 멀리에서 비쳐오는 희미한 가로등이 유일한 위안이었어. 텅 빈 검은 목재 건물 속에서 울퉁불퉁 패인 흙바닥에 침대로 마련한 검은색 나무책상, 고단함에 지친 네게는 유일한 휴식처였어. 하지만 그날의 하늘은 너에게 참으로 가혹했어. 하필이면 그날 밤중, 비바람이 몰아치고 천둥번개가 요란할 게 뭐야. 너는 공포에 떨었지. 세찬 바람이 창틈으로 귀신 소리를 내며 들어와서는 교실 안을 휘돌아다녔지. 눈도 뜰 수 없고, 몸도 오그라져 미동도 할 수 없었어. 귀신이 네 주위를 감싸고 있다는 상상의 포로가 되어 눈조차 뜰 수 없었지. 그대로는 도저히 새벽까지 견딜 수가 없었어. 탈출! 용기에 용기를 내서 창문을 열어젖혔지만 나무창문이라 비에 불어나 좀처럼 열리지 않았어. 그때의 그 공포, 더구나 너는 지평중학교에서 음악 선생님으로부터 무서운 괴기 이야기들을 많이 들어서 그게 연상이 됐지. 다시 다른 창문으로 달려가서 있는 힘을 다해 밀어젖혔지. 감사하게도 그 창문이 열려서 탈출했어. 가로등을 향해 달렸지. 가로등 밑이 천국이었어. 가로등 밑에서 아늑함을 느끼며 한참씩 비를 맞고 서 있었지. 세찬 바람에 쏠려 다니는 빗줄기가 은가루처럼 아름답기까지 했어. 무의식 상태로 가로등에서 가로등으로 뛰고 또 뛰었지. 아침에 깨어보니 너는 가정교사 학습을 늘 옆에서 지켜보셨던 27세의 아주머니 방에 누워있었어.

무의식중에 달려간 곳이 그 어머니의 작은 연탄 부뚜막이었어. 거기에 걸려있는 양은솥을 난로 삼아 새우처럼 잠들어 있는 것을 그 어머니가 발견해 남매 옆에 눕혔어. 너는 그날의 충격에 여러 날 악몽을 꾸고, 땀을 많이 흘렸지. 몇 주 후, 마침 한영고등학교 대선배들이 경영하는 오파상 사무실에 취직이 돼서 을지로 3가 수도극장 근처 사무실에서 잘 수 있었어. 너에게 죽으라는 법은 없었던 거야.

비가 추적이던 어느 가을의 하굣길, 울타리 없는 학교 앞에 그 어머니가 우산과 반장화를 사 오셨어. 너는 생전 처음 그런 대우를 받아봤지. 울컥! 천덕꾸러기로, 거지 신세로 지내던 네게는 엄청난 신분의 상승이었지! "야, 지만원, 이거 신어 봐. 맞을래나 모르겠다. 이제부터 나는 아줌마 아냐, 네 누나야. 누나라 불러." 비닐우산을 함께 쓰고, 우산 아래 밀착하기 위해 누나의 허리를 감았을 때 너는 세상을 다 얻은 것 같았지. 누나가 생긴 오늘은 천국이고 누나 없던 어제는 지옥이었어. 패여진 땅에는 뿌연 물이 고여 있었고, 둘이는 패인 곳을 이리저리 피해가면서 걸었지. 20분이면 갈 수 있는 용두동 버스정류장까지를 한 시간씩 걸으면서 많은 이야기를 나눴어. 버스정류장에서도 여러 대의 버스를 그냥 보내고. 버스가 떠나면 너도 모르게 어깨가 흐느껴졌지. 이렇게 보낸 날들이 참으로 행복했어. 네 지옥 생활이 청산됐던 거야. 하지만 어느 날, 그토록 정겹던 누나는 뚝섬 강을 건너갔고, 너는 서울대 수학과 시험에서 떨어졌지. 다니다 말다 했던 야간 중고등학교의 실력으로 서울대에 합격할 수는 없었던 거였어.

하늘의 단련

잠시 정리해 보자구. 네가 서울에서 이사 오신 이웃 어른을 만나지 못했다고 가정해 봐. 너는 서울에 갈 생각 조차 못했을 거야. 서울에 왔으니까 고흥고등학교에서 좋은 친구 두 명씩이나 만났고, 한영고등학교에서도 많은 친구를 만났잖아. 한영고교 친구 세 명은 재수 공부한다며 구둔 너의 집에 가서 고래산에 다니면서 노래 부르며 함께 어울려 재수를 했는데, 너는 고흥고등학교 친구 송창대의 하숙집에 들렀다가 또 다른 가정교사 자리를 얻었지. 신당동 2층집. 서울시 시의원의 둘째 아들이 사대부고 3학년인데 입시공부를 도와 달라는 자리였어. 사대부고가 어떤 학교야. 경기, 경복, 사대부고를 3대 일류 고등학교로 꼽았잖아. 너는 겨우 한영고등학교 야간 졸업생이었고.

그 아들은 유치하리만큼 기본적인 것들을 자꾸만 물었고, 너는 시간 낭비라는 생각을 하면서도 기초 개념부터 설명을 해주었지. 너 역시 잠재실력을 끄집어내서 연필로 속히 표현할 수 있는 가용실력으로 전환할 수 있었던 거야. 결국 그 학생은 서울공대에 합격했고 너는 육사에 갔지. 하늘이 너를 인도한 거야. 이런 과정을 통해 너는 잠재실력을 조리 있게 표현할 수 있는 전달력을 훈련했던 거라구.

이런 과정에서도 너는 담임선생님이 네게 주신 을유문화사의 역사소설 10여 권을 틈틈이 읽었지. 을지문덕, 강감찬, 김종서 한명회, 황진이. 시야가 넓어졌지. 이게 네 마음을 키워주었을 거야. 한번은 구둔의 네 집에서 재수를 하던 친구들을 만나 역사소설 이야기를 조금씩 해주었더니 그 친구들의 눈이 왕방울만해졌지. "어쩌면 눈으로 보듯이 스토리를 리얼하게 전개할 수 있느냐"고. 그때 너는 네 일생 처음으로 자신감 같은 걸 느끼게 되었어. 친구들로부터 감탄이 섞인 칭찬을 들었을 때 너는 네 일생 처음으로 너도 남들만큼 잘 할 수 있다는 자신감을 갖게 됐지. 물론 문과와 이과로 나누어진 이과 반에서 1등은 했지만 그건 남들에 표현할 수 있는 실력이 아니었어. 그 독서로 인해 네게는 인문학적인 그리고 문학적인 소질이 함께 싹트기 시작한 거야. 지금 너의 글쓰는 능력은 바로 이때부터 발아됐을 거야. 하늘이 너를 키워주신 거라구.

하늘의 기적

네가 10살쯤 됐을 때 군에서 휴가 나온 동네형들이 동네 형수님들로부터 막걸리 대접을 받곤 했지. 솥뚜껑을 엎어놓고 부친 메밀전과 김치를 곁들인 조촐한 파티에 너도 있었지. 형들이 너에게 육사라는 존재를 처음으로  알려주었어. 육사 나온 장교는 원리 원칙을 따르고, 멋지고, 실력 있다고, 육사는 학비도 안 든다고. 그때부터 육사는 너의 꿈이 되었어. '나도 꼭 육사 가야지'. 그런데 막상 지원하려니 사회적 신분이 있는 세 인물의 추천서가 있어야 한다고 했어. 네가 홀홀단신으로 상경하여 고학을 하고, 노동일을 했는데 아는 사람이 누가 있었겠니. 그래도 한영고 친구들이 해 줬잖아.
네가 구둔에만 있었다면 아무리 실력이 좋아도 육사에 지원서조차 낼 수 없었을 거야. 그 서울서 이사 오신 어른의 말씀 한 마디가 너의 길을 터주었던 거야.

필기시험도 문제였지만, 키가 고민이었지. 삼각자로 마루 기둥에 눈금을 그려놓고, 갓 시집오신 셋째 형수더러 키를 재달라고 했지만 2~3미리(mm)가 늘 부족했잖아. '에이, 난 안되겠어. 키가 모자라면 첫 방에 불합격될 텐데 뭐~.' 보통 사람이라면 스스로 포기했을 수도 있었어. 그런데 너는 머리를 조금 부풀릴 수 있는 방법을 생각해둔 후 계속 육사를 목표로 학습을 지속했지. 이런 네 마음이 바로 하늘이 역사한 마음이었을 거야. 키를 재러 가기 직전에 막대기로 정수리를 때려서 부어오르게 한 후 잴 것이라고 생각했지. 그렇게 생각하지 않았다면? 걱정 때문에 공부가 열심히 됐겠어? 그런 생각이 들게 한 분이 하늘에 계신 절대자였을 거야.

신체검사 시간이 다가오면서 너는 막대기로 정수리를 때렸었지. 그런데 네 생각과는 달리 통통 소리만 나고 부어오를 기미가 전혀 안 보였어. 점점 더 세게 때려보았지만 딱딱한 뼈가 부어오를 리 없었어. 손가락으로 머리를 만져 봐도 머리에는 부어오를 만한 살이 없었지. 그래서 너는 곧바로 생각을 바꿨어. 머리카락이 굵고 빳빳하니까 이발소에 가서 고데기로 수축성 있게 꺾어놓으면 얼마라도 이득을 볼 수 있을 거라 생각을 했지. 하지만 이 모두가 공상에 불과했다는 걸 깨달았을 때 네 마음 얼마나 처절했니. 그래도 부딪혀보자는 생각으로 신체검사장엘 갔지.

경복궁 옆에 있는 국군병원 분소 영내에는 큰나무 한 그루가 있었고 그 밑에 야외음악당같이 생긴 간이의자가 층층이 반달형으로 설치돼 있었지. 거기에 모두가 옷들을 벗어 포개놓고 팬티 바람으로 검사장 안으로 들어갔었지. 치질 검사에도 합격했고, 몸무게도 합격했고, 맨 마지막으로 키를 쟀지. "불합격!" 한 하사관이 외치자 다른 하사관이 불합격 도장을 찍어서 용지를 따로 놓았지. "나가, 너 불합격이야~." 정신이 혼미한 상태로 나왔지. 남들은 옷을 다 입고 가버렸고, 너도 옷을 입었지만, 차마 갈 수가 없어서 야외 의자에 걸터앉았지. 스산한 가을바람에 낙엽이 이리저리 굴러다니고, '나는 이제 어쩌나~~시골에 가야하나~.' 너도 모르게 구두까지 신고 신체검사장으로 들어갔어. 네가 신체검사장으로 다시 간 것은 네 의지가 아니라 신의 역사였어.

하사관들은 토요일 외박 꿈에 부풀어 부지런히 짐을 싸고 있었어. "형, 저 키 좀 다시 재주세요." 씨도 먹히지 않을 소리를 했지. 하사관이 어이없어하며 나가라 소리를 쳤어. 네가 하사관에게 덤볐지. "내가 어려서부터 동경해왔던 육사인데, 키가 2~3미리 모자란다고 훌륭한 장군 되지 말라는 법이 어디 있습니까? 강감찬 장군도 키가 작으셨지 않습니까?" 바로 이때 멋있는 몸매에 얼굴이 정말로 귀공자처럼 잘 생기신 소령 한 분이 팔뚝에 '심판관'이라는 완장을 차고 오시더니, "야, 하사관, 이 아이 왜 이러냐" 하고 물으셨지. "네. 키가 좀 부족한데 다시 재달라 떼를 씁니다." "그래? 이 아이 키 다시 재." 신발을 벗고 신장계에 올라가려 하자 소령님은 "야, 구두 신고 재" 하셨지. 와~ 세상에 이런 기적이 어디 있어? 만일 네가 불합격이 선포됐던 그 순간에 곧바로 하사관에 덤볐더라면 심판관 소령을 만나지 못할 수도 있었어. 타이밍이 참으로 절묘했지. 이렇듯 기적은 톱니바퀴처럼 맞물려 정교하게 탄생했던 거야.

필기시험을 치렀지. 경복고등학교 뒤뜰에서 치렀어. 그런데 첫날이 바로 네가 점수를 올릴 수 있는 수학과 물리학 과목을 시험 치는 날이었어. 그런데 추운 겨울, 나무 마룻바닥에서 잔 다음 몸이 얼은 상태에서 홍시 하나를 먹은 게 위경련을 일으켰어. 토하고 나서도 시간에 쫓기면서 용두동에서 광화문행 버스를 탔지. 복통이 나고 머리가 빠개질 듯 아프고, 새벽이라 병원도 없고, 병병거리며 시험은 치렀지만 분명 낙방할 거라는 생각을 했지. 희망 잃은 너는 독감에 걸려 땀을 흘리고 있었어. 눈이 10리만큼 들어가 있었던 네게 우체국 집

배원이 육사에서 온 통지문을 가져왔지. 허겁지겁 열어 보니 와~합격이 됐다는 거야. 이때 네 기분이 어떠했는지 기억나? 며칠 후 체력 검정이 또 있으니 태릉 육사로 오라는 거였어.

눈이 푹 꺼진 몸으로 또 육사엘 갔지. 신체검사를 또 하는 거야. 이때는 키와 몸무게만 다시 잰 후 합격되면, 역기도 들고, 턱걸이도 하고, 2km를 시간 내에 달리게 하는 거였어. 네 앞에 섰던 학생은 키에 불합격되어 울먹였지. 곧바로 네 차례였어. 콩당콩당, 그때 네 심장이 얼마나 요동쳤겠니? 키를 다시 쟀으면 넌 불합격이었어. 그런데 그때 한 중사가 "야, 시간 없어, 빨리 빨리 해" 하면서 1차 검사에서 키가 넉넉하게 기록된 학생은 키를 재지 않게 했지. 네 키는 구두를 신고 쟀으니 넉넉하게 기록돼 있었나 봐. 그래서 하사는 너의 키를 다시 재지 않고, 너를 체중계로 밀어 넣었어.

와~하느님! 살았다는 감정이 채 들기도 전에 몸무게 불합격! 불합격 도장을 찍어버린 거야. 울먹이면서 또 그 자리를 뜨지 못하고 있었지. 이 지경에서 무슨 대책이 더 있었겠니? 서슬 퍼런 하사관을 향해 "독감 앓았으니 봐 달라" 시비 걸 분위기도 아니었고, 그렇다고 포기할 수도 없었고. 바로 이때! 키가 작달막하고 통통하게 생기신 대령 한 분이 지나가시다가 네가 울먹이고 있는 모습을 보신 거야. 나중에 알고 보니 육사의 군수참모였지. 신체검사와는 아무런 상관이 없는 군수참모님이 육사 지구병원에 들렀다가 이 모습을 보신 거지.

"야, 요놈 왜 울먹이냐?" "예, 체중이 미달입니다." "그래? 요놈 용지를 따로 내놔라. 내가 물 먹여서 데려 올 테니~." 생면부지의 대령님, 당시는 하늘처럼 높았던 대령님이 어떻게 물을 먹이겠다는 생각을 하셨는지? 그런 착상은 누구나 쉽게 할 수 있는 것이 아니잖아. 이웃 치과 의사실에 가서 주전자를 갖고 나오시더니 너를 화장실로 데려가셨어. "네놈은 이 물을 다 마셔야 해." 너도 죽어라 마셨지. 더 마시면 물이 역류할 것 같았어. 조금 쉬었다 또 마시고, "이젠 더 못 마시겠는데요." 그럴 때마다 대령님은 네 손목을 꼭 잡고, 체중계 위에 세우셨어. 이렇게 하기를 네 번, 하사관은 그제야 하늘 같은 대령님의 끈질긴 의지에 꺾였지. "대령님, 알겠습니다. 합격시키겠습니다." 와~, 이게 픽션 세계에서나 가능한 일이지, 현실 세계에서 어떻게 가능해? 키와 몸무게의 불합격 벽을 뚫고 나온 이 두 개의 기적은 현실 세계에서는 상상 범위 저~밖에 있는 전설급 소설이야. 생각해 봐. 하늘이 너를 얼마나 아끼고 계신가를. 너에겐 분명히 수호신이 계신 거라구.

여기까지는 기적이었는데, 마지막 관문이 하나 더 있었지. 2km를 시간 내에 주파하는 것. 육사 교정의 맨 끝 언덕에 있는 지구병원에서 500m쯤 떨어진 화랑연병장, 퍼레이드를 하는 잔디 공간에까지 걸어갔지. 한 발 한 발 옮길 때마다 배를 가득 채운 물이 출렁 소리를 냈어. 그 많은 물을 배가 부르도록 마시고 2km를 뛴다는 건 불가능한 것이었어. 시골에서 손기정 선수가 되겠다면서 동네 친구들과 뛰다가 개울에 엎드려 물을 마시고 나면 금방 배가 꼿꼿해져서 한 발도 뛰지 못했던 기억들이 생생했기에 걸어가면서 너는 얼마나 하늘에 빌었니~. 걸어가는 동안 내내 출렁 소리를 줄여보기 위해 배를 눌러가면서 안쪽으로 수축시켜 보았지만 별 효과가 없었어.

드디어 화랑연병장에 도착. 턱걸이 다섯 번을 해야 했어. 철봉으로 뛰어올라 봉을 잡고 턱걸이를 한다는 게 긴장을 한 데다 몸이 가벼워 배걸이를 했지. 모두가 다 웃었어. 어찌할 바를 몰라 하는 네게 체육교관 차 대위님이 명하셨지. "아, 그 학생은 됐다. 내려줘라." 역기를 또 다섯 번 들어야 하는데, 너는 독감으로 겨우 한 번을 바들바들 떨면서 올렸지. 그러자 차 대위님은 "아, 그 학생은 됐다." 합격도장을 찍게 했지. 이제 마지막 관문, 2km 달리기! 20명씩 한 팀으로 뛰었지. 노란 잔디가 깔린 드넓은 연병장, 너는 긴장에 또 긴장을 하면서 하늘에 빌었지. 배가 꼿꼿해지는 순간, 모든 기적이 물거품이 되는 그야말로 절체절명의 순간이었어. 배와 허벅지살을 계속 꼬집었어. 정신을 잃는 순간, 모든 것이 날아간다며 뛰는 데 쓰는 힘보다 살을 꼬집고 배를 안으로 수축시키는데 힘을 더 썼지. 한 바퀴를 무사히 돌면서 너는 하늘에 감사했어. 계속 하느님을 찾고, 살을 꼬집고, 배를 당기고 다섯 바퀴를 무사히 뛰었어. 20명 중 6등으로!

몸집이 좋은 학생들에는 전혀 관심 밖에 있었던 키와 몸무게. 그 두 관문을 통과하기 위해 너는 그야말로 눈물 나는 고통의 드라마를 치러야 했어. 하늘은 왜 너에게 이렇게 작은 체격을 주셨고, 그것을 극복하기 위한 고통을 주셨고, 그 과정에서 기적을 선물해 주셨을까? 분명 하늘엔 뜻이 있었을 거야. 하늘은 왜 너에게 1cm만이라도 더 키워주시지 않았을까? 아마도 건강을 배려하신 계산이었을 거야. 그래야 오래 살 거라는 계산 말이야. 하늘은 너를 눈동자처럼 관리하고 계신 거라구. 이처럼 네가 옥에 있는 것에도 다 이유가 있을 거야. 그러니 고통스러워하지도 말고 외로워하지도 마~. 절대자가 너를 챙겨주고 계시잖아~.

제3장 육사 시절

제3장 육사 시절

짐승훈련 1개월

드디어 육사 합격! 이제는 멋진 생도복을 입고, 그동안 단 한 번도 제대로 이수하지 못했던 정규교육과정을 밟을 수 있겠구나 하는 생각에 가슴이 부풀었지. 그런데 인솔되어 간 곳은 언덕 위의 하얀 집이 아니라 후미진 뒤켠에 창고처럼 지어진 콘크리트 건물이었어. 신참들 앞에 나타난 군인은 몸에 딱 맞는 작업복에 가벼운 화이버 모를 쓰고 있었지. 나중에 알고 보니 그는 네 3년 선배였어. 구대장 생도였지. 그는 20명의 새내기들을 마룻바닥에 모아놓고, 사복을 벗고 군복으로 갈아입으라 했어. 모두가 의아해했지. 왜 멋있는 생도복을 안 주는 것인가 하고. "형씨 왜 생도복을 안주고 이런 옷을 주능겨?" "형씨 우린 언제 장군이 되는 거요?" "형씨, 옷이 너무 크니께로 작은 걸로 바꿔주면 쓰것구먼이라." 그 선배는 실실 웃으면서 곧 집합이 있으니 부지런히 옷을 입으라 했어.

옷이 모두 미제였어. 러닝 입은 거 생각나? 앞가슴이 배꼽까지 터졌고 밑자락이 무릎을 덮었지. 미제 포프린 팬티는 네 허리의 두 배는 되었어. 꿍쳐서 돌돌 말아 입었지. 작업복 상의 주머니는 아랫배에 내려가 있고, 바짓가랑이는 무릎에 내려와 있었지. 군화는 제주도만큼이나 컸고, 무거운 철모를 쓰니 네 얼굴의 반쪽이 철모 속으로 들어가 있었지. 어린아이에게 어른 옷 입히고 철모 씌운 거랑 다를 게 없었어. 갑자기 우렁찬 목소리, "집합 1분 전~." 후다닥 군화를 신고 건물 앞에 집합했지. 집합은 언제나 선착순. 5등까지만 대우해 주고 나머지는 몇 번이고 50미터 앞에 있는 표적을 선착순으로 돌아오라 했지. 가슴은 팔딱거리고 눈들은 다 놀란 토끼눈들이 됐어.

이렇게 신고식을 치르게 한 후 허름하고 어두컴컴한 창고 건물로 집어넣었지. 샤워를 하라고. 너는 다른 동기들이 샤워를 다 끝낸 다음에 천천히 하려고 멀찌감치 서서 튀기는 물방울만 잔뜩 맞고 있었어. 그런데 갑자기 "샤워 끝 30초 전" 구령이 울렸어. 너는 몸에 튀긴 물을 닦을 틈도 없이 팬티를 입었지. 너무 급하니까 한 가랑이에 다리 두 개가 다 들어간 거야. 다리를 빼내려 해도 얇은 포프린 천이 물 묻은 살에 찰싹 달라붙어

벗겨지지 않는 거야. 갑자기 "귀관은 뭐해~" 하고 선배의 두꺼운 손바닥이 네 가슴을 강타했지. 너는 두 다리가 묶인 채 뒤로 새우처럼 나자빠졌어. 두 다리가 한 가랑이에 묶인 모습을 본 선배의 눈에서 순간 실낱같은 미소가 스쳤지.

10kg이나 될까? 그 무쇠같이 무겁고 부피가 큰 M1 소총, 멜빵을 어깨에 메면 개머리판이 무릎 아래에까지 내려왔지. 군화는 커서 헐떡거리는 데다 철모는 짓누르고, 옷은 몸에 감겨있고, 그 모양으로 매일 4km씩 뛰었지. 어떤 때는 20kg쯤 되는 배낭까지 메고 뛰었어. 군대 용어로 구보. 조깅이 아니었어. 너를 집중해서 관찰하던 3년 선배가 나중에 네게 말해주었어. 네가 중간에 낙오하거나 졸도해서 퇴교를 당할 거라 생각했었다 했지. 실제 구보를 이기지 못하고, 구보 노이로제가 걸려서 스스로 퇴교한 생도들이 꽤 많았고, 여름에 구보하다 사망한 선배도 있었잖아. 한번은 완전군장까지 메고 8km를 뛰는데 중간에 너는 네 체력의 한계에 봉착했었지. 그래도 독한 맘먹고 뛰는데 거의 의식이 없었지, 마침 옆에 착한 동기생 이광우가 네게서 그 무거운 M1총을 빼앗아 한 어깨에 두 개의 총을 메고 뛰었어. 네가 정신을 좀 차린 후 총을 달

라 했더니 그 동기생도 체력의 한계가 와서 마지못해 총을 돌려주었어. "야, 지만원, 괜찮아?"

모두에게 체력의 한계를 느끼게 하는 왕구보. A코스 구보냐, B코스 구보냐, 생도들에게 구보는 지옥이고, 노이로제였지. 그 구보는 언제나 인간 체력의 한계를 느끼게 했어. 그것을 그 작은 체구로 어떻게 해냈는지? 네 의지와 자존심은 참으로 대단했던 거야. 다 뛰고 나면 마른기침이 나고, 숨이 하늘에 가 붙었지. 이 이상의 지옥이 또 어디 있겠어~. 아마도 네게는 알게 모르게 형성된 체력의 저력이 있었을 거야. 산이 많은 동네인지라 어려서 산을 많이 다녔지. 깨금(헤이즐넛), 보리수 등 산열매 따먹으려고 쐐기에도 쏘이고, 뱀도 보고, 지네도 보았지. 큰나무만 보면 올라가고, 손기정 선수가 된다며 장거리도 뛰어다니고, 거기에서 길러진 근육과 체력도 있었을 거야. 네 체격으로 이 기초군사훈련을 이겨낸 것은 그 자체로 하나의 작은 인간승리라 할 수 있어. 억만금을 주고, 벼락출세를 시켜준다 해도 다시는 접하고 싶지 않은 고통이었어.

지나고 나니 처음 접했던 '형씨'는 하늘만큼 높이 떠 있는 '신'이었어. 그 앞에 서 있는 새내기들은 바람소리만 나도 긴장하는 로봇이 되었고. 화장실에 가다가도 상급생을 스치면 자동적으로 차려 자세를 취한 다음 목청을 최대로 올려 관등성명을 한 자씩 떼어서 복창했지. "네, 2천 5백 6십 3번 지만원 생도!" 기초군사훈련에 선발되는 예비 4학년 선배들은 대체로 훌륭했지만 간혹 돈키호테 같은 이들도 있었어. 어떤 선배 기에서는 새내기들을 영하의 밤에 인솔해 가서 연못에 입수시켜 동상이 걸리게 했고, 그로 인해 어떤 선배는 정자 생산이 안 된다는 말도 있잖아. 바로 네가 속한 중대장 생도가 취침 중인 새내기를 깨워 팬티만 걸치게 하고 화랑연병장으로 인솔해 갔지. 덜덜덜 이가 딱딱 거리고, 온몸이 칼에 베이는 듯 따가웠지. 겨울눈이 두 뼘 가량 깊게 쌓여있고 표면은 살짝 딱딱하게 굳어 있었지. 중대장 생도는 40명 새내기들에게 눈 밑으로 배를 깔게 하고 팔꿈치로 포복시켜 200미터나 되는 거리를 왕복시켰지. "저 앞에 김일성이 있다. 가서 목을 끌고 와라" 하면서 느닷없이 푸시킨의 시 한 구절을 읊었어. "생활이 그대를 속일지라도 슬퍼하거나 노하지 마라." 슬플 틈도 없었던 새내기들은 이튿날 감기에 걸리고, 동상에 걸려 문제가 됐지. 그래서 그 선배는 직위가 해제됐어. 훗날 3성 장군은 됐지만 돈키호테 기질은 여전했지. 그래도 너는 감기도 안 걸리고, 동상도 안 걸렸어. 구보를 할 때마다 그 선배는 언제나 네 옆에서 너를 관찰하면서 뛰었어. 훗날, 지만원 생도가 구보로 인해 퇴교당하지 않은 것은 기적이었다고 말해준 선배였지. 기초군사훈련은 웬만하면 다 견딜 수 있는 훈련이었어. 하지만 네 체구와 체력으로 견딘다는 것은 의미가 많이 달라. 그러니까 너는 육사인보다 더 육사인다운 정신을 기른 것이 되는 거야. 너의 수호신이 너를 연약한 체격으로 만들어 주신 것은 섭리였어.

꿈같은 육사 생도대

Live wire! 네 몸에 깔려 있는 모든 신경에 전기가 흘렀어. 짐승훈련 1개월이 너를 완전히 라이브 와이어로 바꾸어 주었지. 꿈에도 그리던 카사비앙카, 푸른 초원 속 나지막하게 깔린 하얀 2층 건물에서 층층시하, 2, 3, 4학년이 섞여 내무생활을 시작했지. 아침 8시면 각 중대 1, 2, 3, 4학년이 퍼레이드 대열로 책가방을 옆구리에 바짝 치켜 끼고 우렁찬 밴드에 발맞춰 15분 정도 행진하여 교수부 건물로 갔지. 해산 명령이 떨어지면 1학년은 독립해서 각 강의실을 찾아갔고. 교실에 있는 동안은 완전 자유.

생도대에서 교수부 건물을 향해 행진할 때 너는 무슨 생각을 했지? 커다란 나무들 사이로 점점이 드러나는 붉은색 벽돌 건물, 그 고색창연한 모습에서 너는 꿈을 키웠어. 어릴 적 고래산 산자락에서 개울단지를 내려다볼 때마다 하얀 모래, 하얀 돌, 초록의 숲 그리고 파들거리는 미루나무 잎이 어우러진 자연의 앙상블이 전개돼 있었잖아. 거기에는 무언가 신비의 꿈이 서려 있다는 생각을 했었지. 바로 육사 교정의 푸른 숲속에 묻혀있는 붉은 벽돌 건물이 자아내는 풍경에 바로 이런 종류의 꿈이 서려 있었던 거야. 대열을 짓고 군악에 발맞추면서 절도 있게 걷지만 앞에 보이는 그 고풍스런 풍경은 행진하는 네게 꿈과 시심을 자극했지.

육사 수업! 네가 태어난 이래 언제 한번 번듯한 학교를 다녀본 적이 있었으며, 언제 한번 학비 걱정 없이 주간 학교를 다녀본 적이 있었니? 그래서 육사는 너에게 천국이었고, 출세 그 자체였어. 공부! 너는 독학으로 중·고등학교 시절을 보내면서 혼자 상상하고 혼자 궁리했지. 그것이 위력을 발휘했어. 수학은 예제만 이해하고, 각 챕터에마다 제시돼있는 수십 개의 문제에 대해서는 한두 개만 풀고 말았지. 그래도 수학이 들어있는 물리, 전기, 고체역학 같은 과목에서는 상위의 점수들을 받았어. 독학이 길러준 응용 능력이었지. 그렇게 점수만 잘 땄다면 너는 총점 90점 이상을 받아, 우등생으로 으스대다가 졸업한 후 교수진에 발탁돼서 교수로 인생을 마감했을지 몰라.

스승 정화명 선배님

그런데 갑자기 인생관이라는 게 탄생했어. 세계사 첫 시간에 육사13기, 너보다 9년 선배인 정화명 교수님을 만난 거야. 그 선배님의 첫 말씀이 너의 길을 바꾸어 놓았지. 똑같은 말씀을 많은 동기생들이 들었겠지만, 그분의 말씀은 네 인생이 압록강으로 흐르느냐 두만강으로 흐르느냐를 결정시켜준 분기점이 되었어. 이게 바로 운명이라는 거야.

"여러분, 제가 드리는 말 잘 들으세요. 중요합니다. 여러분은 지금 인생에서 감수성이 가장 예민한 나이에 있습니다. 여러분 가슴에는 때 묻지 않은 하얀 백지가 들어있습니다 그 백지에 무슨 그림을 그리는가에 따라 여러분의 인격과 인간성과 스케일이 결정됩니다. 그 백지에 경쟁의식을 심지 마십시오. 경쟁의식은 인격 형성에 암적 존재입니다. 80점 맞는 생도가 90점을 맞으려면 하루에 한 시간만 더 공부하면 됩니다. 그런데 90점 맞는 생도가 91점을 맞으려면 하루에 두 시간 이상 더 공부해야 합니다. 그 1점이 무엇이기에 그 귀한 젊은 시절을 낭비합니까? 가슴을 풍부하게 키워야 합니다. 성능이 증명된 고전소설을 읽고, 고전 사상이 담긴 책들을 읽으세요. 위인전과 영웅전을 읽으세요. 시사 잡지도 읽으세요. 살아있는 백과사전이 되십시오."

이 말씀이 너를 공부벌레에서 독서하는 문학청년으로 방향을 바꾸어 주었지. 독서의 길이 인생의 금맥이었어. 독서가 아니었다면 표현의 전달력이 지금처럼 길러지지 못했을 거야. 그 시절에는 일반 사회에서도 독서가 유행이었지. 다독이냐, 정독이냐. 다독파는 대개 "나 몇 권 읽었다"며 으스댔지. 하지만 너는 황진이를 읽을 때는 네 자신이 황진이가 되었고, 연개소문을 읽을 때는 연개소문이 되었었지. 자기도 모르는 사이에 정독파가 돼 있었어. 읽은 것을 남에게 재생산시키는 능력을 보이기 시작한 거야. 네가 육사에서 고른 책들은 대개 난해했지. 번역이 부드럽지 못했지만 그래도 그것을 깨우치려고 애를 많이 썼어. 그 애를 쓰는 과정이 곧 상상력을 키우는 훈련과정이었지.

찬찬히 글자를 짚어가면서 10쪽을 읽고, 읽다가 상상을 했지. 10쪽을 읽은 다음에는 대각선 쪽으로 대강 또 훑어보고, 그 10쪽이 네게 무엇을 가르쳐 주려 했는가를 생각하면서 그것을 메모했어. 음미하는 능력과 요약하는 능력이 향상됐던 거야. 읽어서 머리에 기억만 하는 것과는 달리 음미하는 감성적 심미안, 상상력 그리고 재창조 능력이 길러진 거야. 네가 공부벌레가 안 되고 독서에 몰입한 것은 하늘의 인도였어.

위기 속의 인연

1학년 후반, 갑자기 눈이 시큰거리고 아팠어. 어지럽고, 눈이 흐리고, 편두통까지 와서 책을 볼 수가 없었지. 코피도 자주 나왔고. 참고 또 참다가 육사 지구병원엘 갔지. 지구병원 의사가 경복궁 옆에 있는 수도육군병원 별관에 너를 입원시켰어. 거기에서는 M자가 써진 동그란 약 한 알씩 주어서 신경을 안정시켜 잠을 자게 했지. 이대로 가다가는 유급해서 22기가 아니라 23기와 동기생이 되나보다 약간 불안하기까지 했어. 그런 어느 토요일, 같은 병원에 있던 4학년 선배가 너를 데리고 종로거리로 나가 걸었지.

대로변에 안과 병원이 보이자 그 선배가 갑자기 "야, 지만원, 너 눈이 피곤하고 아프다 했지? 군 병원만 믿으면 안 되니까 안과에 가서 눈 한번 체크해 보자." 그야말로 너로서는 상상조차 해보지 못한 제안이었어. 선배를 따라 안과엘 갔더니 의사가 난시가 심하다며 안경 스펙을 적어주면서 이대로 국군병원더러 안경을 제조해달라고 하라 했어. 돈도 받지 않았어. 병원에서 조립해 써보라고 한 렌즈를 써보니 갑자기 눈이 시원해지고, 글자도 선명하게 잘 보여서 놀랬잖아. 의사 말이 난시라서 눈이 피곤하고 머리가 아프고, 어지럽다고 했지. 며칠 후 국군병원이 제작해준 안경을 쓰니 모든 증상이 다 사라졌어. 와~ 난시로 인해 발생한 고통을 신경쇠약으로 단정하고 잠자는 약만 주다니~. 다른 동기생들은 매일매일 학습 진도를 올리고 있는데 벌써 한 달이나 병원에 있었으니 겁도 좀 났지만, 눈이 갑자기 시원해지니 책에 쓰인 모든 글자가 모두 머리에 빨려 들어오는 기분이었지. 퇴원하고 몇 주 후 과목마다 기말시험을 치렀지. 2학년이 되기 위한 시험이었어. 그런데 수학과 영어에서는 네가 1등을 한 거야.

그런데 처음 보는 그 선배는 도대체 뜬금없이 왜 나타난 거야? 정동수, 한국판 말론 브란도. 아니 그보다 더 멋있게 잘 생겼지. 얼굴도, 체격도 그 미국 배우보다 더 멋있었어. 그 후 해방촌 초창기 군인아파트에 이웃으로 사는 동안 어쩌다 한 번씩 길에서 마주치면 늘 유익한 지도의 말을 해주었지. "야 지만원, 공연히 일본어 한다고 시간 분산시키지 말고 영어 하나만이라도 똑바로 공부해." 네게는 정동수 선배가 은인이었던 거야. 그는 전두환 시절 청와대에 근무했고, 강원도 경찰청장으로 공직을 마감했지. 그와는 이후 아무런 접촉이 없었지만 그가 너에게 끼친 은덕은 매우 큰 것이었어.

생애 최고의 요람, 육사생도 신분

소용돌이 생활, 그것이 육사 1학년이었지. 2, 3 ,4학년은 정상 레일 위를 달리는 기차처럼 안정적이었고. 영웅전, 위인전, 고전소설, 로맨스 소설, 월간잡지를 읽느라고 학과 공부에 소홀할 수밖에 없었지. 자습시간에도 독서를 멈추지 못했고. 토요일이면 동기생들은 물론 전 생도가 다 구두에 광내고, 금속 단추에 브라소(brasso)로 광을 내고, 외출 준비를 했지. 토요일 화랑연병장의 화려한 퍼레이드 행사가 끝나면 생활공간인 생도대는 텅텅 비었고, 너는 신들린 듯 도서관으로 달려갔지. 책을 고르는 데만 두세 시간을 썼어.

교정에서는 가끔 클래식 음악이 흐르고, 너는 책을 들고 잘 가꾸어진 푸른 초원 속 나무 의자에 앉아 독서를 즐겼지. 스산하게 흔들리는 풀잎에서 그리고 여기저기에서 아주 조금씩 날다가 힘없이 주저앉는 곤충들에서 인생의 단면을 떠 올리기도 했고, 교정에 잔잔히 흐르는 치고이네르바이젠이 가을의 멜랑콜리를 자극하기도 했지. 그러다 책을 잡으면, 다시 상상의 세계에 빠져들었고. 이 4학년의 순간에 에나멜을 발라 박제를 했으면 좋겠다고 생각을 했지. '영원히 책만 읽고 살면 얼마나 좋을까', '졸업이 없으면 얼마나 좋을까', 이런 생각을 했지. 그만큼 사관생도의 신분이 너를 근심도 걱정도 없이 독서를 즐길 수 있게 감싸준 요람이었어. 그런데 다른 생도들은 육사생도 생활이 단조롭고 지겹다며 하루빨리 졸업을 했으면 좋겠다고들 했지.

어쩌다 밖에 나가 영화도 몇 개 봤어. 워렌 비티가 나온 '초원의 빛'도 보았고 '벤허'도 보았고 '마음의 행로'도 보았지. 그런데 너의 취향은 '마음의 행로'였어. 영문으로 된 소설, '주홍글씨'도 1학년 때 읽었지. 여주인공 헤스터 프린에 동정이 가서 베개를 적시기도 했어. 무인도에 표류된 남녀가 서로를 경계하다가 사랑에 빠지는 'Heaven Knows Ms Allison' 같은 사랑이야기에도 빠져들었고. 이런 과정을 통해 형성된 네 성향은 고요(tranquility)였어.

생도의 연애

사관생도의 연애. 3학년 겨울방학 때 지극히 우연히 경험했지. 서울에서 연애를 했다면 만나서 영화 보고, 음악실에 가고, 고궁 걷고, 빵집 가서 대화하는 것이 거의 정해진 패턴들 이었지. 그런데 너는 휴가 첫날부터  네가 다녔던 소학교, 사방이 산뿐인 적막한 시골학교의 여선생님과 사랑에 빠졌지. 밀당이라는 것이 없었어. 학교 교정을 가로질러 집으로 가다가 학교 소사로 오랫동안 봉직하고 계시던 동네형을 만났고, 잠시 이야기를 나누던 중 막 탁구를 치고 나오는 여선생님을 소개받았지. 땀방울이 송골송골 맺힌 동그랗고 뽀얀 얼굴을 보자마자 네 마음이 설렜어. 고래산 중턱까지는 1키로가 되는데 너는 집으로 달려가자마자 편지를 썼지. 소로길 풀잎을 제치며 개울을 다시 건너, 아까 선생님이 들어갔던 흙벽집의 허술한 문을 열고 문지방 앞에 올려놓고 왔어. "선생님을 보는 순간 동공이 얼어

붙었습니다. 구둔이라는 산골 동네가 꽃동네처럼 화려하게 빛나 보였습니다." 흠모하는 네 감정을 담은 후 어두우면 찾아오겠다 했지. 다방도 없고, 빵집도 없는 눈 덮인 시골 마을. 동네 사람들 눈을 피하느라고 어둠이 깔린 개울가에서 2주간의 겨울 휴가를 보냈어.

첫날의 데이트는 동화처럼 아름다웠지. 그렇게 아름다운 그림은 아마 다시 없을 거야. 평범한 남녀 간의 사랑이 아니라 문학 그 자체였어. 겨울 어둠이 깔리면서 토담집 부엌의 허름한 문을 열었지. "잠시만 기다리세요. 그렇지 않아도 제가 감기 기운이 있어서 역전 약국에 가려던 참이었어요." 얼굴도 보지 않고 건넨 말이었어. 약국은 언덕같이 높은 지대에 자리한 역전에 있다며 방에 들어가더니 코트를 입고 나왔지. 외길 같은 시골길, 좁은 길을 걷다 보니 어깨가 조금씩 스쳤지. 남녀 사이에 어깨가 스친다는 것은 전기와도 같은 자극이었어. 감정이 살얼음을 짓고 있을 때, 맞은편에서 갑자기 동네 사람이 플래시를 켜고 다가왔어. 둘이는 잽싸게 커다란 논둑 경사진 곳에 몸을 날려 숨었지. 그 사람이 가고 나니 너는 눈 위에 누워있었고, 그녀는 너를 덮고 엎드려 있었어. "남자는 여자를 이렇게 보호해야 하는 거예요." 멋쩍은 순간을 그녀는 이렇게 넘겼지. 그녀가 얇고 가벼운 여성 코트 주머니에 네 손을 가져다 넣고 꼬~옥 쥐어주었을 때 너는 이 세상에 이처럼 보드랍고 연약한 손이 있을까 감탄을 했지. 그때 네가 얼마나 행복했었는지, 그리고 그때가 얼마나 설레는 순간이었는지 다시 한번 생각해 봐. 이 세상을 다 얻은 것 같았고, 지구가 너를 위해 돈다는 행복감에 젖어있었지? '늘 남들보다 낮은 세계에서만 고생해온 네게 이렇게 소설 속에서나 그릴 수 있는 아름다운 순간이 찾아오다니!'

동네에서 들키면 여선생님은 소문에 휩싸이게 돼 있었지. 늦겨울의 냇가. 구슬이 은쟁반 위를 구르듯, 영롱한 물소리가 들리고, 얼음이 여기저기 누더기 옷처럼 찢어져 있었지. 혼자 보면 별것 아닌 그림이었겠지만 그녀와 함께 보는 그 개울 전경은 그 어느 화가도 그려낼 수 없을 만큼 아름다운 그림이었어. 이런 느낌 누구나 다 가져보는 흔한 것이 아니야. 네가 어릴 때부터 뛰어놀고 걸었던 길은 많았지만, 그날 네가 그녀와 함께 걷는 길은 신천지를 여는 첫길이었어. 구름 없이 추운 겨울밤, 눈빛이 온 공간을 희뿌옇게 밝혔지. 십여 년간을 그 동네에 살면서 그렇게 아름다웠던 공간을 본 적 있었니? 사랑이 있는 곳이 곧 천국이었어.

그녀를 집까지 바래다줄 때의 흰 눈빛은 거의 대낮처럼 밝았어. 흙담집 처마 밑을 벽에 바짝 붙어서 비밀특공대처럼 발을 높이 올렸다 살포시 내려디디며 그녀의 방을 향해 침투했지. 그래도 뽀드득 소리가 왜 그렇게 크게 들렸던지. 바람이 갑자기 세게 불자, 바로 맞은편 교장선생님 사택에 눈뭉치를 잔뜩 올려놓고 있던 나무가 흔들렸고, 쌀가마 크기의 눈덩이가 땅에 떨어지면서 쿵 소리를 냈지. 갑자기 교장선생님 댁 여닫이 한지문이 열렸어. 행여나 들킬까 가슴을 졸였지. 휴~~ 긴장된 순간을 함께 이겨내면서도 둘이는 손을 꼬옥 잡았어. 누군가에 꼬리라도 잡힐까 무서워 얼른 바깥문을 열고 얼른 닫았지.

드디어 방안으로 들어섰어. 들어서자마자 그녀가 그 보드라운 손바닥을 네 입에 덮었지. 다른 손의 둘째 손가락을 그녀의 입에 상하로 세우면서 찬찬히 그녀의 입을 네 귀에 갖다 댔어. "숨소리조차 옆방 남선생에게 들리니까 조심하세요." 그리고는 얼른 요를 깔고 그 위에 이불을 펼쳤어. 그녀가 파자마 두 벌을 꺼냈지. 갈아입을 테니 너더러 뒤로 돌아서라고 손짓을 했어. 돌아서 있을 때 너는 얼마나 행복했니? 그때 네가 읽은 단편소설의 한 장면이 오버랩되었어. 미국의 대통령이 된 남북전쟁의 영웅 그랜트 장군 말이야. 그랜트 장군이 영웅 반열에 올라있을 때 숲속의 인적 드문 한 호숫가를 홀로 산책했지. 그런데 호수에서 금발의 여인이 나체로 수영을 하다가 익사 직전에 처해 허우적대고 있었어, 그랜트 장군은 즉시 뛰어들어 그녀를 구했지. 그녀를 옷 옆에 내려놓고, 등을 돌린 채, 조용히 옷을 입고 떠나기를 기다렸지. 한동안 그 어떤 종류의 소리도 들리지 않았어, 기다릴 만큼 인내해서 기다렸건만, 아무 소리가 없자 조금씩 고개를 뒤로 돌렸지. 소리 없이 사라진 거야. 장군도, 그녀도 서로의 얼굴을 몰랐어. 세월이 지난 어느 날, 상류사회 파티가 열렸지. 상류사회 여인들에게 최고의 인기는 미혼의 영웅 그랜트 장군이었어. 당시 미국 상류사회는 프랑스어가 신분이었지. 내로라하는 집안의 규수들이 콧소리 나는 프랑스어를 사용하면서 그랜트 장군을 에워쌌어. 그런데 그랜트의 눈에는 저 멀리 조용한 곳에 홀로 앉아 있는 청초한 모습을 한 여인이 크게 다가왔지. 그랜트는 그녀에게 가서 춤추기를 요청했어. 알고 보니 그녀는 바로 호수의 그 여인이었어. 그랜트는 그녀와 결혼을 했지.

네가 파자마를 만지자 이번엔 그녀가 돌아앉아 주었

어. 요 위에 배를 깔고 엎드린 그녀는 너를 옆에 와서 엎드리라 했지. 연필과 종이를 꺼내 연필 대화의 장을 열었어. 종이 위에는 서로가 서로를 좋아한다는 감정의 글씨들이 쏟아졌지. 네가 콧물을 흘리자 그녀는 잽싸게 두루마리 휴지를 손에 감아 코를 눌러 짜주었어. 어릴 때 엄마가 손바닥과 치맛자락으로 코를 닦아 주던 모습이 오버랩되었지.

일본이 잘 지어준 번듯한 학교 건물이 6.25 때 불타고, 적당히 흙을 발라 지은 초가 건물이 6.25 직후의 학교였지. 울퉁불퉁한 바닥에 가마니 한 겹을 깔고 공부를 했어. 제일 어리고 작은 반 학생이 너와 정순이, 서로가 부끄러워 말 한마디 못해보고 졸업했지. 10여 년이 지난 후, 바로 그 바닥 위에 구들을 놓고 만든 방이, 바로 선생님 방이었어. 부엌문 맞은편에는 적당히 조립된 창문이 있고, 창문에는 한지가 한 겹으로 발라져 있었지. 바로 50센티 떨어진 둑에는 늘푸른 노간주나무가 울타리처럼 열을 지어있었고, 그 나무 선을 따라 큰 길이 나 있었어. 겨울바람이 문풍지를 때리자 마른 나무조각들이 문풍지를 때리고 귀신 소리를 냈지. 선생님 혼자 어떻게 그 무서운 귀신 바람을 견뎌냈을까? 그런데 이 순간에서만큼은 그 귀신 바람이 두 연인의 존재감을 더욱 두드러지게 부각시켜주었고, 행복감을 증폭시켰어. 바람이 주는 아늑함과 고요! 뺨도 만져보고, 눈가도 만져보고, 다시 태어난 인생이었지.

고요만이 전부인 산간마을에서 밤마다 나눈 개울사랑은 네 일생일대의 아름다운 동화로 각인될 거야. 이런 추억은 그 무슨 물질로도 구할 수 없는 너만의 자산이야. 1년 선배인 서영탁 생도, 너를 친동생처럼 여기면서 자유 시간에 찾아와 한동안씩 네 연애담을 채근해서 들었지. 그만큼 너의 연애담은 그 선배에게 로망이었던 거였어.

하급생을 연설 상대로

너는 각 학년이 섞여 있는 중대 내에서나 동기생들 중에서 존재감이 별로 없었어. 얌전하게 독서에만 몰두했고, 체격이 작은 데다 외출도 거의 없으니 무슨 존재감이 있었겠니. 그런데 육사12기생, 너보다 10년 선배  인 이기택 대위님이 중대 훈육관을 하시면서 너를 유심히 관찰하셨지. 모든 생도는 날마다 '수양록' 노트에 일기를 써야 했어. 부지런한 대위 훈육관이 네 일기장을 본 거야. 네가 독서광이었으니 일기장 내용이 남달랐겠지. 4학년이 되자 존재감 없던 네게 중대 선임하사관 직책을 준 거야. 선임하사관! 후배들에게는 그야말로 공포의 상징이었지. 그래서 선임하사관을 맡은 4학년은 후배들에게 '악질'로 이미지화돼 있었어. 그 악역을 네게 시킨 거야. 트집도 잘 잡고, 자유시간을 이용해 기합도 잘 주고, 군기도 잡고, 청소도 빡세게 시키는 그런 생도가 되라는 것이었어.

너는 독서 때문인지 하나의 처세이론을 가지고 있었어. '부하를 다스리려면 몸을 잡지 말고 마음을 잡을 것.' 이런 거였지. 너는 상급생들이 육체적 고통과 공포감 조성을 통해 자신의 존재감을 드러내려는 행동을 지극히 경멸했어. 선임하사가 무서운 것 중 하나는 청소를 몇 번이고 다시 시키는 거였어. 그런데 너는 청소 전에 하급생들을 집합시켰지. 청소시간은 60분인데, 너는 30분 동안 네가 독서한 내용들을 요약해준 거야. 하급생들 눈이 초롱초롱해졌지. "남자는 신사로 다듬어져야 한다." "찐득거리지 말고 아쌀해져라." "뉘른베르크 시계는 2차 대전 전범들의 처형 시간을 위해 돌았지만 여기 태릉의 시계는 인격을 갈고 닦기 위해 돌아간다." "인생은 멋이다. 그래서 내 종교는 멋이다." 같은 말이라도 가슴에 남겨지도록 상징화시키려고 노력했지.

청소시간의 절반은 네 연설이었어. 6개월 동안 매주 금요일마다 30분씩 연설을 했으니 네 웅변 실력, 연설 능력이 얼마나 향상됐겠니? 너처럼 이렇게 시간을 선용한 생도는 아마 없었을 거야. 그리고 청소를 시키기 전에 너는 청소의 중점을 말해 주었지. 중점을 미리 알려주니까 얼마나 안심이 되었겠어. 이제까지는 선배들이 무조건 엄포를 놓고 공포감을 주면서 "청소 실시" 구령을 내렸지. 그리고 60분 동안 청소를 해놓으면 창턱에 먼지가 있다느니, 복도에 봉걸레 조각이 있다느니 트집을 잡아 기합을 주었지. 그래서 후배들이 너를 좋아했던 거야.

화장실, 문 앞에만 가도 악취가 진동했지. 그 악취를 제거하려고 하급생들은 위험한 염산을 바닥에 붓고 솔로 닦아냈어. 염산이 몸에 튀면 살이 탄다고 했어. 너는 생각했지. 어떻게 하면 오줌방울이 소변기 주위 바닥에 떨어지지 않게 할까? 하늘 같은 4학년이 하급생들을 모아놓고 정색을 하면서 오줌방울 관리를 철저히 하라고 말하는 것은 곧 자기 인격 비하로 인식돼 있었어. 그래서 누구도 거기까지는 간섭하지 못했지. 너는 프레임 플레이를 하기로 마음먹고, '지시' 프레임을 '유머' 프레임으로 바꾸기로 했어.

오전 8시 학과출정, 책가방을 옆구리에 끼고 집합한 후배들을 향해 갑자기 긴장 분위기를 조성했지. "책 들어" "책 놔" 기합을 주었어. 잔뜩 긴장한 하급생들은 무슨 영문인지도 모르고 땅에다 책가방을 내려놓고, 다시 드는 동작을 여러 번 반복했어. 영문몰라하는 하급생들에게 너는 무슨 거창한 말을 하려는 듯한 포즈를 잡았지. 하급생들은 물론, 행진대열 뒤에 서 있던 동기생들도 무슨 거창한 말을 하려나 궁금해했었지. 그때 너는 "제군들~" 하고는 뜸을 들였어. 무슨 거창한 소리가 나오려나 눈들이 반짝였지. "제군들, 이제부터 화장실에 가면~" 여기에서 한동안 침묵을 했지. '화장실에 가면' 다음에 나올 말이 무엇인가 모두들 궁금해했어. "최후의 한 방울까지 철저히 관리하라." 그리고 무슨 거창한 말이라도 한 것처럼 또 한 번 눈을 좌우로 돌리며 말을 멈추었지. 잠시 침묵하던 동기생들이 킥킥거렸고, 이어서 잔뜩 얼어붙었던 후배들이 웃음을 참지 못해 키득거렸어. 너의 이 말이 명언이 된 거야. 화장실에 갈 때마다 후배들은 웃었고, 복도에서 너를 만나면 차려 자세를 하면서도 웃음을 참느라 애들을 썼지. 이후 화장실은 악취 없는 상큼한 공간이 됐어. 모두가 개선이 불가능하다고 생각한 일을 너는 유머 하나로 거뜬히 해결했던 가야. 너는 독서에서 터득했지. 문제 있는 곳엔 반드시 해결책이 있다고.

키 작은 지휘관 생도의 영광

너의 잠재했던 능력이 발휘되자 네가 속한 제5중대 훈육관님이 육사 창설 이래 가장 파격적인 인사를 건의했지. 전통적으로 육사에서는 체격이 커야 생도자치제의 지휘관 생도로 임명되었어. 우선 예식이 많은 곳이 육사이기 때문에 퍼레이드 대열의 앞에 서는 지휘관 생도와 참모진은 키가 커야 했어. 그런데 하기 군사훈련 2개월 동안에는 예식행사가 없었지. 기본 복장이 훈련용 작업복이었으니까. 하기 군사훈련 기간의 지휘관 생도들은 예식용 칼(세이버) 대신 권총을 찼지. 그런데 네가 속한 제5중대 훈육관이신 이기택 대위님이 너를 하기 군사훈련 1, 2학년 교육대 대대장 생도로 추천을 하셨고, 당시 정래혁 육사 교장님이 이를 허락하셨지. 대대참모 생도들 역시 키가 작은 생도들로 구성했어. 정래혁 교장님은 이를 '나폴레옹 지휘부'라고 이름 붙여주셨지. 정래혁 교장님, 2004년부터 3년 동안 12월 31일이 되면 뒤뚱뒤뚱 네 사무실을 손수 찾아오셔서 100만 원이 든 봉투를 놓고 가셨지.

1, 2학년을 인솔하고 태릉역에서 기차를 타고, 부산 수영해수욕장으로 가서 1, 2학년에게 수영훈련을 시켰어. 기차역에서 열차의 각 객실을 담당하는 중대장 생도들로부터 탑승 완료 보고를 받던 네 모습은 참으로 멋졌지. 수영해수욕장에서도 매일 여러 차례씩 같은 동기생들로부터 준비완료 보고를 받던 네 모습을 다시 떠올려 보자구. 그때 어느 후배의 모친이 먹을 것을 싸 가지고 오셔서 너를 대접하셨어. 그 모습을 함께 보았던 후배의 여동생 자매가 한동안 너에게 편지를 보냈었지. 키가 작은 생도가 1, 2학년 교육대 대대장 생도가 된 역사는 없었어. 이것도 쉽게 망각의 장으로 보낼 수 있는 작은 족적이 아니었다구.

대대장 생도 밑에는 4명의 참모 생도가 있었지. 그리고 4명의 중대장 생도와 8명의 구대장 생도가 있었어. 다 동기생들이었지. 너는 동기생인 부하 지휘관생도들에게 지침을 내렸어. "1. 2학년에게 군복 입은 구보를 금한다. 구보는 트레이닝 차림으로만 시켜라. 우리가 해온 구보는 체력단련이 아니라 노동이고 기합이었다." 그런데 2명의 중대장 생도들이 이 명령을 어기고 심한 구보를 시킨 사실이 보고됐지. 너는 이를 용서할 수 없다고 생각했어. 지휘관 동기생들 16명을 모두 집합시켰지. "군대는 원칙과 명령으로 유지됩니다. 명령은 군의 기율과 전쟁의 승패를 좌우하는 절대적 존재가 돼야 합니다. 이에 토를 달 수 있는 지휘관 생도 있으면 말해보시오." 아무도 대꾸하지 못했어. "당신들도 맞고, 나도 맞읍시다." 그들을 엎드리게 해놓고 곡괭이 자루로 한 대씩 상징적으로 때렸지. 자존심이 얼마나 상했겠냐구. 같은 동기생으로부터 빠따를 맞았으니, 그들에게도 일생 내내 잊히지 않았을 거라구. 그리고 나서 네가 엎드렸지. "1중대장 생도는 나를 때리시오." 그는 차마 몽둥이를 들지 못했지. 그러자 한 중대장 생도가 "대대장 생도님. 죄송합니다. 우리가 잘못했습니다." 이후 1, 2학년은 남은 하기 군사훈련 기간에 군복 입은 구보에서 해방됐지.

드디어 세월에 떠밀려 졸업을 하게 되었어. 다른 동기들은 해방감에 들떠 있었지만 너는 요람에서 밀려나는 것처럼 서운해했었지. 육사가 다시 빚어낸 지만원은 어떤 제품이었는지 정리해 보자구. 작지만 작다고 생각되지 않고, 단단한 몸매로 다듬어져 있었지. 눈매에는 우수가 서려 있었지만, 나름의 카리스마가 형성돼 있었어. 그리고 말을 통해 부하들의 능력을 극대화시킬 수 있는 전달력을 구비하고 있었지. 이게 육사가 조각해준 너였어. 국가가 지만원을 다시 빚어준 거지. 그래서 너는 늘 국가에 감사해 왔어.

제4장 대한민국 육군 소위

제4장 대한민국 육군 소위

초등군사반 과정, 광주 4개월

1966년 2월 28일, 드디어 화랑연병장에서 성대한 졸업식 행사가 열렸지. 박정희 대통령과 육영수 여사님이 일일이 졸업생들의 손을 잡아주셨어. 기계적이었던 그 순간이 지금 생각해 보면 참으로 영광스러웠지. 아시아 10대 인물로 추앙받는 국가부흥의 아버지, 세계 최정상급 인물들이 극찬했고, 등소평이 롤모델로 삼았던 위대한 대통령과 악수를 한 사실은 기억돼야 할 행운의 순간이야.

일주일 후 동기생들이 광주에 있는 전투교육사령부(전교사)에 도착들 했지. 졸업해서 소위 계급은 달고 있었지만 또다시 내무생활이 시작됐어. 2개월째에 접어들면서 비로소 하숙을 허락했지. 막연히 동경해왔던 자유의 공간이 열렸던 거지. 하숙집을 구하려고 동기생과 함께 그럴듯하게 생긴 집을 찾아다니면서 혹시 하숙을 치시느냐고 물었지. 당시에는 복덕방이라는 존재는 개념조차 없었고, 하숙이라고 써붙인 집도 없었어. 결국은 세 동기생이 이웃해서 계림동에 하숙집들을 구했지. 마지막 한 달은 유격훈련이고, 훈련이 끝나는 바로 다음날 초등군사반 교육이 끝나니까 하숙 생활은 겨우 2개월 동안만 한 거였어. 그 짧은 2개월에 추억들이 많이 담겼지.

세 동기들의 하숙집 동네에는 만홧가게가 있었고, 그 주인아주머니가 상냥해서 가끔 세 소위를 불러 음식을 대접하셨지. 그 댁이 사랑방이었어. 만홧가게 집에는 중학교 2학년 꼬마 여식이 있었어. 이 꼬마가 등교할 때마다 시간에 쫓기면서도 꼭 네 하숙방에 와서 영어책을 내놓고 읽어달라 했어. 읽어주는 동안 꼬마는 언제나 딴청을 부렸지. 나중에 생각해 보니 영어책 읽어달라는 건 구실이었어. 그런 어느 날 꼬마는 만홧가게에 공짜 극장표가 왔다며 네 손을 잡아끌며 극장을 가자고 했어. 한여름, 꼬마의 손에 이끌려 극장에 갔지만 자리가 없어서 복도에 서 있었지. 꼬마는 그 더운 날에도 네 손을 조금도 놓아주지 않았어. 황야의 무법자, 클린트 이스트우드가 참으로 멋있었지. 그런데 그 영화에서 너는 네 일생의 지표가 된 굉장한 철학을 발견했어. 자유를 누리려면 1등 실력자가 돼야 한다는 것. 실력자가 안되면 남의 지배를 받아야 하고, 직장에 나가 잔소리를 들어야 하고!

영화가 끝났는데도 너는 그 영화가 네게 무슨 교훈을 주려고 했는지를 골똘히 생각하느라, 꼬마 손에 이끌려 집에 올 때까지 사색에 잠겼어. 지금 생각하면 참으로 맛대가리 없는 오빠였지. 그 꼬마에게 빵도 사주고 아이스크림도 사주지 않은 것이 참으로 부끄러울 만큼 무미건조했어. 그런데도 꼬마는 네가 유격훈련에서 돌아오기를 손꼽아 기다렸는데 너는 유격훈련이 끝나자마자 곧바로 떠났지. 그 꼬마는 몇 날 며칠을 울었고, 두 달 동안 입맛을 잃어 바짝 말랐다고 했어. 중학교 2학년이면 불과 열네 살일 텐데, 그런 꼬마에게 네가 상처를 주었을 것이라고는 상상조차 할 수 없었지.

유격훈련

육사 1학년이 되기 위해 받은 1개월 동안의 짐승훈련(기초군사훈련)은 체력의 한계에 도전하는 훈련이었지만, 소위가 돼서 전라남도 동복이라는 산골에 가서 받은 1개월 동안의 유격훈련은 생명을 내놓고 받는 무자

비한 훈련이었어. 가장 뜨거운 여름날, 새내기 소위들은 유격대 조교들로부터 공격을 당할 수 있고, 공격을 받으면 당시의 시쳇말로 직사하게 얻어터진다는 공포감을 가지고 산중의 산을 향해 떠났지. 삼삼오오 팀을 짜서 지도 한 장과 나침판 하나씩을 들고 독도(지도 읽기)를 해가면서 유격 훈련지로 찾아갔어. 큰길도 걸었고, 소로도 걸었고, 산도 넘었지. 무더위 땡볕에 얼굴이 새빨갛게 익어가지고 훈련소에 도착해 보니 주먹이 돌덩이 같다는 유격대 조교들로부터 얻어터졌다는 동기생들이 많았어. 이들은 씩씩거리면서 분을 참지 못해 했지. 이걸 놓고 당시는 신고식을 치렀다는 표현을 했어. 동기생들이 얻어맞는 모습을 보는 것만으로 새내기들은 공포에 질렸지. 유격훈련은 이렇게 맹수 세계를 연상케 하는 공포 분위기로 시작됐어. 힘들고 고단해서 코피도 흘리고, 얼굴은 푸석거렸고.

밧줄을 타고 높이 오르기, 밧줄을 타고 진흙탕 건너뛰기, 뜀틀 넘기. 하지만 여기에서도 가장 어려운 건 무거운 총을 들고 뛰는 구보였어. 너는 몸이 가벼워서 다른 건 다 잘했는데 뜀틀을 뛰어넘지 못하고 자꾸만 중간을 올라타고 앉았어. 다른 동기생들이 이런 잘못을 했을 때는 철주먹으로 광대뼈를 얻어맞아 몇 미터씩 날아가

쓰러졌는데 이상하리만큼 교관 대위는 네게 관대했지. "너는 됐어." 하루는 아주 먼 거리를 구보했어. 날은 후덥지근했고, 반환점을 돌아서 거의 훈련소에 당도할 무렵 너는 코피를 쏟았지. 가장 무섭다는 대위 교관이 따뜻한 말로 너는 그만 뛰라고 하면서 앰뷸런스에 타라 했어. 그 무섭다는 대위가 보기에도 네가 안쓰러웠던 거야.

90도 바위 절벽이 20m 정도 높았어. 밧줄을 타고 허리와 다리와의 각도를 90도 유지하면서 껑충껑충 뛰어서 내려오는 훈련도 했지. 몸이 가벼우니까 혼자서 밧줄을 타고 내려오는 거는 깔끔하게 잘했지. 그런데 나중에는 2명 1개조를 짜서 한 명이 다른 조원을 업고, 껑충껑충 뛰어서 밧줄 타고 내려오는 훈련을 했어. 그런데 너의 조에서는 네가 덩치 큰 동기생을 업고 내려오도록 돼 있었어. 불안한 쪽은 업히는 동기생이었지. "야, 지만원, 너 정말 할 수 있어?" "그럼, 걱정 마. 양쪽 다리에 중심을 잘 잡고, 꽁무니에 감아 잡은 밧줄을 잘 통제하면 돼. 걱정 마." "정말 잘할 수 있겠지?" "그래, 걱정 말래두. 문제없어." 업혀서 90도 암반을 조금씩 줄을 풀어가며 내려오는 동안에도 동기생은 두세 번씩이나 물었지. "야, 지만원, 잘한다. 끝까지 잘할 수 있지?"

"그럼, 걱정 마." 드디어 성공! 네가 덩치 큰 동기생을 업고 하강하는 모습을 동기생들도, 교관들도 불안하게 올려다보고 있었어. 성공적으로 내려오니까 박수들을 쳤고, 교관은 "귀관, 잘했다." 칭찬까지 해주었지.

그리고 또 다른 절벽 산 밑에 강이 흘렀어. 절벽에서 밧줄 도르래를 타고 빠른 시속으로 내려오다가 반대편 강안에 있는 바위에 부딪히기 직전에 낙하해서 궁둥이로 물을 타고 미끄러져 가다가 멈추는 훈련이 있었지. 교관은 여러 번 반복해서 훈련을 시켰어. "바위에 부딪혀 사망한 장교가 여러 명 있었다. 도르래 양쪽 자루를 꽉 잡고, 몸과 다리를 90도 각도로 꺾은 상태에서 '유~격~대'를 소리 높여 외쳐라. 마지막 '대' 자가 끝나면서 손을 놓아라. 잡은 상태에서 조금도 출렁이게 하지 말고 그대로 살며시 손아귀를 풀어라. 알겠나?"

그런데 너는 유격대 소리를 외치지 않고 벙어리로 내려달린 거야. 동기생들과 교관들이 무지하게 맘을 졸였지. 그런데 너는 앞 바위를 바라보면서 타이밍을 네 스스로 잡아 손을 놓았어. 궁둥이로 물살을 가르면서 그림 좋게 떨어졌지. 바위 옆에서 마음을 졸였던 교관으로부터 기합을 받았지. 쪼그려 뛰기 100번. "귀관은 낙하는 아주 잘했지만 유~격~ 대~를 복창하지 않고 낙하했다."

밤새 내 완전군장을 하고 중장비를 메고, , 무거운 M1소총을 메고 행군하는 코스도 있었어. 중장비는 무거워서 돌아가면서 메었지. 졸면서들 걸었어. 자면서 걷다가 눈을 떠보니 천야만야 낭떠러지가 밑에 보였어. 절벽 위에 난 풀길을 걷고 있었던 것이야. 자면서 걸었는데 어떻게 추락하는 사람이 없었는지, 참으로 불가사의했지. 훈련이 끝나자 모두의 얼굴이 푸석푸석 부어있었고, 모든 얼굴이 다 털북숭이가 돼 있었어.

양평 소위

네가 발령받은 부대는 최전방에 있는 부대가 아니라 조치원에 있는 향토방위사단이었어. 4명의 포병 동기생이 32사단으로 발령을 받았지. 기껏 배치받은 초임지가 민병대 수준이라고 업신여겼던 향토사단이라니! 조치원으로 갔더니 군인다워 보이지 않는 병사들이 제멋대로 흔들거리고 다녔어. 이게 뭔가 싶었지. 그런데 다음 날 이동명령이 내린 거야. 양평과 여주 사이에 있는 하자포리라는 동네를 중심으로 해서 도로 주변에 늘어선 부대들로 이동시키는 차량 인솔 임무를 받았지. 양평지역에 있던 백마부대 9사단이 월남으로 떠나자 백마부대를 대체하는 정규사단이 필요했는데 그게 바로 32사단이었어. 지금은 그 지역에 20사단이 주둔해 있지. 포병 동기생 4명 중 1명은 사단장 전속 부관이 되었고, 나머지 3명이 포병 298대대, 299대대, 300대대로 배치됐지. 너는 298대대. 대대에 가보니 병사들이 장교를 보면 인사하기 싫어 고개를 돌리거나 숙여가면서 못 본 체했어. 작은 고개 너머에 따로 지어진 식당을 오가면서 침 뱉고 떠들고, 완전 민병대였지. 그 꼴이 네 눈에 거슬렸어.

왜 저렇게 제멋대로인가 생각해 보았지. 사단을 하나 새로 만들려니까 이 부대 저 부대에서 십시일반으로 병력을 차출했던 거였어. 병력을 뽑아서 보내는 부대의 부대장 입장에서는 평소 문제아에 가까운 불량품들만 뽑아 보냈던 거였어. 그러니 부대 내에서 침 뱉고, 쌍소리하고, 장교만 보면 고개를 숙이거나 외면들을 했지. 더구나 너는 체격이 작으니까 돌려놓고는 자기들끼리 비웃어댔을 거야. 너는 생각했지. '저런 군대 가지고 무슨 전쟁을 할까?' 너는 서까래 하나를 질질 끌고 다녔지. 서까래를 끌고 식당과 내무반 사이에 있는 고갯길을 지킨 거야. 오는 놈들마다 다 세웠지. 몹시 추운 날이었어. 뒤에 오는 놈들은 영문도 모르고 달달 떨면서 열을 지어 섰지.

3열 횡대로 집합시켰어. "너희들 행동하는 거 보니까 깡패 양아치들을 보는 것 같다. 너희들 왜 여기에 차출돼 왔는지 알아? 이전 너희들 부대 상관들이 너희가 예쁜 짓 했으면 여기로 보냈겠냐? 침 뱉고, 쌍욕 입에 달고, 장교를 개떡같이 보는 그런 양아치 자식들이니까 너희들이 뽑혀온 거다. 나는 이런 너희들을 상대로 군기 잡으라는 명령을 받고 왔다. 앞으로 장교를 보면 일부러 다가가서 큰 소리로 '충성' 외치면서 인사해. 알겠나?" "예." "다시 크게 말해." "예." "앞으로 두 사람 이상이면 열 맞추고 발맞추며 다녀. 알겠나?" "예." "이 부대는 창설되는 부대야. 네놈들이 세우는 전통이 후배들에 물려지는 거라구. 알겠나?" "예." "모두 상의 벗어." 그 추운 날 야전 외투로부터 러닝까지 다 벗으라니! 병사들이 머뭇거리며 서로 눈치를 보았지. 대대 병력이면 400명이 넘었어. 서까래를 높이 들어 병사를 때릴 포즈를 잡았지. 그랬더니 눈치만 보던 놈들이 다 옷을 벗었어. 추위가 살을 날카롭게 베었지. 이빨은 덜거덕거리고, 모두가 가슴을 움츠렸어. "가슴 펴" 하면서 서까래를 또 높이 들었지. "너희들, 해산하면 내무반까지 옷 끌어안고 뛰지 말고 발맞춰 걷는다. 알겠나?" "네." 해산시켰지. 그랬더니 녀석들은 조금만 걷는 시늉을 하더니 어느 정도 거리가 생기자마자 킥킥거리며 뛰기 시작했어. 소문이 퍼지자 네가 서까래를 끌고 다니기만 해도 군기가 있어 보였지.

그런데! 그 병사들이 너를 무척이나 좋아하고 따랐어. 네가 서까래를 끌고 다닌 것은 유머였고, 위트였던 거야. 단 한놈도 네게 맞은 놈 없었잖아. 이런 모습 보시는 대대장님, 대위님들, 다 너를 귀엽게 보셨겠지. 어쩌다 동네에서 파티가 열리면 부대대장님 사택에서 열렸어. 중사와 상사 부인들이 맛깔나는 음식들을 잔뜩 해오고. 정이 어린 이런 문화는 이후 그 어느 부대에서도 없었지. 특히 너를 예뻐해 주신 분은 부대대장님 사모님이셨어. 너에 대한 호칭이 '우리 지 소위'였어.

연인에 바친 모험

양평에서는 하숙집이 없고 방만 빌려 자취를 했는데 유미영 선생님이 주말에 가끔 찾아와 밑반찬을 마련해 주고 가셨지. 마침 유미영 선생님이 양평 가까운 곳으로 학교를 옮겼기 때문에 왕래하기가 좀 수월해졌어. 그다음 주 토요일 밤에는 네가 선생님 거처로 가기로 약속을 했었지. 그런데 그 토요일에 근무가 늦게 끝나 중앙선 열차의 막차를 탈 시간이 빡빡했어. 마침 자전거가 오기에 네가 세워서 양평역에 가야 하니, 가는 데까지  만 태워달라 했지. 자전거 뒤에 타자마자 앞에서 커다란 트럭이 달려왔어. 자전거 주인이 핸들을 갑자기 트는 바람에 개천 위에 있는 낭떠러지로 굴렀고, 낭떠러지에는 작은 아까시나무들이 들어차 있어서 네 얼굴 여기저기에 상처가 났어. 자전거 주인은 혼자 사라져 버렸고. 너는 황당한 낙오자가 된 거야. 걸어서 양평역까지 가려면 시간도 부족하고, 얼굴에서는 피가 흐르고. 황당한 마음으로 터벅터벅, 일단 자취집으로 돌아갔지.

당시는 전화가 없던 시절이라 열차를 기다리던 유미영 선생님이 밤새내 얼마나 불안해할까 생각하니 마음이 불편했어. 너는 시골집에서 어쩌다 밤똥을 눌 때면, 바로 위의 누나에게 보초를 서게 해놓고 순간순간 "누나 누나" 부르면서 용변을 보았었지. 이렇게 겁쟁이였던 네가 유미영 선생님이 밤새 걱정할 생각을 하니 도저히 그대로 잘 수가 없어서 일생일대의 비장한 결심을 했지.

작은 군용플래시를 들고 300고지나 되는 산길을 넘기로 한 거야. 고갯길에는 낮에 걸어도 으스스한 성황당 돌무덤이 있었지. 머리털이 하늘로 치솟는 과정을 여러 번 겪으면서 산을 넘었지. 극한적 공포와의 전쟁이었어. 도깨비도 상상되고 귀신도 떠오르고. 이어서 개울을 건너고 초원길을 한동안 걸었지. 드디어 동네 불빛이 보이기 시작하자 기나긴 지옥의 터널을 벗어난 느낌이었지. 무서움 잘 타는 네가 혼자서 작은 군용플래시 하나만 믿고 수풀 우거진 5월의 높은 산을 넘었다니! 넘어놓고도 실감이 나지 않았지. 사랑하는 사람의 별채 방 앞에 서는 순간 모든 고통이 눈 녹듯 사라졌어. 연인의 방에서 문종이를 통해 나오는 불빛의 감개무량함도 한순간! "나야~" 이 한마디에 득달같이 문이 열렸지. 꿀이 뚝뚝 떨어지는 얼굴, 맨발로 튀어나와 너를 포옹한 채 방으로 안아갔어. 상처 난 얼굴을 만지고 또 만지면서 약을 발라주고, 세숫대야에 물을 담아 와 발을 씻어주고, 진땀 어린 몸을 닦아 주었어. 그 따뜻한 손길은 한 시간 동안 겪었던 극한적 고통을 충분히 보상받고도 남았지. 사랑이란 무엇일까? 네가 그날 밤 실천한 것이 곧 사랑의 정의(definition)였어.

소위의 리더십

소위와 대위 사이에는 신분적 격차가 존재하지. 아무리 빨리 진급해도 소위가 대위가 되려면 5년이 걸렸어. 네가 배치됐던 제2포대 포대장은 고참 대위였어. 네가 서까래 들고 다닐 때 제2포대장이 스케이트를 타다가 골절이 되어 입원을 했지. 중위 한 사람을 2포대장 자리에 대리 근무하게 하는 것이 관행이었지만 대대장님은 당분간 너더러 포대장 대리 근무를 하라 하셨어. 파격이라 해도 대단한 파격이었지. 대대장님 입장에서는 대단한 모험이었어. 왜냐하면 만일 네가 대리 근무를 하다가 큰 사고라도 터진다면 감찰이 나오고, 대대장님은 대위가 할 일을 소위에게 맡겼다고 파면까지 당할 수 있는 거였어.

매일 퇴근 시간이 되면 상부에서 명령이 내려왔지. 퇴근해서 간고등어에 두부 썰어 넣고 빨간 고춧가루 켜켜 넣어서 바글바글 끓여 준비한 찌개에 소주 한잔하는 것이 전방생활의 로망이었지. 그런데 거의 매일같이 그런 시간에 대장님이 포대장들과 참모들을 집합시키니까 대위들의 얼굴에 짜증과 불만이 가득했어. 대대장님은 키가 크시고 미남이었는데 굉장한 신사였지. 포대장들의 불만 어린 얼굴을 보시면서도 못 본 척하시고 메모할 지시내용들을 하달하셨고, 포대장들은 마지못해 받아 적었지. 가끔 좀 어려운 지시내용이 있으면 대대장님은 너를 바라보셨어. "지 소위, 이해해요? 할 수 있어요?" 그럴 때마다 너는 환하게 웃으면서 "네, 알겠습니다. 문제없습니다." 시원시원하게 대답했지.

하지만 네가 내용을 알아서도 아니었고, 문제가 없다고 생각해서도 아니었어. 네게는 믿는 구석이 있었지. 분대장들과 하사관들이었어. "나는 육사에서 영어공부, 수학공부만 했지, 이런 데 대해서는 아무것도 모르고 낯설다. 나 좀 가르쳐 달라." 사실 이런 이야기를 부하들에게 솔직하게 말할 수 있는 용기를 가진 장교는 별로 없었을 거야. 네가 너무 솔직하니까 중사, 하사, 병장들이 친근감을 느꼈고 감동도 했지. "그거는 이러이러한 뜻인데 이렇게 저렇게 하면 됩니다."

똑같은 내용의 일이라도 상급자로부터 딱딱한 언어와 고압적 자세로 명령받으면 일을 하면서도 신이 나지 않아. 군대생활이 싫증나고 불행한 거지. 그런데 자기들이 생각한 것을 자기들이 실행하면 누구나 다 주인의식을 갖게 되지. 일을 하면서도 행복감을 느끼게 되고. 너는 부하들로부터 배우고, 부하들은 행복감을 느끼고. 부하들이 부대 근무를 짜증스러워 하면 그들의 삶도 불행해지고, 안전사고도 자주 발생하게 되지. 대위 포대장이 근무할 때의 포대 분위기는 어딘가 경직돼 있었고 병사들 얼굴이 포커페이스였어. 그런데 네가 포대를 지휘하면서 포대 분위기는 명랑해졌지. 퇴근 시간이 되면 병사들은 이웃 마을에 가서 김치를 얻어다가 두부김치찌개를 만들어가지고 막걸리 한 주전자 가지고 와서 너를 대접했어. 그때 참 행복했었지. 담소하면서 함께 먹고 함께 마셨지. 그 따뜻한 정경은 지금도 그리워지는 추억이야. 아래위의 관계가 아니라 가족과 같은 관계. 서까래 끌고 다닐 때가 엊그제 같았는데. 그 거친 병사들이 양같이 순해졌고, 너를 적극 보호하고 돌보는 순둥이들로 변했어. 네가 생도 때 터득했던 지혜와 철학, '몸을 잡으려 말고, 마음을 잡아라.' 바로 이거였어. 부하에게 인간 대접하고 정을 주어야 정을 받는 거였어.

가끔 퇴근 시간이 오면 병사들이 "소대장님, 대대장님 오셨습니다!" 마치 자기들이 대대장님으로부터 대접을 받는 것처럼 어깨가 으쓱해지면서 1호 차를 손가락으로 가리키곤 했지. 그때마다 대대장님이 인자하신 얼굴로 웃으면서 지프차에서 내려 서 계셨어. "응, 우리 지 소위, 어서 타." 너를 태우시고 10분 거리를 달려, 가게 앞에서 내리셨지. 2홉들이 소주 한 병을 사가지고 저녁 식사를 하시면서 자로 잰 듯 똑같이 나눠주셨지. 몹시 어려워했지만 행복했어. 그리고는 운전병더러 지 소위 님을 집까지 잘 모셔다드리라 하셨지. 거의 1~2주에 한 번꼴로. 대대 전체에서 지 소위는 대대장님이 아끼는 장교로 정평이 나 있었어. 계급 높다고 너를 함부로 대하는 장교가 없었지. 이게 바로 네가 말하는 자유공간 이었어. 너를 간섭하는 참모들이 없었던 거야.

하루는 퇴근 시간의 분위기가 매우 긴장돼 있었지. 내일 새벽에 미8군 출동준비태세 검열이 있다는 거였어. 당시에는 미8군 출동 검열이 매우 무서웠지. 대대장님이 또 지휘관과 참모들을 불러 준비를 철저히 하라고 강조하셨어. 다른 포대장들은 포대에 잠깐 들렀다가 지프차를 타고 퇴근들을 하셨지. "철저히 준비해. 알았어?" "네." 너는 미8군 검열이라는 단어 자체에 겁이 났지. 병사들에 물었어. "소대장님, 아무것도 아닙니다. 명령을 받자마자 적재카드에 적혀있는 대로 각 창고에서 장비를 꺼내다 포차에 싣고 시동 걸면 끝입니다." "적재카드가 뭔데?" "네, 이겁니다." 손바닥 크기의 노란 카드, 차량 적재함에 실어야 할 장비와 위치가 그려져 있었어.

너는 백묵으로 마루에 차량 적재함 크기로 그림을 그렸지. "그럼, 이 카드대로 한번 실어 봐." "문제없으니 소대장님 퇴근하십시오." 병사들의 이 말만 믿고 퇴근했으면 큰일 날 뻔했지. 군수품은 성질에 따라 1종, 2종, 3종… 등으로 구분되었고, 각 종류마다 창고가 달랐어. 병사들이 이 창고 저 창고에 다니면서 적재카드에 명시돼 있는 물건들을 찾았지만 자주 찾지 않는 창고들이라 낯설어했지. 창고 내에서도 물건들이 뒤엉켜 있었고 모든 창고를 잘 정리하고 나니 새벽 두 시가 되었어. 이렇게 확실하게 준비하고 나서야 불안감이 해소됐지.

새벽 6시, 비상 방송이 울렸어. "전 부대 출동 준비하라." 단 10분도 안 걸려 너는 "제2포대 출동준비 끝" 우렁차게 보고를 했지. 그런데 다른 포대는 우왕좌왕하다가 40분도 더 걸렸지. 여기에서 너는 또 확인이 매우 중요하다는 교훈을 실감했지. 그래서 박정희 대통령은 한번 지시해놓고, 믿지를 않으셨어. 일이 삐뚤어지기 전에 여러 번 현장에 가셔서 당신이 원하는 그대로 일이 마무리되도록 하셨지. 1% 지시와 99%의 확인. 군대에서 늘 외우는 슬로건이지만 실제로는 이를 지키는 군인이 드물지. 소위 때 겪은 이 경험은 네가 일생을 살아가는데 일종의 DNA가 되었어. 포대장이 병원에 있는 동안 대대장님이 중위에게 부대를 맡기지 않으시고 너에게 맡긴 것이 너에게는 참으로 많은 배움의 기회가 되었던 거야. 바로 그날 밤, 대대장님은 또 너를 태워가시면서 칭찬을 하셨지. "지 소위, 어떻게 그렇게 빨리할 수 있었어? 나도 놀랬어!" 사실대로 말씀드렸더니 한동안 너를 바라보셨지.

하극상

군에서는 '쪼인트 깐다'는 말이 유행이었지. 무릎뼈와 정강이뼈를 딱딱한 군화 끝으로 걷어차는 것. 너는 맞아본 적도, 때린 적도 없지만 쪼인트 까기는 분명 군사문화의 한 축이었어. 너와 가까웠던 한 군의 선배님은 6.25 때 간부 후보 라인으로 임관을 하셨는데 중령 때까지 하사관과 장교들의 쪼인트를 습관적으로 깠다고 하셨지. 그래서 어떤 경우는 자기가 생각해도 왜 그렇게 많이 때려 일생을 불구로 살도록까지 만들어 놓았는지 스스로도 이해가 안 간다고 회고하셨어. 대령으로 예편을 한 후에야 자기가 얼마나 작은 존재인가를 느끼게 되었고 70줄에 가서는 자기가 죄를 많이 지었다는 후회를 하셨지. 용서를 빌어야 할 부하들을 수소문 했지만 겨우 한 사람이 대관령 산골짜기에 가난하게 살고 있다는 것을 찾아내, 양복 한 벌 값을 가지고 찾아가 식사를 대접하면서 용서를 빌었다 하셨어. 이렇게 많은 빚을 지고 세상을 하직하기가 너무 무서워진다고 괴로워하셨지.

그런데 습관적으로 쪼인트를 까고 주먹을 휘두르는 대위가 298대대 작전과장이었어. 대대장과 부대대장은 천하의 호인이신데, 작전과장 한 사람이 사나운 상어 노릇을 했지. 이 인간은 아마도 너를 괘씸하게 생각하고 있었는지도 몰라. 모든 장교들이 자기한테 와서 따리 붙이고 얼굴도장 찍는데 너는 그런 거 상상조차 못했잖아. '짜식, 대대장한테만 잘 보이면 다야?' 충분히 그렇게 미워하고 있었을지도 몰라. 전라도 출신에 눈과 볼때기에서는 심술이 줄줄 흐르고 혀가 두꺼워서 음성에 따따따 따발총 소리가 진동하고, 말을 할 때마다 입가에 하얀 거품이 고이고, 참으로 밥맛없이 생겼지. 키는 너보다도 작고 몸은 뚱뚱하고 팔자걸음이라 팔을 요란하게 휘젓고 다니지만 보폭이 좁아 진도가 안 나가는 짱꼴라였지.

토요일 오후, 대대 내의 중사와 상사 여러 명이 너를 찾아왔어. "소대장님, 저희들은 소대장님을 참 좋아합니다. 저희들도 서로가 다 바빠서 만나기 힘든데 오늘은 여럿이 모이게 되었습니다. 평소에 존경하는 지 소위님 모시고 막걸리 한잔 대접해드리고 싶은데 허락하시겠습니까?" "아, 반갑네요. 그렇게 합시다." 언덕 위에 흙벽돌로 지어진 작은 건물이 PX라 했어. 넌 그런 PX가 있다는 걸 그날 처음 구경했지. 그냥 막걸리 파는 곳 같았어. 꽁치 통조림을 따 놓고 주말의 분위기를 냈지. 술들이 거나해지면서 작전과장을 성토하기 시작했어. 각자 정강이를 보여주면서 검붉게 부어오른 부상 부위를 보여주고, 가슴에 난 피멍 자국, 광대뼈에 나 있는 피멍 자국을 보여주었지. 모두가 다 작전과장에게 맞은 거라며 울분을 토해냈어. 어디서 맞았느냐 했더니 다 야외 훈련장에서 맞았다고 했어. 야간 훈련이 끝나면 모두가 강가의 돌밭에서 강바람과 영하의 추위에 떨면서 밤을 지샜지. 이런 혹한기 훈련을 주관하는 사람이 바로 작전과장. 고생하는 장병들을 찾아다니면서 수고한다는 격려의 말을 해야 할 관리자였어. 그런 그가 술을 마시고 술주정을 하고 다녔다는 거야. "이 새끼, 예의가 없어. 이 새끼야, 과자 좀 사 오고, 고기와 술 좀 사 오면 어디가 덧나? 이 싹수없는 개새끼야." 무소불위의 람보

질을 한 거였어. 이 사람 저 사람으로부터 호소를 듣는 사이 의협심이 발동했지. 의협심이 돋는 순간 술도 많이 마셨어. 네가 일어서자 부사관들은 주먹을 위로 들어 올리면서 "오늘 이 개자식으로부터 독립합시다" 하고 따라나섰지.

일렬종대, 언덕 위의 소로길을 걸었지. 취해서 걸으니까 멀쩡한 길이 울퉁불퉁하게 느껴졌어. 소로길 가에 지어진 방 한 칸의 흙담집, 허름한 한지문에서 촛불 빛이 새어 나왔지. 겨우 신발을 올려놓을 수 있는 흙봉당 위에는 빨간 하이힐과 목이 꺾어진 군화가 나란히 놓여있었고, 안에서는 교태 어린 여인의 목소리가 흘러나왔지. "과장님 계십니까?" 너의 이 말이 나오기가 무섭게 방문이 열리더니 "이 개새끼가 어디라고 감히 찾아와" 하면서 투박한 주먹을 네 광대뼈에 날렸어. 그다음부터는 육박전이 벌어졌지. 소로길 밑으로는 60도 정도의 경사가 20m 높이로 져 있었어. 아무래도 갓 유격훈련에서 길러진 순발력이 작용했겠지.

하극상. 대책이 있었던 것도 아니야. 그냥 저지르고 본 거야. 다음날은 일요일, 그다음 날 월요일에도 너는 부대에 출근하지 않았어. 평소 너를 예뻐해 주신 부대대장님 사모님이 중사, 상사 부인들을 이끌고, 음식을 많이 해가지고 찾아오셨지. 중사, 상사 부인들은 너더러 영웅이라며 좋아했고. 자기들 남편의 분노를 늘 보아왔기에 앙갚음이 되었다고 생각을 한 거였어. 부대에서 가장 고참인 대위, 수송과장님이 널 찾아오셨지. "지 소위, 어차피 일은 벌어졌네. 수습을 하는 것이 자네에게도 대대에도 필요하네. 군대는 계급사회 아닌가? 계급이 낮은 사람이 높은 사람에게 미안하다, 용서해 달라 말하는 것은 쑥스러운 말이 아닐세. 지 소위의 행동을 나쁘게 생각하는 부대원은 없네. 수습하는 절차일 뿐, 정말로 잘못해서 비는 것이 아니니 내일 내 사무실로 와서 같이 갑세." 평소의 과묵했던 대위님 말씀에 무게가 실려 있었어. 그래서 "매우 감사합니다. 그렇게 하겠습니다" 했지. 대대장님은 보고를 받으시고 일체 노코멘트. 이 소문이 온 부대에 퍼졌어. "지 소위가 작전과장 패주었대." 작전과장으로부터 피해를 입은 수많은 사람들, 그에게서 공포를 느껴왔던 많은 부대원들이 고소하다, 지 소위 장하다, 이렇게 생각을 했다는 이야기가 들렸어. 특히 하사관 부인들이 굉장히 좋아했다고들 했지.

약속대로 화요일에 수송부 과장님을 찾아갔지. 이때 네 얼굴은 멀쩡했어. 단지 박봉으로 장만한 손목시계가 날아갔을 뿐. 수송과장과 함께 작전과장 집에 찾아갔더니 작전과장이 너에게 얼굴을 못 들고 목을 꺾어 옆만 바라봤지. 피멍이 조금 덜한 얼굴을 네게 보이려고 애를 썼어. "작전과장님, 죄송합니다. 제가 정신이 나갔었습니다. 이후 조심하겠습니다. 마음 푸십시오." 수송 과장님이 일러주는 대로 의무를 이행했지. 하지만 그것으로 용서할 물건이 아니었어. 그 인간 쪽에서 생각해 보면 이는 일생일대의 치욕이 아닐 수 없었을 거야.

그 작전과장이 사단 헌병대에 너를 하극상으로 고소를 했어. 그가 너를 고소한 사실은 부대에서 그와 대대장님만 알고 있었지. 하루는 사단 헌병대장 겸 헌병참모가 너를 호출하셨지. 헌병 조사실로 오라는 것이 아니라 참모님 공관으로 이른 새벽에 오라 한 거야. 차마 작전과장이 고소했으리라고는 상상을 못했지. "자네, 작전과장하고 몸싸움했나?" "네" "그 작전과장이 고소를 했네. 군대에서 하극상은 가장 엄하게 다루고 있네. 자네 육사까지 나와서 그런 하찮은 장교로 인해 영창에 가고 옷 벗으면 얼마나 억울한가. 자네 대대장님이 자네를 참으로 사랑하시더구나. 성실하고, 아이디어가 많고, 착한 장교라고. 군 선배인 우리가 장래가 촉망되는 젊은 장교 한 사람 같이 키워주자고 목을 매시더구

나. 없던 일로 해줄 테니 앞으로 절대 하극상은 하지 말게." "네, 참모님, 명심하겠습니다. 너무 감사합니다."

전라도 인간들은 군대에서도 티를 내지. 바로 10여 년 전, 네 아들의 친구가 신병으로 전방근무를 했고, 밤에 보초를 서고 있는데 전라도 고참이 와서 보초 서는 아들 친구의 코뼈를 부러뜨렸다 했지. 무지 때려놓고 병사를 꼬셨다고 했어. "보초를 마치고 오다가 넘어져서 코뼈가 부러졌다고 하면 앞으로 너와 친하게 잘 지낼게." 순진한 새내기는 고참이 시키는 대로 거짓 보고를 했다 했지. 그러자 부대에서는 "오죽 멀대 같으면 걸어오다가 코뼈가 부러지느냐"며 바보 신세가 되었다 했어. 그 이야기를 아들 녀석이 밤중에 전화로 듣더니 얼굴이 새빨갛게 상기됐었지. 아들에게 왜 그러느냐 물었더니, 바로 이런 사정이었어. 국방부 교환대- 육군 교환대- 1군 교환대- 사단 교환대를 거쳐 대대장 핸드폰 번호를 알아냈지. 대대장은 마침 너를 존경한다는 육사 후배였어. 결국 전라도 고참이 영창에 갔지. 국방연구원에서도 전라도 육사 출신 박사 세 사람과 피 터지게 싸웠지. 전라도에 어쩌다 매우 훌륭한 사람들도 있지만, 문제는 괜찮은 사람이 매우 귀하다는 거야.

너는 좁은 포병대대에 묶여 있을 수 없다는 생각을 했
지. 배트남전에 참전하겠다는 희망서도 제출했고, 공수
낙하 훈련과정도 지원해 놓고 있었어. 바로 이때 공수
부대 낙하훈련 명령이 내려왔지. 얼씨구나 하고 청량리
행 기차를 탔지. 그런데 기차 안에서 얼굴도 모르는 대
대 부사관 두 명이 너를 알아보았어. "지 소위님, 파월
명령 내려왔어요. 아세요? 빨리 육군본부로 가보세요."

월남으로 가는 배

버스를 타고 춘천에서 북쪽으
로 아슬아슬한 낭떠러지 길을
타고 산을 넘으면 오음리라는
곳이 있지. 바람이 없는 무풍
지대. 작은 반경으로 산에 둘
러싸여 있어서 항아리 분지라
했어. 거기에 월남전 교육대가 설치되어 한 달 동안 적
응훈련을 받았지. 그런데 교관들은 상상 속에서 지어낸
이야기들을 들려주면서 6~7월의 살인 더위에 장병들
을 뜨거운 땡볕 밖으로 내몰았어. 계급이 높은 장교들
일수록 직사광선이 쏟아져 내리는 무더위를 견딜 수 없
어 했지. 제발 더위에 견디는 실습훈련을 좀 줄여달라

며 돈을 걷어 로비라는 걸 했어. 월남에 가면 죽을지도 모를 장병들의 호주머니를 터는 수단으로 훈련과정을 이용하는 거였어. 훈련기간이 끝나자 춘천까지 행군을 시켰지. 살인적 더위에 그 먼 거리를 걸리다니! 걷다가 일사병으로 쓰러진 장병들이 속출했어. 트럭으로 이동시킬 예산이 나왔을 텐데 부대장이 기름값을 착복한 후 이렇게 고생을 시킨다는 불만과 욕들이 사방에서 나왔지. 군이 군을 사랑하지 않는 '군사문화', 사랑과 인간애를 느낄 수 없는 '군사문화'가 지금까지도 시정되지 않고 있지.

춘천에 도착할 때 장병들의 기력은 거의 다 소진됐었어. 얼굴에 핏기가 없고, 축 늘어진 상태로 기차에 올랐지. 부산으로 직행하는 동안 장병들의 얼굴은 납덩이가 되어 밤을 지샜지. 생전 처음 보는 부산항 부두. 2만 톤급 함정, 고층 아파트 몇 개 정도를 포개놓은 것만큼 어마어마했지. 부두에는 여학생들과 시민들이 꽃다발을 들고 나와 태극기를 흔들었고, '맹호는 간다', '달려라 백마'가 연주되었어. 장병들은 경사진 발판을 타고 올라가 함정의 층층에 재비들처럼 늘어서서 환송인들을 내려다보았지. 각자 가족의 얼굴을 찾느라 눈망울들이 분주했어.

뿌~웅~장병들을 가득 태운 함정은 기다리지 않고 떠났지. 부두가 점점 멀어지고 배웅 나온 인파가 까마득하게 가물거렸어. 병사들의 라디오에서는 이별의 멜로디가 흘렀고. "당신과 나 사이에 저 바다가 없었다면~", "님은 먼 곳~에~." 이내 배멀미가 찾아들었지. 모두가 선실에 들어가 멀미를 견디느라 애들을 썼어. 그런데 각자에 청소구역이 할당된 거야. 그 할당 구역을 각자에게 알려주고, 감독하는 업무를 고참 대위가 맡았는데, 그 고참 대위는 손 하나 까딱하지 않고, 만만한 너에게 다 맡긴 거야. 육사 4년 선배에 럭비선수였고, 훗날 3성 장군까지 한 선배. 어쩔 수 없이 비틀거리며 소위들에게 청소구역을 할당하면서 담당 청소구역을 보여줄 테니 따라오라고 해도 멀미한다며 거부들을 했지.

어지럽고 메스껍던 시간도 며칠, 망망대해의 밤은 참으로 환상이었어. 육중한 함정이 검푸른 물결을 가르면 물 위를 나는 물고기들이 떼를 지어 날아다녔지. 세상에 어떻게 물고기가 날아다닐 수 있을까? 지금까지도 신기한 광경으로 기억하고 있지. 밤하늘은 언제나 맑고 상쾌했어. 별똥별이 쉴 새 없이 기다란 실을 매달고 배 주위에까지 내리꽂혔고, 손을 길게 내뻗으면 잡힐 듯 하얀 별들이 눈앞에까지 내려와 있었지. 너무나 아름다워 시간 가는 줄 모르고 한참씩 홀려있었어. 내일엔 전쟁터가 나를 기다리고 있지만 오늘 밤 망망대해의 경치는 참으로 환상이었어. 그것도 배멀미 시간을 빼고 나면 불과 3일. 드디어 나트랑 항구에 도달했지. 월남식 발음으로는 '냐짱'. 아름답기로 이름나있는 냐짱이지만 한국군에는 병력수송의 한 수단에 불과했지. 승차하기가 무섭게 출발하는 군용트럭들. 도로를 달리면서 눈에 보이는 것은 검게 탄 흙과 사나운 가시나무 관목들뿐. 그야말로 황량하고 삭막하기 그지없었어.

그런데 몇 년 후 냐짱에 들릴 기회가 생겼지. 해변의 야경! 완만하고 길~게 휘어져 나간 새하얀 비치가 끝도 없이 이어져 있었어. 즐비하게 늘어선 호텔 콤플렉스 앞에 전개된 비치에는 선남선녀들이 컬러의 향연을 벌였지. 훗날 다시 한번 와 보고 싶은 곳이었어. 한쪽에서는 환희의 공간이, 다른 한쪽에서는 피의 전쟁이 공존하는 곳이 바로 베트남이었지.

백마 9사단 보충대에는 24인용 천막들이 처져 있었어. 지열과 천막 냄새가 어우러져 숨을 멎게 했지. 어둠이 깔리자 모기가 떼 단위로 덤벼들었어. 배멀미한다고 엄살을 부렸던 덩치들이 눈을 반짝이면서 이 사람 저 사람

만나는 거야. 고국을 떠나기 전에 미리 부대 배치와 보직을 섭외해 놓았던 거였어. 세상 사는 기술들이 뛰어난 사람들이었지. 연줄이 없는 7명의 소위들은 이튿날 날개가 둘 달리고 깻망아지처럼 생긴 육중한 헬리콥터 시누크(CH-47)를 탔지. 1개 소대 30명을 이동시킬 수 있는 헬기였어. 모두의 얼굴이 납덩이처럼 무거웠지. 눈에는 깊은 공포감이 서려 있었고. 이웃과의 대화도 없이 초점 잃은 눈만 열고 있었어. 40분 만에 투이호아 해변가, 28연대 헬기장에 착륙했지. 바로 이곳이 소위가 한 번 가면 죽거나 병신된다고 소문나있는 곳이었어.

홍길동 작전

28연대, 일명 도깨비 부대의 본부가 자리 잡은 모래밭 컴파운드에는 야전 병원도 있고, 네가 속한 백마 30포병대가 함께 있었어. 원래는 포병장교가 부임하면 포병대대장에게 먼저 전입신고를 해야 하지만 너는 곧장 보병 제3중대로 실려 갔지. 밤 9시! 이튿날 새벽 4시에 1개월 동안 수행되는 홍길동 작전에 투입되기 때문이었어. 네게 딸린 병사는 병장과 상병뿐. 한 명은 당번병이고, 다른 한 명은 무전병. 두 병사가 쌍안경, 나침판, 지도, 그리고 구리스펜과 함께 배낭과 물이 가득 담긴 수통 4개를 가져왔지. "소대장님, 내일 새벽 4시 출동입니다요. 철모를 두른 고무줄 띠에 모기약이 꽂혀 있습니다요. 여기 소금통이 있습니다요. 물은 남에게 주어서도 안 되고 달라 해서도 안 됩니다요." 문화적 충격이었지. 네 전임자는 육사 1년 선배. 그는 네가 하루라도 늦게 도착할까봐 애를 태웠다 했어. 너를 보자마자 호들갑을 떨고 반긴 것은 후배에 대한 정 때문이 아니었어. 육사 선후배 사이 있어야 할 최소한의 품위나 도리가 없었던 거지.

천막 안 야전침대에서 잠시 눈을 붙이자마자 출동 비상이 걸렸어. 모래길을 한동안 걸어가니 따따따따~ 헬기(UH-1H)들이 총을 쏘는 소리와도 흡사한 프로펠러 소리들을 요란하게 내면서 한 대당 5명씩 태우고 옆으로 누워서 날아들 갔지. 마치 육중한 말벌떼가 집단으로 날고 있는 모습이었어. 이것도 문화적인 충격! 두 병사가 너를 부축해 태워주고 안전벨트를 매주었어. 헬기는 옆으로 누워 반원을 그리면서 날았지. 한참을 날아가니 강과 내가 자주 보였어. 프랑스 점령 시절에 잘 가꾸어진 농수로에 물이 풍부하게 흐르고 있었지. 강물과 냇물과 농수로가 여명의 빛을 받아 조각조각 반짝거렸지.

이국적 정취와 미지 세계에 대한 공포감이 범벅된 순간들도 잠시, 헬기는 높은 고원지대에 펼쳐진 갈대밭에 2m 높이에서 잠자리처럼 정지해 병사들이 뛰어내리기를 기다려주었어. 병사들은 뛰어내리자마자 자동으로 사주(사방) 경계라는 걸 했지. 사방으로 흩어져 총을 겨누고 경계를 하는 전투 자세. 초원 위를 한동안 걸었어. 맨 앞에 선 고참 첨병이 개척하는 길이 곧 행군로였지. 높은 고원지대에는 수풀 지역도 있고, 정글 지역도 있고, 사나운 가시나무들이 빽빽하게 전개된 관목지대도 있었어. 초원을 지나자 바위 벌판이 나왔지. 바위들이 원체 커서 한 개가 오두막집 한 채만큼씩 컸어. 바위들 틈 사이에는 기분 나쁜 공간들이 형성돼있고, 바위들이 형성한 어두운 지하 공간에는 베트콩의 아지트들이 있다고 했어. 바위에서 바위로 건너뛰는 순간마다 힘이 주어지면서 땀이 비 오듯 했지만 햇볕이 너무 강렬하다 보니 땀은 나는 족족 말랐어. 그래서 모든 장병의 정글복엔 하얀 소금이 덮여있었지. 소금이 부족하면 어지러워지니까 가끔씩 알소금 2알씩을 입에 털어 넣고 물을 마셨지.

바위 위에서 씨름을 하는 동안 갑자기 맨 앞 첨병 쪽에서 둔탁한 총소리가 났어. M16 소총 소리는 여느 총소리와 다르게 소리가 낮고 부드럽지. 총소리가 나는 바로 그 순간, 모두가 바위 위에 납작하게 엎드렸어. 바위에 최대한 몸을 밀착시킨 후 고개를 돌려 보니, 모든 병사들의 눈에는 공포의 빛들이 역력했어. 이 순간 너는 무엇을 생각했지? '이 순간을 무를 수만 있다면!' 지구의 끝, 낭떠러지에 간신히 매달려있다는 생각을 했지. 고국의 그리운 얼굴들이 순식간에 스쳐 지났고.

총소리가 멎자, 수백 년 묵었을 나무들이 우거진 밀림 지대로 들어섰어. 병사들이 미소년 하나를 잡아놓고 있었지. 총소리는 이 소년이 도망하지 못하도록 쏜 공포였어. 미소년은 검은 옷을 입은 맨발, 나이는 열네 살이라는데 얼굴이 너무 귀엽고 예뻤지. 발가락이 모두 넓게 벌어져 있었고, 발바닥은 군화 바닥처럼 딱딱하게 굳어 있었어. 병사들이 아이에게 물었지. 베트콩이 어디 있냐고. "VC 어더우?" "베콩 어더우?" VC가 어디 있느냐, 베트콩이 어디 있느냐는 간단한 질문이었어. 소년은 연실 고개를 저으면서 "콩비엑, 콩비엑" 했지. 모른다는 뜻이었어. 병사들이 담배를 건네자 소년은 인상까지 써가면서 매우 맛나게 피웠어. 양담배 맛을 깊이 음미하는 듯한 진지한 표정으로.

병사들이 돌산 밑에 나 있는 동굴을 수색했지. 총소리가 여러 차례 나더니 베트콩의 무기고를 찾아냈다는 낭보가 무전기를 울렸어. 그 무기를 모두 꺼내 오는데 한 시간 정도는 걸렸지. 대박이 났던 거야. 정글의 밤은 서서히 드리워지는 게 아니라 카메라 셔터 내리듯 한순간에 내려앉았어. 중대장은 육사 16기, 너보다 6년 선배였지. 중대장이 전과 보고를 하자 연대장님과 대대장님의 신나는 목소리가 무전기를 울렸어. 즉시 헬기들을 보냈지. 정글 나무들이 촘촘히 우거지다 보니 서로 태양 빛을 더 많이 받겠다고 경쟁적으로 키들을 키웠어. 잎새들 사이에 우물 같은 공간이 나 있는데 헬기가 그 우물 같은 공간으로 망을 내렸지. 병사들이 그 망에 무기를 담은 후 플래시로 신호하면 헬기가 망을 감아올려 날아가곤 했어. 이렇게 하기를 열 번 정도? 중대장은 상관들이 기뻐하는 것에 정신을 잃고, 행복해하는 듯했어.

마지막 짐이 날아가자마자 고통의 시간이 엄습했지. 낮에 원체 땀을 많이 흘렸기에 갑자기 목이 마르기 시작했어. 모두가 입맛을 다셔보지만 물 한 방울 나올 데가 없었지. 갈증의 고통은 참으로 참기 어려웠어. 당번병이 오렌지 하나가 있다며 중대장에 건넸지. 오렌지를 반으로 나눈 중대장은 하얀 이빨을 보이며 네 팔을 툭 쳤어. 반쪽을 먹었지만 갈증에는 별 도움이 안 됐어. 병사들은 깡통에 자기 오줌을 받아 커피를 풀어 마셨다고들 했지. 중대장이 좀 원망스러웠어. "연대장님, 담에 오는 헬기에 물통을 좀 내려주십시오. 갈증이 심합니다." 이 한마디만 했어도 갈증의 엄청난 고통은 겪지 않았을 텐데~. 이것이 너의 월남전 전투의 첫날이었어.

날이 새자 중대장이 대대장에게 목이 마르다고 무전을 쳤지. "오, 알았다. 물을 받을 수 있는 야지로 즉시 이동하라." 헬기가 즉시 날아와 물을 떨구고 갔지. 다시 정글 속. 정글 속은 언제나 푸르스름한 어둠의 공간이었어. 휴식 시간에 팔뚝만한 지네가 너를 향해 다가왔어. 너는 그 형상에 주눅이 들어 "어~~어" 하고 신음 소리만 냈지. 이웃에 있던 고참 병장이 지네를 보자마자 철모 띠에서 플라스틱에 담긴 모기약을 눌러 지네에 뿌렸어. 모기약이 한 줄로 분사되자 지네가 괴로운 듯 꿈틀댔어. 병장이 눈짓을 하자 상병이 즉시 성냥불을 그어 던졌어. 지네가 눈 깜짝할 사이에 가루가 된 거야. 너는 느꼈지. 전투 현장에서는 병사들의 촉과 순발력이 참 중요하다고. 이런 순발력이 지금의 한국군 병사들에 과연 얼마나 길러져 있을까? 최근 군의 근무기간이 단축된 데다 부사관들이 장기 복무를 기피하고 지원자도 없게 돼 버렸지. 병장 봉급이 부사관이나 초급장교 봉급보다 높으니 어느 누가 부사관이 되고 싶어 할 것이며 초급장교가 되고 싶어 하겠어?

한 계곡에 이르자 높은 산을 넘어야 하는데 산 전체가 억센 가시나무 산이었어. 그 산을 넘으려면 정글도를 가지고 통로를 개척해야만 했지. 10미터를 개척하려면 많은 시간에 걸쳐 지칠 정도로 땀을 흘려야 하는 그런 처지에 있었어. 너는 통로 개척에 도움이 될까 해서 산 정상에서부터 포 6발씩을 능선을 따라 때렸어. 50m 간격으로. 6발의 포탄이 작렬할 때마다 쩌렁쩌렁 계곡이 울렸지. 보병들은 그런 광경을 처음 구경했다고 했어. 전쟁터에서는 포가 곧 군의 사기지. 산을 넘을 걱정이 태산 같던 바로 그 순간, 작전 종료 지시와 함께 철수용 헬기들이 날아들었지. 홍길동 작전 종료! 전과 만점!

기지로 철수하자마자 샤워부터 하고 수염도 깎고 이발도 했지. 너를 포함한 5명의 소대장들이 중대장 천막으로 집합했어. 아이스박스들에는 OB 캔맥주, 크라운 캔맥주가 얼기 직전까지 시야시 돼 있었고, 중대장의 턴

테이블에서는 구성진 유행가들이 울려 나왔지. 문주란, 정훈희, 박재란, 현미. 맥주를 마시면서 너는 네 살을 몇 번이고 꼬집었지. 살아있음을 확인하려고. 살아온 것이 신기하다고. 이런 식으로 어떻게 1년을 버틸까? 살아서 고국에만 갈 수 있다면! 무엇이든 할 수 있고 무엇이든 가질 수 있다고 생각했지!

전략마을 작전

베트남에서 따이한(한국군)과 주민 공히 가장 많은 피해를 본 작전은 마을 작전이었어. 채명신 사령관의 지침, "100명의 베트콩(VC)를 놓치더라도 한 명의 양민을 보호하라. 군은 물고기이고, 주민은 물이다. 주민의 협조 없으면 전쟁은 진다." 월남 주민들, 따이한을 참 좋아했어. 쌀과 C-레이션 등 똑같은 물자를 나누어 주어도, 미군이 주면 거부해도 따이한이 주면 좋아했지. 월남주민, 미군이 운영하는 진료소에는 가지 않지만 따이한 진료소에는 줄을 섰지. 따이한의 게릴라전 원칙이

참 훌륭했던 거였어. 채명신 사령관은 게릴라전의 원칙을 하달했지만, 예하 장군들과 장교들은 실제 전투를 위한 실무 작전 요령을 개발하지 않고, 임기응변식 작전들을 했어.

군사학교에서는 포위라는 걸 가르치지. 아직도 군에서는 포위를 손에 손을 잡고 강강술래식으로 적군을 둘러싸는 것으로 생각하고 있어. 그 이상의 교리는 없어. 한국군은 2차 세계대전에서 만들어진 FM을 교리의 전부로 여겼지. 그 이상의 응용능력을 발휘하지 않았어. 응용교리가 없고, 응용능력으로 개발한 순발력이 없기 때문에 병사들은 불필요한 희생을 많이 치뤘지.

평소 VC 전략촌으로 알려진 마을이 하나 있었어. 동네 사방이 억센 가시나무로 빽빽하게 둘러져 있고 군데군데 총을 쏘고 관측할 수 있도록 구멍이 뚫려있었지. 동네 전체가 으스스한 가시촌으로 보였어. 한번은 중령 대대장이 마을을 포위한다면서 마을 주변에 나 있는 농수로 둑을 따라 병력을 이동시켰어. 병력이 일렬로 촘촘히 붙어서 평상 속도로 걸어간 거야. 갑자기! 마을에서 AK소총이 요란하게 발사됐지. 한 명의 병사는 즉사했고, 여러 명이 부상을 입었어. 아주 순식간에!

그때는 네가 소위인데다 환경 자체에 익숙해 있지도 않아서 별생각이 없었어. 하지만 지금 생각하면 그때 마을 작전 교리가 있었어야 했어. 적이 있을 수 있는 의심지역을 통과할 때는 소규모 단위로 점조직을 만들어 몸을 낮춰 신속한 속도로 50미터씩 전진한 후 엎드려서, 그다음의 점조직이 이동할 수 있도록 엄호사격을 해 주어야 한다는 것, 이것이 지금 네가 생각해 보는 교리야. 누구나 착안할 수 있는 쉬운 원칙이지만 문제는 아무도 그런 발상을 하지 않았고, 그래서 많은 병사들을 희생시켰다는 거야. 자기의 태만으로 인해 졸지에 부하를 잃은 대대장이 분노했어. 그 분노가 과연 병사의 생명이 고귀해서였을까, 아니면 위로부터 점수를 잃기 때문이었을까?

대대에는 장갑차 2대가 작전 배속돼 있었고, 소대장이 소위였지. 보병 대대장이 장갑차 소대장에게 장갑차 두 대를 마을로 돌진시키라 명했어. 장갑차 소대장은 이를 무모한 명령이라며 반항을 했지. "대대장님, 무리입니다. 장갑차는 적탄통 한발이면 날아갑니다." 이에 대대장은 고성을 지르고 권총을 빼들면서 소위를 협박했지. 마을로 질주하다가 죽으라는 명령이었어. "명령을 거부해?" 중령이 소위에게 윽박질렀지. 결국 장갑차가 돌진하다가 소대장과 기관총 사수 모두가 즉사했어. 이 비극적 사례 역시 군이 군을 사랑하지 않은 전형적인 사례였어. 자기가 할 수 없는 일을 남에게 강요하는 것은 죄악이야. 이 말은 군의 모든 장교들이 하루에도 열 번씩 스스로에게 다짐해야 하는 격언이 돼야 해.

어느 날 새벽 두 시, 갑자기 출동 명령이 내렸어. 헬기를 타고 내린 곳이 추수가 끝나고 물기가 없는 논 벌판이었지. 내렸는데도 이동하라는 명령이 없어서 완전군장을 내려놓고 배낭에 기대 누워들 있었어. 멀리에서는 총소리가 울리고, 밤새 내내 조명탄이 떴어. 하늘로 쏘아 올린 조명탄은 공중에서 폭발하는 순간 밝은 빛을 발했지. 수많은 불덩이가 낙하산을 타고 흔들거리며 내려왔어. 불꽃놀이만큼 아름다웠지. 그렇게 날이 샜어. 작전계획이 엉터리였던 거야. 아침이 되자 잠을 깬 병사들이 "에이, 씨팔, 똥을 베고 잤잖아~." 여기저기서 침들을 뱉었지. 마을 사람들은 여명이 밝으면서 논둑으로 나와 발을 조심스럽게 올렸다 놓았다 하면서 똥을 피해 아침 변을 보았지. 병사들은 침을 뱉으면서도 C-레이션 깡통을 따서 요기들을 했어. 유난히도 하얀 플라스틱 숟갈들이 여기저기에서 반짝였지.

또 한 번은 베트콩이 많이 들어갔다는 마을을 폭격했어. 월남 성장(도지사)에게 대령 연대장이 마을에 폭격을 가하겠다고 요청해서 허락을 받았지. 포 사격이 이루어지고, 전투기가 사정없이 폭탄을 퍼부었어. 모든 콘크리트 가옥들이 흔적도 없이 날아갔고, 마을 전체가 잿더미가 되었지. 그래도 베트콩은 땅속에 건재할 수 있다는 생각에 연대장은 마을을 포위시켰어. 어둠이 깔리는 순간 손에 손을 잡고 마을을 포위했지. 그런데! 새벽 3시경, 땅속에 있던 베트콩이 두 팀으로 나누어 포위망을 뚫고 도망을 쳤어. 베트콩 두 개 팀이 뚫고 나간 곳에서는 우리 병사들만 죽고 중상들을 입었지. 단 한 명의 VC도 잡지 못한 채. 포위에 대한 이런 식의 개념이 아직도 한국군 장교들 머리에 그대로 남아있을 거야.

포위는 손에 손을 잡는 것이 아니라 중요한 거점별로 병력을 배치하고, 거점과 거점 사이는 총알로 커버하는 것이라야 했어. 그런데 한국군은 아직도 강강술래식 포위 개념에 사로잡혀 있을 거야. 폭력시위가 발생하면 경찰이 시위대를 강강술래식으로 포위했지. 하지만 이러한 포위는 북한 교리인 역포위에 의해 막대한 손실만 입고 말았지. 한국식 포위와 북한식 역포위, 서울과 광주 등에서 발생한 폭력시위들에 늘 등장했지. 경찰이 강강술래식으로 포위를 하면, 시위대는 그 동그라미 선의 한두 곳에 다량의 뭉치인력을 집중 투입하여 포위망을 뚫지. 그 뚫린 곳에 있는 소수의 경찰들은 포위망을 뚫은 뭉치 단위의 시위대에 의해 역포위당해 중상들을 입었지. 큰 포위를 작은 포위에 의해 작살을 내는 북한 전술, 남한 시위현장에서 수도 없이 반복됐지만 군에서나 경찰에서나 이런 전술을 알아차렸다는 소식은 아직 없어.

부하 생명 경시한 대위 중대장

월남전 전사에서 유명했던 1968년의 구정 공세, 29연대의 한 대대장님이 전사했을 만큼 치열했지. 백마사단 본부가 자리한 닌호아 지역, 한국군 장병들은 논바닥 진흙탕 물 속에 몸을 담그면서 생명들을 부지했어. 진흙이 머리에서 뚝뚝 떨어지면 손바닥으로 씻어내면서 시야를 확보했지. 수많은 마을들이 넓은 평야를 수놓고 있었어. 너는 28연대에서 50분간 헬기에 실려 차출돼온 3중대 관측장교였고. 그런데 28연대 제3중대장이 육사 선배에서 일반장교 출신으로 바뀌었어. 키는 너보다 더 작고, 옆으로 퍼지고, 얼굴에는 살이 많이 붙고

짙은 눈썹을 달고 있었지.

새로 부임한 중대장이 초장부터 소위들과 함께 맥주 한 잔 나누지 않는 비사교적 매너의 보유자인데다 아는 것에 비해 고집이 황소였어. 한마디로 리더십이 뭔지도 모르는 상태에서 140명의 목숨을 다루는 중대장이 됐던 거야. 헬기를 타고 50분 동안 이동해서 마을과 마을 사이의 공터에 내렸지. 날은 곧 어두워지는데 사단 작전 상황실에서 갑자기 부대를 어느 한 마을 앞으로 이동하라 명령한 거야. 이 명령에 대해 중대장과 소대장들 사이에 의견차가 발생했지. 새내기 중대장은 "군대는 명령이다. 명령대로 해야 한다." 주장했고, 경험 많은 소대장들과 너는 반대를 했지.

"벙커 속에서 현장을 모르고 내리는 명령에 따르면 애들 다 죽습니다. 우리 판단대로 해야 합니다. 여기에서 일단 오늘 밤을 보내시지요." 하지만 새내기 중대장이 고집불통이었어. 가라는 곳을 향해 일렬로 늘어서서 걸었지. 아니나 다를까, 마을에서 갑자기 총알들이 날아왔지. 병사 두 명이 사망했고, 네 무전기 안테나가 총알에 잘려나갔어. 모두가 엎드렸지만 빤빤한 들판이라 막아줄 흙도 바위도 나무도 없었어. 평평한 벌판에 총알을 막아줄 방패물이라고는 각자가 짊어졌던 배낭뿐이었지. 모두가 배낭을 앞에 놓고 배낭 뒤에 납작 엎드렸어. 선무당이 사람 잡는다는 말이 적중했지. 중대장은 제4소대를 마을로 공격해 들어가라고 명했어. 완전 돈키호테! 제4소대장은 무모한 명령이라고 울면서 극구 항의했고, 너도 강력하게 반대했지. 그래도 그 중대장은 명령이라며 화를 냈어. 부대에 부임한지 며칠밖에 되지 않는 대위가 36명 소대원 중 12명이나 희생시킨 거야. 이렇게 가벼운 것이 병사들의 생명이었어!

이후 그 중대장을 사람으로 보는 부하들이 없었어. 제4소대장은 밤낮으로 부하들 생각하며 울고, 술 마시고, 중대장과는 불구대천의 원수가 되었지. 나중에 보니까 무모했던 그 중대장은 전방에서 사단장을 하고 있었지! 중대장이 처벌받는 경우는 안전사고가 났을 때뿐이었어. 현지 지휘관은 큰 틀에서만 상급부대 작전장교의 명령을 수행하고, 실제 작전은 전술적 유불리를 계산해서 융통성 있게 수행해야 한다는 것이 당시의 네 소신이었지. 병사의 생명은 현지 지휘관의 판단력과 순발력에 달렸어. 너는 늘 생각했지. 의사 Vs 장교. 수많은 의사들이 한 사람의 생명을 구하기 위해 14년이라는 실로 많은 세월 동안 비싼 수련을 쌓는데 반해 별로 배운 것 없는 사람들이 일선장교로 부임하여 수백 명의 생명을 다루는 직책에 임명되는 것이 얼마나 비문명적인 것인지를. 이를 보완하기 위해 군에는 병영 토의문화가 식목돼야 한다는 것이 너의 지론이지. 토의는 지혜와 순발력을 키워주는 최상의 수단이라는 사실을 왜 한국군이 무시하고 있는지 참으로 안타까운 일이야.

이웃 부대에 육사 출신 소대장이 또 있었어. 머리도 좋고, 인기도 좋고, 센스도 있어서 윗사람들의 귀염도 받고, 말도 잘하고, 농구 배구 축구도 잘하는 만능 장교. 하루는 소대를 이끌고 매복을 나갔지. 당시에는 최첨단 광학장비인 '스타라이트 스코프'가 지급돼 있었어. 별빛만 있으면 밤에 멀리 보는 망원경, 트럭 한 대가 다닐 만큼 넓은 도로가 논 평야를 가로지르고 있었지. 매복지점으로 가려고 그 길을 일렬종대로 걸었어. 맨 앞 첨병이 밤에 보는 망원경으로, 저 앞에서 무장한 베트콩 무리가 온다고 보고를 했지. 먼저 적을 발견한 쪽이 이겨야 하는 것이 순리가 아니겠어? 그런데 평소에는 뛰어난 소위가 상황 처리를 잘못해 6명이나 전사케 했어. 물이 차 있는 논바닥에 경주 고분만한 봉우리가 있었는데 소대장은 30여 명의 소대원을 모두 그 고분 뒤로 배치시켰어. 적은 기다란 논둑 뒤에 몸을 숨긴 채 마음껏 총을 쏘고, 고분덩이에서는 총을 쏠 수 있는 공간이 좁아 제대로 사격조차 못하고, 사격해봐야 기다란 논두렁 뒤로 몸을 숨긴 적에게는 기별도 안 갔지. 또 밤에 총을 쏘니 불꽃이 노출돼서 공격목표가 되었지. 평시에는 그렇게 똑똑한 장교가 먼저 적을 보고서도 이런 어처구니없는 조치를 한 거였어. 그래서 네가 항상 강조하는 것이 '항재전장' 의식이지. 장교는 밥을 먹으면서도, 길을 가면서도 늘 전쟁 상황을 가정해가면서 대안을 상상해보는 그런 생활태도 말이야.

반면 3중대에서 전과를 가장 많이 세운 1소대장 최 소위. 그는 늘 병사들을 이끌고 작은 모래산으로 갔지. 거기에 매복지점의 상황도를 표시해놓고, 매복 도중 어떤 상황이 발생할 수 있는가에 대해 브레인스토밍을 시켰어. 병사들의 상상력이 동원됐지. 각 상황에 대해 소대는 무엇을 해야 하고 각자는 무엇을 해야 하는지에 대해서 상상해보라 시켰어. 병사들의 상상력이 뛰어나게 발전했지. 이것이 현장에서 병사들이 스스로를 지킬 수 있게 해주는 훈련이었어. 전투는 두뇌로 하는 것이지 체력으로 하는 것이 아니라는 것이 네 지론이지.

피로 물든 하천

대대 단위의 큰 작전이 허허벌판에서 벌어졌었지. 헬기가 새까맣게 날아와 400명 단위의 대대 병력을 허허벌판에 내려놓았어. 병력이 3백 평 정도 되는 대나무숲 주위에 개인용 천막을 치고 대기했지. '이런 벌판에 무슨 베트콩이 있다는 말이야?' 모든 장병들이 그늘 한 점 없는 뙤약볕에 노출되어 매일 고통을 받고 있었어. 그 대나무숲에는 사람들이 다녀서 생긴 길이 이리저리 나 있었고, 너는 그 소로길을 이용해 대나무숲을 여러 번 건너다녔지. 깡통 속에 든 C레이션은 소고기, 돼지고기, 닭고기, 칠면조 고기 등 온통 고기라서 느끼했어. 병사들이 볼펜 끝만큼 가느다란 월남고추를 잘게 썰어 고기에 넣고, 고체 알코올로 바글바글 끓여 주었지. 커피도 끓여다 주고. C레이션 깡통에 끓인 커피 맛은 참으로 일품이었지.

그러던 어느 날, 갑자기 장대비가 쏟아졌어. 더위로부터의 해방. 병사들은 2인용 텐트를 쳐놓고, 텐트 자락을 돌돌 말아 올려놓고, 빗줄기를 감상했지. 그러다 바로 네 옆 텐트에 있던 병사가 소리쳤어. "저기 땅속에 베트콩 있다~." 연기가 모락모락 오르고 있었지. 이것이 보고되기가 무섭게 전투명령이 떨어졌어. 공격 개시! 연기 나는 구멍 근방을 삽으로 파보니 동굴 입구를 막은 철판이 보였지. 병사들이 수류탄을 있는 대로 준비해 동굴로 집어넣었어. 베트콩들이 결사적으로 튀어나오면서 응사를 했어. 수십 명의 베트콩이 전멸했지. 장대비로 불어난 빗물에 베트콩의 조각난 팔다리들이 홍수에 떠내려갔고, 물가에는 동강난 팔다리가 물살에 따라 이리저리 맴돌았어. 나중에 알고 보니, 그곳에 베트콩이 많다는 정보는 미군 정찰기가 생산했었어. 과학군인 미군이 암모니아 가스를 측정하는 정찰기를 운용했는데, 그 대나무밭에서 암모니아 가스가 많이 분출됐기 때문에 작전지역으로 선택된 것이었어. 이 경험은 몇 개월 후 포병대대 포 사격을 직접 지휘한 네게 엄청난 도움이 되었지.

피의 계곡

피의 계곡으로 불려온 돌산. 파월 초기에 청룡 해병부대가 공격하다가 피를 많이 흘렸다 해서 붙여진 베트콩 거점의 이름이었지. 제3중대에 그 돌산을 공격하라는 명령이 떨어졌어. 청룡부대는 바위로 얽혀진 베트콩 소굴을 벌판으로부터 공격하다가 양쪽 능선으로부터 집

중사격을 받아 많은 피를 흘렸지만, 보병 중대는 먼 거리를 돌아 고지 정상으로 올라갔다가 내려오면서 소굴을 공격하는 방법을 택했지. 헬기가 중대를 피의 계곡에서 보이지 않는 산맥의 한 자락에 내려놓았어. 산 밑에서부터 능선에 이르기까지 모두가 바위들이었지. 한 개의 바위에서 다른 바위로 올라가려면 앞에 있는 병사가 손을 잡아주어야 가능했어. 땀은 비 오듯 했고, 능선에 거의 올랐을 때 한 병사가 손 대신 총을 내려주었는데, 총을 잡은 병사가 무의식중에 방아쇠를 잡고 당겼어! 위에 있던 병사의 팔뚝이 관통당했지. 물론 지혈을 했지만 속히 닥터 헬기가 와서 후송시켜야만 했었어. 맨 앞에서 길을 뚫는 소대장이 중대장에게 계속 후송을 요청했지만 사려 깊다는 중대장이 계속 "조금만 더 견뎌라"를 반복했지. 조금 더 견딘다고 해결될 문제가 아니었어. 결국 병사는 사망했지. 사망하자 곧바로 보고를 했고 보고했더니 닥터헬기가 날아와 시체를 실어갔지. 중대장은 왜 보고를 미루었을까? 기도비닉. 이번 작전의 성공 여부가 작전의 기도를 숨겨야 하는 것이기 때문에, 헬기가 산으로 날아오면 작전 기도가 탄로날 것이라는 생각 때문이었을 거야. 하지만 사망하면 반드시 닥터헬기가 와야 하는데 왜 구태여 사망한 다음에야 닥터헬기가 오게 했을까? 중대장의 잠재의식 속에 중요한 것은 전과와 윗사람이었고, 병사는 아니었다는 것이었어. 이 역시 군이 군을 사랑하지 않는 한국군의 병(病)이었지.

능선을 타고 내려와 드디어 베트콩 소굴을 타고 앉았어. 바위 밑에는 수많은 동굴이 있고, 그 동굴 속에는 베트콩 부대가 있었어. 낮에는 따이한 세상이었지만 밤에는 초긴장이었지. 베트콩이 바위틈 여기저기에서 올라와 칼로 찌르거나 사격을 할 것만 같은 공포감. 밤에는 C-레이션 깡통을 따도 담요 속에 넣고 소리 안 나게 땄지. 기도비닉(企圖秘匿)을 했지만 어차피 베트콩은 따이한이 바위 위에 있다는 것을 알아차릴 수밖에 없었어. 그래서 특히 전투에서는 판단력과 상상력이 매우 중요한 것이지.

며칠을 이렇게 지내다 작전의 의미가 없다고 생각한 네가 중대장에 말했지. "중대장님, 우리 쇼 한 번 하면 어떨까요?" "무슨 쇼?" 중대장이 싱거운 녀석이라는 투로 대꾸했어. "여기 이렇게 더 있어 봐야 베트콩은 나타나지 않으니, 장갑차 여러 대를 오게 해서 베트콩 소굴을 향해 사격을 가하게 하면서 1개 분대만 철수시켜보시지요. 그러면 베트콩은 우리가 모두 철수한 줄 알고 기어 나올 거 아닙니까? 그때 몇 명이라도 잡지요." 중대장은 피식 웃으면서 만화 같은 소리 한다고 했지. 불과 두 시간 후, 중대장이 네 얼굴을 바라보면서 씨익 웃었어. "야~ 지만원, 대대에 너하고 똑같은 사람 있다야. 대대장이 네가 한 말 그대로 한다." 이내 포 사격이 날아오고, 장갑차들이 계곡을 향해 요란하게 사격하면서 1개 분대를 실어 갔지. 바로 그날 저녁, 목이 마른 베트콩 여러 명이 기어 나왔어. 병사들이 사격을 가했지만 다 실패했지. 결국 작전은 실패했고, 병사만 한 명 잃고 말았어.

머리싸움이 전쟁이라는 것이 네 이론이지? 1983년, 너는 인민군 대위로 휴전선을 넘어온 신중철에 물었어. "북한에서는 병사들이 매일 무슨 토론을 하느냐"고. 신중철이 말했지. "가령 계곡에 물이 있다. 계곡 양쪽에는 인민군과 괴뢰 국방군이 대치하고 있다. 괴뢰군에는 물을 못 먹게 하고 인민군만 마시게 하려면 어떻게 하면 되는가? 이런 식의 토의를 매일 합니다." 북에서 귀순한 이웅평에게 또 물었지. "북 조종사는 매일 무슨 토론을 하느냐?" 이웅평이 대답했어. "인민군 조종사들은 한강다리를 다 알고 있습니다. 각 다리마다 전투기가 어느 쪽에서 접근해 무슨 폭탄으로 타격해야 하는지를 연구해 서로 논리 싸움을 합니다. 한강다리뿐만 아니라 한국군 주요시설에 대해 간첩이 콘크리트 조각을 떼어내 비닐에 싸 보냅니다. 전문가가 콘크리트 강도를 계산해 줍니다. 토론에서 이기는 사람이 먼저 승진합니다."

전쟁의 승패는 무기나 체력이 가르는 것이 아니라 훈련된 지혜가 가른다는 것이 인민군의 신념이고 그게 또 너의 지론이기도 하지. 병사들에게는 지혜가 많아. 그런데 그 지혜는 개발을 시켜주어야 순발력으로 전환돼. 앞의 두 소위 중에서 육사를 졸업하고 똑똑하다고 소문난 A소위는 바보짓을 해서 많은 병사를 잃었고, 불과 6개월 과정으로 임관한 B소위는 작전을 나가기 전에 병사들을 이끌고 모래밭으로 나가 작전지역 형상도를 만들어 놓고 작전 시에 발생할 수 있는 상황들을 생각하게 만들고, 그 상황 각각에 대해 어떻게 하면 좋겠느냐고 물어서 병사의 상상력을 길러줌으로써 최고의 전과를 기록했지.

공수부대 출신 수색중대장

갑자기 너는 연대 수색중대의 관측장교로 나가라는 명을 받았지. 수색중대는 말 그대로 적이 어디에 있는지 탐지하기 위해 적지로 들어가 들키지 않고 활동하는 일종의 정예부대였어. 수색중대장은 대추나무 방망이처럼 단단하고 작달막했지. 그는 2개 소대와 중대본부로 수색대를 편성해 먼 곳에 있는 높은 산악지역을 수색하라는 지시를 받았어. 헬기가 산에서는 한참 먼 평지에 수색대를 내려놓고 갔지. 물이 채워진 논도 건너고 진흙 바닥인 수로도 건넜어. 총을 머리 위로 올리고. 얼굴에도 갯벌이 묻고 온몸이 갯벌이었어. 하지만 햇볕이 원체 강하니까 갯벌이 다 먼지가 되어 바람에 날아갔지. 사람이 많이 다닌 일반 소로를 걷다가 중대장이 네게 말을 걸었어. "어이, 지 소위, 내 팔뚝 좀 만져봐." "어휴, 장작 같아요." "다리 좀 만져 봐." "돌덩이 그 자체네요." "이거 다 대관령 스키 훈련을 통해 단련시킨 거야. 어디 지 소위 팔 좀 보자. 에이, 이렇게 가늘고 말랑말랑한 근육으로 무슨 전투를 하냐?"

거목들이 우거진 산으로 들어서서 능선 길을 타고 고지 정상을 향해 올라갔지. 한 봉우리에 도착하자 직경이 5m 정도 되고 깊이가 1m 정도로 패인 폭탄 투하 자국이 나 있었어. 병사들은 그것을 미군의 네이팜탄 투하 자국이라 했지. 경험 있는 병사가 말했어. "중대장님, 구덩이 밑에 발자국이 있고, 발자국에는 물기가 솟아있습니다. 금방 지나간 자국입니다." 중대장은 즉시 구덩이 속으로 들어갔고, 병사들은 반사적으로 사방을 향해 총을 겨누었지. 바위도 드문드문 있고, 아름드리 거목들도 있고, 모두 다 돌 뒤에 또는 나무 뒤에 몸을 숨기고 사방을 경계했어.

이내 또 다른 고참병이 중대장에게 보고했지. "저 꼭대기 높은 봉우리에서 양쪽 능선을 타고 정규군이 갈라지고 있습니다. 중장비를 메고요. 초록 색깔의 월맹 정규군 복장을 했습니다." 네가 확인해 보니 가만있다가는 포위당할 것 같았지. 여기까지를 보고받자 중대장이 사색이 되어 무전기를 들더니 "연대장님, 포위됐습니다. 분명히 보고드렸습니다" 하더니 송수화기를 떨어뜨린 채 멍해진 상태가 되었어. 송수화기에서는 쐐~ 소리가 크게 울려 퍼지고. 사태를 직감한 너는 무전병에 쐐~ 소리를 내는 송수화기 구멍을 빨리 막으라 지시하고, 지도에서 6개의 좌표를 딴 후 무전기를 들었지. "연대장님, 저 관측장교 지 소위입니다. 여기 큰 봉우리와 작은 봉우리가 능선으로 연결돼 있는데 수색중대는 작은 봉우리에 있습니다. 큰 봉우리에서 중무장한 월맹 정규군이 우리를 향해 내려오고 있습니다. 제가 6개 좌표를 불러드릴 테니 즉시 포 사격을 해주시고, 무장 헬기로 위협해 주십시오. 그러면 그 틈을 타 탈출하겠습니다." "오, 그래, 지 소위, 알았다." 곧바로 포탄들이 사방에서 작렬했지. 소대장 두 명이 중대장을 제쳐놓고, 네 지시를 기다렸어. "빨리 밑으로 뜁시다." 내려뛰는 길이 대로였어. 대로 옆에는 맑은 우물도 있었고, 늘 이용한 흔적도 보였고. 너는 순간적으로 생각했지. '이 길은 베트콩 진지 내부의 길이다. 이 길로 뛰다가는 베트콩 소굴로 들어가겠다.' 이런 생각이 들자 너는 소리쳤어. "앞으로 전달 좌로 틀어라." 정글의 밤이라 갑자기 칠흑이 되었지. 집채만한 바위 위로 병사들이 미끄러져 내렸어. 바위틈 사이사이에 병사들이 잣송이에 잣열매 박히듯이 박혀있게 되었지.

아무래도 베트콩이 네 위치를 알 것만 같다는 생각에 너는 꾀를 냈어. 포탄을 1km 떨어진 곳에 밤새내 30분 간격으로 날려달라 대대에 부탁했지. 연대장님이 초미에 관심을 갖고 계시기에 포는 작은 포가 아니라 155미리 중포였어. 바위들에 에코되는 작렬음은 찢어지는 소리 그 자체였어. 하지만 그 작렬음이 네겐 자장가였지. 한 병사가 네게 기어 와, 파편이 날아와 불안하니 포를 조금 멀리 날려 달라 했어. 네가 기어가 보니 포탄이 작렬하면서 내는 섬광을 본 후 3초 만에 소리가 들린 거야. 넌 그 병사에 말했지. "소리가 1초에 340미터 달려. 섬광을 보고 3초 만에 소리를 들으면 1km 정도 떨어진 거야." 그제야 병사들이 안심을 했지. 여기에서 너는 엄청 중요한 사실을 발견했어. 병사는 1km 밖에서 폭발하는 포탄소리에 공포를 갖는다는 사실. 이는 이후 포대장 시절에 너의 포병 운용 방식에 굉장히 중요한 전술 이론이 되었지. 그리고 그 이론이 사흘이 멀다 하고 날아오던 베트콩 박격포를 제압하는 데 특효약이 되었어.

이튿날 야지로 내려온 병사들은 헬기가 와서 실어 가기를 고대하고 있었어. 그런데 베트콩 두 놈이 한 병사를 유혹한 거야. 조금 노출시켰다 숨고, 하기를 감질나게 반복했지. 병사는 그런 베트콩을 따라가고 또 따라가다가 총에 맞아 사망했어. 헬기가 오면 간단히 철수할 텐데, 그 병사의 시체를 획득하는 것이 큰일이 되었지. F-5 전투기가 동원돼서 바위 계곡을 폭격하고, 이어서 포병사격이 한동안 이어진 후 장갑차가 여러 대 전진하면서 기관총을 쏘아댔어. 요란한 화력전을 치르고 나서야 그 사망한 병사의 시체를 구할 수 있었지. 중대장은 다리만 돌같이 단단했지 병사들에 기본교육조차 시키지 않은 거였어. "전투는 두뇌로 하는 거지, 근육으로 하는 게 아니다." "장교는 부하를 사랑하라" "군이 군을 사랑하지 않는다" 이 장면에서도 해당이 되는 말들이었어. 이것이 전쟁터에 10개월 동안 투입된 소위가 도출해낸 착안 사항이자 군사철학이라 할 수 있지.

월남어 교육대

연대본부 기지는 공병, 의무, 병원, 보급소, PX 등이 모두 들어있는 해변가의 따이한 콤플렉스였지. 보병 제1대대 일부와 제30 포병대대 본부 및 A포대도 함께 있었어. 모든 부대 시설들이 다 모래 위에 지어져 있었지. 연대본부 콤플렉스가 서울시라면, 제2대대와 제3대대가 주둔한 기지는 군청 소재지 정도로 초라했지. 너는 그래도 연대본부 지역 모래 위에서 생활했어. 물론 작전지역에 주로 나가 다니긴 했지만. 네가 수색중대에 있을 때 포병 대대장이 새로 부임하셨어. 무섭다는 소문이 자자했었지. 너는 오랜만에 직속 상관인 A포대장(대위)에 인사를 간다며 한참을 걸어갔지. 파월 이후 10개월 만에 대대본부 구경을 처음으로 한 거였어.

무더운 오후, 낯선 곳들을 이리저리 둘러보면서 걸었지. 넓은 연병장을 중령 계급을 단 대대장님이 고개를 숙이고 걷고 있었어. '아, 그 무섭다고 소문난 대대장님이구나!' 큰소리로 "백마"를 외치며 거수경례를 했지. 대대장님은 무엇에 화가 나셨는지 들은 체 만 체 하시고 걸어가셨어. 다시 5미터 정도로 가까이 거서 또 "백마"를 외치며 경례를 했지. 그래도 대꾸도 안하시고 가시는 거 있지? 그래서 너는 코앞까지 바짝 다가가서 마주보고 서서 "백마"를 외쳤어. 그제야 "알았어, 임마, 따라와" 하셨어. CP(Commanding Post)에 들어갔지. "야, 고 병장, 맥주 두 개 가져와." 대대장님은 갈증에는 맥주가 최고라며 마시라 하시면서 이것저것 물어보셨어.

이것이 계기였는지는 모르지만 대대장님은 너를 3개월짜리 월남어 교육과정을 밟게 해 주셨어. 닌호아 사단사령부 기지 안에 학교가 있었지. 월남어 반에는 백마부대에서 차출된 학생 수가 20명 정도 되었어. 교육은 대화(다이얼로그) 형태의 회화교육이었지. 월남어도 중국말처럼 5성이 있었어. 노래하듯 5성에 따라 하지 않으면 무슨 말인지 소통이 안 되는 언어. 다이얼로그에는 언제나 대화의 장면이 있지. 그 장면을 네 나름대로 연상하면서 외우는 것이 네 공부 스타일이었어. 영어도 마찬가지. 너는 대화가 어느 환경, 어떤 장소에서 이뤄지고 있는지를 항상 상상했어. 그러면 그 상상한 장면에 따라 책을 보지 않아도 외우게 돼 있었어. 그 방법 때문에 영어든 월남어든 비슷한 장면이 나타나면 자동으로 외국어가 발음돼 나왔지. 그런 덕분에 머리 좋은 한 장교가 너를 바짝 추격해도 여유 있게 1등을 할 수 있었어. 교육 중에 네가 중위로 진급을 했지. 그런데 그 무서운 대대장님이 L-19 정찰기 조종사 대위에게 중위 계급장을 들려서 사단사령부에까지 보내, 네게 중위 계급장을 직접 달아주고 오라 하셨어. 무섭기로 소문난 대대장님으로부터 소위가 이렇게 자상한 대접을 받다니!

제5장 따이한 육군 중위

제5장 따이한 육군 중위

파격적인 보직

월남어 교육과정을 졸업하고 귀대해보니 너는 대대 화력을 지휘하는 작전보좌관으로 발령 나 있었어. 누구도 상상할 수 없는 파격적인 인사였지. 지하벙커로 구축된 상황실에는 대위 한 명이 있어서 그와 네가 하루씩 번갈아 가면서 상황근무를 했어. 보병연대 상황실과 한 공간으로 터져 있었지. 상황실에서 하룻밤을 새우면 다음 날은 완전 휴무였어. 릴(Reel) 녹음기인 일본제 AKAI도 구입하고, 턴테이블도 구입해서 명곡들을 들으며 녹음을 했지. 음악도 즐기고, 동료나 부하들과 함께 해변에도 가고, 맥주도 마시고. 이국적 환경 속에서 문화계급이 한 단계 상승했지.

하룻밤 상황근무를 하면 이튿날 새벽 6시에 손바닥 크기의 두꺼운 종이카드에 하루의 상황을 요약하여 지하에 구축된 대대장님의 침실에 가서 전해 드려야 했어. 대대장님은 주저리주저리 보고하는 걸 싫어하고, 딱 필기해 드리는 요약문을 읽는 것으로 만족하셨지. 여기에서 중요한 건 두 가지. 하나는 대대장님이 무엇까지를 알고 계셔야 하는가에 대한 판단이고, 다른 하나는 글로 표현하는 요령이었어. 대대장님은 네가 드리는 카드를 좋아하셨지. "응응" 끄덕끄덕하시고는 "수고했어. 가봐" 하셨지. 어떤 때는 "우유 한잔 먹고 갈래?" 하셨고. 그런데 대위 근무자가 써드린 카드를 보시면 짜증을 자주 내셨다 했어. 쿠사리도 많이 주셨고. 그러던 어느 날부터 대위를 상황근무에서 배제하셨어. 너 혼자 매일 상황근무를 하라는 것이었어. 너의 문화생활은 겨우 2개월 만에 종을 쳤지. 매일 상황실에서 먹고, 상황실에서 자느라 햇볕을 보지 못했지. 결국 대대장님은 자기 편하시자고 바싹 마른 중위에게 과로를 시켰던 거였어. 네가 상황장교를 하고, 포 사격 명령까지 하다 보니, 신경이 날카로워졌지.

하루는 이웃 미 101여단의 중령 포병대대장이 작전과장을 찾아왔어. 작전과장은 키가 큰 고참 소령. 전라도 출신이지만, 당시 너에게는 전라도에 대한 다른 평가는 없었지. 네가 통역을 했어. 미군 포병대대장은 장군들을 모시고, 포를 헬기로 운반해서 고지 정상에 올려놓고 포를 운용하는 새로운 개념의 시범을 보여주려 한다며 포 1문을 포차로 끌고 미 공군비행장 어느 장소로 와 줄 수 있느냐고 했지. 작전과장은 대대장님께 전화를 걸어 허락 여부를 물었고, 대대장님은 흔쾌히 요청대로 해주라 하셨어. 오후 너는 A포대가 준비한 포 1문을 포차로 끌고, 포차 위에 병사 9명을 태워 미 공군비행장의 한 약속한 장소로 갔지. 광활한 모래사장의 한 코너였어.

미군 소령에 대한 하극상

약속시간에 맞춰 배가 출렁거리는 미군 소령이 나왔지. 그는 차에 타고 있는 병사들을 자기 앞에 일렬횡대로 서게 하라고 명령조로 말했어. 비위가 상한 네가 매우 정중한 언어로 "소령님, 왜 그렇게 해야 하는지 알려주실 수 있나요?" 하고 물었지. 네가 "I am afraid" 라는 신사 언어로 물었으면, 네가 영어 문화권에서 영어를 배운 사람이라는 것을 알아차렸어야 했는데 그놈은 좀 예의 없이 살아온 놈이었어. "검열하겠다.(Inspection)" 투박하게 잘라 말했어. 그때부터 너는 그놈을 얕잡아 보았지. "나는 당신 상관으로부터 정중한 부탁을 받고, 당신 상관을 도우려고 왔지, 당신으로부터 검열받으려고 오지 않았다." 이에 그놈은 너에게 마치 손찌검이라도 할 것처럼 다가서면서 너에게 삿대질을 했지. "한국에서는 장군들이 나에게 굽신거렸다. 너 옷 벗고 싶으냐?" 한국군 장군이 자기에게 쩔쩔 기었다면 중위 정도는 인간도 아니라는 뜻이었어. 너는 그를 막보기로 작정했지. 낮은 목소리로 병사들에게 그놈의 행동이 무슨 행동인지 설명해주고, 즉시 이자의 발밑에 조준 사격을 하라고 했지. 병사들이 화가 나서 즉각 총을 쏘아댔어. 그 소령은 체면이고 뭐고 지프차를 내버리고 줄행랑을 쳤지. 병사들이 하늘에 공포를 쏘면서 야지를 놓았어. 통쾌한 순간이었지.

그놈이 도망갔으니 곧장 돌아올 수밖에. 금방 돌아오자 소령 작전과장이 놀래서 물었어. "어이, 지 중위, 웬일이야. 왜 곧바로 왔어?" 자초지종을 이야기했지. "어, 이 사람, 큰일 저질렀네~. 자네 육사 나와 금방 옷 벗게 생겼어. 대대장님도 난리치시겠는데~." 너는 태연했지. '저런 장교들 때문에 미군이 한국군을 함부로 보는 거라구.' 속으로 생각했지. "기다려 보세요. 별일 없을 거예요." 과장은 어이없다는 눈치였어. 겁이 없고 대책

이 안 서는 장교 정도로 인식했겠지. 그리고 너는 즉시 그 일을 잊었어. 그다음 날 오전, 미군 대대장이 작은 선물을 하나 들고 찾아와 작전과장과 네가 있는 자리에서 정중히 사과를 했지. "그 소령이 일을 망쳐 다른 부대로 전근 조치했습니다. 정말 죄송합니다. 앞으로 한국 포병을 활용하기 위해 미군 병사 한 명을 귀부대 상황실에 고정 배치할 수 있겠습니까?" 작전과장은 흔쾌히 좋다고 수용했지. 작전과장과 너 사이에는 세대 차이가 역력했어. 어떤 사람은 네 조치를 '과격하다', '극단적이다' 이렇게 평가할 수도 있겠지만 너는 어디까지나 대의명분을 추구하는 패기 있는 젊은 장교였어. 시쳇말로 '겁대가리'가 없었던 거지.

한국 포에 눈을 단 중위

"중위님, 요란사격 지점 좀 찍어주십시오." 상황실 중사가 매일 저녁 하는 말이었어. 예전 대위들은 귀찮다는 듯이 지도에 검은 구리스펜으로 점들을 여기저기 찍었어. 그 점들은 큰 봉우리와 작은 봉우리들이었어. 요란사격이라는 것은 밤에 적의 활동을 불편하게 만들기 위한 일종의 방해 수단으로 포를 날리는 것인데, 네가 생각하기로는 적이 밤에 산봉우리에서 활동할 리가 없었지.

상황실에는 하루 종일 정보 내용들이 하달되었지. 상황병들은 거의 쉴 새 없이 상급부대 상황실로부터 정보 내용을 전화로 받아서 일지에 적었어. 하루에도 수십 페이지씩. 그렇게 열심히 받아 적은 두꺼운 책자를 읽는 사람은 없었어. 하루를 종결할 때면 상황실장이 귀찮다는 듯, 한 장씩 훌떡훌떡 넘기고 나서는 책상 위에 던지곤 했지. 그 후 하루 종일 받아쓴 자료는 그 누구도 다시 보지 않았어. 순간 너는 생각했지. 버려지는 정보가 아깝다고. 어디에서 언제 교전이 있었다, 어디에서 언제 베트콩 몇 명이 관측됐다, 어디에서 언제 암모니아 가스가 포착됐다, 정보의 정확도에 따라 A급, B급, C급으로 분류돼 있었어. 너는 그 점들을 지도에 표정(점찍는 것)하라 했지. A급은 붉은색, B급은 푸른색, C급은 주황색으로. 시간을 구분하기 위해 상황판 지도를 세 개 만들라 했어. 그러면 기록병은 낮에 발생한 상황판, 밤12시 이전 상황판, 새벽 상황판에 정보일지에 따라 점들을 찍었지. 점들이 많이 생기니 낮 활동이 보이고, 밤12시 이전과 이후의 베트콩 활동이 눈에 보이는 듯했어. 점들이 찍혀진 분포도만 보아도 중사나 하사나 병장까지도 어디에 언제 포를 날려야 할지 판단이

섰지. 매일 상황실 선임하사가 너에게 와서 요란사격 지점을 찍어 달라 요청할 필요가 없어졌어. 요란사격이 시스템화된 거였지.

105 미리 곡사포 포대는 1개 포대에 6문의 포가 있었어. A포대는 상황실 근방에 주둔했지만 B포대와 C포대는 100km 정도씩 떨어져 있었어. 새벽 2시나 새벽 3시에 네 상황병은 B포대와 C포대에 전화를 걸어 요란사격 좌표를 불러주면서 사격하라 했지. 예하 포대 병사들이 자다가 눈 비비고 일어나 포를 쏘아야 했어. 이것이 너무하다고 생각한 C포대 '전포대장'(6개 포의 현장 사격을 책임진 장교)인 고참 중위가 너를 바꿔달라 하더니 새벽에 꼭 이렇게까지 해야 되느냐며 불평을 했지. 네 대답은 짜증스러웠어. "전쟁을 잠자면서 합니까?" 평상시라면 논리를 설명해 주었겠지만 너도 체력의 한계를 느끼다 보니까 고참 중위의 항의가 귀찮았던 거지. 훗날 그 선임장교는 네 그 말이 가슴에 꽂혔다고 했어.

얼마 후 베트콩 문서가 입수됐는데 거기에는 '한국군 포에는 눈이 달렸다'는 표현이 있었어. 이렇게 과로하기를 6개월, 드디어 코피를 대량으로 쏟고 쓰러졌지. 알부민 주사가 있다는 것을 그때 처음 알았어. 대대장님이 뒤늦게 후회를 하셨지. "일 잘한다고 부렸는데 애 하나 잡겠다. 무조건 상황실에서 빼라." 이웃 미군사령부에 연락장교(LO: Liaison Officer)로 보내졌지. 이때가 대대장님 귀국 시기였어.

전쟁터의 낭만

바닷가의 독립 막사, 새하얀 비치가 펼쳐있고, 옥색 물결 넘실대고 거기에 더해 망루까지. 이 이상의 휴양지는 없을 거라고 생각했지. 금요일 밤이면 장교클럽에 음악과 술과 여인들이 있었어. 매일 들리는 소리는 전투기가 오르내리는 소리와 파도 소리뿐. 편하긴 해도 적막했지. 그래도 네가 여기에서 겪은 문화적 충격이 하나 있었어. 미군 식당! 사령관인 장군도 식기를 들고 병사들 틈에 끼어 배식 차례를 기다리는 것이었지. 먹는 것에 계급 차별이 없었던 거지. 계급적 차별이 심한 한국군 문화에서는 상상조차 할 수 없는 평등사회가 전개돼 있었던 거야.

전쟁터에 이렇게 고요한 공간이 있다니! 그러던 어느 날, 대대에서 연락이 왔지. 너를 예뻐하시던 대대장님이 귀국하시고 새 대대장님이 부임하셨는데 자매마을에 가서 연설을 하시니까 다음 날 즉석 통역을 하라는 것이었어. 즉석 통역? 월남어 3개월에 즉석 통역은 그야말로 무리였지. 난관이 아닐 수 없었어. 갑자기 엄습해온 고민, 즉석 통역 불가능! 맥주 한 캔을 꺼내 들고 바닷가로 나갔지. 파도가 밀려오고 시원한 바람도 불고, 홀짝홀짝 마시다 보니 갑자기 묘안이 떠올랐어. '아하~ 내가 대대장님이 돼야지! 대대장님이 무어라 하시든 내가 작성한 연설 내용을 읽어야지.'

"친애하는 자매마을 주민 여러분, 저는 대한민국 중령 장교이고, 이 지역의 포병 작전을 책임진 백마사단 제30포병대대 대대장입니다. 저는 여러분들이 베트콩들로부터 괴로움을 받지 않도록 해드리라는 명령을 받고 여기에 왔습니다. 여러분들께 친절하게 잘해 드리라는 명령도 받고 왔습니다. 여러분들을 직접 대하니 마치 한국 국민들을 대하고 있다는 착각이 듭니다. 여러분들은 순박하고 정이 흐르고 참으로 친절하신 베트남 공화국 국민들이십니다. 이렇게 행복해하시는 여러분들을 만나니까 앞으로 자주 뵙고 싶어집니다." 대대장님은 많은 박수와 웃음 세례를 받으셨지. "아~ 지 중위, 고놈 똑똑하네~." 곧장 투이호아 성(道)의 성장 연락장교로 발령을 내주셨지. 거기에도 독채 건물이 있고, 바다가 접해있었어. 양주를 한 병 사들고 성장에게 가서 신고를 했지. 월남의 성장은 중령으로, 한국의 도지사급, 주민의 생사여탈권을 다 쥐고 있었어.

거기에는 월남병원이 하나 있었는데, 한국인 기사와 간호사 몇 사람이 파견되어 별도의 건물에서 공동생활을 하고 있었지. 미군부대는 적막한 공간이었는데, 시내에 오니 시간이 매우 빨리 갔어. 누님뻘되는 간호원들이 명랑하고 낙천적이라 저녁마다 말동무가 되어 주었고, 바닷가에 가도 혼자가 아니었어. 웃음이 멈추지 않는 시간들이었지. 전쟁터에 알박이한 행복한 공간이었지만 불과 3개월 만에 귀국을 했지. 타국 땅 월남에서 보낸 22개월의 청춘! 지내놓고 보니 그림도 아름다웠고, 배운 내용도 참 다양했어.

시대의 미녀 정인숙과의 만남

1969년 5월, 귀국하자마자 너는 곧바로 육군본부 모 준장의 전속부관이 되었지. 훗날 4성 장군까지 하신 분이셨어. 장군실에는 장군 방이 있고, 부속실이 있었지. 부속실에는 4명, 보좌관인 중령, 전속부관인 지 중위, 타자를 치는 여직원 그리고 정 상병이 있었어. 정 상병은 장군님 방의 청소와 용품들을 정리 정돈하는 일만 했지. 그 일에 대해서는 장군님이 너에게 책임을 지우지 않고 상병과 1:1로 지시하셨어. 어느 날부터 부속실에는 육군본부에 근무하는 여성들이 점심을 끝내자마자 몰려들었지. "미스 윤, 미스 윤은 어떻게 그렇게 인기가 많아요?" "왜요?" "날마다 그 많은 여성들이 미스 윤을 찾아오잖아요. 그러니까 미스 윤이 굉장히 인기가 있는 거지요~." 실실 웃던 미스 윤이 고개를 숙이며 말했지. "저를 보려고 오는 게 아니라 지 중위님을 보러 오는 거예요." "왜요?" 한동안 뜸을 들이다가 한 말이 의외였지. "베트콩을 구경하려고 왔대요." "뭐, 베트콩?" "중위님이 베트콩 같다고 육군본부 장교사회에서 소문이 나 있대요. 몸은 깡마르고, 얼굴은 까맣고, 입술은 푸르고, 눈만 걸어 다니는 영락없는 베트콩이래요." 얼마나 깡말랐으면 네가 육군본부에서 베트콩의 모델이 되었겠니? 이때의 네 체중이 47kg이었으니까 그럴 만도 했어.

월남 복무가 원체 힘들었기 때문에 육군본부라는 최고사령부 생활이 참으로 행복했지. 9월 1일에는 결혼식도 잡혀 있었고. 결혼식을 며칠 앞둔 시점에서 정 상병이 말썽을 일으켰어. 하필이면 결혼식 3일 전에 친구들과 설악산 가기로 했다며, 꼭 휴가를 가겠다 고집을 피운 거야. 지휘체계고 명령이고 안중에도 없고, 인간의 도리라는 것도 없는 후레자식이었어. 퇴근을 위해 승용차에 탑승한 장군에게 갑자기 "장군님, 저 내일부터 휴가 갑니다." "어, 그래~ 잘 다녀와라." 이 놀라운 기습 행위를 지켜본 너는 별천지에 온 것처럼 황당했지. 장군이 떠나자 정 상병에 차분히 말했지. "너 갑자기 무슨 휴가냐? 보좌관님 허락 득했냐?" "아닙니다." "내가 허락했냐?" "아닙니다." "네가 장군님을 직접 상대하냐?" 피식 웃었지. 2층 사무실로 올라와 보좌관 중령님께 이를 설명하자 보좌관님이 노하셨어. "천하에 돼먹지 못한 놈. 어디라고 감히 지멋대로야?" "야, 정 상병, 네가 휴가를 가려면 부관과 보좌관인 내게 먼저 허락을 받아야 해. 너 어디서 그런 막돼먹은 버르장머리를 길렀냐? 더구나 부관은 낼모레 결혼식을 하는데, 네가 가서 거들어주고, 부관이 신혼여행 가 있는 동안 네가 장군님을 모셔야 하는데 너는 참 도리도 없구나. 너 휴가 못 가. 허가 안해. 알았어?" 그리고 퇴근하셨지.

"야, 정 상병, 보좌관님 말씀 들었지? 너 휴가 못 가. 알았어?" 피식 웃었지. '네깟놈이 뭐냐' 하는 식이었어.

"야, 이 자식, 비웃어?" "장군님이 가라 했는데 어떻게 보좌관님이 취소합니까?" "이놈, 안되겠네. 너 휴가 못 가." "그게 명령입니까?" "그래, 명령이다. 상관이 말하면 그게 명령인 거 몰라?" 또 피식 비웃었어. 야릇한 냉소였지. 바로 이 순간에서부터 참은 것만큼 네 분노가 폭발했던 거야. 발로 차고 주먹질하고, 덩치 큰 놈의 팔목을 합기도 실력으로 꺾어 책상과 책상 사이로 메어꽂고, 숨이 하늘에 가 붙도록 발로 찼지. 술이 술을 부르듯이 분노가 더 큰 분노를 불렀어. 의자를 높이 들어 내려치려 하자 그 녀석이 무릎을 꿇고 두 손으로 빌었지. "부관님, 잘못했습니다." 소란이 일자 이웃 사무실 병사들이 몰려왔고, 주번 장교 소령이 달려왔지. 이들 모두는 정 상병이 굉장한 집안의 아들이라는 걸 다 알고 있었고, 너만 몰랐던 거였어. 소령이 너를 힐난했지. "소령님, 내용이나 알고 비난하십니까? 이 사건을 소령님 선에서 마무리할 자신이 없으면 상황보고서만 쓰십시오. 저는 소령님한테 책임질 일이 없는 사람입니다." 이에 소령의 얼굴이 뻘쭘해졌지.

이웃 병사들이 나섰어. 대신 사과드린다며 정 상병을 책임지고 관리하겠다고 했지. 상병의 팔이 부어올랐어. 너는 해방촌의 어느 한 병원으로 데려갔지. X-레이를 찍더니 아무 이상이 없다 했어. 그 병원장은 네 얼굴과 상병 얼굴을 번갈아 보더니 상병을 보는 눈이 싸늘해졌지. "아무 이상 없어요." 사무실에 다시 갔어. 이웃 병사들이 합창을 했지. "부관님, 저희가 책임지고 외출 금지시키겠습니다." 하지만 녀석은 무단 탈영을 하고 말았어.

다음날, 너는 전날 밤에 있었던 일을 장군에게 보고드렸지. "그놈이 버르장머리가 없구먼. 내가 시키면 정신을 어따 두고 다니는지 그대로 한 적이 없었어. 그 녀석 잘 혼내주었다." 오전에 참모총장실의 전화를 받고 올라가신 장군님이 네게 손바닥 크기의 전통문을 주셨어. '발신: 국무총리. 수신: 육군 참모총장 김계원. 내용: 귀 본부 관리 참모부에 지만원 중위가 병사를 무단 구타했으니 엄벌에 처하고 결과 보고할 것.' 장군 휘하에 계시는 대령 세 분이 국무총리실에 줄을 찾느라 분주하셨지. 그날 장군이 퇴근하시자 너는 이웃 병사들에 정 상병 집 주소를 알려달라 했어. 서교동, 곧바로 택시를 타고 달려갔지. 대위 계급을 처음으로 달고.

서교동 2층집, 철대문을 노크했더니 30대로 보이는 여인이 꼬리치마를 입고 싸늘한 얼굴로 문을 열어주었지. "제가 지 대위입니다. 댁의 아버님을 뵈러 왔습니다." 그래도 문전박대를 하지 않고 거실로 안내한 것이 다행이었어. "정 상병은 제가 가장 사랑하는 막냇동생이어요. 미국에 갔다 며칠 전에 왔는데 내 동생이 매를 많이 맞았어요. 어떻게 그렇게 몰지각하게 많이 때릴 수 있어요?" "댁의 아버님 오시면 다 말씀드리겠습니다." 그 여인은 거실에서 아기를 안고 TV를 보고 있는 어머니에게 짜증내는 말투로 2층에 올라가 계시라고 했지. 2층에는 정 상병도 있었고. 침묵의 2시간이 가고 가을밤 9시가 되었어. 그녀가 입을 열었지. "아무래도 아버님 퇴근이 늦는 것 같습니다. 저랑 얘기하시지요." "아닙니다. 저는 늦게까지 기다려도 됩니다." "제가 들어도 아버님이 들으시는 것과 똑같습니다. 약속합니다." "알겠습니다. 그러면 저는 거짓말 하기 싫으니 정 상병이 있는 자리에서 말씀드리겠습니다. 정 상병을 불러주십시오." 정 상병이 있는 자리에서 자초지종을 말해 주었지.

"저는 육사를 졸업하고 곧바로 월남전에 참전하였습니다. 정글 속은 총알이 빗발치는 전쟁터입니다. 제 모습을 보시면 얼마나 고생을 했는지 감이 잡히실 겁니다. 22개월 동안이나 정글에서 싸웠습니다. 베트콩은 나무

위에도 숨어 있고, 땅에서도 솟아났습니다. 소위들의 명령 한마디에 병사들은 적을 향해 목숨을 던집니다. 수많은 병사들이 소위의 명령을 수행하다가 목숨을 잃었습니다. 모두가 다 정 상병같이 귀한 집 자식들입니다. 그런데 여기 정 상병은 대위를 깔보고 중령을 무시하고 장군까지 가볍게 봅니다. 국무총리님은 만민의 아버지이십니다. 이런 어른께서 일개 병사의 역성을 들어, 4년 동안 육사가 길러낸 장래성 있는 장교를 잘잘못조차 가리지 않고, 엄벌에 처하라 하면, 여기가 어찌 정의 사회라 할 수 있겠습니까? 국무총리께서 이렇게 하셔도 되는 건지 국민 전체를 향해 소리치고 싶습니다.

이제까지 정 상병이 어떻게 했는지에 대해 말씀드렸습니다만 만일 누님께서 제 입장에 계셨다면 누님은 어떻게 하셨겠습니까? 이에 흥분한 여인은 "저 같으면 때려죽이지요." 의외의 말을 했지. 세상에 알려진 소문과는 전혀 딴판이었어. 상병이 무어라 반박하려 할 때 여인은 눈을 쌍그랗게 뜨고 말을 하지 못하게 막았어. 그 전날 너는 임시 대위로 발령났지. 중위 1년 반 만에 된 임시 대위. 원래 중위는 3년을 달아야 정식 대위가 되었어. 그날 너는 신뻥 대위 계급장을 달았던 거였어. "동생은 지 중위님이라 하던데 대위님이시네요?" "어제

진급했습니다."

"제가 동생 말만 들을 때는 대위님이 우락부락하시고, 덩치도 크시고, 말이 안 통하는 장교일 것이라고 상상했어요. 만나서 말씀을 들어보니 참 예의도 바르시고 논리도 정연하시고 착하게 생기셨네요. 제가 사과드릴게요. 아버님한테 전통문을 취소하시라 말씀드릴게요. 장군님께 전해 드리세요. 죄송하다구요. 이 아이를 모레 부대로 보낼 테니 장군님께서 야단을 많이 쳐주시라 부탁드린다고 보고드려주세요. 모레 결혼을 하신다니 축하드려요. 식장에는 못 가 뵙지만 제가 택시는 태워드리겠습니다." 큰길까지 나와 택시를 잡아주었지. 그때 네 기분 어땠어? 네가 만일 이렇게 정면돌파를 하지 않았다면 너는 평생 정일권만 비난하고 살았을 거야. 그런들 무슨 소용 있겠어? 낙오한 자의 넋두리뿐이 아니겠어?

다음날, 국무총리실에서는 기다리고 있었던 취소 전문이 오지 않았어. 일과가 끝난 후 너는 중앙청 육중한 건물로 찾아갔지. 중앙청의 제왕은 정일권 총리. 정복을 입고 총리실로 가는 동안 신분 확인하는 사람도 없었어. 돌 천장이 높이 떠 있는 총리실에 새까만 얼굴을 한 작은 체구의 대위가 나타나자 마치 구경거리라도 생긴 것처럼 총리 부속실의 남녀 공무원들이 흘끔흘끔 훔쳐봤지. "여기 국무총리실에서 발행한 육군 참모총장 앞 전통이 있습니다. 이 전통을 발행하신 분을 뵙고 싶습니다." 넓은 비서실 한가운데 열중쉬어 자세로 버티고 서 있었지. 아무도 나서지 않았어. 퇴근이 늦어진 비서실 사람들이 하나씩 둘씩 책상을 떠났지. 마지막으로 남은, 높아 보이는 비서가 다가왔어. "대위님, 취소 전문을 오늘 보냈어야 했는데 바빠서 미처 보내지 못했습니다. 내일은 꼭 보내드릴 테니 안심하고 돌아가십시오."

네가 비서관을 막다른 코너로 몰지 않았다면 아마도 그 비서관은 이런 약속을 하지 않고, 적당히 깔고 앉아 뭉갰을 거야. 그랬다면 중위 하나쯤은 마치 티끌 하나 날아가는 것처럼 흔적도 없이 날아갔을 거야. 네가 네 운명을 지킨 거였어. 권위주의 시대에서도 너는 계급에 주눅 들지 않고 권력에 주눅 들지 않고 당당했지. 그 당당함이 네 운명을 스스로 개척하는 에너지가 된 거였어. 이런 패기 누구에게나 있는 게 아니지. 이는 돈으로 살 수 없는 정신적 자산이야.

제6장 따이한 육군 대위

제6장 따이한 육군 대위

아시아 흑진주 사이공

'69년 9월에 결혼, 11월에 보잉기 타고 또다시 월남으로 갔지. 결혼하고 2개월 만에. 월남에서 귀국한 지 6개월 만에 또다시 월남으로 간다는 것은 무리였고 파격이었어. 월남에서 빠져나간 살이 다시 조금씩 붙기 시작할 때 새신부와 이별하고 또다시 그 더운 월남으로 간다는 것이 내키지 않는 행보였지만 장군님이 함께 가자 하시니 어쩔 수 없었지. 1차 파월에서는 정글에서 22개월을 보냈지만 2차 파월의 첫 근무지는 화려한 도시 사이공이었어. 주월한국군 총사령부 건물들은 프랑스가 지은 콤플렉스. 본청은 2층 건물이고 나머지 건물들은 단층 건물들이었지.

대령 참모들은 REX호텔에서 숙식을 하고, 중령급 이하의 장교들은 별도의 큰 건물에서 퇴근 후의 생활을 했지. 장군은 세 명. 3성 장군이 사령관, 2성 장군이 부사령관, 1성 장군이 참모장. 이들은 예전에 왕비들이 살던 큰 저택들을 하나씩 차지했지. 계급 순서대로 1공관, 2공관, 3공관. 3공관이 네가 생활한 공관이었지. 공관들은 다 2층 건물, 프랑스식 주황색 지붕에 하얀 벽, 출입구는 단단한 철문이었고, 높은 담장 위에는 가시철조망이 둘러있었어. 공관에는 병력이 30여 명으로 식사 준비, 파티 준비, 경비 등을 담당했지.

공관과 사령부 사이는 차량 거리로 15분. 네가 모시는 장군에게는 고국에서 외유성 출장을 오는 VIP들을 탄소누트 공항에까지 가서 영접해 오는 업무가 많았어. 공항까지는 편도 30분, 차는 포드의 쉐보레 대형세단, 조수석에 탄 너는 일본의 유명 가수 '미소라 히바리'의 노래로 채워진 테이프를 늘 틀어드렸지. 기억에 남는 말은 '아나따와~' 당신이라는 뜻이었을 거야. 늘 듣는 아나따와인데도 여가수의 목소리는 언제나 아름답고 애절했지.

프랑스 식민지였기 때문에 거리는 참 반듯하게 잘 가꾸어져 있었어. 가로수가 고색창연해서 4차선 도로, 6차선 도로에도 해가 다 가려져 있었지. 큰 거리변의 가옥들은 다 저택이었고, 번지가 새겨진 놋쇠 문패가 멀리에서도 잘 보이게 새겨져 있었어. 집집마다 정원이 있고, 정원마다 초록색 바탕에 점점이 박힌 빨간색 꽃들과 새하얀 벽이 어우러져 그림보다 아름다운 앙상블을 펼치고 있었어. 문화적 충격, 참으로 아름다운 곳에 왔다고 좋아했지. 거리에는 승용차보다 오토바이 천지. 오토바이를 타고 가는 여성들의 실루엣은 환상적이었어. 베트남 고유의 의상 아오자이. 하얀색, 빨간색, 파란색, 검은색 등의 얇은 천에, 상의는 살에 찰싹 달라붙고, 허리로부터는 앞자락 뒷자락으로 갈라져 있어서 오토바이를 타고 달리면 생머리와 함께 휘날렸지.

오랫동안 중국과 프랑스 식민지였기 때문에 사이공 거리에는 혼혈인들 천지였어. 상체는 짧고, 하체가 길며 얼굴들이 아름다웠어. 오토바이는 100%가 다 Honda. 그래서 오토바이라 부르지 않고 '혼다'라 불렀지. 밤이 되면 거리는 그야말로 불야성. 사람들의 마음을 들뜨게 했지. 사이공의 아름다움을 찬양하는 노래도 있어. '사이공 뎁브람'. '뎁블람'은 매우 아름답다는 뜻이었어. 중심가의 모든 공간은 술로 흥청거렸지. '사이공 티', 호스티스가 자리를 같이해 이야기를 나누면 가끔씩 '사이공 티'를 사달라 했지. 콜라를 조금 담아놓고, 그걸 '사이공 티'라며 한 잔당 5달러씩이나 받았어. 한번 가면 술값, 안주값 말고 팁으로 최소한 20달러는 뒤집어썼지. 어쩌다 경험 삼아 한번은 갔지만, 다시 갈 곳은 아니었어. 고급 백화점도 많고. 7~8세 된 꼬마들이 다 쓰리꾼이었지.

사이공에서는 미군 장군, 한국군 장군, 월남군 장군들 상호 간의 친목을 위해 파티가 많이 열렸고, 여기에 더해 고국에서 VIP들이 많이 와서 파티가 거의 매일 열렸어. 돈과 물자는 넘칠 만큼 풍족하고 사치스러웠지. 이 모두가 네겐 시야를 넓혀주는 문화적 충격이었어. 전쟁터 문화와 최고사령부 문화가 어떻게 다를 수 있는 것인지 실제로 경험한 것은 전쟁문화에 대한 이해의 폭을 한층 더 넓혀주는 것이었어.

담배 부관

너는 장군 사무실 문 앞에 책상을 놓고 출입구를 바라보고 앉아 대령 참모님들이 들어오고 나가실 때 일어서서 거수경례를 했지. 나머지 시간에는 타임지와 사전을 번갈아 보면서 영어공부를 했고. 벽 앞에 길게 놓인 소파에는 대령 참모님들이 앉아서 결재서류를 들고 환담들을 나누셨어. "어이, 지 대위, 담배 있나?" "제가 담배를 안 피워서요." 첫날 하루 종일 반복된 대화였어. 이튿날 사령부에 차려진 미니 PX엘 갔지. 진열돼있는 양담배 6가지를 골랐어. 말보로, 살렘, 켄트, 럭키스트라이트... 포장이 울긋불긋 다 멋있었어. 4~5cm 폭으로 팔꿈치 위까지 걷어 올린 전투복 틈에 좌우 양쪽으로 세 곽씩 끼워넣고 앉아 있었더니 대령 참모님들이 한 개비씩 가져다 피우셨어. 출입구 입구에 자리한 병장은 이런 너를 보고 실실 웃었지. "야, 이 병장, 너도 뭐 나처럼 할 거 없어?" "예, 하고 있습니다." "뭔데?" "참모님마다 좋아하시는 음료수를 다 파악해놓고, 들어오시면 즉시 대령합니다."

대령 참모님들 중에는 부관참모가 계셨는데, 육군본부 근무 시절에 참모장님과 서로 좋지 않은 사이였어. 원수는 외나무다리에서 만난다고, 된통 걸린 거지. 그래도 인품이 훌륭하신 장군은 표정 관리를 잘 하셨지만 결재를 기다리시는 부관참모님은 얼굴에 수심이 가득했고, 주눅이 들어 계셨어. 참모님들끼리의 대화 중 그 분이 기르는 반려견이 족보 있는 견종인데 새끼를 여러 마리 낳았다는 말씀을 하셨어.

너는 순간 귀가 번쩍 뜨였지. 고국의 사모님께 한 마

리 드리면 관계가 좋아질 수 있을 것이라고 생각을 했던 거지. "참모님, 그 새끼강아지요, 참모장님 사모님께 한 마리 드리실 수 있나요?" 참모님의 눈에 금방 생기가 돌았지. "아, 그래? 사모님께서 좋아하신다면야, 오늘이라도 갖다 드리지." "그럼 이따 전화로 사모님께 말씀드려 무조건 갖다 드리시라 하시지요?" "알았네. 그리하겠네." 모시는 장군한테 허락도 받지 않고 한 말이었어. 그리고 퇴근하면서 참모장님께 차 안에서 말씀드렸지. "참모장님, 부관참모님 강아지가 새끼를 낳았는데 족보가 있고 무지 예쁘다 해서, 다 나눠주면 어쩌나 싶어 즉시 사모님께 한 마리 갖다 드리라고 했는데요. 오늘 갖다 드렸을 겁니다." "어~ 그래? 그거 잘했다." 남편 덕에 고국에서 귀한 강아지를 선물로 받는 사모님의 환한 얼굴이 연상됐지.

참모장님은 정보도 파악하고, 참모들 사이의 소통과 유대강화를 위해 매일 아침 한두 분의 참모님을 초대하여 조찬을 하셨지. 며칠 후에 넌 그 부관참모를 더 끼워 넣었어. "참모장님, 부관참모님이 참모장님을 매우 어려워하시는 눈치입니다. 내일 조찬에 원호 참모님과 인사참모님 초청할 때 함께 초청할까요?" "아, 참, 그렇구나. 그래라." 참모진 전체의 분위기가 참 좋아졌지.

대령 참모님들이 귀한 시간을 결재를 받기 위해 기다리는 것이 낭비라고 생각한 너는 출근하자마자 참모님들께 전화를 돌렸지. "참모님, 지 대위입니다. 오늘 결재하실 건이 있으신가요?" "음, 있지." 결재에 필요한 시간이 얼마쯤 예상되시나요? "음~ 한 20분?" "언제쯤 시간 내드리면 좋겠습니까?" "오후 3시쯤?" "알겠습니다. 제가 연락드릴 때 올라오십시오." "어~ 그래? 지 대위 고맙네." 분위기의 대전환이었지. 너를 예쁘게 보신 참모님들은 지나가는 말로 자기들끼리 말씀들 하셨어. "저 사람 지 대위, 이 자리에 오래 있으면 안 되는데~." 나중에 알고 보니 전투 지휘관 경력을 쌓게 해주어야 한다는 데 대한 컨센서스가 형성됐던 거였어.

장군의 공관 에피소드

공관에는 본관과 부속 건물이 있었지. 본관 1층은 넓은 콘크리트 바닥에 고급 타일이 꽃 그림을 그리고 있었고, 그 한 코너에 전속부관 방이 있었지. 일인용 침대와 미니 책상 하나가 문간에 놓여있고, 양쪽 문은 문짝 자체가 없이 뚫려 있었어. 벽에는 에어컨이 달려 있었고, 에어컨은 늘 같은 온도로 세팅되어 있었어. 조그만 마당 건너엔 부속 건물이 있고, 병사들이 주임상사의 지휘를 받고 있었지. 공관 분위기는 좋았었는데 장군의 둘째 처남인 중사가 들어온 이후 병사들이 분열됐고, 속들이 상한 상태에서 근무를 했지. 처남 중사가 좀 부산하고 설치는 편이어서 주임상사의 눈 밖에 났지만 장군 식솔이라 참을 수밖에 없었어. 공조직에서나 사조직에서나 친인척이 들어오면 바로 그날로부터 분열이 일지. 장군에 대한 충성심이 갑자기 소멸되고 얼굴들이 어두워졌어.

하루는 그 불청객이 시장에 간다며 지프차를 후진시키다 장군님이 귀여워하시는 반려견을 깔아 죽였지. 장군에게 어느 한국인 사업가가 치와와 한 쌍을 선물했는데 수컷은 끼끼, 암컷은 미미였어. 그 미미를 깔아 죽인 거지. 장군이 아시면 노하실 것이고, 그러면 공관 분위기가 더 냉랭해질 것이 뻔했어. 그 중사는 너에게도 뻣뻣하고, 자세가 안 좋았지만 넌 조금도 개의치 않았어. 훗날에 보니 그의 형은 상당히 훌륭한 사람이던데.

어느 날, 까불던 '중사'가 네게 기가 죽은 상태로 와서 고개를 숙였지. "부관님, 살려 주십시오. 제가 미미를 깔아버렸습니다. 참모장님 아시면 불벼락이 떨어질 텐데 어떻게 하면 좋겠습니까?" 너는 중사를 나무라지 않았어. 이야기를 듣는 순간, 대책부터 생각했지. "야, 너 시장 자주 가지, 거기 강아지 시장 있었냐?" "네, 찾아보겠습니다." "끼끼를 안고 다니면서 똑같은 암컷 찾아봐." 치와와 한 마리를 구해왔지. 그런데 뚱뚱하고 둔해 보였어. "이놈 미미로 부르면 꼬리치게 만들어 봐." "예." 퇴근하신 장군님께서는 당번병이 끼끼만 데려갔지. 평상시와는 달리 네가 동행했어. "야, 미미는 어디 갔냐?" 당번병의 얼굴이 새빨개지고 어찌할 줄을 몰라 했지. 네가 나섰어. "미미가 설사를 해서 병원에 입원시켰습니다. 곧 데려오겠습니다." 며칠 후 당번병이 두 마리를 가지고 2층 장군님 방으로 갔지. 장군님이 반가워하시면서 미미를 쓰다듬었는데도 꼬리치는 게 달랐어. "야, 미미가 왜 이렇게 살이 찌고 둔해졌냐?" 당번 얼굴이 또 빨개졌지. "네, 그 녀석이 병원에 있는 동안 살이 쪄서 좀 둔해진 거 같습니다." 이것으로 장군님은 더 이상 강아지에 대해 말씀하시지 않았어.

주월사령부에는 매머드 규모의 극장식 브리핑 공간이 있었어. 매주 1회씩 정보 브리핑을 했지. 미군 상황, 월남군 상황, 월맹군 상황, 한국군 상황, 브리핑 장교는 소령, 정보를 카테고리별로 정리하고, 우선순위에 따라 대형 차트를 돌려가면서 또박또박 발음하는 것은 크나큰 능력으로 인식됐지. 발표력이 참 중요하다는 것, 발표를 잘해야 윗분으로부터 인정받을 수 있다는 것을 실감했지. 그 브리핑은 주월한국군 사령부의 명물이었어. 가끔 주월군 전체 지휘관들을 불러 지휘관 회의도 열었지. 그럴 때마다 정보 브리핑의 위력이 빛을 발했어. 야전 지휘관들이 모두 감탄을 했지. 고국으로부터 VIP들이 오면 그걸 보자마자 기세가 죽고 숙연해졌어.

그러던 어느 날 회의를 끝낸 1성 장군들 몇 명이 참모장 공관에 와서 담소를 나누었지. 그중에는 나트랑 야전사령관이 있었어. 그 전속부관이 애리애리한 대위였는데 네 방에서 다른 전속부관들이랑 함께 침대에 걸터앉아 수다들을 떨었지. 그 대위가 애로사항을 이야기했어. 밤에도 군화를 벗고 잔 적이 없다. 새벽 2시고 3시고 가리지 않고, 버저(buzzer)로 호출하면 총알처럼 장군 앞에 나타나야만 한다고 했지. 이거야말로 사람 말려 죽이는 횡포가 아닐 수 없었어. 그 자리에 있던 전속부관들이 다 그 대위를 동정했지. "뭐 그런 독재자가 다 있어~." 그런데 그 장군의 권총이 손바닥 안에 폭 파묻히는 아주 작은 것이었는데 사방에 화려한 보석이 박혀있었어. 모두 다 그걸 한 번씩 만져봤지. 원래 권총에는 실탄이 6발 장입되는데 실수로 방아쇠를 당길 경우를 대비해 첫 번째 탄실에는 실탄을 비워두지. 그래서 너는 천정을 향해 방아쇠를 당겨보았어. 총알이 없을 줄 알았는데 실제 발사가 된 거야. 휴! 사람 안 상한 게 축복이었지. 콘크리트 건물 속에서 총을 쏘았으니 그 소리가 얼마나 요란했겠어. 건물 전체의 벽이 에코 효과를 냈지. 그 부관이 총알 관리를 제대로 하지 않은 거였어. 2층에서 평화롭게 담소하던 장군들이 마치 제비들처럼 가이던스(guidance)에 목을 얹고 내려다봤지 "야, 뭐야?" 골방에서 뛰어나가 장군들 얼굴이 보일 때까지의 거리는 불과 몇 발자국. 그동안 부지런히 머리를 돌렸지. "죄송합니다. 벽에 세워놓았던 탁구대가 미끄러지면서 바닥을 때렸습니다." "깜짝 놀랬다야~." "죄송합니다."

어느 날 참모장님이 너를 부르셨지. "지 대위, 참모들이 너를 포대장으로 내보라고 난리더구나. 맹호부대보다는 신망이 높은 권영각 대령이 포병사령관을 하고 있는 백마사단으로 나가봐. 그 전에 휴가를 줄 테니 가서 가족도 만나보고."

다시 전쟁터

참모님들이 특별히 마련해 주신 정찰용 비행기 U-2기를 타고 9사단 사령부 기지 내에 있는 포병사령부, 권영각 대령님께 갔지. 한낱 대위가 U-2기를 혼자 타고 부임지로 날아간다는 것은 이변 중의 이변이라 할 수 있어. 당시 U-2기는 장군만이 탈 수 있는 정찰기로, 비유하자면 왕실의 왕자 정도나 돼야 받을 수 있는 특혜였어. 이것이 너를 예뻐해 주시는 대령 참모님들의 마무리용 선물이었지. 어마어마한 호강이고 영광이었어. 권영각 대령님. 훗날 장관 보좌관, 국방차관, 건설부 장관을 하신 분으로 키가 작지만 딱 바라지고 꼿꼿하시고 얼굴에서는 피 한 방울도 나올 수 없을 듯한 팽팽한 기운이 감도는 분이셨지. "자네가 지 대위구먼. 내가 가장 좋아하는 김광돈 대령님, 최갑석 대령님, 그리고 여러 주월사 참모님들이 내게 전화를 걸어주셨네. 자네를 무척들 아끼시더군. 장래가 촉망되는 장교이니 함께 잘 길러주자고 신신당부하시더구먼. 자네, 투이호아 지역, 30포병에서 소위, 중위로 근무했더군. 그리로 가서 포대장을 하게. 조금 후 헬기를 내주겠네. 가서 근무 열심히 하게." "네, 감사합니다. 사령관님을 모시게 되어 매우 영광입니다."

사령관님으로부터 이야기를 듣는 순간, 네 마음이 어떠했었니? 너에게 아무런 애정 표시도 없었던 사이공 대령 참모님들이 마치 약속들이나 하신 것처럼 다 같이 전방 지휘관에게 전화를 걸어, 너를 잘 키워주자 했다는 사실에서 너는 영광을 느끼기 전에 굉장한 충격을 받았지. '네가 이토록 대령 참모님들께 잘 보였는가?' 꿈을 꾸는 심정이었어. 부임지를 향해 혼자서 40분간 또 다른 전용 헬기를 타고 가면서 만감이 교차했지. 1년 전까지 활동했던 옛 전쟁터에 다시 오니 마치 고향에라도 온 것 같은 푸근한 생각마저 들었어.

땅은 옛 땅이지만 얼굴들은 다 낯설었지. 중령 대대장에게 전입신고를 했어. 그런데 너를 바라보는 대대장의 눈빛과 대위 참모들의 눈초리가 싸늘했지. '네 놈이 낙하산이구나' 하는 느낌이었어. 그 대위들은 너보다 최소 5년 이상의 높은 호봉이었는데 귀국하기 전에 몇 달만이라도 포대장 경력을 쌓고 싶어들 했지. 그런데 새파란 임시 대위가 낙하산을 타고 포대장 하러 왔다고 하니 왜들 밉지 않았겠어. "사령관님 말씀은 곧바로 포대장 내보내라 하셨는데 자리가 아직 없으니 좀 기다려야 해요." 낯선 대대장님의 말씀이었지. "네, 물론입니다. 감사합니다."

이렇게 황금과도 같은 포대장 자리를 네가 낙하산을 타고 내려온 거였다구. 네가 장군을 따라올 때에는 장군님이 주월사령부에 계실 때까지 쭉~ 전속부관으로 있다가 장군님 귀국하실 때 함께 귀국할 것으로 상상했지. 그런데 네 창의적인 행동이 많은 대령 참모님들을 감동시켰고, 그분들의 배려로 상상조차 할 수 없었던 새로운 진로로 진입한 거였어. 너의 이 길은 상식으로는 예측되지 않았던 엉뚱한 길이었고, 상상력 저 밖에 있었던 기상천외한 길이었지.

젊음의 꽃 포대장

고구마를 길게 잡아늘린 것처럼 생긴 월남 땅. 동쪽 해안을 따라 1번 도로가 남북으로 달리고, 그 가장자리를 따라 송유관이 설치돼 있었어. 포대에서 그 '1번 도로'를 타고 남쪽으로 30분을 달리면 붕로봉이라는 고개가 있었고, 고개의 바다 쪽에는 멀리서 보기에도 엄청 깊어 보이는 옥색 바닷물이 공포분위기를 자아내고 있는 '붕로 베이'가 있었어. 네가 부임했던 B포대는 네가 부임하기 이전에 바로 붕로봉 바위들 틈새에 벙커를 짓고 버티다가 베트콩 박격포 세례를 자주 받았지. 위치 선정을 매우 잘못한 거였어. 하루는 베트콩이 마음먹고 박격포를 많이 퍼부어 탄약고가 폭발하는 바람에 여러 명의 사상자가 발생했지. 그래서 도망 나온 곳이 바로 네가 부임한 을씨년스런 공간이었어.

그 붕로봉에서 1번 도로를 타고 북쪽으로 30분 정도 달리면 네가 연락장교로 있었던 도청(성청) 소재지 '투이호아' 도시가 있고, 거기에서 약 10분을 더 북으로 달리면 그 유명한 '혼바' 산맥의 한 자락이 구레나룻처럼 흘러내려 있었어. 도로보다 10미터 정도 높은 평평한 능선. 그 능선의 높은 곳에는 보병 제2대대 본부와 5중대가 있었고, 그 능선의 끝자락에 B포대가 피난해 왔지. 그 피난처로 네가 부임한 거였어. 기지에서 동쪽을 바라보면 바로 80m 거리에 1번 국도가 남북으로 흘렀고, 길 건너 해안 쪽으로는 늘 푸른 초원지대가 해변을 따라 길게 뻗어 나갔고, 그 너머에는 눈이 부실 만큼 하얀 모래밭이 끝도 없이 이어져 있었어. 바닷물은 태양의 위치와 날씨에 따라 색깔이 변화무쌍했지. 참 아름다운 곳이었어.

홀홀단신으로 대위 계급장 하나 달고 외롭게 와서 "내가 너희들 포대장이야" 하는 식으로 나타났으니 네가 병사들 눈에 어떻게 보였겠니? 부대 기지는 빨간 진흙

밭, 철모에 계란을 깨면 금방 프라이가 된다는 뜨거운 햇볕 아래 24인용 텐트가 쳐져 있으니 그 텐트 속이 얼마나 쪘겠어. 텐트의 입구를 걷어 올리고 몇몇 병사가 짜증난 얼굴로 다리와 팔과 배 등에 나 있는 상처에 약을 바르면서 너를 거들떠보지도 않았어. 더구나 네 전임자는 병사들을 노예 대하듯 하여 일부 병사들이 술 마시고 포대장을 죽여 버린다며 난동을 부려 총기사고가 났고, 그래서 조기 귀국을 당했다고 했어. 포대장과 병사들 사이에 적대 문화가 형성돼 있었던 거지. 그러니 병사의 눈에 네가 어떤 존재로 비쳐졌겠니? '더 어린놈이 왔구나. 천방지축으로 날뛰겠지~.' 아마 이렇게 생각들 했을 거야. 그것이 그들의 눈초리에 나타나 있었지.

기지 내를 한 바퀴 돌았지만 앉을 곳이라고는 사각진 목재 더미뿐이었어. 병사들 손으로 진흙땅에 벙커식 막사를 지으라고 공병이 날라다 놓은 목재 더미와 여기저기에 내무반을 지을 자리를 파놓은 사각 구덩이들이 전부였어. 미국 골드러시 시대의 서부 개척인들의 모습이 연상되었지. 뉘엿뉘엿 해가 혼바산을 넘자 부임 첫날의 신고식을 받으려는 듯 박격포가 여러 발 날아왔지. 불만에 차 있던 병사들이 순식간에 움직였어. 모두가 숨은 곳이 목재 더미 뒤였지. 게슴츠레했던 눈들이 초롱초롱해졌고, 초록색 빛을 발산했어. 그 눈빛 그 눈매가 생과 사 사이에 끼어있는 공포의 모습이었어. 다행히 박격포의 낙탄 거리가 20~30m 부족해, 포탄들이 기지 외곽에 떨어졌지. 바로 이 순간부터 너는 박격포를 제압할 궁리를 하기 시작했어. 개인 천막에서 하루를 보낸 후 너는 아침에 130명 부대원들을 집합시켰지. 목재 더미가 연설대였어.

"내가 제군들의 포대장이다. 나는 1966년 육사를 졸업하고 바로 다음 해에 바로 이 투이호아 지역에 와서 소위-중위시절 22개월 동안 작전을 하고 귀국했다가 다시 왔다. 나는 대대에서 관측장교, 화력지휘장교, 상황장교, 작전보좌관을 했다. 귀국해서 육군본부에 근무하다 사이공 주월한국군 사령부를 거쳐 여기에 다시 왔다. 어느 부대에 가든 나는 부대 사정에 늘 어두웠다. 그래서 늘 병사들에게 물었고, 병사들이 앞장서서 부대 일을 해주었다. 여기에서도 똑같이 제군들에 물어가면서 근무할 거다. 제군들이나 나나 다 같이 가난한 집 자손들이다. 여기는 한국보다 돈도 많고, 물자도 많다. 그러나 돈은 사회에 있지 전쟁터에 있지 않다. 돈은 잊어버려라. 돈이 사람을 옹졸하게 만든다. 모두가 고개를 돌려 저 바다 쪽을 바라보라. 이렇게 아름다운 곳은 세계에서도 드물다. 제군들이 이 자리에 와 있다는 것 자체만으로도 축복일 수 있다. 남국의 상징인 야자수 대열이 보이는가? 끝도 없이 전개된 해변의 모래밭이 보이는가? 시시각각 변하는 푸른 바다가 보이는가? 바로 저것이 청춘의 꿈이다. 주머니에 돈이 있거든 꺼내서 돈 한번 보고 바다 한번 봐라. 초라한 것이 바로 돈이다. 돈은 잊어버려라. 우리는 이 아름다운 곳에 원정군 자격으로 와 있다. 이런 자랑스런 기회는 오로지 여러분 세대에만 주어져 있다. 귀국하면, 식구들이, 애인이, 그리고 나중에는 자식과 손자들이 할아버지 무릎에 앉아 월남 얘기해 달라고 조를 것이 아니겠는가? 무슨 얘기를 해주겠는가? 얘깃거리를 마련하려면 추억을 쌓아야 하지 않겠는가? 사진들을 많이 찍어라. 그게 돈보다 더 귀한 것이다."

병사들의 눈이 점점 커지고 있었지. 이렇게 마음을 크게 키워주는 이야기는 처음 들어봤을 거야. "여기는 너무 덥다. 바지를 짧게 잘라 입어라. 궁둥이까지 나오게 잘라도 된다. 상의는 없다. 맨몸이다." 병사들의 눈이 말 그대로 왕방울만해졌지. 감히 군복을 핫팬츠로 잘라 입으라니! "옛날엔 이렇게 했는데요. 이런 고정관념

버리고 새로 생각하라. 내가 육군사관학교 생도 때 가장 싫어한 것이 집합이었다. 인솔해서 가면 천당도 싫다고들 했다. 앞으로 집합은 없다. 점호도 없다. 그 대신 분대장과 간부들은 매일 나와 토의를 한다. 내일 무엇을 할 것인가, 그 일을 효율적으로 하려면 어떻게 해야 하는가, 일을 하는 데 어떤 안전사고가 발생할 수 있는가, 그걸 예방하려면 어떻게 해야 하는가에 대해 토의한다. 가장 값없이 목숨을 잃는 것이 안전사고다. 우리 모두 안전하게 고국으로 돌아가야 할 것이 아니겠는가? 분대장은 분대원들과 토의하라. 토의를 생활화하라. 식사도 분대 단위로 따로 한다. 가족 분위기로 식사하라. 분대는 식당에 배치된 노트에 분대의 희망 식사 시간을 기록하라. 이후의 분대는 그 시간을 피해 주라. 포대 단위 일과는 없다. 분대마다 일과가 다르다. 모든 일과의 캡틴은 분대장이다."

기막힌 혁명이었지. 병사들로서는 상상조차 할 수 없었던 신천지가 열렸던 거였어. 병사들 눈이 초롱초롱해지고 생기가 돌았지. 포대장을 존경한다는 눈들이었어. "내가 가장 무서워하는 것은 안전사고다. 안전사고로 죽으면 개죽음이다. 가장 무서운 것이 총기 오발사고다. 보초를 서고 교대를 할 때 눈을 부비면서 일어나면 이웃 전우의 총을 가지고 초소에 갈 수 있다. 보초가 끝나면 모두 실탄을 뽑고 개머리판을 어깨에 올리고 경건한 마음으로 하나, 둘, 셋을 천천히 센 후 하늘로 격발하라. 기억에 자신하지 말라. 어젯밤 우리는 베트콩 공격을 받았다. 다행히 피해가 없었다. 오늘도 포탄은 날아올 수 있다. 선배 장교들은 하늘이 봐주는 수밖에 없다고들 하더라. 그러나 문제 있는 곳엔 반드시 해결책이 있다. 여러분들이 여기 있는 동안 나는 베트콩이 단한 발의 포도 쏘지 못하게 할 것이다. 박격포 세례는 내가 예방할 것이다. 그 대신 안전사고는 귀관들이 예방하라."

병사들의 눈이 점점 더 커졌지. "모두 알겠나?" "네." 모두가 힘주어 대답했지. 싱글벙글 병사들 얼굴에 웃음꽃이 피었지. 참으로 극적이었어. 아마도 이 장면을 영화로 만들면 오래오래 기억될 수 있을 거야. 육사에서의 독서가 없었다면, 4학년 때 후배들을 모아놓고, 마음을 키워주는 미니 연설을 훈련하지 않았다면, 착안할 수 없는 연설이었어. 병사들의 몸놀림이 모두 빨라졌지. 너에게는 크게 두 가지 문제가 화급을 요하고 있었어. 하나는 박격포로부터의 자유였고, 다른 하나는 쾌적하고 통풍이 잘되는 벙커 내무반을 건설하는 것이었어. 그날 밤 너는 내무반이 지어질 구덩이 위에 쪼그려 앉아 플래시로 바닥을 이리저리 비쳐 보았지. 그야말로 물끄러미. 그러다 무릎을 쳤지. 두 가지 문제가 다 풀린 거였어.

부대 환경 건설

이웃 보병대대에서는 저녁이 돼도 병사들이 퀴퀴한 내무반 벙커에 들어가기를 싫어하고, 우기가 되면 내무반에 물이 고여 밤새 교대로 물을 퍼낸다는 이야기가 들렸지. 어떻게 하면 벙커를 쾌적한 공간으로 만들 수 있을까? 1차 파월 기간인 소위, 중위 때에는 기지가 해변의 모래사장이라 천막이 곧 내무반이어서 비가 고이지 않았지만, 다른 부대들의 기지는 모두가 다 진흙이었지. 네가 지휘하는 부대에는 진흙 속에 벙커식 내무반을 지어야만 했어.

네가 무릎을 칠 때에는 이미 내무반 설계도가 그려져 있었지. 바닥을 좌우 수평이 되도록 파지 말고, 사각형의 세 귀퉁이에서 한쪽 귀퉁이로 흙물이 흐르도록 좌우를 다 경사지게 판다는 것, 바닥의 흙물이 흘러내린 코너에 드럼통을 반으로 잘라 묻는다는 것, 반쪽짜리 드럼통에 흙물이 들어가면 흙은 가라앉고 물은 뜰 것이라는 것, 물이 있는 부분에 구멍을 뚫고 파이프를 연결하여 물을 지하 내무반 밖으로 빼낸다는 것, 파이프가 끝나는 지점에 모래와 자갈을 깊이 묻어 물이 땅속으로 스며들게 한다는 것, 가끔씩 마루 뚜껑을 열어 진흙을 퍼다 버린다는 것, 마루는 땅으로부터 습기가 올라오지 않게 50cm 높이로 깐다는 것, 개인마다 미군 부대에서 얻은 철침대를 9개씩 분대원 수만큼 놓는다는 것, 벙커의 지붕을 땅에서 50cm 높이로 높게 깐다는 것, 지붕을 내무반 너비보다 훨씬 더 넓게 깐다는 것, 지붕은 미 공군 활주로에서 얻은 철판(암거)과 흙 마대로 덮는다는 것, 포대에는 포탄을 포장한 나무박스가 남아돌 정도로 흔하니까 벽과 천장 모두를 화려하게 나무로 도배한다는 것 등이었어. 병사들이 이 구상에 박수를 쳤지. 우기가 닥치기 전까지 6개월 동안에 벙커 12개 동을 지을 수 없을 것이라고들 했지만, 병사들이 초인적 힘을 발휘했어. 3개월 만에 뚝딱. 왜냐하면 너무 갖고 싶어 하는 내무반 설계였기 때문이었지. 일단 지어놓으니 내무반에는 늘 청풍이 불었고, 습기도 없고, 내장이 목재라 청결하고 화려했지. 휴양을 가라 해도 내무반이 최고라며 다들 싫다 했어.

화장실 근방에만 가도 눈이 시큰거릴 만큼 악취가 나는 것이 거의 모든 부대의 환경이지. 그래서 화장실에 한 번만 갔다 와도 한동안 불쾌했어. 파리도 모기도 그런 곳에서 생기고.. 내 구상은 기발했어. 나무판이 많으니까 화장실을 나무판으로 지었지. 화장실에 가기 전에 소변부터 보게 했지. 모래를 트럭으로 실어다가 깊이 묻고, 거기에 소변용으로 사각형 나무 파이프를 세웠지. 대변을 보려면 나무 계단 2개를 딛고 올라가게 했어. 발판의 높이가 땅에서 70cm, 변 그릇은 드럼통을 3분의 1 높이로 자른 것, 각목에 못을 박아 만든 갈구리로 드럼통을 끌어서 내왔다 들이밀었다 할 수 있게 철사끈을 용접했지. 변을 보면 반드시 하얀 분말로 된 DDT를 뿌리게 했어. 변 더미는 항상 꼬득꼬득하게 말라 있었고, 그 위에는 하얀 분말이 덮여 있는 데다 바람이 잘 통하니 냄새가 고여 있을 틈이 없었지. 저녁이면 그 드럼통을 끌어내 폐유를 뿌리고 성냥 한 개비 긁어 던지면 한 줌도 안 되는 재가 되었어. 화장실에 앉아 책을 읽어도 되었지. DDT가 모자라면 중사, 상사들이 다른 부대에서는 쓰지 않고 내버리는 것들을 모아달라 해서 가져왔어.

취사장! 취사장 구석에는 늘 음식 찌꺼기가 틈 사이에

끼어있어서 기분이 상하지. 너는 취사장 바닥을 전후 좌우 모두 경사지게 파고 코너를 각이 지지 않게 미장이 기술을 사용하라 했어. 물 한 바가지만 부으면 저절로 청소가 되도록 매끄럽게 만들라 했지. 샤워장은 샤워 꼭지를 중심으로 좌우 모두 비탈이 지게 바닥을 조성하고, 가운데로 몰린 물이 건물 한쪽으로 세게 흐를 수 있게 경사지도록 만들었어. 따로 청소를 하지 않아도 물 흐르는 자체 속도에 의해 바닥이 항상 청결하도록 했지. 식당 취사장에서 나온 물과 샤워장에서 나온 물을 송유관 파이프로 연결하여 미니 콘크리트 탱크로 모이도록 했지. 이 미니 탱크로 흐른 구정물에서도 찌꺼기는 가라앉고, 물은 위에 떴어. 그 물 부분에 또 파이프를 묻어 기지 울타리 밖으로 내보냈지. 탱크 뚜껑을 열면 찌꺼기가 가라앉아 있었어. 그걸 떠다가 폐유를 뿌리고 태우게 했지. 포대에는 냄새나는 곳이 없었고, 파리 한 마리, 모기 한 마리 없었어. 전·후임 포병사령관 두 분이 한 번씩 방문하셨지. 권영각 대령님과 강윤종 대령님. 너더러 서울시장하면 잘하겠다고들 하셨어. 강윤종 사령관님은 신임 포대장들을 내보낼 때, 지만원 대위 포대에 가서 견학하고 오라 명령하셨지. 두 대령님은 귀국해서 장군이 되어 한동안 너를 사랑해 주셨어.

투이호아 시내에 연락장교로 나왔다는 맹호부대 소속의 대위, 너보다 육사 4년 선배가 너를 자주 찾아와 식사도 하고, 불평도 했지. 자기 대대장과 사이가 안 좋아 포대장도 못하고, 이렇게 한직으로 돌다가 귀국한다며 눈물을 흘렸어. 귀국 박스에 채울 것이 아무것도 없다며 아이들한테 빈손으로 가겠다며 눈물을 흘렸지. 그래서 너는 마침 너에게 배당된 '선드리팩'이라는 종합 선물 박스가 있어서 그것을 선뜻 내주었어. 1년에 딱 한 번 포대장에게 나오는 귀한 선물이었는데 시중에서의 시가가 40달러라 했지. 네 한 달 전투수당이 120달러. 배포 큰 인심이었어. 그 선배는 매우 고맙다, 이 은혜 잊지 않겠다며 또 눈물을 흘렸지. 그런데 '선드리팩'을 준 지 20여 년만인 1990년대, 그는 너를 경원시하고 뒤에서는 적대적인 행동까지 보였어. 자기의 초라했던 과거와 새까만 후배의 화려한 활동이 대조되어 쪽팔렸던 것이 아닐까 싶어.

동빙고 군인아파트의 어느 한 일요일. 정문 위 언덕에는 관리소가 있었고, 그 관리소 앞에는 교회 차가 오기를 기다리는 어른들과 아이들이 줄을 서 있었어. 눈이 쌓이고, 길이 온통 빙판이었지. 교회 버스는 브레이크를 잡아도 조금씩 미끄러져 내려오고, 초등 2학년쯤 돼 보이는 여아는 비탈을 타고 버스 쪽으로 미끄러져 가고. 버스의 앞바퀴가 여아의 두 다리를 넘었지. 교인들은 "어어" "어머나" "어떡해" 발만 동동 구를 뿐, 누구 하나 아이를 빼낼 생각을 안 했어. 너는 교회 가는 길도 아닌데 우연히 산보 나왔다가 그 자리에 있었지. '이 아이는 부모도 없이 혼자 왔나? 왜 교인들은 아이를 구할 생각을 안 하지?' 순간 화가 나기도 했지. "여기 이 아이 부모님 안 계세요?" 남녀 교인 모두 군인이고 그 가족들인데 차에 다리가 깔린 아이를 들어 올리는 사람이 없었던 거야. 아이를 안아 올렸더니 두 다리가 덜렁덜렁 껍데기에 매달려 좌우로 마구 돌았어. 그때는 119도 없었고.

"제가 차를 가져올 테니 이 아이 부모를 찾아 주세요." '포니원'을 몰고 나왔는데도 부모는 나타나지 않았어. "저와 함께 병원에 가주실 분 없으세요?" 모두가 외면을 했지. 이렇게 하면서 교회는 왜 가는가? 그 동네 교인들은 분명 외식하는(겉으로만 믿는 척)사람들이 아닐 수 없다는 생각을 했지. 혼자서 아이를 태우고 한남동 순천향 병원에 갔지만, 의사가 "보호자가 오기 전에는 이 아이를 접수할 수 없다"고 버텼어. 시급을 다투는 아이를 놓고, 의사가 이래도 되나, 분노가 솟았지. 중앙정보부 신분증을 내보이며 이 아이를 데려온 경위를 이야기해 주면서 내가 부모로서의 책임을 질 테니 빨리 손부터 써달라 강하게 어필을 했지. 네 눈을 한동안 바라본 의사가 수술을 시작했어. 회복실에 가서 손을 잡아주고 있는 사이에 부모가 찾아와 고맙다 했어. 육사 3년 선배라 했지. 며칠 후에는 빵을 잔뜩 사 들고 병문안을 갔더니 부모가 고맙다 했어. 그 후 고맙다는 인사는 더 이상 들어보지 못했지. 3년 선배와 4년 선배, 꼭 인사받자고 한 일은 아니었지만 두 선배는 고마움을 음미하고 사는 사람들이 아니었어. 미국에서 너를 식구처럼 도와주셨던 미국 할머니가 네게 말해주셨지. "네가 A라는 사람에게 도움을 주면 언젠가는 반드시 전혀 다른 B로부터 도움을 받는다." 너는 그동안 수없이 많은 사람들로부터 도움을 받았으니 남에게 도움을 주는 것은 당연했던 거야.

대위의 지휘 방식

전쟁터인데도 상급부대에서 내려오는 지시공문이 쌓였지. 그거 다 하려면 부대가 산으로 올라가고, 너와 병사들은 초죽음이 된다고 생각했어. 한번 읽어보고서는 책상 한구석에 처박았지. 그리고 생각했어. 지금의 포대 현황은 이렇다. 앞으로 이러이러한 포대를 만들겠다. 내 방식대로 내가 정한 순서에 따라 부대를 지휘하겠다. 이런 배짱이었어. 상급부대 참모들은 왜 이렇게 많은 공문들을 내려보낼까? 지휘관에게 자기의 존재감을 드러내기 위해 보고 건수를 많이 만들어 내는 거였어. 이는 지금도 마찬가지일 거야. 비단 군대뿐만 아니라 모든 정부 조직. 특히 학교에 만연해 있는 고질병이지. 포에도 녹이 슬었지. 연결 틈들에 슨 녹을 제거하려면, 정밀도 유지가 문제였어. 사단에서 병기 전문가를 불러 포를 분해했지. 트럭들은 높은 다이에 올려놓고 녹을 제거했고.

부대 이미지를 높이기 위해 정문 초소와 교환원의 친절부터 손을 댔지. 몇 번이고 연습을 시켰어. 네가 외부에 나가면 꼭 외부인을 가장해서 전화를 걸어 교환이 친절한가를 모니터링하기도 했지. 규정으로는 3개월에 한 번씩 병사들과 면담해서 병사들의 애로사항을 들으라 했어. 그런데 네가 보기에 그건 형식에 불과했어. 부대로 들어오는 편지는 중간에서 누구도 열람해서는 안 되었지만 내보내는 병사들의 편지는 보안문제 때문에 열람하게 돼 있었지. 보통 다른 부대에서는 이 보안 검열을 인사계에 맡기고 말지만, 너는 네가 다 읽었어. 보안을 위해서가 아니라 애로를 찾아내기 위해서였지.

병사 한 사람당 파일을 만들어놓고, 나가는 편지 내용을 요약하고 오는 편지는 주소와 관계만 기록했어. 기록 한 개 한 개에는 정보가 없었지만 모으고 보니 각 병사의 집안 환경과 생활 자세가 보였고 애로도 보였어. 수송부에서 트럭을 운전하는 한 병사가 면허증 갱신 문제로 고민을 했지. 대형차 운전면허증 따기가 꽤 어려웠던 터라, 갱신기한을 맞출 수 없다는 것이 고민이었어. 너는 병사를 만날 이유도 없이 곧바로 경남도지사에 편지를 보냈지. '국가의 부름을 받아 이역만리에 와서 전투를 하는 병사가 이런 걱정을 해서야 되겠습니까? 도지사님 선처해주시기 바랍니다.' 도지사에게서 편지가 왔어. '이 편지를 고이 간직하고 있다가 귀국해서 운수교통과로 가서 제시하면 면허증을 갱신해 드리겠습니다.' 당번병을 불러 그 편지를 본인에게 전달시켰지. 우락부락, 눈도 왕방울만하고, 목소리도 크고, 판을 잡는 병장이 감동을 했다 했어.

외아들이 홀어머니를 모시다 군대 왔는데, 그 어머니가 아프시다 해서 걱정을 하는 편지 내용을 보았지. 그 병사가 보초를 서는 시각에 초소에 나가 이야기를 나눈 결과 딱하다 싶어 휴가를 보냈어. 주월사령부 참모님께 전화를 걸어 보잉기를 탈 수 있도록 각별히 부탁드리고, 없는 돈에 20달러의 여비를 주었지. 1990년대 네가 기업체, 정부기관, 대학교 등에 부지런히 강의하러 다닐 때, 수원대학교 최고경영자 과정에도 갔었어. 한 신사 학생이 너를 시종 뚫어지게 바라보기에 강의가 끝나고 "왜 나를 많이 바라보았느냐?"고 물었더니 바로 네가 월남에서 휴가를 보내줬던 그 부하였어. 참치 횟집에서 너를 대접했지. "포대장님, 패기의 상징이셨지요." 경기지역 귀뚜라미 총책이라고 자신을 소개했어.

태권도가 4단이라는 병장, 늘 패기만만한 병사가 편지에는 늘 우울하고 염세적인 표현을 썼지. 그의 고민이 무엇일까? 이리저리 상상하다가 무릎을 쳤지. '이놈이 남에게 차마 드러낼 수 없는 고민거리를 갖고 있구나!' 성병이라는 생각이 들자 연대에 가는 길에 군의관에게 들러 성병약 하나를 구했지. 부대에 오자마자 위생병(상병)을 불렀어. "야, 김 상병, 너 혹시 4분대장 아무개 성병 있는 거 알아?" 사근사근한 위생병의 눈이 왕방울만해지면서 물었지. "포대장님께서 그걸 어떻게 아셨습니까?" "야, 이 약, 연대 의무실장한테 가서 특별히 얻어온 거야. 절대로 내가 안다는 눈치 주지 말고 네가 구했다고 하면서 주라구."

"포대장님은 귀신이다." "우리 일거수일투족을 다 보고 계신다." 소문이 돌았지. 모두가 너 안 보이는 데서도 좋은 일만 찾아내 열심히들 했어. 병사들이 하는 행동에 어떻게 잘못이 없을 수 있겠어. 잘못하는 것, 못마땅한 것이 네 눈에 띄어도 너는 애써 못 본 체 했지. 그런 거 일일이 지적하고 주의를 주다 보면 너는 쪼잔해지고, 주의를 받은 병사는 너를 피해다니고 싶어 하지. 존경심이 사라지는 거야. 존경심이 없으면 지휘력도 사라지지. 그래서 너는 잘못을 하는 장면을 보면 꼭 노트에 필기를 했어. 1개월치가 쌓이면 추세가 보였지. 그 추세를 일반화, 객관화시켜서 병사들을 집합시켜 놓고 일반적 행태가 이럴 수 있다는 식으로 에둘러 촉만 터치했어. '이크, 포대장님이 나한테 하시는 말씀이구나!' 포대원 모두가 똑같은 생각이었다 했어. 부하 한 사람 한 사람 주의를 주는 것은 상하 간의 인간관계를 파괴하는 지름길이지. 하지만 거의 모든 지휘관들은 눈에 거슬리는 행동을 볼 때마다 일벌백계한답시고 과도한 성질 자랑들을 하지. 그렇게 당한 병사는 그 지휘관을 경원시하게 돼. 이 한 가지 면을 보아도, 지휘관 노릇 제대로 하는 사람이 매우 드문 거야. 가정에서도 부인이나 아이들의 잘못이나 실수를 볼 때마다 지적하면 가정은 평화로울 수가 없지. 보고도 못 본 척하는 것이 가정 리더십의 필요조건이라는 것이 네 철학이기도 해.

내 새끼 의식

하루는 네가 지휘소 벙커에서 나오자마자 맞은 편에서 중위와 상사 등이 무언가 수군거리고 있다가 네가 불쑥 지하로부터 나타나니까 무엇을 훔치려다 들킨 사람들처럼 금방 표정들을 바꾸었지. 너는 촉이 빠른 편이라 이상한 기운을 포착했어. "뭐야?" "네 포대장님, 아무것도 아닙니다." 육사 2년 후배인 변 중위가 시치미를 떼었지. 아무것도 아니라는 말 속에는 무엇이 있다는 뜻이 들어있었어. "뭐야, 숨기지 말고 말해." 변 중위가 실토했어. "수송부 김 병장이 연대에서 C레이션을 차에 싣고 오다가 정문 헌병이 다섯 박스를 달라 하기에 거절하다가 뺨을 맞았다 합니다. 원래 사병들은 헌병의 밥입니다. 늘 있는 일이니 그냥 지나치십시오." 너는 후배 중위의 이 말에 더 화가 났지. "야, 트럭 한 대에 병사 10명 태워. 실탄 장전하고, C레이션 다섯 박스도 실어." 모두가 당황했지. 날은 어두워지고, 연대까지는 40분이나 달려야 하는데, 가는 길과 오는 길에서 베트콩 공격도 받을 수 있고. 하지만 누구도 너를 감히 말리지 못했어. 40분 정도 달려서 연대 정문, 헌병초소 옆에 세웠지. 서자마자 네 병사들이 앞에 총 자세를 취하고, 곧 초소를 총으로 쓸어버리려는 듯한 기세를 취했지.

"헌병들 다 초소에서 나와 내 앞에 서. 내 병사 따귀 때린 놈 나와. 어느 놈이야. 누구냐?" 헌병 상병이 기가 죽어 나타났지. "접니다. 잘못했습니다." "오~ 너, 헌병이라 군법 잘 알지? 상병이 병장을 보급품 안 준다고 때렸어. 너 군기 문란에다 하극상이야. 헌병이 전투부대로 가는 보급품을 감히 가로채? 너 오늘 잘 걸렸다. 얼른 사단 헌병 대장님께 전화 대." "포대장님, 잘못했습니다." 헌병 상병이 무릎을 꿇었지. "너 내 병장 앞에 무릎 꿇고 사과해." "알겠습니다." 병장 앞에 무릎을 꿇고 사과했지. 병장의 기분이 어떠했겠어.

"너희들이 필요한 C 레이션 다섯 박스 내가 준다. 앞으로 필요하면 군기 문란 시키지 말고 나에게 직접 부탁해. 알았어?" "네, 감사합니다." 눈이 동그래지면서 웬일인가 영문을 몰라들 했지. "앞으로 차량 범퍼에 '2'자만 보면 무사통과시켜. 알았어?" "네. 알겠습니다." 이후 정문 헌병들이 이 약속을 철저히 지켰지. 네 부대 병사들이 초소를 통과할 때마다 얼마나 큰 자긍심을 느꼈겠어. 헌병초소에 갔던 병사들, 무엇을 느꼈겠어~. 포대장이 자기들을 참 많이 사랑한다는 것을 느꼈겠지. 이 말이 전설처럼 퍼졌어. 우리 포대장님 끝내준다. 멋있다. 네가 멋쟁이로 보이고 영웅으로 보였을 거야. 네가 데려갔던 병사는 불과 10명이었지만, 그 소문은 전설이 되어 다른 부대에까지 퍼져나갔지.

1970년이면 지금으로부터 55년 전이야. 1970년 11월 13일은 네가 지금도 잊지 않고 기억하는 날이지. 그날 고지로 주월한국군 사령관 이세호 중장이 헬기를 타고 날아와 네게 화랑무공훈장을 달아주셨지. 얼마나 히트를 쳤으면 주월한국군 사령관이 그 먼 거리에 있는 고지로 날아와 훈장을 달아주었겠어. 그 하루 전날, 보병 나민하 소위가 매복을 서다가 히트를 쳤지. 24명의 베트콩을 사살한 엄청난 사건이었어. 그날 너의 포대 화력지휘장교인 변 중위가 너를 깨우지도 않고, 포탄을 1,800발이나 쏘았지. 밤새 내 포 소리가 진동했겠지만 그날은 네가 너무 피곤했는지 잠이 푹 들어있었어. 매복 지점에서 11명이 사살당했고, 13명은 도망가

다가 포에 맞아 사살됐지. 포병 관측장교가 하늘에 조명탄을 밤새 띄우니까 베트콩 도망가는 모습들이 다 보였다 했어. 도망가는 모습들을 눈으로 직접 관측하면서 흥분상태에서 포들을 정신없이 신나게 때렸던 거였어.

아침에 보고를 받고 상황실에 갔더니 바로 그때 변 중위가 대대 작전과장한테서 욕을 들으면서 울기 직전 상태에 있었어. 어떻게 한 번에 1,800발씩이나 쐈느냐는 것이었지. 통화 중인 전화를 뺏었어. 수화기에서 쌍욕들이 마구 쏟아져 나왔지. 너도 흥분이 되었어. "여보시오, 저 포대장인데 왜 포대장이 책임질 일에 대해 제 부하에게 욕을 하십니까? 욕하시고 나면 제가 질 책임, 과장님이 대신 져주시겠습니까?" 너는 새파란 29세의 임시대위이고, 작전과장은 곰삭은 고참 소령이었어. 화가 난 작전과장이 네게도 욕을 했지. 욕먹고 가만있을 네가 아니었어. "야, 이 개자식아, 너 욕으로 지휘하냐? 뭐 이런 쌍스런 놈이 다 있어" 하고 전화를 끊었지. 대대에서 가장 무서운 사람이 작전과장인데, 그런 과장에게 감히 새파란 대위가 욕을 하다니! 후배 옆에는 포반장들을 지휘하는 신참 대위도 있었고, 중위도 있었고, 똘똘한 계산병들도 있었어. "와~우리 포대장님 무섭다~." 이것이 네가 가지고 있던 '내 새끼 의식'

이었어. 내 새끼를 누가 건드리느냐는 어미새와도 같은 정신을 가지고 있었던 거야. 이후 포병이 보병보다 더 많은 수의 베트콩을 13명이나 잡았다는 사실이 확인되면서 1,800발을 발사한 것은 정당화되었지.

그럼 변 중위는 왜 포대장을 깨우지 않고, 자기 판단으로 그 많은 포를 날렸을까? 포대장님을 깨워도 자기처럼 하셨을 것이라고 생각했다고 했어. 맞는 말이었지. 꼭지가 돌은 작전과장이 대대장님께 1,800발이나 쏘았다고 보고를 했지. 때는 미군이 한국군의 포탄 사용량을 통제하고 있었을 때였어. 이런 시기에 하룻밤에 1,800발씩이나 쏘았다는 것은 분명한 이변이었어. 대대장님한테서 전화가 왔지. "어이, 지 대위, 사령관님께 어떻게 보고할까?" 숫자를 줄여서 보고할 것인가에 대한 의견을 물으신 것이었어. "대대장님, 구차하게 신경 쓰지 마시고, 있는 그대로 보고 하시는 게 좋을 듯합니다." "그럴까?" 약 30분이 지나 다시 전화를 주셨지. 목소리가 맑았어. "어이, 지 대위, 사령관님께 그대로 보고드렸지. 그랬더니 껄껄껄 웃으시면서 지 대위 그 친구 당차구먼. 포는 그렇게 쏘라고 있는 거야. 허허 하시던데~."

게임은 지만원의 완승이었지. 하지만 나이가 훨씬 많은 작전과장에게 욕을 한 것은 풀고 가야 하는 문제였어. 식당 병사와 중사에게 임무를 주었지. 시내에 가서 맛있는 생선을 사서 회를 뜰 것, 과장이 귀국하면 부인에 줄 수 있는 양산을 색깔별로 사고, 프랑스제 코티분을 두 개 사 올 것. 저녁 시간에 음식과 조니워커 두 병과 선물을 가지고 가서 과장님과 단둘이 한 병을 마셨지. "과장님, 제가 흥분해서 정신이 좀 외출했던 것 같습니다. 어디라고 감히 과장님께 불경한 말을 할 수 있겠습니까? 사죄하려고, 베트콩 기습을 무릅쓰고 달려왔습니다. 푸십시오." 술을 맥주컵에 반 정도 나란히 따랐지. 술들이 거나해지면서 둘이는 매우 가까워졌지. 며칠 후 말이 들려왔어. "지 대위, 그 친구 체구는 작아도 오도꼬야." 상남자라는 뜻이었지. 이후 대대 참모들은 더 이상 너를 씹지 않았어. 자기들과는 클래스가 다르다는 것을 감지한 거였겠지.

앞에 전개돼 있는 혼바산에서 작전을 끝내신 연대장님이 이웃에 자리한 보병 제2대대장인 중령 사무실로 철수하지 않고, 네 벙커로 오셨지. 네 벙커는 참 고급이었어. 포에서 가장 예민한 부분이 신관이지. 그 신관에 총격이 가면 폭발되기 때문에 신관은 두둑한 플라스틱 포장 용기에 담겨 있지. 초록색 플라스틱 벽돌에 고깔콘처럼 생긴 구멍이 두 개씩 패여 있었어. 그 플라스틱 벽돌 뒷면을 휘발유에 살짝 담갔다 떼면 끈끈해졌지. 그걸 벽과 천장에 다 바른 거야. 사방이 다 아름다운 데다 소음 효과도 있었지. 사이공 장군 세계에서 구경한 것이 있어서 미군 PX에 가서 샴페인 잔과 칵테일 잔을 사다 놓았었지. 넌 예쁜 잔과 컵 등의 집기류를 참 좋아했어. 얼굴에 수염이 나도록 1주일 이상 산에서 작전을 하신 연대장님과 중령 참모들이 네 벙커로 오셔서 미니 파티를 즐기셨지. 샴페인을 대접하고 포도주와 몇 가지 종류의 칵테일도 대접했어. 지 대위에 대한 소문이 보병연대 전체에 자자했지. 지 대위는 피동적인 존재가 아니라 능동적인 존재로 소문나 있었어.

보이지 않는 박격포 제압

'박격포'가 떨어졌던 다음날, 너는 생각에 잠겼지. 어떻게 하면 베트콩에게 박격포를 쏘지 못하게 할까? 박격포는 베트콩이 광활한 산속에서 쏘고 사라지는 무기인데 무슨 수로 쏘지 못하게 하겠는가? 베트콩이 쏘지 못하게 하겠다? 정신이 나간 소리 아냐? 그런데도 너는 방법이 분명 있다고 생각하다가 순간 무릎을 쳤지. 수색 중대 관측장교를 할 때, 바위틈에서 밤새 날아온 포탄이 1km 밖에서 작렬했을 때, 보병 병사들이 공포에 질려 네게 와서 포를 좀 더 멀리에 날려달라 했었지. 쪼그리고 앉아 있는 네게 바로 그 생각이 스쳤어. '맞다. 그거다.' 신이 나서 상황실로 달려갔지. 벌판이고 산악이고 따지지 않고 지도에 1km 간격으로 포대 앞 500m에서 4km에 이르기까지 지도에 바둑판을 그렸지. '각 바둑판 코너에 포를 1발씩 날리면 그 주위에 있는 놈들은 고막이 터지고 정신병이 걸릴 거야.' 수하에 있던 임시대위와 중위 그리고 똘똘한 사격지휘소 병사들에게 설명했더니 얼굴에 희색이 돌며 손뼉들을 쳤지. 6문의 105미리 포와 155미리 포 2문을 동원하여 앞쪽에 기분 나쁘게 솟아있는 산맥에 철우박을 날렸지. 하루에 2번도 퍼붓고, 세 번도 퍼붓고, 어떤 때는 하루를 거르고, 낮에도, 새벽에도 퍼붓고, 시간을 예측할 수 없도록 퍼부었지. 한 번씩 콩을 볶고 나면 가슴이 시원하다고들 했어.

불꽃놀이도 했지. 어둠이 깔리기 시작할 때가 가장 마음이 서늘해지고 심리적으로 불안해지는 시간이었어. 그때 네가 "야, 그거 한번 하자" 하면 병사들이 신나 했지. 포대 가장자리에는 산 쪽으로 2m 높이의 둑

이 형성돼 있고 둑 가운데에는 참호가 길게 구축돼 있었어. 그 둑 위에 모든 중화기와 소총이 동원됐지. 포에는 시한 신관이 있어서 거기에 폭발시간을 장입하면 300m 날아가다가 공중에서 폭발하기도 하고, 500m 날아가다가 폭발하기도 했지. 불꽃과 갖가지 총소리로 범벅된 밤하늘은 베트콩에게도 볼거리였을 거야. 포사격이 끝나면 무반동총, 기관총, 소총이 앞산을 향해 불을 뿜었지. 예광탄이 빨강 선을 그리며 날아가고 수많은 종류의 총들이 내는 화음은 그 어느 오케스트라보다 화려했지. 검은 산 위에는 여러 개의 조명탄들이 낙하산을 타고 흘러내리고, 그야말로 예술이었어. 병사들의 사기가 충천했지. 네 근무기간 12개월 내내 단 한 번의 박격포 공격이 없었어. 박격포는 베트콩이 가지고 있는데 어떻게 쏘지 못하게 할 수 있느냐, 그래서 베트콩이 봐줘야 산다고 했던 선배들의 생각으로 인해 그 수많은 부대들에서 얼마나 오랫동안 얼마나 많은 박격포 공격을 초래했던가? 너는 이런 고정관념을 멋있게 깼어. 아직도 포병 후배들은 포가 내는 이런 심리적 효과를 작전에 이용할 생각은 하지 못하고 있을지도 몰라. 고참들은 경험을 내세우며 거드름을 피우지. 하지만 경험은 고정관념을 길러주고, 고정관념은 발상력의 적인 것이야.

산포 전술

한국인에 한국병이 있듯이 군대 내에도 고질병이 있어. 육군에는 해군과 공군이 육군을 위해 존재한다는 근자감이 있고, 육군 내에서는 모든 병과부대가 다 보병을 위해 존재한다는 근자감이 있지. 보병의 근자감은 고지에 깃발을 꽂는 최후의 승자가 보병이라는 말을 앞세우지. 이런 근자감을 가지고 보병 장교들이 갑질을 하면서 모든 전투수단을 보유한 비 보병장교들의 자존심을 건드리는 거야. 군대에 리더십 교육이 안돼 있기 때문이지. 갑질을 하는 보병 장교들을 순순히 따르고 싶어 하는 다른 병과 장교들은 없어.

네가 포대장으로 나가보니 포병상황실을 지휘하는 사격통제 장교 변 중위가 이웃에 있는 보병 상황장교와 자주 언성을 높였지. "포대장님, 보병 말입니다. 마치 우리를 종 대하듯이, 이유도 안 대고 여기 쏴라, 저기 쏴라 합니다. 기분 되게 나쁩니다. 쏘라는 대로 쏘았다가 거기에 매복조라도 있으면 어떻게 합니까? 보병 예하 중대는 위에다는 A지점에 가서 매복한다 보고해 놓고 안전하게 B지점으로 매복 나가는 경우가 허다하거든요. 마치 포병이 꼭 자기들 부하인 것처럼 명령조로 하는 겁니다. 기분 더럽습니다." 맞는 말이었지.

네가 중위 때 보병연대 상황실과 한 벙커를 쓰면서 상황장교를 할 때였지. 마음씨 착한 보병 선배장교가 네게 오더니 또 그런 식으로 명령을 했었어. "어이, 지 중위, 여기 여기 여기를 쏴~." "왜요?" "야, 쏘라면 쏘는 것이지 왜 포병이 말이 많아~." 두 사람이 친한 사이였는데도 업무에서는 신경을 자극했지. 싸울 거 같아서 네가 그 선배를 점들이 많이 찍혀진 상황판 앞으로 데려갔지. "저는 상급부대에서 수신한 모든 정보를 버리지 않고 여기에 표정을 하거든요. 베트콩 움직임이 보이시죠? 선배님 이런 분석하셨어요? 포병은 마당 쓸라면 쓰는 마당쇠가 아니거들랑요? 포병 전술은 포병이 잘 압니다." 쫑코를 주고 환하게 웃어 주었지. 그 후로는 함부로 대하지 않았어.

변 중위의 이야기를 듣고, 너는 생각했지. 다 같이 그리운 고국을 떠나 고생하면서 부대가 다르다고 등을 지고 지낸다는 것이 도리가 아니라고. 언덕 위에 있는 보병기지 상황실로 올라갔지. 물론 밤이었어. 보병대대 상황장교는 고참 대위, 육사 2년 선배였어. 부임 인사를 했지. "제가 도와드릴 게 있나요?" 그로서는 처음 듣는 의외의 친절이었지. 지도를 가리키면서 여기저기 짚었지. 왜 그곳들에 포를 날려야 하는지 물어보지 않았어. 감정이 상할까 해서였지. "우리 포가 날아가면 자칫 베트콩이 보병중대들의 매복지점을 통과하려 하지 않을 수도 있습니다. 포 사격이 매복작전을 도와드려야지 방해하면 안되지요. 매복지점을 알려 주시면 베트콩을 그리로 몰아주는 식으로 사격을 해드릴게요." "아~ 그러네. 우리 후배님 참 대단하시네~." 부임 초, 서너 차례 보병대대 상황실에 가서 시간을 보냈지. 대대장님, 부대대장님과도 친해졌고 이후 두 부대 사이가 화목해졌지.

제2포대(B포대)는 보병 제2대대와 짝이었어. 그런데 어느 날 갑자기 제1대대장과 함께 멀리 떨어진 고지로 작전을 나가라 했지. 포 2문을 고지로 공수해 가서 제1대대 작전을 지원하라는 거였어. 원래1포대(A포대)장이 1대대장과 함께 작전을 나가야 하는 건데, 헬기로 포를 공수해서 고지 정상에 올려놓고, 지원하는 작전은 판단력과 숙달을 요하는 것이라 네 직속상관이신 포병대대장님(이신오 중령)이 너더러 나가라 한 거였지. 제1대대장은 낯이 선 데다 붙임성도 없고, 사람을 경계하는 듯했어. 첫인상이 밥맛이었지. 산꼭대기는 깎아지른 계곡의 정상에서부터 넓은 평야가 전개돼 있었어. 낮에는 포가 2문이나 따라온 것이 베트콩의 표적이 될 수 있다며 보병 대대장이 못마땅해 했고, 너를 바라보는 표정도 밥맛이었지.

이윽고 코앞이 보이지 않을 정도로 칠흑의 어둠이 깔렸어. 사방이 쥐 죽은 듯 고요했지. 적진 속에서 이렇게 고요한 밤이면 공포가 엄습하지. 그래서 어느 부대의 한 소위는 히스테리 발작을 일으켜 소리를 질렀고, 부사관들과 병장들이 재갈을 물리고 묶어놓았다고도 했지. 산속의 고요, 참으로 기분 나쁜 순간이지. 누구나 다 개인 천막들을 치고들 있었어. 옆에 있는 대대장도 초조하고 불안해하는 듯했고, 병사들도 그러했어. 앞쪽으로 전개된 평원은 무섭지 않았지만 뒤쪽에 허당처럼 뻥 뚫린 검은 계곡이 자아내는 공포는 간담을 바짝바짝 조이고 있었지.

육사 4학년 여름, 너는 실습 차 최전방 7사단 보병부대의 소대장 역할을 1개월 동안 했어. 그때 너는 특이한 실험을 했었지. 칠흑의 밤에 70고지 정상에 네가 가 있을 테니 30명의 소대원들 모두가 네가 눈치채지 못하게 기어 올라와 너를 포위해 보라 했지. 한여름이라 풀과 잡목이 빽빽하게 우거져 있었는데 그 30명이 소리 없이 기어 올라와 "와~" 하면서 너를 포위했지. 그때 너는 참으로 감탄했어. 이 순간 바로 그 생각이 떠올랐지. 저 밑에 시커멓게 웅크리고 있는 계곡에서 가파른 산을 타고 기어와 갑자기 수류탄을 던질 것만 같은 상상이 들었어. 네가 그 정도였으면 병사들은 얼마나 공포감에 사로잡혀 있었겠니.

네가 대대장 텐트로 기어가 귀에 대고 소곤거렸지. "긴장되시지요?" "좀 그렇긴 하지만요." "위축돼 있지 말고 활개를 한번 쳐 볼까요?" "병사들이 공포감에 잔뜩 쫄아있는데 사기 좀 올려 주시지?" "방법이 있나요?" 이 말이 떨어지기가 무섭게 너는 병사들에 사격 준비명령을 내렸지. 이른바 월남전의 명물인 '영거리 사격'을 시킬 참이었어. 불을 환히 켜고 큰 소리로 떠들었지. 기가 죽어있던 보병 병사들이 순간 공포에서 해방됐어. 포탄들이 기분 나쁜 검은 계곡을 향해 0.6초 날아가다 공중에서 섬광을 내면서 공기를 찢는 작렬음을 냈지. 계곡 위에서는 계속해서 조명탄이 낙하산에 매달려 내려오면서 밤하늘을 환하게 밝혔고. 기가 죽어있던 보병들이 환호성을 지르며 박수들을 쳤어. 이렇게 노골적으로 세를 과시하는 막강한 부대를 향해 베트콩이 감히 기어올 수는 없었지. 하룻밤에 여러 번 이런 화력쇼를 했어. 돈키호테식 근자감에 빠져있던 보병 장교들이 처음 구경해보는 포병의 위력이었지.

너는 여기에서 '산포' 개념을 생각해 냈어. 탱크부대와 보병이 평지에서 협동 작전을 할 때, 보병은 탱크를 앞세우고 그 뒤를 따라가지. 그런데 보병과 포병이 한 팀으로 전쟁을 수행하는 방법은 없어. 보병은 고지 정상에 있고, 포병은 고지 후사면 먼 곳에서 포를 날리지. 포탄이 여러 개의 산을 넘어 비행을 해서 보병이 있는 산 앞에 전개돼있는 적을 때리는 방식이야. 포에는 눈이 없으니 보병과 함께 다니는 관측장교가 눈이 되어주지. 관측장교가 원하는 곳에 포탄이 날아가려면 시간이 꽤 걸려. 움직이는 적을 때리기에는 매우 불편하고 느려서 타이밍을 놓치지. 그런데 네가 지금 하는 것처럼 보병과 함께 포가 산꼭대기에 있으면 관측장교가 따로 필요 없이 직접 눈으로 보면서 실시간으로 적을 때릴 수가 있지. 보병 사기도 올라가고! 너는 산포 개념으로 운용하기에 딱 좋은 포가 105미리 포라고 생각했지. 불과 몇 문의 포를 고지 정상에 올려놓고 포탄의 살상력으로 적 병사들을 살상하기는 힘이 들지. 네가 박격포를 제압했을 때 사용했던 포병 전술 그거 있잖아. 포 한

발씩을 1km 간격으로 그어진 바둑판 정점들에 날리면 적 병사들이 오도 가도 못하고 그 자리에 얼어붙어 있게 마련이지. 그때에 공중 화력이 날아와 대량살상을 시키자는 것이지. 앞으로 한국군은 산포 개념을 충족시킬 수 있는 경포를 개발할 필요가 있어.

거점이 되는 몇 개의 산봉우리만 이런 식으로 장악하고 있으면 거점과 거점 사이에 펼쳐진 넓은 평원에 구태여 불쌍한 보병을 깔아놓을 필요가 없다는 생각을 했어. 선을 따라 병사를 깔아놓는 선방어를 거점방어로 전환하려면 바로 산포 개념이 도입돼야 한다고 생각했지. 아직도 이런 생각 하는 장군들은 없을 거야. 그들이 군사학교에서 잠깐씩 배우는 케케묵은 교리는 발상력 자체를 방해하는 고정관념이 된다고 늘 생각했지.

진중 토의 문화

토의는 지혜와 발상력을 창조해내는 가장 강력한 수단이라는 걸, 너는 소위 때 양평부대에서부터 인식했었지. 지혜는 가방끈과 별로 상관이 없어. 당시만 해도 월남의 네 부하들 중에는 고등학교를 나온 병사가 거의 없었어. 상황실에서 포병사격을 위한 사격제원(방향각, 높낮이 사각)을 계산하는 병사들이나 고졸 정도였지. 진중토의 문화가 내는 위력은 참으로 대단해. 가장 큰 장점은 부대원들이 브레인스토밍 과정을 통해 창안한 최고의 지혜로 부대를 운용한다는 것이지.

토의를 하려면 계급을 의식하지 않고 허심탄회하게 소통할 수 있게 해야 하지. 상대방의 기분을 얇은 유리컵 대하듯 조심스럽게 배려하여 표현을 부드럽게 하고, 기분 좋게 만드는 배려심을 습관화시켜야 해. 토의는 또 사회생활을 할 때 절대적으로 필요한 전달력을 키워주지. 너무나 좋은 수단인데 어째서 다른 사람들은 이 귀중한 자산을 등한시하고 무조건 계급으로 짓누르려 할까? 정치단체인 정당의 대표 역시 이런 토의들을 활성화시켜 이끌어낸 결론으로 경쟁을 해야 하는데, 어찌 된 일인지 사람들은 조직의 대표만 되면 의논이나 토의 과정을 거치지 않고 독선적이 되고 말지. 일본에는 분임토의(QCC : Quality Control Circle)가 생활화돼 있어. 네가 QCC지식을 접하게 된 시기는 1990년대였어. 일본 품질경영의 비결을 공부하면서 QCC를 처음 알게 됐지. 그런데 너는 일본의 토의문화가 잘돼 있는 줄은 모르고, 그보다 30년 전인 1960년대에 이미 순전히 네 지혜로 토의문화를 개발한 거였어.

너는 베트남에서 매일 분대장 이상을 모아놓고 토의를 했어. 토의 첫날이었지. "너희들 귀국하면 제대해서 사회에 나가지? 사회가 뭐야. 눈 뜨고 코 베어 간다는 곳이 아니냐. 너희들 여기에서 하루하루 이대로 지내다 사회에 나가느니 여기에서 한 가지라도 능력을 기르는 게 어때? 시간 선용 말이야. 사회에 나가면 남을 이해시키고, 설득하는 능력이 필요해. 짧은 시간에 바쁜 사람을 대상으로 너의 애로가 무엇인지, 너의 뜻이 무엇인지, 간단명료하게 전하는 말 펀치가 필요하지 않겠어? 나와 매일 토의하면, 너희들은 청산유수 달변가가 될 수 있어. 대학 나온 사람들보다 더 똑똑해질 수 있어. 어때? 신이 나? 안 나?" 모두의 얼굴이 밝아졌지.

"야, 위의 보병부대 내무반 벙커에서는 퀴퀴한 냄새가 나고, 통풍이 안 돼서 후덥지근해 짜증이 나고, 낮에도 어둡고, 비가 오면 바닥에 물이 차고, 밤이 돼도 들어가기가 싫어서 밖에서 서성이다 들어간다 하던데, 알고 있어?" "네. 포대장님, 2대대뿐만 아니라 제 3포대도 진흙 바닥이라 똑같습니다요. 상부에서는 지붕을 땅 높이와 동일하게 하고, 창을 내지 못하게 합니다요. 박격포가 떨어져도 파편이 내무반에 들어올 수 없게 하라고 하니 어쩔 수 없습니다요." 주임상사의 말이었지.

"야, 나 같으면 그런 벙커에서 단 하루도 자기 싫다. 나는 상부의 지침대로 벙커를 짓지 않는다. 지붕을 땅에서 50cm정도 올려서 넓게 깐다. 그래야 사방에서 바람이 들어오고, 채광도 잘돼서 내부반이 독서할 수 있도록 밝을 거 아니냐?" 중사와 상사가 '그게 가능하냐'는 눈치였지만 침묵을 했지. "내 말을 기정사실로 정해놓고, 박격포 파편으로부터 안전하게 하려면 지붕을 어떻게 해야 하는지 생각들 해 봐." 서로 고개만 숙이고 의견이 없었지. "야, 2분대장, 너부터 말해봐." 2분대장은 유난히 말을 더듬었어. "포포포 포대장님." 뭐라 하긴 했는데 아무도 그게 무슨 말인지 몰랐지. 중사가 핀잔을 주었어. "야, 그걸 말이라고 해? 말을 좀 알아먹을 수 있게 해." 2포반장(분대장)의 얼굴이 새빨개졌지. "앞으로 이 자리에서는 상하 관계가 없다. 계급에 눈치 보면 생각이 자유롭지 못해. 그리고 박 중사, 앞으로 하사들 윽박지르지 마. 모두가 상대방 기분을 상하지 않게 말을 예쁘게 하라구. 인격 존중, 알겠어?"

너는 2분대장의 기를 살려주었지. "야, 2포반장, 만일 철지붕을 내무반 넓이보다 훨씬 넓게 내서 지붕의 가장자리가 내무반 벽보다 70cm, 이~만큼 더 밖으로 나오게 깔면 어떻겠냐? 지붕 위에 포가 떨어지면 안전할 거고, 지붕 밖에 떨어지면 파편이 옆으로 70cm나 수평으로 직진하다가 갑자기 90도 각도로 꺾어져 내무반으로 날아올 수는 없는 거 아냐?" "네, 그렇습니다요. 포포포대장님." "어때, 모두들, 분대장 말이 맞아? 안 맞아?" "맞습니다요" 모두가 답했지. "하지만 상부에서 검열 나와 지적하면 어떻게 합니까요?" "상부에서 지시하는 참모는 우리같이 똑똑하지도 않고, 우리처럼 아이디어를 짜내서 지시하는 것이 아니라구. 여기는 전쟁터야. 우리 목숨은 우리가 우리 지혜로 지켜야 해. 상부의 엉터리 지시 따르다가 죽으면 죽는 사람만 억울한 거야. 앞으로 상부 지시는 잊어버려. 지혜가 곧 국가의 명령이라구. 알았어?" 자기들이 생각한 내용을 자기들이 수행하니까 주인의식이 자랐지. 능동적으로 이런 토의를 4개월 계속하니까 평소 무심히 지나치던 현상들이 다 관찰 대상이 되었어. 관찰력이 예리해지고 모두가 다 자기가 부대의 주인이라는 주인의식을 갖게 됐지. 표현능력도 판이하게 달라졌고. 모두가 똘똘이가 됐어.

포대에 누가 오면 오합지졸처럼 보였지. 어느 분대는

배구를 하고, 어느 분대는 사격을 하고, 어느 분대는 막사에서 노래를 하고, 웃통은 다 벗고, 바지는 핫팬츠이고. 대대 본부의 한 참모가 와서 이 기막힌 현상을 보고 대대장님께 "B포대장은 어려서 천방지축으로 부대를 개판으로 운용합니다." 이렇게 보고를 했지. 하지만 포대를 방문하신 대대장님은 너의 창의력을 매우 칭찬해 주셨지. 새로 오신 대대장님은 소동파 시를 즐기고, 논어 맹자를 읽으시는 학자였어. 4개월이 지나니까 네가 자리를 비워도 토의가 자동화되었지. 이른바 시스템이 돌아가는 거였어. 너는 지금도 우리 군대에 이런 토의 문화가 심어져야 한다며 매우 아쉬워하고 있지. 너는 생각했어. 네가 월남에서 기른 병사들만 가지면 못할 게 없을 것 같다고. 네가 1981년부터 7년 동안 국방연구원에서 훈련시킨 연구원만 가지면 대한민국 정책 모두를 연구할 수 있을 것이라고. 이 모두가 토의가 길러낸 자신감이었어.

포병의 소총 실력 100점

포병의 주 무기는 대포이지만 너는 병사들의 자존심을 높여주기 위해, 그리고 자위능력을 갖게 해주기 위해 소총에서는 기본적으로 특등사수가 돼야 한다고 생각했지. 통상의 사격장 개념으로는 부대에서 멀리 떨어져 있는 별도의 공간을 마련해서 한 달에 한두 번씩 차를 타고 이동해 가서 공포분위기를 조성해가면서 집단 단위로 사격 연습을 하고 부대로 복귀하는 것이 관례였어. 하지만 이렇게 하면 생활화가 될 수 없다고 생각했지. 그래서 영내에 땅을 파고 25m 간이 사격장을 만들 생각을 했지. 부대 내에 사격장을 설치한다는 것은 너무나 엉뚱하고 파격적인 발상이었어. 이웃에 있는 보병 장교들로부터 멀리 떨어져 있는 포병본부 참모들에 이르기까지 너를 이상한 사람이라고 씹어댔지.

너는 포대의 가장 높은 곳에 불도저로 5m폭의 깊은 고랑을 팠지. 거기에서 나온 흙은 혼바산 쪽 끝에 쌓아올렸어. 그리고 반대편에는 병사 3명이 동시에 우천 시에도 사격할 수 있도록 지붕을 올려주었지. 표적지를 흙더미 밑에 가져다 꽂고 사격을 시키는 설비였어. 총 쏘는 모습을 보면 위험성이 조금도 없었지만 영내에서 매일 총소리가 나니까 윗동네 장교들이 좀 불안하게 느꼈던 것 같았지. 결국 이웃 보병대대에 대해서는 부대대장인 소령을 모시고 와서 보여주니까, 이해를 했어.

각 분대는 매일 한 시간씩 사격을 했지. 사격전에는 각자 자세 연습을 하도록 하고, 자신이 생기면 한 사람씩 가서 사격하라 했어. 두 사람이 한꺼번에 하면 누군가가 안전 통제를 해야 하니까 한 사람씩만 따로 가서 사격을 하라 했지. 그 이전에 병사들에게 요령 하나를 가르쳐 주었지. "정확도를 높이려면 가늠구멍을 크게 만들어야 해? 작게 만들어야 해?" "네, 크게 만들어야 정확합니다." "구멍을 크게 만들려면 눈을 가늠구멍에 바짝 갖다 대야 해? 멀리 대야 해?", "바짝 갖다 대야 합니다." "그거를 각자의 체격에 맞게 훈련하고 자신 있을 때 혼자 가서 쏴라. 1인당 9발씩이다. 각자는 표적 용지에 성명을 써라. 분대장은 사격이 모두 끝나면 표적지를 모아 내 책상 위에 제출하라."

책상 위에 놓인 표적지를 검사했지. 대부분의 병사는 탄흔이 집중돼 있는데 몇몇 병사의 탄흔이 이리저리 퍼졌어. 이름을 보니 똘똘한 병사들이었어. 그 병사에게 탄흔을 한 점에 집중시킨 총을 주고 다시 사격해 보라 했지. 9발이 모두 한 구멍으로 다 들어갔어. '아하, 총열에 문제가 있구나!' 이렇게 해서 총열에 하자가 있는 총을 골라냈더니 18%나 됐지. 너는 사단 병기참모에 연락해서 18%의 총기 모두를 교환했지. 주월군 부대에서 총열을 교환해달라고 신청한 부대는 오로지 너의 부대 하나뿐일 거라고 사단 병기장교가 말했어. 그것을 교환하지 않고, 사격 점검을 받았다면, 100점을 맞고도 82점이 되는 거였어~.

그 후 어느 날, 대대에서 소식이 왔지. 사이공 주월사령부가 소총사격 실력 점검을 한다며 특별 점검단을 구성해 모든 부대를 다니면서 사격 점수를 체크하는데, 네가 속한 포병대대의 대표로는 대대본부에 위치한 제1포대(A포대)가 선정돼서 겨우 50점이 나왔다는 소문이었어. 제30포병 대대의 명예도 문제가 되고 포병사령관에 대한 대대장님의 체면이 말이 아니게 되었지. 너는 마치 네가 당한 문제인 것처럼 대대본부로 곧장 달려갔지. 대대 내 팔각정에는 주월사 검열단장이신 강복구 대령님이 보병연대장(대령)님, 30보병 대대장님과 함께 앉아계셨지. 강복구 해병대령님은 해병에서 존경받는 강직한 분이었고, 네가 사이공에 있을 때 너를 예뻐해 주셨던 분이었어. 반갑게 인사를 했지.

"오~ 지 대위가 바로 여기에 와 있구먼." "단장님, 제 부대의 사격 실력을 단장님께 꼭 보여드리고 싶습니다. 검열팀을 모시고 가서 검열을 꼭 받고 싶습니다. 허락해 주십시오." 함께 계시던 보병 연대장님이 적극 거들어주셨지. "지 대위가 주월사 참모장님을 모시다 왔는데, 지 대위가 어떻게 근무하고 있는지 보고하시면 참모장님께서 반가워하실 테니 허락해 주시지요."

소령을 팀장으로 하는 검열팀 3명을 포대로 인솔해 갔지. 40분 거리를 달리면서 '요놈이 쉬지도 못하게 했다'는 투로 잔뜩 심술이 나 있었지. 300미터 실거리 사격장은 원형 철조망 6겹을 제치고 나가야 있었어. 검열팀은 당번병, 주방요원, 상황실 요원, 운전병 등 부대에서 훈련이 미숙할 것이라고 생각되는 병사들을 위주로 선정하여 팔뚝에 고무도장을 찍었지. 36명, 처음엔 그들이 보는 앞에서 병사들이 300미터 지점에 표적지를 가져다 꽂았지. 사격을 시켜보니 100점! 소령들이 너를 이상야릇한 눈으로 째려보았어. "왜, 무슨 문제 있나요?" "여보, 당신 애들 시켜서 표적지 장난치기야?" "네~? 그럼 수고스러우시겠지만 검열단이 직접 걸어가서 표적지를 꽂으시지요." 그들이 직접 나가서 표적지를 꽂았지. 또 100점! 할 말이 없자, 이들이 다시 또 너를 째려보았어. "왜요, 이번엔 또 무슨 문제 있나요?" "여보, 당신 애들 얼마나 잡다 놨어? 아이들 모션이 벌써 다른 부대원들과 다른데~. 100점은 없어. 100점이라고 기록하면 검열단이 의심받아." "그런 게 어디 있어요. 아이들 훈련 잘 시켰으면 그대로 반영해 주시는 거지 그게 무슨 말씀입니까?" "못해요." "그럼 이렇게 하시지요. 제1포대 50점과 제2포대 100점을 평균해서 75점으로 30포병 대대 실력으로 기록해 주세요". 잠시 생각하더니 그건 가능하다고 했지. "그럼 그렇게 해주세요. 고생하셨습니다." 당장 포병사령관님께 대대장님의 체면이 섰으니 그것으로 다행이라 생각했지. 다른 포대장들은 다 고참 대위들이고, 너는 임시 대위였는데 대대장님이 얼마나 너를 좋아하셨겠니? 이 유대관계는 한국에 귀국해서도 수십 년 동안 지속됐지. 모두가 꺼리는 영내 사격장! 그것이 명품 아이디어였어~.

순발력과 운명

하지만 그 사격장이 월남 주민으로부터 또 오해의 대상이 될 줄을 꿈에도 몰랐지. 연대를 다녀오자 변 중위가 정문에까지 나와 너를  기다리다 네가 지프차를 타고 있는 상태에서 눈이 왕방울만해가지고 긴급 보고를 했어. "포대장님, 큰일 났습니다." "뭔데?" "동네 사람들이 몰려와 난리를 치고 있습니다. 저 산 앞에 있는 밭에서 일하던 동네 여자가 총을 맞아 죽었는데 우리 사격장에서 날아간 총알에 맞아 죽었다고 떼를 씁니다." 월남에도 떼법이 있었지. 너는 즉시 이것이 정치 사건으로 비화될 수 있다는 생각을 했지. '따이한 지만원 대위, 양민학살자~.' 당시 베트남에서는 미군의 릴라이 양민학살사건을 위시해 양민학살을 문제 삼는 분위기가 확산되고 있었어. 진실이야 어떻든 일단 보도가 되면 포대장은 물론 대대장님도 큰 불이익을 받을 수 있겠다는 생각을 했지. "변 중위, 내 방 탁자에 탁자보를 길게 늘이고, 그 밑에 녹음기를 두세 개 놓고, 녹음 버튼 눌러놔. 탁자 위에는 C레이션 까놓고, 맥주와 시원한 콜라를 준비했다가 손님들 오면 즉시 가져와. 알았지?" "네, 알겠습니다." "녹음기 아주 중요해. 잘 챙겨~." "네, 알겠습니다."

밖으로 나가 월남말로 동네 유지들을 사격장으로 안내했지. 그들이 보는 앞에서 두 병사들로 하여금 표적지를 흙더미 밑에 꽂게 하고 표적에 9발을 사격하라 시켰지. 그들이 보는 앞에서 표적지를 가져오라 해서 표적지를 보여주었지. 9발이 다 한 구멍으로 들어간 듯 명중률이 좋았어. 월남말로 말했지. "마을 어르신들, 사격하는 모습 보셨지요? 여기에서 이렇게 흙더미 밑으로 쏜 총알이 저 높이 쌓인 흙더미를 타 넘어가 1km도 넘는 거리에서 밭을 매는 아낙에까지 날아갈 수 있다고 생각하시나요?" 모두가 입을 맞춘 듯 아니라고 했지. 늘 총소리가 나기에 필시 이 부대에서 날아온 총탄이라고 짐작들 했는데 실제로 와보니 그건 불가능하다고들 대답했어. 하지만 이는 반드시 녹음으로 남겨야 했지. 그들을 포대장 벙커로 안내했지. 그랬더니 그들은 아까보다 더 확실하게 이구동성으로 자기들이 잘못 의심을 했다고 서로가 질세라 반복해서 강조하는 말들을 했지. 그들은 맥주와 콜라와 다과를 먹으면서 자기들끼리 의심했던 이야기, 사격장에서 봤던 이야기를 나눴어. 이것이 다 그대로 녹음이 되었지.

몇 달 후, 또다시 포 2문을 공수해서 산정작전을 하고 있을 때, 포대에서 무전이 날아왔어. "포대장님, 포대에 난리 났습니다. 지난번에 밭매다가 죽은 여인 문제로 국회의원, 성장(도지사), 마을 유지들이 한 패 몰려와 진상 조사를 한다고 난리를 칩니다." "그래? 그 테이프 카피해서 제출해. 테이프 잘 있지?" "네~ 알겠습니다." 난리를 치면서 우루루 몰려왔던 국회의원들과 성장, 기자들이 녹음 내용을 듣고는 풀이 죽어 돌아갔다고 했어. 작전이 끝나고 철수해서 대대장님께 전화를 드렸지. 대대장님 말씀이 "간이 콩알만 해졌다"고 하셨어. 당시 그런 순발력이 없었으면 녹음도 없었고, 녹음이 없었으면 꼼짝없이 정치놀음의 희생양이 될 수 있었지.

하루는 변 중위가 또 사색이 되어 달려왔어. "포대장님, 큰일 났습니다. 앞산에 보병이 작전하는데 보병이 우리 포에 맞아 여러 명 다쳤다고 난리 났습니다. 포 사격은 일단 멈췄습니다." 포는 105미리 포 6문, 155미리 포 2문이었어. 그 소리를 듣자마자 너는 곧장 사격 지휘용 망루 위로 올라가 "전원 동작 그만" 하고 큰소리로 구령했어. 망루에서는 움직이는 사람이 다 보였지. "전 장교, 분대장 이상 모두 내 앞에 집합하라." 그들로 하여금 8문의 포를 다니게 하면서 정밀 체크를 하도록 할 참이었지. 결국 155미리 포 2문 중 1문이 사고를 낸 것으로 판명되었어. 155미리 포가 낸 사고는 B포대장의 책임소관이 아니라 현장에 파견된 966포병 대대 소속의 중위의 소관이었지. 하필이면 분대장들만 골라 부상을 입혔다고 했어. 전투력을 잃은 보병 제3대대 제11 중대장이 관측장교에게 "저 포대장 새끼 철수하면 총살해 버리겠다"고 분노를 표했다는 무전이 날아들었지.

이것이 문제가 되자, 966대대 작전과장이 40분에 걸쳐 헬기를 타고 날아와 네게 책임을 돌리려는 수작을 벌이다 멋쩍게 돌아갔어. 며칠 후 보병이 산에서 나와 포대 지역으로 철수했지. 지쳐서 땅바닥에 누워있는 중대장에게 너는 시원한 콜라를 들고 찾아갔지. "내가 당신 쏘아죽이려고 다짐했소." "속 많이 상하셨겠습니다. 사고를 낸 포병은 제가 아니라 여기에 파견 나온 155미리 포였습니다. 원체 큰 잘못이라 처벌이 될 겁니다. 우선 제 방으로 가셔서 좀 쉬시지요." 순발력이 단 1분 아니 30초 만이라도 늦었다면? 155미리 분대장은 잘못 돌아간 포대경 눈금을 슬그머니 원상 복귀시켰을 수도 있었어. 휴~아슬아슬했지.

포대장 근무 1년, 이임하는 순간, 네가 단상에 오르자 여기저기에서 병사들이 울었어. 너도 몇 마디 이임사를 하다가 멈췄고. "고마웠다. 사랑한다. 몸조심하라." 간신히 이 말만 남기고 지프차에 올랐지. 이 순간이 너의 베트남전 44개월을 마감하는 한 청년 장교의 초라하지만 자랑스러운 장면이었어. 너는 분명 전쟁터에서 너를 만난 수많은 사람들의 가슴에 무언가를 남겼을 거야. 클린트 이스트우드, 총을 잡을 때에는 화려했지만, 좋은 역할을 마감하고 석양을 향해 홀로 떠날 때의 뒷

모습은 참으로 쓸쓸했었지. 영화 속의 클린트 이스트우드, 그에게는 '자기 기율'(self discipline)이 있었고, 그 기율에 충실했지. 너에게도 '자기 기율'이 있었어. 누구든지 자기 기율이 있고, 그 기율에 충실한 자는 아름다운 사람이야. 네가 너의 자기 기율을 충실하게 적용했던 그 부대를 떠날 때의 모습은 비록 을씨년스럽게 보였을지 몰라도 내면적으로는 가장 화려한 장면이었어!

국방부 근무

22개월 만에 그렇게도 그리던 귀국을 했지만 무정한 군은 또다시 가족을 떼어놓았어. 한겨울, 시베리아로 알려진 화천계곡으로 발령이 났지. 2군단 직속의 8인치 대구경 포병대대 정보장교가 되었어. 하숙집은 벽이 얇은 흙담집. 벽 내부에는 바늘 같은 성애가 솟아있었지. 허름한 막이불을 새둥지처럼 돌돌 말아놓고, 출근 때 쏙 빠져나오고 퇴근해서 쏙 들어갔지. 그래도 장갑을 끼고 영자신문 '코리아 헤럴드'를 구독했어. 토요일이면 대대장님한테 알랑댔지. "대대장님, 저 결혼하고 두 달째 되던 날 월남에 가서 22개월 작전하고 귀국하자마자 곧장 화천에 왔습니다. 너무합니다. 주말이나

마 집에 다녀오겠습니다." 대대장님이 생각해 봐도 안 돼 보였을 거야. 당시에는 주말이라야 토요일 오후부터 일요일까지였지만 그나마 위수지역(비상발령 시 즉시 복귀할 수 있는 부대 언저리)을 이탈하지 못하게 했었거든.

총알택시! 화천에서 춘천까지, 꼬불꼬불한 길을 택시가 참으로 빨리 달렸지. 그때는 차가 많지 않았을 때니까. 그렇게 토요일 늦게 집에 갔다가 고단한 잠을 자고 다음날 점심 먹고 집을 떠나 화천에 오면 얼음방이 기다렸어. 견디다 못해 방을 여관으로 옮기고, 식사는 드문드문 이 식당 저 식당에 가서 매식을 했지. 완전 방랑자였어. 이렇게 6개월 정도 있다가 1년 교육 코스인 전략정보학교에 입교했지. 화천에 잠시 있는 동안 너를 사랑하고 따르는 부하가 있었어. 이창우, 그는 지난 20여 년 동안 어려운 살림을 하면서도 네 활동을 적극 도왔어. 그리고 네게 그가 사랑하는 두 딸의 주례를 부탁했지.

화천을 떠나면서부터는 정상적인 가정생활을 했어. 아파트는 해방촌 군인아파트. 겨우 8평 정도의 비둘기집, 그래도 그때는 한다하는 장교들만 입주할 수 있었어. 아마 네가 그 아파트 단지에서 가장 어렸을 거야. 이웃은 모두 소령과 중령들이었어. 학교는 남한산성 밑에 있는 지금의 육군행정학교, 매일 군 통근차를 타고 2호 터널을 빠져 남한산성을 오갔지. 그때는 교통이 별로 복잡하지 않아 속도가 빨랐어. 차에 타면 내릴 때까지 영어회화 다이아로그를 중얼거렸지. 남이 보기에는 눈 감고 조는 사람 같았을 거야. 새벽1~2시까지 계속 영어공부를 했어.

여름이면 아파트 집집이 다 문을 열어 놓았지. 너무 더우니까. 복도를 오가는 이웃 영관급 사모님들이 "우리 지 대위 공부 열심히 한다"며 달달한 커피도 타주고, 주스도 타다 주셨지. 주말이면 가끔 불러내 정구 파트너도 해달라들 하셨고. 아침이면 일어나지 못해 안타까워하는 아내로부터 성화를 받았어. "여보 여보, 일어나, 내가 업어줄게." 일으켜 앉히면 푹 쓰러지고, 몸이 약했지. 일단 일어나면 운동한다고 남산 순환도로를 건너 약수터엘 다녔지. 학교에서는 1년 동안 헤드폰 끼고 영어 히어링을 듣고, 발음하고, 복잡한 책 읽어서 해석하면서 씨름을 하다 보니 1등을 했지. 1등을 한 사람만 당시 합참 정보국 해외정보 수집장교로 발령이 났어. 사복을 입고 출퇴근! 지금도 그렇지만 당시 국방부와 합참은 삼각지 건물에 함께 들어있었어. 그 건물 전체에서 대위는 오직 지만원 한 사람뿐이었지.

세계 각국에 나가 있는 한국 대사관들에는 국방무관들이 나가 있었어. 미국과 일본에는 장군이 무관이었고, 다른 나라들에는 대령들이 무관으로 나가 있었지. 너는 해외 주재의 한국 무관을 상대하는 장교였어. 무관들과 너 사이에는 외교행낭(Diplomatic Pouch)이 오갔지. 튼튼한 자루에 비밀자료를 넣고 철사를 둘러 납봉을 해서 항공편으로 보내고, 해외 무관들로부터 오는 파우치는 네가 납봉을 절단하여 비밀자료들을 꺼냈지. 파우치를 포장하는 날은 무지 바쁘고 힘들었어. 그런데 그런 날이면 해군 하사가 꼭 와서 요령 있고 상냥하게 도와주었지. 이렇게 주위에 상냥한 사람이 있다는 것은 일종의 행운이었어. 그만큼 힘든 일이었지. 손바닥에서 허물이 벗겨질 정도였으니까.

항공 물류 회사가 1개월에 한 번씩 파우치를 잔뜩 실어 갔지. 그러면 물류회사 여직원인 '미스 홍'이 전화를 걸었어. 한번 걸면 두 시간씩, 파우치 하나하나에 대해 언제 무슨 항공 테일 넘버 몇 번에 실려, 어디에서 어느 항공 테일 넘버 몇 번으로 갈아 싣고. . 목적지까지의 경유 정보를 일일이 다 불러주었지. 나중에 근거가 되니까. 그런데 그 목소리가 너무나 아름답고, 발음이 명확해서 두 시간이 전혀 지루하지 않았어. 사무실 선배들이 널 놀렸지. "지 대위, 미스 홍 언제 얼굴 한번 봐야 하지 않겠어?" 그런데 미국으로 유학을 갈 때까지 3년 동안 목소리로만 친숙했지, 얼굴 한번 보지 못했지.

각 나라에 나가 있는 무관이 보낸 비밀문서를 네가 여러 부서에 배포를 해야 했어. 네게 그 자리를 인계한 장교는 사관학교 3년 선배. 그는 사무실에 기다란 탁자를 놓고, 탁자 위에 각 과 단위 명패를 올려놓고, 해당 비밀문서를 쌓아 놓은 후 각 과에 전화를 해서 빨리 와서 서명하고 가져가라 했어. 그런데 각 과에 전화를 걸면 "알았다" 대답해 놓고는 퇴근 때가 돼도 안 가져갔지. 그러면 비밀자료 분실하면 어떻게 하려고 안 가져가느냐, 내가 한두 군데 상대하는 것도 아니고, 도대체 전화를 당신한테 몇 번씩이나 해야 하느냐며 언성을 높였지. 업무 인수과정에서 이 현상을 지켜본 너는 업무를 시작하자마자 신문배달원 노릇을 했지. 내용물과 장부를 함께 들고 해당과를 돌면서 나누어 주었어. 각 과의 행정장교, 소령들이 너에게 커피도 대접하면서 예뻐해 주었지. 이 작은 변화 하나로 너는 주위로부터 칭찬을 많이 받았고, 소문이 좋았어. 직접 배달하는 것이 전화를 거는 것보다 더 빠르고, 더 쉬웠지.

3성 장군 방에는 보좌관들이 중령들이었어. 육사 12기도 계시고, 14기도 계시고. 14기 선배님이 마주 앉아 커피를 마시면서 눈이 번쩍 뜨이는 말씀을 해주셨지. "어이, 지 대위, 자네 이 국방부 건물에서 장관, 차관, 4성 장군을 비롯해 장군들 많이 봤지? 그 별이 자네의 희망인가? 대한민국의 키신저 같은 두뇌가 되고 싶은 생각 없는가? 자네를 대하면 대화의 질이 많이 달라서 하는 말일세. 차차 생각해 보게." 국방부에 근무하지 않았다면 이런 이야기를 듣지 못했을 거야. 서울에 가야 좋은 사람도 만난다는 어릴 적 이웃 노인의 말씀이 다시 한번 생각나게 하는 장면이었지.

사무실에는 육사 5년 선배와 8년 선배와 함께 일렬로 책상을 놓고 근무했어. 과장이 대령인데 성질이 좀 고약하고 무섭기로 소문나 있었지. 결재를 받으러 가면 소령 선배와 중령 선배가 얼굴이 빨개져가지고 나왔어. "이걸 기안이라 해왔어?" 하고 결재서류를 바닥에다 집어던졌지. 그런데 이상하리만큼 네가 결재하러 가면 단번에 서명을 해주었어. 아마 요점이 명확하고 문장이 매끄러워서였을 거야. 여성 타자수는 하루 종일 빠꾸 맞은 기안지를 다시 치느라 바빴지. 너는 이웃으로 다니면서 다른 사무실 타자수에게 동냥 타자를 쳤지. 고마울 때마다 점심때 여성들을 식당 코너에 초대해 커피와 아이스크림을 샀지. 그야말로 황금시대였어. 간간히 해외 무관(대령)이 파우치에 100달러씩 보내주면 중령-소령-대위가 여러 날 회식을 했지. 삼각지 골목에서 꼼장어에 소주, 차돌박이에 소주 파티를 했지. 네 인생에서 근심 걱정이 전혀 없는 행복한 시절이었어. 세월이 이 상태에서 정지된다면, 그것이 바로 천국이었지.

잔잔한 호수에 갑자기 돌멩이가 떨어졌어. 청와대 안보 특보실에 계시던 권영각 장군께서 곧 일본 무관으로 나가신다며 너에게 보좌관으로 함께 나갈 준비를 하라 하셨지. 후다닥, 일본어 가정교사를 정해 일어공부를 시작했어. 그런데 점을 용하게 본다는 사람을 우연히 소개받았지. "선생님은 곧 미국으로 공부하러 가시겠어요." 속으로 무슨 엉터리 소리를 하느냐고 비웃었지. "저, 내달에 일본에 가기로 결정돼 있는데요?" "에이, 일본 못 가요. 미국으로 유학가게 돼 있어요." 점 보느라 시간 낭비 돈 낭비했다고 생각했었지. 그런데! 갑자기 권영각 장군이 청와대에서 일본으로 가시지 않고, 국방장관 보좌관으로 내려오신 거야. 일본은 물 건너간 거지. 이제부터 미국에만 가면 그 점쟁이 말이 맞는 말이 되는 거였어. 물론 잊고는 지냈지만.

그러던 어느 날, 공문이 돌았지. 미 해군대학원 경영학 석사 과정에 육해공군 해병대 전체에서 1명만 선발하니 응시 신청자 명단을 제출하라는 공문이었어. 시험을 볼까 말까? 잠시 망설이다가, 생각은 시간마다 바뀔 수 있으니까 일단 시험부터 치고 보자는 생각을 했지. 100점 만점에 97점! 자신도 믿을 수 없는 높은 점수였어. 창군 이래 군사 유학 역사상 최고의 점수는 84점이라 했지. 기뻐할 틈도 없이 국방부 인사과 해군 소령이 너를 두 번씩이나 호출해서 협박을 했어. 해병 중령이 82점으로 차점인데, 양보하라고. 네가 괴로운 표정을 짓자 노골적으로 협박을 했어. "내가 인사과 인사장교인데 내 말 안 들으면 당장 너를 원대 복귀시킬 수 있어." 노골적인 협박을 받고 나니 너에게도 오기가 생겼지. 대위가 국방부에 근무할 정도면 배경이 있을 것이라는 건 상식인데, 그 친구는 뭘 모르고 있었어.

너는 그날 곧바로 2장의 편지를 썼지. 하나는 국방장관 보좌관이신 권영각 장군 앞, 또 다른 하나는 국방부 총무과장이신 김광돈 장군 앞. 두 분 다 월남에서 너를 사랑해 주시던 분이셨고, 더구나 권영각 장군은 너를 일본 무관부에 보좌관으로 데리고 가려 하셨던 분이셨어. 편지를 장군들 부속실장들에 전달했지. 그다음 날 국방부 인사과장 박경석 대령이 권영각 장군과 총무과장에 불려가 혼이 났지. 해군 소령을 즉시 원대 복귀시키라 지시하셨어. 해군 소령이 펜대 잡은 행세를 하다가 날벼락을 맞은 거였지. 불명예 인사 조치를 당한 거야. 그 소령은 해군사관학교를 너보다 4년 전에 나왔어. 결국 너는 1974년 5월, LA행 비행기를 탔지. 이 케이스를 보면 네 운명은 유능한 점쟁이가 미리 알고 있었던 거야. 운명 예정론을 체험한 거지.

제7장 제1차 유학 석사 과정

제7장 제1차 유학 석사 과정

미국 서부 땅 몬터레이(Monterey)

LA에서 내려 북쪽으로 해안을 따라 비행하는 아주 작은 여객기로 환승하여 한 시간 만에 작은 시골 비행장에 내렸지. 내려 보니 매우 후덕하게 생긴 50대 미국인 부부가 너를 반겼어. 당신이 미 해군대학원 학생으로 온 미스터 지(Jee)냐고. "당신이 미국에는 처음 오셨기 때문에 당분간 여러 가지 불편을 도와 드리려고 지원한 당신의 스폰서입니다." 이렇게 자신들을 소개했지. 이것이 미국이 세계인들을 동화시키는 첫 관문이라는 생각이 들었어. 그들을 만나면서 마음이 안정됐지. 그런데 네가 가져온 두 개의 대형 짐 가방이 오지 않았어. 모든 승객이 다 자기 짐을 찾아 사라지고 아무도 없는데 네가 가져온 대형 짐 보따리 두 개가 없는 거야. 겁이 나서 스폰서와 함께 공항 직원에 호소했지. 공항 여직원은 인상이 매우 좋았어. "시간이 걸려서 좀 불편하겠지만 반드시 찾아 드릴 테니 염려하지 말라." 안심시켜 주려고 애를 썼지.

가방 꼬리표에는 행선지가 Monterey라고 쓰여 있었어. 몬터레이. 미국인들은 모너레이라고 발음하지. 공항 여직원은 이름을 혼돈하여 캐나다 몬트리올로 갔을 확률이 높다고 했어. 처음으로 만난 스폰서 부부도 함께 초조해하면서 여러 시간 동안 함께 해주었지. 이렇게 시간이 흘러 오후가 되자, 드디어 공항 여직원이 만면에 미소를 짓고 미스터 지를 부르면서 다가왔어. 짐 두 개가 곧 도착한다고. 휴~~미국에 온 신고식을 단단히 치렀지.

며칠 후 그 스폰서는 너를 저녁 만찬에 초대했어. 포도주 한 병과 메모지를 주머니에 넣고 기다리자 그들이 와서 너를 태워 갔어. 집에 도착하니까 현관등이 대낮처럼 환하게 밝혀져 있었어. 손님을 환영한다는 뜻이었지. 목조 건물 내부 천정에는 플랜트 덤불들이 가득 늘어져 있었고. 폭신한 카펫 위를 구두를 신은 채 들어오라 했어. 부인이 너를 이 방 저 방으로 안내하면서 구경을 시켜 주었지. 맨 나중에는 화장실로 안내해 비누와 수건을 보여주면서 편하게 사용하라고 했지. 화장실 사용권을 부여한 거였어. 그렇지 않은 경우에는 화장실에 가려면 꼭 주인에게 "제가 화장실을 사용해도 되겠느냐?" 하고 물어야 하는 거였어. 한국과는 다른 문화였지.

파티에는 미국인 여러 명이 초대돼 있었지. 모두가 손을 내밀며 자기 이름을 말했어. 너는 이름을 소개받을 때마다 메모지에 이름을 적으면서 스펠이 맞느냐고 물었지. 미국인들은 자기 이름을 확실하게 알려고 하는 너에게 매우 정중했지. '아, 이 사람은 문화인이구나.' 아마 이런 생각을 했을 거야. 그다음부터는 메모를 보고, 미스터 피터 씨, 미스터 존스 씨 하며 대화를 했지. 그들은 한 사람씩 그 지역의 명물과 기본 법규, 생활 등을 소개해 주었어. 스폰서가 여러 사람을 함께 파티에 초대한 것은 그들의 생활문화이기도 하지만 여러 사람이 십시일반으로 외국인에게 생활정보를 제공하게 하려는 목적도 있었을 거야.

몬터레이 반도! 미국에서도 손가락 안에 꼽히는 아름다운 명소이고, 시인의 고장이라고 알려져 있지. '페블비치' 골프 코스는 바다를 끼고 있는 최상급 경치로 인해 레이건 대통령이 즐겨 찾던 곳이고. 해변을 따라 꼬불꼬불 나있는 '세븐틴마일 드라이브' (17마일) 코스에는 입장료가 있었지. 클린트 이스트우드, 킴 노박이 이 지역 저택에 살고, 바다를 사랑하는 부자들이 대궐과도 같은 저택들에 살고 있었지. 모래도 있고, 바위도 있고, 잔잔한 파도와 성난 파도가 교대하는 태평양의 맑고 푸른 바다 연안 지역! 멀리서 하얀 거품이 바람을 타고 거대한 선을 이루면서 밀려오면 마치 고래수염이 뒤로 휘날리는 듯한 장엄함을 느끼게 했지. 파도가 절벽을 때리면 물덩이들이 수십 미터씩이나 하늘로 솟았다가 뽀얀 포말로 부서져 내리면서 포말의 장관을 연출하는 해안지역이었어. 여기가 바로 영화 '피서지에서 생긴 일'의 촬영지였지.

해안가를 따라 꼬불꼬불한 길이 이어지고, 길 양쪽에는, 푹신푹신한 레드카펫(Red Carpet)이라는 꽃잔디가 풍성하게 깔려 있고, 바닷가 2층집 유리창 안에는 바다를 보기 위해 대형 망원경들이 설치돼 있었지. 바닷가 잔디 위에는 몸체가 큰 다람쥐들이 사람들 손에서 과자를 집어다가 일어서서 앙증맞게 두 손으로 잡고 오물거렸지. 드문드문 점박이처럼 늘어선 바위섬들에는 물개들이 새까맣게 올라와 한가하게 휴식을 취했어. 구름은 희고, 하늘 전체가 손만 길게 뻗으면 잡힐 것같이 낮게 드리워져 있었지.

 남북으로 수십 리 뻗어나간 비치에는 석양을 즐기는 사람들이 가장 편리한 복장을 하고 나와 파도를 즐겼고. 밤이면 달빛이 맑은 공기를 타고 나뭇잎 사이를 뚫고 들어와 방안을 조명처럼 장식했고, 철썩대는 파도 소리와 물개 소리가 어우러져 이국의 정취를 듬뿍 안겨주었어. 한 마디로 별천지였지.

운전하는 사람들은 길가에 사람이 있으면 멀리에서부터 속도를 줄여주면서 문을 열고 손을 흔들며 환하게 웃어 주었지. 서로가 손을 흔들고, 미소를 지어주면서 길을 건넜어. 길가에 주차한 차량의 앞 유리에는 '내가 실수로 어느 부분에 상처를 냈으니 전화 바란다' 는 쪽지가 꽂혀 있었지. 한마디로 목가적이었어. 일명 존 스타인 백 컨트리. 세계적인 문호 존 스타인 백이 살던 고장이었지. 존 스타인 백 작품 중 하나인 '캐너리 로우'(cannery row)는 여기 바닷가에 집중돼있는 정어리, 쭈꾸미 등 물고기 캔을 제조하는 공장지대 이름이야. 내륙에는 보드라운 노란색 카펫이 깔린 나지막한 구릉들이 펼쳐져 있고, '설리너스' 평야에서는 미국 채소의 30%를 공급한다는 광활한 야채밭이 지평선을 이

루고 있었어. 여기가 바로 에덴의 동쪽 촬영지였지.

왜 하필 미 해군대학원인가?

미 해군대학원 건물은 스페인 시대에 지은 주황색 기와에 하얀 벽, '델몬테 롯지'(Delmonte Lodge)라는 고급 호텔 건물을 본관으로 하고, 그 주위에 교실들을 지었지. 한국 사회에는 미 해군대학원의 전통을 모르는 사람들이 많아. 한국의 해군대학과 같이 군사교리를 가르치는 곳이라고 짐작하는 사람도 있고, 미 해군사관학교라고 생각하는 사람들도 있지. 한국은 육군의 나라. 육군의 규모가 가장 크고, 육군이 군을 거의 지배하고 있지만, 미국은 해군의 나라지. 미국이 세계를 지배하고 있는 이유는 육군 때문이 아니라 해군력 때문이지. 미 국방예산의 60%가 해군예산이고 나머지를 국방부, 합참, 공군, 육군, 해병대가 나누어 갖지. 그러니 해군이 얼마나 크겠어. 그래서 해군을 '장거리 투사력'이라고 하고, 영어로는 Long Range Power Projection Forces. 항공모함 중심의 군사력이라 하지. 항공모함의 위력으로 미국이 세계를 지배하고 있다는 사실을 사람들은 잘 몰라.

미국에서는 해마다 대학의 질을 평가하여 발표를 하지. 한국에서는 서울대, 연대, 고대 등 민간대학이 앞 서열을 차지하지만, 미국에서는 해군사관학교가 늘 1등이고, 2, 3위를 놓고 육사와 공사가 앞서거니 뒤서거니 하지. 3개 사관학교가 1, 2, 3등을 차지하고, 그다음 차례가 민간대학들이라는 걸 한국 사람들은 잘 몰라. 하버드, 스탠포드 등도 3등 안에는 들지 못해. 미국에서는 군대가 가장 존경받고 대우받는 집단이지만, 한국에서는 군이 쓰레기 정도로 매도당하고 있지. 한국 사람들은 이런 시각으로 미 해군대학원에 대한 선입견을 갖고 있을지도 몰라.

미국의 전쟁은 과학 전쟁이지. 독일의 U보트는 연합국 전체에 공포였어. 이 U보트를 격파한 영웅은 역전의 장군이 아니라 나이 어린 수학자들이었지. 수상전의 과학화, 수중전의 과학화, 공중전의 과학화, 군수의 과학화, 그 어느 분야 하나 과학이 아닌 것이 없어. 그래서 미국에서는 일반대학교수들 중 미 해군 연구프로젝트 한 개라도 맡아 연구해보지 못한 사람은 교수 축에 끼지 못한다는 분위기가 있지. 응용수학의 가장 큰 수요자가 미 해군이라는 오랜 전통을 한국인들은 몰라.

예산이 많은 해군은 초기에는 군 장교를 MIT 등 일반 대학에 위탁교육을 시켰지. 점점 수요가 증가하면서 자체적으로 석사과정을 위주로 하는 대학원을 세웠어. 그게 바로 미 해군대학원이야. 자금이 풍부하고, 몬터레이 지역이 아름다운 곳이라 유명 교수들이 경쟁적으로 지원해왔지. 학교시설과 교수진이 탄탄해지니까 미 해군 장교만이 아니라 육, 해, 공군, 해병대 장교 전체를 대상으로 학생을 선발했고, 그래도 여유가 생기자 28개 연합국 장교들에도 문호를 개방했어. 그래서 너도 그 학교에 갈 수 있었던 거지.

수업 복장은 넥타이 정장. 학교 분위기는 '국제 신사'들의 외교 장이었지. 학생 모두가 장교인데다, 세계 28개국에서 우수한 장교들을 선발해 보내다 보니, 교수와 학생 사이, 학생과 학생 사이의 대화는 항상 외교관 수준이었지. 식당은 본관 건물 중앙 홀, 원탁형의 식탁이 있고, 하얀 가운과 하얀 모자를 쓴 필리핀 종업원들이 일일이 서브를 했지. 여느 대학처럼 줄 서서 햄버거나 샌드위치 사서 잔디밭에 나가 하는 식사가 아니었어.

식탁에서도 외교 문화가 전통처럼 내려왔어. 원형 식

탁에 한 사람이 먼저 앉아 있으면 후에 가는 학생은 그 옆에 가 서서 "내가 합석해도 되겠습니까?"(May I join you)하고 정중하고 상냥한 낯으로 양해를 구하지. 앉으면서 악수를 나누고, 각자 자기소개들을 나누었어. 이런 식사 기회는 오로지 학생들에만 주어져 있고, 교수들은 싸가지고 온 '패스트 푸드(Fast Food)'를 자기 책상에 앉아 먹었지. 학교는 그야말로 외교의 무대였어. 네 일생에 이러한 시절이 있었다는 것이 얼마나 자랑스러운 것인지, 단 한 번이라도 음미하고, 자랑스럽게 생각해 본 적이 없었지? 이때가 지만원의 황금기(Good Old Days)였어. 그때는 자랑스럽다고 느끼지 못했지만 이제 아득히 먼 공간에 놓고 관조해보니 너는 참 행운아였던 거야. 이런 생활을 너는 석사와 박사과정 5년 동안이나 했던 거야.

본관에는 치과 센터가 따로 있었고, 큰 병원은 부근에 있는 7보병사단에 차려져 있었어. 보병 7사단은 카터가 한국에서 철수시킨 부대였지. 너는 난시가 심해 서울에서 유명하다는 안경점과 안과병원에서 안경을 맞췄지만 3개 모두가 다 쓰면 희미하고 어질어질했어. 7사단 병원 안과에 가니까 쓰자마자 시원한 안경을 맞춰 주면서, "이 세 개 안경 다 네 안경이 아니니까 쓰레기

통에 버려라"고 짜증 섞인 말을 했지. 참으로 좋은 안경이었어.

7사단 영내에는 매머드급 PX가 있었지. 외국인 장교들 모두가 PX를 미군과 똑같은 자격으로 이용했어. 시중 가격에 비해 거의 반값. 모든 외국 학생들이 다 이용했지. 샌프란시스코엘 두 시간 정도 달려가면 값비싼 양주를 시중 가격의 30% 정도에 싸게 살 수 있었어. 외교관에게 주는 특혜였는데, 너는 외교관 대접도 받았지. 네가 저녁마다 공부에 집중할 때 코냑을 떨구지 않고 향을 맡을 수 있었던 것도 이 덕택이었어.

빼놓을 수 없는 추억이 또 하나 있지. 매주 금요일마다 제공되는 킹크랩(king crab) 파티. 매우 싼값에 알래스카 킹크랩을 무한정 먹는 거였어. 싫증을 느낄 수 있을 정도로 즐길 수 있었지. 이는 학교 측의 출혈이라고들 했어. 이렇게 풍부한 세상이 어디에 또 있겠어? 그 후 곧 그런 혜택은 없어졌다 했지. 너에게 미 해군대학원은 이런 풍성함과 귀족사회의 향수가 묻힌 곳이야.

1970년대, 당시 미국에서는 백인 식당에 흑인이 갈 수 없었지. 이것이 1970년대 미국 민주주의였어. 흑인은 그야말로 기피의 대상이었지. 한국에서는 1974년의 유신을 놓고 반민주주의적 독재였다고 비난하지만 당시의 문화는 당 시대의 산물인 것이라서 지금의 사람들이 지금의 잣대로 비난하는 것은 정치적 의도가 깔린 억지인 것이지. 1972년 당시의 국민들은 유신을 어떻게 생각했지? 유신이 없으면 빨갱이들의 행패에 의해 국정이 마비된다고 생각들했어. 1974년에는 1차 에너지 쇼크가 전 세계를 뒤덮었지. 세계의 모든 국가들이 다 경제적으로도 매우 어려웠지. 미국에서는 인종차별이 심했고! 이러했던 시기에 네가 미국에 가서 귀족 혜택을 누린 거였어. 이 비용은 한국 정부가 댄 것이 아니라 미국 정부가 군사원조 차원에서 대준 거였어. 그 어느 나라 민간대학에 이런 귀족 대우, 귀족 문화가 있겠어? 석사과정은 미국의 원조로 공부했지만, 박사과정은 한국 정부 예산으로 밟았지. 학비가 하버드나 스탠포드의 2.5배나 되었어. 너는 박사과정에서 교수와 1:1로도 공부하고, 토요일 시간도 교수의 시간을 얻어낼 수 있었지. 중세 유럽 국가들의 왕실 말고는 상상조차 할 수 없는 귀족 대우였어. 당시는 공부 내용에 몰두해, 순간순간이 바빠서 그 의미를 깨닫지 못했지만 지금 와서 생각해 보면 참으로 너는 선택된 행운아였고 당대의 귀족이었어.

금요일이면 마을 전체가 축제 분위기로 들떴지. 비치에서도 바베큐, 공원에서도 바베큐, 모텔 바에는 춤과 음악과 술이 있었지. 바의 중앙에는 춤을 출 수 있는 무대가 있고, 남녀들이 쌍쌍이 나와 춤들을 즐겼지. 어쩌다 프로가 나와 춤을 추면 모두가 가장자리로 물러나 감상을 하며 박수를 보내곤 했어. 처음 접해보는 별천지였지. 차량 범퍼에는 미 해군대학원 스티커를 붙였고, 그 스티커만 부착하면 미국의 어디를 가나 군부대는 무사통과하고, 주유소에 가면 종업원이 "써 써"를 연발했어. 미 해군대학원 학생은 그 지역에서 알아주는 귀족과도 같은 존재였지.

미국에서의 교우관계

육사 5년 선배님이 미국에서는 자동차가 곧 발이라며 네게 자동차를 사게 하려고, 이 동네 저 동네 드라이브를 시켜주었지. [FOR SAIL], 차량에 커다란 스티커들이 붙어있었어. 그중 눈에 띄는 것이 캐딜락, 미국산 최고의 차종이었지. 안락함과 부를 상징하는 깔끔한 차인데, 겨우 300달러라는 가격 표시가 있었어. 길이가 군용트럭 길이만큼이나 길고, 상처가 한 군데도 없는 데다 색깔이 은은한 에머랄드색? 고상해 보였지. 당시는 핸드폰이 없던 시대라 문을 두드렸지. 혹시 3,000달러가 아니냐고 농담을 했더니 주인이 웃으며 반겼어. "이 차는 이 지역 경찰서장이 타던 차였다. 나는 자동차 메카닉이다. 그래서 기계를 잘 안다. 이 차는 오래되어서 언제라도 고장날 수 있다. 300달러가 맞다." 두말 않고 300달러를 꺼내주었지. 그랬더니 자동차 함에서 핑크슬립(핑크색 소유권자 표시)를 꺼내 서로가 서명을 해야 한다고 했지. 자동차청(DMV, Department of Motor Vehicle)에 가서 등록하고 세금을 내야 하는데 세금이 20달러 정도일 것이라며 미국에 처음 왔으니 자기가 함께 DMV에 가서 수속을 도와주겠다고 했어. 당시 한국에서는 누가 길을 물어도 들은 체도 안 하거나 퉁명하게 간신히 한마디 하고 짜증을 내곤 했던 시대였는데, 미국은 참 땅도 넓고 공기도 좋고, 사람들도 여유롭고 참 착하다는 생각을 했지. 문화적 충격을 받았어.

미국에서는 자동차세를 중고차 표준가격에 비례해서 받았어. 차종별 표준가격은 우리나라 공시지가처럼 '블루 북'(blue book)에 공식화돼 있고, 차량세는 블루 북에 공시된 가격에 따라 부과했지. 한국에서는 배기량에 따라 오래된 차량도 배기량이 크면 자동차세를 많이 내고 있어. 미국과 한국의 이러한 세제 차이가 무엇을 의미하는지 잠시 살펴보자구. 미국인들은 세금을 적게 내려고 오래 탄 차량을 개량하고 엔진까지 바꾸어가면서 사용하지만 한국에서는 오래돼서 값이 안 나가는 차량에도 배기량이 크면 비싼 세금을 때리니까 쓸만한 차량들을 폐기 처분하거나 중고자동차사에 팔아넘기지.

미국의 세금 제도는 절약을 유도하고, 한국의 세금 제도는 낭비를 유도하는 거라구. 이러한 맥락에서 한국의 세금 제도는 천지개벽을 해야만 한다고 넌 늘 생각해왔지. 세금 제도는 국가에 이익이 되도록 동기를 유발시키는 방향으로 개선되어야 한다고. 세금 제도도 구닥다리고, 법 제도도 구닥다리야. 지금의 법은 1948년 갑자기 새 국가를 세우면서 유진오 박사가 일본법을 그대로 번역한 것이고, 그래서 구조적으로 많은 문제를 안고 있지. 그런데도 국가는 법 제도와 세금 제도를 법제처나 국세청 등 브레인 수준의 창의력이 거의 없는 공무원들, 현상에 안주하려는 성향을 가진 공무원들에 맡기고 현상 유지만 하고 있지.

불과 300달러에 산 캐딜락을 타고 여름방학 2주를 이용해 육사4년 선배를 태우고 LA- 샌디에고- 라스베가스- 그랜드캐년- 옐로스톤-레이크타호-솔트레이크시티 등 서부지역으로부터 중부지역에까지 안락하게 다녔지. 시동을 걸었는데도 소리가 없어서 시동 여부를 알 수 없었고, 어쩌다 패어진 도로를 만나면 출렁거리며 넘었고, 달리면 달릴수록 차가 밑으로 가라앉고, 비행기를 탄 것처럼 바람 소리만 났지. 타이어 구르는 소리도 없었어. 당시로는 세계에서 가장 안락한 차를 단돈 300달러에 2년 동안 즐긴 것이야. 이것도 엄청난 행운이었어. 아마도 지금은 그렇게 크고 안락한 차가 안 나올 거야.

수업이 끝나면 학생 장교들이 화장실을 갔지. 손의 물기를 닦아내는 타월형 화장지가 풍성했어. 필리핀 중령이 그 화장지를 뽑아 손을 닦으면서 말했지. "미국은 참으로 풍성한 나라야. 일생에 태어나 미국 생활을 최소한 2년 이상 안 하면 손해 보고 사는 거라구." 장교들은 꼭 거울을 보면서 주머니에서 빗을 꺼내 머리를 깔끔하게 빗었지.

월남 장교들이 있었어. 모두들 머리가 좋았어. 가끔 그들에게 초대되어 그들이 요리한 치킨 카레를 맛보았지. 너무 맛이 있었어. 그런데 1975년 4월 30일, 월남이 패망하자 이들에게는 갑자기 두 가지 불행이 들이닥쳤어. 가족에 대한 염려로 얼굴이 많이 상했고, 여기에 더해 불과 5개월이면 석사과정을 졸업할 텐데, 국적이 없어져서 퇴학을 당해야 했어. 모든 국제 장교들이 탄원을 했지만 국가는 냉정했지. 그들의 가슴이 찢어졌을 거야. 국가가 존재한다는 것이 얼마나 고마운 것인지 실감할 수 있었지.

교우 중 잊을 수 없는 장교는 이란 장교. 국제 장교 중에서 가족을 동반시키지 않은 나라는 한국과 베트남뿐이었어. 이란 장교들은 다 가족을 동반했지. 생활비도 풍성하게 주고. 그리스와 튀르키예도 가족을 동반시켰어. 이란 장교는 해변에 지어진 고급 목재 아파트에 부인이랑 생활을 했지. 그 이란 장교가 가끔 너를 초대했어. 부인이 요리를 하고, 후식으로는 캐비어(caviar)라는 상어알을 주었지. 그 캐비어는 너무 비싸서 1975년 이란 친구 집에서 맛본 것이 처음이자 마지막이었어. 그 친구는 한국이 가난한 나라인 줄 알고 자꾸만 네게 돈을 꾸어줄 테니 언제든지 편하게 말하라고 했어. 그때 미국 정부가 네게 지급한 생활비는 600달러인가 되었지. 이 돈은 한국 정부가 주는 것이 아니라 미국 정부가 주는 돈이었어. 이란 장교는 동양적 온정을 가진 참 좋은 친구였지. 점심이 끝나면 서점 앞에 놓인 대형 자판기에서 콜라 파티를 즐겼지. 당시는 코카콜라 시대가 잠시 주춤하고 Coke와 Pepsi의 경쟁 시대였어. 너는 Coke보다는 Pepsi를 더 즐겼지. 가끔은 캠퍼스에서 터질 듯 두툼하게 생긴 소세지를 기다란 빵에 싸서 오이피클과 머스타드를 발라 "오~ 폴 오브 에너지"(full of energy)를 합창하면서 건배하듯이 첫 뭉치를 크게 떼어 물곤 했지. 그때는 습관처럼 했지만 지금 생각해 보면 참 아름다운 그림이었어.

하루는 파키스탄과 이란과의 역사가 궁금해서 이것저것 묻는 도중에 여러 교우들이 있는 자리에서 파키스탄 중령이 했던 말을 이란 친구에게 말했지. "파키스탄 조종사가 이란 조종사에게 전투기 조종 훈련을 시켜준 적이 있었느냐?"고 물었지. 친구는 모르겠다고 했어. 며칠 후 반 친구들이 나무 밑 벤치에 앉아 심각한 얼굴로 '누가 그 이야기를 이란 장교에게 말해주었는가'에 대해 이야기들을 나누고 있었어. 그 이란 친구가 이란군 선임장교 중령에게 파키스탄 중령이 한 얘기를 전했고, 이란 중령이 파키스탄 중령에 항의를 했다고 했어. 여기에서의 문제는 누가 고자질을 했느냐는 것이었지.

너는 서슴없이 말했어. "아, 그 얘기냐? 그건 나다. 내가 이란 교우에게 그 말을 했다." 모든 장교들이 매우 놀라워했지. 그들이 놀라워한 것은 네가 조금의 주저함도 없이 "그 말, 내가 옮겼다"고 한 것이 용기 있고, 솔직하다는 것이었어. 너는 말하게 된 자초지종을 이야기해 주었지. 그리고 파키스탄 중령에게 공개적으로 말했어. "나는 이란과 파키스탄의 역사를 이란 교우에게 질문했다. 그 와중에 조종사 얘기가 나왔다. 나는 파키스탄 중령이 거짓말을 했다고는 상상하지 못했다. 파키스탄 중령은 그 말을 여러 학우들이 있는 자리에서 말했다. 공개석상에서 말한 것은 인용될 수 있다. 그것이 외교적으로 문제가 되는 민감한 내용이었다면, 파키스탄 중령이 공개석상에서 말하지 말았어야 했다." 이에 모든 장교들의 시선이 파키스탄 장교를 향했지. 얼굴이 빨개진 중령이 너와 학우 모두에 사과를 했어. 문제가 확대되기 전에 불을 끈 거지. 그 순간이 아니었다면 학우들은 뒤에서 너를 고자질하는 한국 장교로 지목하고 수군댔을 거야.

너는 반의 산소 같은 존재였어. 미시경제학은 수학이었지. 교수가 들어와 마지널 코스트, 애버리지 코스트, 고정비용, 변동비용 등 여러 종류의 비용 곡선(Cost Curve)을 그리면서 많은 질문을 던졌어. 반에서 누군가가 대답하기를 기다리다가 아무도 없으면 꼭 네가 대답을 했지. 그러던 어느 날, 교수가 농담으로 질문을 했지. good이라는 건 좋다는 단어인데 그걸 한 층 더 강조하려면 '베리'를 붙여 '베리 굿'하면 되는데 사람들은 '테레블리 굿(terribly good)', '허러블리 굿'(horribly good)이라고 표현을 하지. 공포스러운 정도로 좋다는 이야기인데 테러블리, 하러블리 말고 또 다른 표현이 없을까 하고 물었어. 반 친구들이 또 다른 단어를 찾느라 골몰들 했지. 그런데 네가 갑자기 "갓~댐~굿"하고 소리쳤어. 조용하던 교실에 폭소가 터졌고, 그 폭소는 반 친구들이 너의 순진한 표정을 한 번 더 보고 또다시 폭발했어. 그 교수는 말을 할 때 'God Damn'을 입에 달았거든. 그래서 갓댐굿이 더 웃겼던 거였어.

한번은 외국인 학생들과 미국 학생 전체가 한동안 웃었지. 너는 왜 웃는지 몰랐어. 그만큼 히어링이 부족했던 거였지. 그래서 너는 옆 친구에게 슬며시 물었어. "너

지금 왜 웃니?" 그러니까 그 미국인 친구가 반을 향해 외쳤지. "지금 미스터 지가 왜 웃느냐고 묻는다~." 그때 모든 반 친구들과 교수가 네 얼굴을 보고 또 보면서 한동안 웃었어. 그때 네 얼굴 표정이 무표정이라 그게 더욱 사람들은 웃게 만든 거였어.

가끔 너는 칠판에서 달리는 교수를 멈추게 하고, 손을 들어 질문들을 꽤 했지. 클래스가 종료되고 나오면 친구들이 "질문을 해줘서 고맙다. 나는 질문을 하고 싶었는데도 감히 교수를 멈추게 할 수는 없었다." 했지. 미국인 교우들은 교수에게 각별한 예의를 표했어. 수업 종료 시간이 됐는데도 교수가 칠판에 쓰기를 계속하니까 미국 친구가 말했지. "교수님, 교수님께 백묵이 아직도 많이 남아 있으신가요?" (Sir, Do you have indefinitely many number of chalks?) 이처럼 너는 미국 상류사회 문화권에서 미국식 매너를 익힐 수 있었지. 일반 대학에서는 접할 수 없는 고급문화였어.

미국의 문화 속으로

전쟁터였던 월남 땅이 문명의 신세계였다면, 미국 땅은 네게 새로운 문화와 새로운 학문을 공급해준 신세계였지. 월남이 생과 사가 공존하는 철학의 공간이었고, 전략과 전술의 묘미를 터득케 해준 성장의 공간이자 리더십을 배양시켜준 공간이었다면, 미국은 비상식을 상식화시키는 깨달음의 공간이었고, 낭만과 멋이 무엇인지를 터득케 해준 문화의 공간이었어. 산골에서 화전민의 막내로 태어나 육사에서 성장하고, 베트남 전쟁터에서 성장하고, 나이 33세에 세계를 지배하는 미 해군문화권에 와서 제3단계의 성장을 시작한 거였지.

당시 미국의 경영학계에서는 수학과 경영학을 융합시키는 바람이 한참 불고 있었지. 그래서 경영학에 수학 과목이 많이 들어있었어. 응용수학, 순수수학, 경제학, 회계학, 감사학, 리더십, 기업의 사업관리 기법인 PERT, CPM, Net work, Decision Tree 등 다양한 분야들을 공부했지. 모든 게 신기해서 지적인 호기심을 유발시켰어. 네가 두각을 나타낸 분야는 수학, 회계학, 기업감사였어. 너는 예의가 바르게 행동했고, 얼굴에는 늘 웃음을 담고 다녔지. 그래서 과장실에 있는 여비서들이 너를 Smiling Boy라고 불렀어. 너는 교수들과의 사적 교류도 넓혔어.

너는 네가 성적에서 두각을 나타낸 과목의 교수들을

그 지역 바닷가 한국음식점이나 중국음식점으로 초대하곤 했지. 성적이 안 좋은 학생의 초청은 부담스럽게 생각했겠지만 A학점을 맞는 학생이 예의를 갖추면서 영광을 허락해달라 하니 교수 입장에서도 기뻐들 했지. 꼭 부부동반으로 초청했어. 그러면 그 부인들이 남편을 통해 너를 집으로 초대하곤 했지. 어떤 부인은 너만 가면 맨발로 뛰어나와 너를 포옹해주었고, 어떤 부인은 너를 동생처럼 푸근하게 여겼지. 이에 더해 과목과는 상관없는 인상 좋은 교수실을 노크해 정중하게 "잠시 묻고 싶은 게 있다"고 했지. 그렇게 해서도 교수와의 교제를 넓혔어. 우군이 생기고 견문이 확대됐지. 너는 또 반 친구들에게도 초대되곤 했어. 미국에 있을 동안에는 철저히 미국을 배우자는 것이 네가 가졌던 소신이었어. 너는 포커도, 바둑도, 장기도 둘 줄 모르지. 시간을 아끼는 것이 습관화돼 있으니까 그런 잡기들과는 거리가 멀었어.

수학의 '세트(set) 이론'은 확률학의 기초였어. 미국에서 생전 처음 대하는 분야였지. 그 과목에서 첫 시험을 쳤는데 50점이 만점이었어. 너 혼자만 50점을 받고 다른 학생들은 30점 아래였지. 무척 까다로운 응용력의 테스트였어. 그러자 반 학생들이 공포감에 빠졌고 분위기가 뒤숭숭했어. 그래서 교수가 너를 제외한 모두에게 재시험을 치게 했지. 그 교수의 키가 2m인데, 얼굴이 선하지만 엄격하게 생긴 미남이었지. 너는 그 교수의 부부도 초대하고 또 초대받곤 했지. 수학에도 응용수학과 순수수학이 있어. 반 친구들이 가장 힘들어하는 것이 수학이었고, 네가 가장 쉬워하는 것이 수학이었어.

학과가 끝나면 곧바로 도서관에 가는 것이 정해진 코스였지. 도서관에서 나오는 시간은 통상 밤 2시. 미국 장교들은 몇 명 단위로 스터디 룸을 구해서 서로 의논하면서 각 장의 뒷부분에 있는 수학 문제 30개 정도를 풀었지. 그러다 풀리지 않는 것이 있으면 여럿이 흩어져서 미스터 지를 수배하고 다녔어. 한 친구가 너를 찾으면 서로 신호를 보내서 네 양옆에 모여들었지. 네가 문제를 푸는 과정을 구경하면서 입들을 벌렸어. "지(Jee)는 천재야." 그들은 밤을 새워가면서 30개의 문제 모두를 풀었지만 너는 30개 중에서 유형이 다른 대표적인 문제만 추려서 풀었고, 각 유형별로 문제 푸는 요령을 노트해놓은 후, 시험이 있을 때면 그 노트만 보고 시험을 쳤어. 수학은 거의 올 100이었지. 공부를 시스템적으로 한 거였어.

너에게 신고식을 톡톡히 치르게 한 과목은 첫 학기에 들어있던 심리학이었어. 텀 페퍼(Term Paper)로 시험을 대신한다고 했어. Term Paper? 넌 그게 무슨 말인지도 몰랐어. 옆 친구에게 물어봤지. 그랬더니 도서관에 가서 책과 간행물을 뒤져서 '리더십이란 무엇인가'에 대해 20~30쪽 분량으로 논문처럼 써내는 거라 했지. 리더십 실무와 경험에 대해 쓰라고 하면 월남 포대장 시절의 경험을 정리했을 텐데, 그런 문제 같지는 않았어. 민주형 리더와 권위주의형 리더에 대한 공부를 하라는 것이었어.

너무나 막연해했던 너는 도서관 사서에게 가서 사정을 얘기했지. 후덕하게 생긴 여성이 2층의 미로 같은 서가들을 지나 심리학 중에서도 리더십 학술잡지들이 진열돼있는 코너로 데려다주었어. 이것저것 조금이라도 연관성 있다 싶은 것들을 다 뽑았지. 엄청 많이 뽑았어. '이것들을 어떻게 다 읽지?' 엄두가 나지 않아 카펫 위에 두 다리를 뻗고 앉아 울었지. '울려고 유학 왔나! 아니야. 울어야 새로운 걸 배울 수 있어.' 고르고 골라 10권 정도의 학술 간행물을 빌려다 구도를 잡았지. 리더와 피동 집단과의 관계에 대해 초점을 맞췄지. 리더에는 두 가지 종류가 있다 했어. 민주형 리더(Democratic Leader)와 권위주의형 리더(Authoritarian Leader). 리드를 당하는 피동집단도 세 가지, 학습이 높은 집단, 중간 집단, 낮은 집단, 피동 집단의 수준을 상, 중, 하로 분류한 거지. 민주형 리더는 피동 집단의 수준이 중간인 집단에서 좋은 성과를 내고, 권위주의형 리더는 상과 하인 집단에서 성과를 낸다는 결론이었어.

누가 얼마만큼의 권위주의적 속성을 가지고 있는가를 측정하기 위한 설문지가 있었지. LPS(Least Preferred Score)를 측정하는 질문지가 IQ를 테스트하는 것처럼 배부됐어. 반에서 권위주의 성향이 가장 높은 사람이 너였어. 학우들 모두가 의외라는 듯 너를 쳐다보았지. 상냥하고 사교적인 네가 가장 높은 권위주의적 속성을 지니고 있다니! 그런데 네가 월남에서 실천했던 리더십은 거의 완벽한 민주주의형 리더십이었어. 권위라는 것은 버려야 얻어질 수 있다는 것이 네 지론이었지. 만일 네가 모르면서도 아는 척하면서 계급적 위엄으로 부하의 복종을 강요했다면 너의 권위는 형성될 수 없었어. 너는 권위를 버리고, 모르면, 모르니 도와다오, 너희가 창안한 것이니, 너희가 즐겁게 하라 했지. 부대의 주인은 네가 아니라 병사들이라는 걸 실감시켰어. 병사들의 애로를 풀어주었고, 병사들에 봉사를 했지. 그 결과 너는 부대에서 마치 절대신이 되는 것처럼 떠받들어졌어. 권위를 버리니까 권위가 생긴 거였지. 아마도 너는 변종 권위주의자인지도 몰라.

LPS에 대한 개념을 터득한 너는 20쪽 정도의 논문을 쓸 수 있었어. 타자를 쳐야 했지. 도서관 코너에 타자기와 제록스 카피머신(복사기)들이 늘어서 있었어. 모두 공짜. 생전 처음 타자기를 만지면서 또 눈물이 나려 했지. 이 모습을 한동안 뒤에서 지켜본 미국 장교가 굉장히 예의 바른 매너로 너에게 말을 걸었어. "매우 조심스러운 말씀입니다만, 제가 타자를 도와드리고 싶은데 괜찮겠습니까?" 와~ 이 웬일인가! "당신이 구세주입니다." 이 짧은 말에 그는 웃음을 지으며 말했지. "제 와이프가 타자를 잘 칩니다. 이 정도 분량이면 금방 칠 수 있습니다. 내일 오후 6시에 해군 관사촌, 이 주소로 찾아오시면 저녁을 대접해드리고 타자를 시작할 수 있을 것 같은데 초대에 응해주시겠습니까?" 와~ 이런 세상도 다 있는가 싶었지. 너는 한국의 특산물로 자수정 알맹이 몇 개를 가져왔었어. 그중 가장 예쁜 것을 골라, 포도주 한 병 사가지고 갔지. 저녁 식사를 대접하면서 배우처럼 아름답고 귀티나게 생긴 부인이 이 것저것 음식을 자상하게 챙겨주면서 한국 풍습에 대해 물었지. 상대방에 대한 관심의 표현이었어. 타자를 치면서 그녀는 표현을 바꾸고 싶은 부분에 대해 친절하고도 정중하게 "이렇게 바꾸어도 될 것 같다"며 동의를 구했지. 자기의 표현이 더 낫다는 표현은 절대로 안 했어. 그 여인의 예의 바른 언행에서 또 문화적 충격을 받았지.

네가 놀란 것은 미국인들의 부부간 대화였어. 장교들의 부부든, 교수들의 부부든 모두 상대방을 존중하고, 절대적인 신뢰를 표시하면서 예의를 갖춘다는 사실이었어. 심지어는 아이들한테도 정중하게 대화를 나누었지. 자기 생각을 강요한다는 것은 미국인 부부나 자식 사이에도 있을 수 없는 문화였어. 선물로 자수정을 주니까 얼마나 기뻐하는지 보고 또 보고 "고저스(gorgeous)"를 연발했어. 선물이 의외의 것이라 기쁜 것도 있었겠지만, 상대방을 기쁘게 해주는 예의의 표시이기도 했지. 그렇게 마련한 텀 페퍼(Term Paper)를 제출해서 미국인들도 받기 어려운 A학점을 받았어~.

기적으로 찾아온 행운

회계감사 과목을 가르친 번스(Dave Burns)교수, 그는 DBA(Dr. of Business Administration)학위를 받은 분인데, 통계학을 기업 감사 과목에 융합한 선구자였지. 그 교수는 학교에서도 귀중한 인재로 인정하고 있었어. 하루는 그가 DBA 박사 논문 과제를 학생들에게 접근해보라 숙제를 주었지. 교수님은 3개월치의 공장 재고에 대한 통계를 가지고 1년간의 재고를 예측하는 방법을 시뮬레이션으로 개발해서 학위를 받았다고 했어. 그중의 일부를 학생들에게 문제로 제시하면서 접근 방법을 연구해보라고 숙제를 내주셨지. 마침 네가 응용수학 과정에 들어있는 Stochastic Model을 선택해 공부했기에 너는 그것을 응용하여 간단한 수학 모델로 해결해 보였어. 그가 너무 놀라워했지. 너는 그가 놀라워하는 데에 더 놀랐고. 교수님은 반에서 공개적으로 미스터 지는 천재라고 공언했어. 너무 영광이었지. 며칠 후 그를 해변가 한국식당(갈비집)으로 초대하고 싶다 했지. 그의 얼굴이 그렇게 행복해 보일 수가 없었어. 부부가 만면의 미소를 지으면서 한국음식점에 오셨지.

"이 학교가 가장 자랑하는 학과가 응용수학(applied

mathematics)이다. 당신은 수학의 천재다. 당신에게 수학을 가르친 여러 교수를 만나보았다. 모두 다 당신은 시험 때마다 100점을 받았다고 했다. 경영학과에는 박사과정이 없다. 오로지 응용수학과에만 박사과정이 있다. 몇몇 교수와 대화해 보니, 이 학교 창설 70년 이래 수학과에서 석사과정에 실패한 학생이 경영학과로 전과한 사실은 있어도, 경영학과에서 수학과로 전과한 학생은 없다며 여론형성이 어렵다 하더라. 학교는 늘 새로운 세계를 열어가야 하는 개척자 역할을 해야 하고, 재능 있는 학생을 발굴하여 더 많은 공부를 할 수 있도록 길을 열어주어야 하는 것을 도리로 여겨야 하는 존재인데, 미국에서 앞서간다는 미 해군대학원이 이렇게 틀에 박혀있으면 안 된다고 생각한다. 당신이 원하든 않든 나는 당신 같은 학생을 놓아주고 싶지 않다. 내가 내 몸값을 걸고, 학교당국과 투쟁하여 당신을 응용수학 박사과정에 등록시킬 것이다."

세상에 이럴 수가! 너는 네 귀를 의심했지. 말을 하지 못하고 교수의 얼굴만 처다보고 있었어. 부인도 한마디 거들었어. "미스터 지는 참 행복한 학생입니다. 저는 늘 제 남편을 존경합니다. 번스 교수님은 몸값이 인정돼있는 사람이기에 반드시 성공하리라고 생각합니다. 축하

합니다." 남편에 대한 신뢰의 표시이기도 했고, 남편이 꼭 성사시켜주기를 바라는 부탁의 말이기도 했지.

며칠 후 학교 교수위원회가 난색을 표하자 Burns(번스) 교수는 배수진을 쳤다고 했어. "장래성 있는 학생을 내가 발굴했는데 이를 수용하지 않는 학교라면 내가 더 이상 몸담을 이유가 없다. 오늘 사표를 제출할 것이다." 이에 교수위원회는 한발 물러나 조건부 수용을 결정했다고 했어. "1년 동안 응용수학 석사과정을 압축적으로 이수하여 4점 만점에서 3.8점 이상을 획득하면 자동으로 박사 학생으로 인정한다"는 결정을 내렸다 했지. 경영학과 과장인 위플(David Whipple) 교수가 대한민국 국방장관에게 편지를 보냈지. 너는 경제학 전공인 위플 교수로부터 배운 과목은 없었어. 하지만 너는 위플 교수의 집에 여러 번 초대되어 갔을 만큼 교분이 깊었지. 위플 교수는 대한민국 국방장관에게 경영학 석사가 시스템 응용수학 박사과정에 수용된 것은 미 해군대학원 창설 이래 처음 있는 이변이라는 점을 설명하고, 3년을 더 허락해 달라는 간곡한 내용으로 편지를 썼어. 하지만, 너는 공부에 너무 지쳐서 남몰래 하늘에 기도했지. 이 고난을 피해 가게 해달라고. 역시 하늘은 네 기도를 들어주셨어. 국방장관으로부터 허락할 수 없다는 편지가 왔던 거야.

폐쇄된 영혼들

영화 '타이타닉'의 여주인공 로스. 영국 상류사회가 거미줄처럼 묶어놓은 규범과 통념의 포로가 되어 숨막혀했지. 가문의 신분상승에만 사로잡힌 모친의 간섭과 '갑'의 위치에 선 약혼남의 감시를 이기지 못한 로즈가 투신자살을 하려고, 선수의 난간에 올라서 있는 순간, 미남 청년 잭 도슨(네오나르도 디카프리오)이 살려내, 좁은 공간에 억압됐던 영혼을 드넓은 자유의 공간으로 안내하는 일대 드라마였지. 침도 멀리 뱉어보라고 했고, 차디찬 바다에서 임종하기 직전에 로즈에게 말했지. "말을 탈 때는 다리를 말등의 양옆에 나누어 놓고 타라"고도 일러주었지. 영국의 귀족사회에서는 여성은 두 다리를 말의 양쪽 등에 벌리고 타는 것이 금지돼 있었어.

넓은 땅 미국에 갔을 때 너는 대한민국에서 형성됐을 고정관념과 육사 선후배라는 틀을 다 무시하고, 미국인들의 자유분방한 영혼들과 교류했지. 그 어느 외국 유학생이 석사과정으로 유학을 와서 너처럼 많은 교수들과 교류하고, 너처럼 많은 다른 나라 장교들과 친목하고 교류한 학생은 없었을 거야. 더구나 Dave Burns 같은 적극적인 교수를 어떻게 만날 수 있었겠어. 목적과 계획이 있어서 많은 교류를 한 것이 아니라 네 영혼의 생리가 바로 그런 것이었어. 남자든 여자든 너는 외국인들과 참 잘 어울렸지. 그 어느 것에도 얽매이지 않는 자유인이었어.

그러는 사이에 10명에 가까운 육사 선배들이 너를 못마땅해 했어. 지만원 눈에는 선배들은 안 보이고 교수들만 보인다는 식으로 비아냥댔지. 후배라고는 해사 출신 조 소령 한 사람뿐이었어. 해군은 육군에 비해 진급이 빨라 너보다 1년 후에 임관했는데도 소령이었어. 그 역시 분주해서 선배들과 따로 놀았지. 조 소령과 지 대위가 동시에 선배들의 눈 밖에 났던 거야. 하루는 조 소령이 불쑥 한마디를 던졌어. "선배님, 육사 선배들 왜 그래요? 후배를 왜 씹어요?" "그게 무슨 말이야?" "지 선배님이 영예롭게도 학장 리스트(Dean's List)에 오르면 칭찬을 해줘야지 왜 빈정대요?" "그게 뭔 소리야?" "자기들은 어려운 수학을 공부하기 때문에 점수 올리기가 어려운 거고, 지 선배는 쉬운 경영학이라 딘 리스트(dean's list)에 오른대요" 학교는 6개월 학기제가 아니라 3개월 쿼터제(Quarter)였지. 매 쿼터마다 4점 만점에 3.65 이상의 점수를 따면 우등생 리스트에 오르는 것이었어. 외국인이 공부하기에는 언어 장벽이 거의 없는 수학이 더 수월할 수 있었지. 거꾸로 이야기한 거였어.

너는 속으로 선배들을 골려 주려고 생각했지. 3년 선배가 세 명 있었어. "선배님들, 확률 과목이나 최적화 과목을 공부하실 때에는 늘 '이러이러한 자료가 있다 치고'를 전제로 하여 모델링 공부를 하시지요?" "그래, 맞아. 그런데 왜?" "제가 경영학과에서 눈이 크게 열린 과목이 회계학인데요, 바로 자료를 이런 식으로 생산해내는구나 하고 감탄하고 있습니다. 어떻게 옛날 사람들이 복식부기라는 시스템을 발명해냈는지 참 감탄스러웠습니다. 그 시스템 공부 안 하고 가시면 많이 후회하실 겁니다. 아주 과학적이라 수학을 하시는 선배님들은 쉽게 점수 딸 수 있어요." "그~래~?" 세 선배가 다 회계학에 등록했지. 반면 너는 그들이 어렵다고 자평한 확률학 과정에 그들과 나란히 등록을 했고. 3개월 후, 너는 A학점을 양쪽에서 다 받았어. 그 후 선배들의 코가 납작해졌지만 너에 대한 반감이 커졌지.

조 소령은 원래 고아원 출신인데 양어머니가 키워줘서 해군사관학교를 졸업했는데 머리는 좋지만 덜렁덜렁 부산했어. 이웃 마을 카지노에서 주인한테 돈을 많이 빌린 상태에서 졸업을 하고 귀국을 하게 됐지. 조 소령은 카지노 전주에게 한국에 가서 송금하겠다고 했지만 그 말을 믿을 미국인은 없었어. 그것이 미칠 여파와 대책에 대해 육사 2, 3, 4년 선배들이 한 아파트 방에 모여 갑론을박했지. 일치된 견해는 "그 해군 자식이 진 빚을 왜 우리가 갚아야 하는가?"로 마무리되고 있었어. 사리판단이 아니라 감정의 정리였어. 네가 나섰지. "조 소령이 얼마의 빚을 졌는지는 모르지만 우리는 한국의 명예를 위해, 그 전주가 학교에 와서 문제 제기하는 것을 차단해야 합니다." 여기까지를 말하자, 3년 선배가 눈에 불을 켜면서 너를 째려보았지. "야, 지 대위, 너 조 소령하고 친하다고 그런 말 하냐? 그 새끼가 노름하다 진 빚을 우리가 왜 갚아야 하는데?"

"우리가 돈을 걷어가지고 갚자는 것이 아닙니다. 우리가 전주를 만나, 한국 장교단이 책임지고 갚을 테니, 학교에 문제 제기를 하지 말라는 말을 해주는 겁니다. 조 소령도 장래가 있고, 모친이 잘 산다 합니다. 그 돈에 장래를 망칠 장교가 어디 있겠습니까? 정 안 갚으면 우리가 해군총장이나 국방장관에게 편지를 써야지요. 해군총장이나 장관이 차마 그 돈을 우리더러 갚으라고야 하겠습니까? 안 그러면 한국군 망신 무지 당합니다."

"야, 지만원, 그 자식이 싸놓은 똥을 왜 우리가 치워야 하는데?~~." 벽창호라는 생각이 들었지. "망신 한번 당해 보십시오." 성질이 나서 문을 꽝~ 닫고 나왔지. 아니나 다를까 조 소령 졸업식 전날 전주(錢主)가 학교 당국에 찾아와 항의를 했어. 국제담당 장교 맥거니겔 중령이 호인이고 신사이기로 소문이 나 있는데도 4년 선배 두 사람(소령)을 불러 한국 장교단이 책임지지 않으면 외교 문제로 비화된다면서 어떻게 할 거냐고 다그쳤지. 결국은 망신당하고, '책임진다' 약속하고 나왔어.

망신을 당한 두 선배가 포도주 한 병을 사들고 네게 왔지. 얼굴들이 시뻘겋게 달아올라가지고. "야, 지 대위, 네 말을 들을 걸 잘못했다. 네 말대로 우리 둘이 맥거니겔 중령한테 불려가 망신 톡톡히 당하고 왔다. 미안하다. 한잔씩 하자." 이상하다는 생각이 들었지. 두 선배들이 그냥 모른 척 지나가면 될 일인데 왜 구태여 네게 찾아와 자존심 구기면서 사죄를 할까? 그들이 널 찾아온 목적이 정말 사죄였을까? 그건 아닐 것 같았어. 아니나 다를까, 그들의 속마음이 드러났지. "야, 지만원, 조 소령이 귀국하면 그 돈 갚을까?" 바로 이거였어. 맥거니겔 중령에겐 얼떨결에 한국 장교단이 책임지겠다고 약속해 놓았는데 과연 조 소령이 그 돈을 갚겠는가가 걱정이 돼서 위안을 얻으려고 찾아왔던 거였어! "제가 장담합니다. 걱정들 마세요." "정말 갚겠지?" "그럼요. 그걸 아니까 제가 한국 장교단이 책임지겠다고 전주에 약속하라 제안했잖아요."

너는 생각했지. 저 선배들이 어째서 사리판단을 제대로 하지 못했을까? 그 이유가 바로 '조 소령이 빚을 갚지 않으면 어떻게 하나' 이것 때문이었다는 걸 비로소 알게 되었어. 좀생이들! 이튿날, 공항에는 너 혼자 나가서 조 소령을 배웅했지. "가자마자 돈 갚는 거 알지?" "그럼요, 제 일생을 그까짓 금액에 망칠 순 없지요. 어머니한테 그런 돈 있으니 걱정 마세요." 약속대로 그는 돈을 갚았다는 연락을 해왔어.

너는 느낀 게 있었어. 판단력이 곧 스케일이고 인격이고 안목이라는 것을. 너는 조 소령을 믿었고, 선배들은 안 믿었어. 네가 조 소령을 믿은 것은 조 소령의 양심을 믿은 것이 아니라 조 소령의 판단력을 믿은 거였어. 그

적은 액수 때문에 일생을 내던질 사관학교 출신은 없을 것이라는 믿음을 가졌던 거였지. 설사 그가 갚지 않고, 폐인의 길을 걷는다 해도 너는 해군총장과 국방장관이 갚아줄 것이라고 생각을 했지. 그런데 선배들은 이런 생각을 받아들이지 않았어. 그 판단력 때문에 당하지 않아도 될 망신을 당한 거지.

유학이 뭐야? 미국에까지 와서 겨우 책 끌어안고 점수 따서 학위 얻어가는 것이 유학이야? 선진국 문화를 흡수하여 사고방식과 매너를 발전시키고 시야를 넓히고, 안목을 키우는 공부를 해야 하지 않겠어? 이는 마치 네가 사관생도였을 때, 학과점수 올리기에 보다는 마음의 양식이 되는 고전들을 많이 읽었던 것과도 일맥상통하는 선택이었어. 너와 네 주위의 선배들이 달랐던 점이 바로 마음의 양식과 스케일이었어. 불과 1년 6개월 코스의 방학 없는 스파르타식의 숨가쁜 경영학 석사 과정이었지만, 너는 거기에서 일생을 살아갈 자양분을 참으로 많이 쌓았어. 하늘과 국가에 감사할 일이야.

악마와 천사

1975년 12월, 졸업을 하고 귀국길에 일본엘 잠시 들렸지. 마침 합참정보국 옆자리에서 삼총사로 일했던 육사 5년 선배가 일본 무관 보좌관을 하고 있어서 이틀 동안 후지산 등 시내 일부를 관광했지. 김포공항에 도착하는 순간, 첫눈에 들어온 영상이 살벌한 얼굴들이었어. 미국에 도착하면서는 미국인들의 평화로운 얼굴에서 문화적 충격을 느꼈는데, 다시 김포에 오면서는 한국인들의 불만 어린 얼굴들에서 문화적 충격을 받았던 거야.

도착 다음날 국방부 PPBS실로 출근했지. PPBS실은 네가 미국에 가 있는 동안 육사 12기 공병 장교 조 모 대령이 15명 규모로 신설한 독립부서였어. 미국식 국방관리시스템을 도입하기 위해 새로 설치한 사무실이었지. 실장이 조 모 대령이고, 실에는 육해공군 해병대 장교들과 일부 석사학위를 가진 선배들이 있었지. 그런데 첫 출근 때 너를 보는 모든 이들의 시선이 완전 적대적이었고, 네가 마치 큰 범인이라도 되는 듯이 눈초리들이 따가웠어. 그런 적대적 태도들이 어째서 형성된 것인지 알지 못한 채 너는 첫날부터 무조건 외톨이가 됐지. 대령인 조 실장의 집은 당시로는 으리으리한 저택이었고, 그 저택은 경희대 근방에 있었어. 너는 딱 한 번 그룹에 묻어 가보긴 해지만 그들은 포커판을 벌였고, 너만 할 줄 몰라 외톨이가 되었지. 아무도 너에게 말을 걸지 않았어. 무려 1년 반 동안 너는 영문을 모른 채 철저히 따돌림당하는 외톨이가 됐지.

너는 예편을 하겠다고 결심했어. 예편하기 전에 공인회계사 시험을 치려고 마음먹었지만 실제로는 1년 반 동안 너도 모르게 네가 몰입했던 것은 미국 국방예산제도, 회계제도, 감사제도에 대한 영문 문헌들을 학습하는 것이었어. 너무나 재미가 있어서였지. 목표는 공인회계사 시험 준비를 하는 것이었지만 네 잠재적 체질은 새로운 분야에 대한 학습이었어. 이 문헌들은 당시 하버드 교수였던 안토니 회계학 박사가 국방성 관리차관보로 기용되어 한창 추진하고 있는 미 국방회계제도 개혁에 관한 것이었지. 너는 이에 관련한 자료들을 읽으면서 깨닫는 것이 많았기 때문에 그로부터 얻는 희열이 따돌림의 고통을 능가할 수 있었어.

가장 고통스러웠을 때, 국방과학연구소(ADD) 소장이신 육사 11기 김성진 박사님을 우연히 만나 칵테일을 나누며 애로를 이야기했지. 제대해서 공인회계사 시험을 보겠다고 했어. 이에 깜짝 놀란 김성진 박사님이 너를 국방과학연구소(ADD)로 발령을 냈지. 홍릉에 소재한 국방과학연구소로 출근하기를 며칠, ADD 소장 김 박사님이 너를 불렀어. "국방부 조 실장이 내게 전화를 했어. 미국에 박사과정으로 1명 보내는 예산을 확보해 놓았는데, 박사학위를 하겠다고 장담했던 해병 중령이 미국 대학들에서 입학허가서(Admission)를 받지 못했다 하네~. 예산을 남기면 조 대령이 행정처분을 받는다고 해. 그 사람 대신 당신을 유학 보내야 하겠다 하는데 어떤가?"

나를 1년 반 이상씩이나 왕따시킨 조 대령과는 얼굴조차 대하고 싶지 않아서, 반사적으로 싫다고 말씀드렸지. 국방부 조 대령은 육사 12기인데, 전라도 출신이자 육사 교수부 출신이었어. 네가 그의 요청을 거부하자 이번에는 그가 직접 네게 전화를 했지. "이보게, 지 소령, 사실은 미 해군대학원을 당신보다 일찍 나온 해병 박 모 중령을 박사과정으로 유학 보내기 위해 예산을 신청해 확보했는데 그를 받아주겠다는 미국 대학교가 없어서 예산을 반납하게 생겼어. 아무래도 지 소령이 가야겠어. 예산을 사용하지 않으면 내가 행정처분을 받게 되니, 얼른 미국에 전화해서 유학을 추진해 주지." "아닙니다. 저는 안 갑니다." 통명하게 내던졌지. 그러자 몸이 바싹 단 조 대령이 김성진 소장님께 통사정을 했어.

김성진 연구소장님이 너를 다시 불렀지. "지 소령, 당신 나이에 수학을 하기에는 만학에 속해. 하지만 이런 기회는 다시 없으니 가서 학위를 하고 오지. 학위가 있어야 길도 넓어져. 조 대령이 나에게 당신 설득시켜 달라고 사정사정했어. 감정으로 판단하지 말고 장래를 먼저 챙기는 게 좋겠어. 미국에 전화해 봐." 더 이상 버티는 것도 모양새가 안 좋았지. "네, 알겠습니다. 감사합니다." 미 해군대학원 경영학과 과장 David whipple 교수에게 전화를 걸었지. Whipple 교수는 한 시간 후에 전화를 다시 걸어주겠다고 했어. 정확히 한 시간 후 그에게서 전화가 왔지. "미스터 지, 마이 프렌드, 학교는 당신을 환영합니다. 당신을 다시 보기를 고대합니다. 9월에 학기가 시작되니 어서 오세요."

새옹지마

이렇게 결정되자 국방부 PPBS실에 있던 공군 소령이 소주 한잔하자고 했지. 그는 넉넉하게 생기고 유머가 있고, 서글서글했지. 삼각지 골목에서 꼼장어와 소주 한 잔씩 하는 동안 그가 들려준 말에서 1년 반 동안 풀리지 않던 의문이 비로소 풀렸어.

"박사학위 예산은 미 해군대학원을 나온 박정O 중령을 위해 확보돼 있었다. 그가 미국의 이 학교 저 학교에 박사과정 허가증을 얻으려고 애쓰고 있었다. 그런 도중에 지 소령이 해군대학원에 눌러앉아 박사과정을 밟게 되면, 그 예산이 지 소령에게로 넘어가게 돼 있었다. 그래서 박 중령이 너를 씹기 시작했다. 그럴 거 같으면 박사학위 못할 사람 누가 있겠느냐? 지만원이 PPBS실에 박사 예산이 확보돼있는 것을 알고, 그걸 가로채기 위해 미국에서 술수를 썼다. 지만원은 사람 다루는 농간꾼이라 교수와 사바사바해서 박사 자리 만든 거다. 미 해군대학원의 육사 선배들이 지만원을 경계한다. 지만원에 걸리면 뒤통수 맞는다. 박정O 중령이 이런 이야기를 퍼추었다. 박 중령이 누구냐? PPBS실 제2인자가 아니냐. 당신을 돌려놓는 분위기는 박 중령이 만들었다. 결국 박사과정 자격증을 주는 학교가 없으니까 이제 두 손을 든 거다. 당신이 잘 돼서 이제 말해주는 거다. 꼭 성공해라."

국방부 인사과에 또 다른 해병대 소령이 있었지. 박 중령 대신 네가 박사학위를 따러 간다 하니까 이유 없이 깐족거리고 시비를 걸어 주먹으로 치려는 행동까지 보였어. 한번은 그 박 중령도 그렇게 했지. 둘 다 해군사관학교 졸업생이었어. 네가 미국에서 박사과정을 밟고 있을 때 네게 주먹질을 하려 했던 해병대 소령이 경영학 석사과정으로 왔지. 그는 공부에 스트레스를 많이 받아 늘 풀이 죽어있었고, 너는 그를 본체만체했지. 다른 후배들은 어려운 게 있으면 네게 와서 쉽게 배우곤 했는데 그는 네게 올 처지가 아니었어. 겨우 턱걸이로 졸업했지. 그 스트레스 때문인지 그는 귀국하고 얼마 후 암으로 사망했어.

제8장 제2차 유학 박사과정

제8장 제2차 유학 박사과정

재수 없는 선배의 질투

미국에서 들은 속담이 있었지. 호랑이는 뒤따라오고, 신발은 벗겨지고, 허리끈은 자꾸 풀어져 바지는 내려가고, 똥은 마렵고. 바로 이게 네 처지였어. 응용수학 핵심 과목은 꽉꽉 채워져 있고, 모든 과목에서 다 A학점은 받아야 하고, 해병대 박 중령 효과로 1년 반에 걸쳐 몸은 많이 수척해 있는 데다 위장병이 도졌고, 또 다른 육사 2년 선배가 석사과정으로 와서 너의 말초 신경을 끝도 없이 자극하고.

육사 2년 선배! 같은 학교에서 후배는, 박사과정을 밟고 있는데 2년 선배인 자신은 석사과정을 밟고 있는 그림 자체가 쪽팔려 발광을 한 거였어. 더구나 네가 1978년에 가족을 데려오기 시작하면서부터 가족 동반이 허용되었지. 이어서 수많은 후배들이 가족을 데려왔지. 그런데 그 2년 선배는 가족이 있는지 없는지 혼자였어. 각 가정은 돌아가면서 금요일마다 음식을 장만해 파티를 열었지. 그런 자리에 어쩌다 한번 네가 나갔더니 그는 그야말로 히스테리 증상을 보였어. 그는 입에 발전기를 달은 듯 혼자 떠들고 비아냥댔지. "한국 장교는 거들떠보지도 않고 미국 교수들만 상대하는 사람이 있다"는 등. 신사로서는 할 수 없는 저속한 말들로 말초신경을 자극한 거야. 그로 인해 너는 이후 후배들이 부르는 파티에는 일절 나가지 않았지. 그런데 후배 부인들이 네 집사람에게 그 인간이 비아냥대는 표현을 자꾸만 일러주었어. 한때는 그자를 불러내 주먹을 날릴 생각까지 했지만 미국에 와서 한국 장교들이 추태를 보일 수는 없다며 혼자 삭였지. 육사 출신치고 가장 덩치가 작은 너의 주먹을 일방적으로 맞을 장교가 누가 있겠니? 싸우면 네가 당하지. 하지만 네게는 불굴의 의지가 있었어. 그 의지로 인해 다윗도 골리앗을 쓰러뜨릴 수가 있었던 것이야.

하지만 너는 네 마음을 달랬어. '그토록 훌륭하신 예수님도 당할 수 없는 수모를 다 겪으셨는데, 지만원 네가 뭔데 그런 더러운 꼴을 안 보고 살겠는가. 그 인간은 평생 그런 꼴로 살다가 죽으라고 해~.' 집사람도 후배 부인들에게 그런 말 전하지 말아 달라고 했지. 그런 인간

말종이 석사가 되면? 그와 국가에 무슨 도움이 될까 싶었어. 조 대령이나 해병 박 중령이나 육사 2년 선배나 다 같이 당시 한국군 일각의 흉한 문화를 대변한 배우들이었다고 생각하고 말았지.

고슴도치 배

미국에 도착하자마자 강행군이 시작됐지. 복습과 예습을 하는 과정에서 다리가 저리고 잠이 쏟아졌어. 이 상태로는 안되겠다 싶어 수소문하여 한국인 침술사를 찾아갔지. 가는데 20분, 침 맞는데 20분, 귀가하는데 20분. 몇 번을 하다가 통사정을 했지. 침 20분 맞자고 한 시간씩 할애하면 박사를 못 따고 귀국해야 하는데, 실패해서 귀국하느니 차라리 자살을 하고 말 것이라 호소하면서 침 맞는 요령을 알려달라고 했어. 그랬더니 침구 한 세트를 내주면서 요령을 알려주었지. "할 수 있겠어요?" "뭔들 못하겠습니까? 고맙습니다. 은혜가 깊습니다."

조깅도 반드시 해야 했고, 침도 반드시 맞아야 했고, 학습은 공격적으로 진행해야만 했지. 실침을 꽂으면 배에만 30여 대. 엄지손 사이와 엄지발가락 사이에까지 꽂으면 꾸룩꾸룩 배에서 요란한 소리가 나면서 금방 잠이 들었지. 침을 꽂으면 체력이 소모되니까 잠이 오고, 잠에서 깨려면 그야말로 사투를 벌여야 했어. 정신력 때문에 20~30분이면 깨어났지. 침을 뽑으면 졸음이 엄습했어. 이를 악물고 일어나 목조건물 2층에서 엉금엉금 난간을 잡고 내려갔지.

비틀거리며 한 발씩 뛰면 힘이 생기기 시작했어. 30분 정도씩 뛰었지. 그 30분이 아까워 침을 맞기 전에는 반드시 뛰면서 풀어야할 수학 개념과 문제를 마련해 두었지. 뛰면서 개념을 소화하려면 머릿속이 칠판이 돼야만 했어. 수학 기호들이 머릿속을 가득 채웠지. 뛰다가 깨달음이 오면 그것이 곧 희열이었어. 밤 2시에도 뛰었고, 비가 와도 뛰었지. 금요일 파티에서 새벽 1시에 헤어져 귀가하는 미국 장교 부부들에게 네가 뛰는 모습이 보였지. '라메사'라고 불리는 그 해군 장교촌에서 너는 한국 해병대라고 소문나 있었어. 하루를 거르면 심리적으로 열흘을 거르게 돼 있었지. 그래서 너는 3년 동안 단 하루도 거르지 않았어. 체력이 정상으로 회복되었고, 정신은 항상 맑았지. 건강이 회복되자 침도 끊었어. 박사과정 3년에 네 건강은 네 일생 중 최상의 상태가 되었지. 남들은 학문을 빡세게 하면 건강이 나빠진다고 하지만 네 경우는 3년 박사과정에 체력이 최정상이 되었어. 이 역시 일반 상식과는 정반대 현상이었지.

극기! 너의 3년은 '극기'의 전형이었어. 수학적 이론이 정립되고, 수학적 촉이 발달했지. 너에게 수학은 곧 시(詩)였어. 하루는 네게 만점을 주었던 교수와 식사를 마치고 코냑 한 잔씩을 두 손에 감고 대화를 할 때 이런 말을 했지. "인생은 포아송 분포(poisson distribution)로 세상에 왔다가 엑스포넨셜 분포(Exponential distribution)로 인생을 살다가 다시 포아송 분포에 따라 사라져 간다." 교수가 너를 한동안 바라봤지. "당신이 수학을 상식 세계로 해석하는 능력이 참으로 탁월하다. 내가 늘 놀라는 점이 바로 그거다." 네게 수학은 딱딱한 것이 아니라 감성이고 시였어. 수학 정리와 공식을 깨우칠 때마다 희열을 느꼈지. 그 희열들이 엔돌핀을 생산해 주었을 거야. 너의 3년은 극기와 희열의 연속이었어. 극기와 몰두의 산물이 희열이었던 거야. 그래서 너는 평생 수학만 하고 싶어 했지. 하지만 너는 군인이라 한동안 군에 복무해야만 했어.

4개의 지옥문

너에게는 통과해야 할 지옥문(gate of hell)이 4개나 있었지. 말만 들어도 기가 질리는 것들이었어. 1년 동안 응용수학(시스템공학) 엑기스 과목들을 이수한 후 그 성적이 4점 만점에 3.8점을 넘겨야 했고, 그 관문을 넘어야 나머지 3개의 지옥문을 통과할 자격이 주어지게 돼 있었지. 그런데 너는 3.96점을 땄어. 나머지 관문은 필기시험, 구두시험, 논문 합격이었지. 이 세 개의 관문은 어느 것이 더 쉽다 어렵다 할 성격의 것이 아니라 다 피를 말리는 지옥문이었어. 오죽하면 그 학교에서 '지옥문'이라는 이름을 붙였겠니. 시험은 여러 학생들이 함께 치르는 것이 아니라 개인별로 혼자씩 다른 계절에 치렀지.

오전 8시, 주임교수가 문제 3개를 각 교수들로부터 받아다가 이걸 너의 스터디룸에 가서 8시간 동안 풀어가지고 오라 했어. 확률 문제 1개, 통계학 문제 1개, 최적화 문제 1개였지. 이 세 가지 분야를 다 마스터해야 세상 문제를 풀 수 있기 때문에 이 3개 분야는 어느 것이 더 중요하다 할 수 없이 똑같은 비중으로 중요했지. 점심은 감히 먹을 생각도 못하고 몰두했어. 8시간이 지나면서 3분 거리에 떨어진 주임교수 방에 가져다 제출했지. 그리고 옆 교실에서 대기했어.

3명의 교수가 채점하는 동안의 네 심정! 누가 알겠니? 여기에서 불합격 받으면, 재시험 기회도 없이 출국해야 했지. 출국은 곧 자살을 의미했고. 피를 말린다는 순간은 바로 이런 순간을 두고 만들어진 말일 거야. 불합격되면 무슨 낯을 들고 귀국을 하겠어. 그렇지 않아도 너를 씹을 사람들이 줄을 서 있는데. 이런 걸 생각하니 피가 말랐지. 드디어 교수실에서 나오는 주임교수! 그 얼굴에 환한 미소가 지어지는 순간, 너는 저절로 하늘에 감사를 표했지. 교수가 손을 길게 내밀면서 "축하(congratulations)" 소리를 낼 때 주르륵 눈물이 흘렀지. 교수가 너를 꼭 안아주면서 등을 토닥여주었어.

미 해군대학원은 박사를 1회에 여러 사람 배출하는 것이 아니라 1명씩만 배출하지. 필기시험에 합격하는 학생이 드물다고 했어. 다른 교실에서 너의 운명을 기다리고 있던 다섯 명의 박사 후보들이 너를 보자마자 성공했느냐를 동그라미 표시로 물었어. 미소를 지어 보이자 너를 끌고 가 무슨 문제가 나왔느냐고 물었어. 세 문제 다 어려운 문제이니까 그들의 얼굴이 무거워졌지.

"난 이 문제 못 풀 텐데~." 그야말로 너는 낙타의 구멍을 통과했던 거였어.

인생이 피워낸 가장 화려한 꽃

1주일 후, 구두시험장에 불려갔지. 교수가 당부했어. "교수들이 가장 짜증 나는 학생의 답변들이 있다. 그거 알았는데 갑자기 생각이 안 난다. 이런 말을 가장 싫어한다. 모르면 깨끗이 모른다고 답하라." 구두시험장에는 수학을 수단으로 하는 순수수학과 교수들, 응용수학과 교수들, 기상학과 교수들, 원자력공학과 교수들이 시험장을 가득 메웠지. 이른바 염라대왕들이었어.

첫 번째 교수가 물었지. "최적화 분야에서 심플렉스 알고리즘이 최적해를 구하는 도구로 쓰이고 있는데, 그 이유를 아는가?" 너는 순수수학과에 가서 배운 Implicit Function Theorem으로부터 Simplex Method를 곧장 유도해냈지. 모든 교수들이 의외라는 듯 눈을 크게 뜨고 이웃 교수들의 얼굴을 서로 쳐다봤어. 만족해하는 표정들이 역력했어. 너는 지금도 바라지. 대한민국의 또 다른 교수들이 어째서 Simplex Method가 'Linear' 공간에서 최적해를 구하는 도구로 이용될 수 있는지에 대한 증명을 너처럼 해주고, 이를 학생들에게 가르쳐 주기를!

그다음 교수가 물었어. "해군 장교들의 근무연한에 대한 통계분포를 알기 위해 그 샘플을 현역 중에서 추출할 경우 무슨 문제가 발생하는가?" 이에 대해 너는 즉시 답했지. "교수님은 제게 Length Biased Distribution에 대해 묻고 계십니다." 여기까지를 말했는데도 모든 교수들 눈들이 동그래졌어. "당연히 과대평가의 문제가 있습니다. 우물에 머리카락이 많이 빠져 있습니다. 그 분포를 알기 위해 막대기로 휘저은 후 막대기에 걸린 것을 샘플로 취하는 것과 똑같은 방법입니다. 막대기에 걸려 나온 머리카락은 상대적으로 길기 때문이 아니겠습니까? 단지 여기 켜져 있는 전등의 전생분포와 후생분포가 똑같은 분포를 갖는다는 사실만 보태면 질문에 대한 답이 될 것이라고 생각합니다." 수학 교수님들의 눈동자들이 빛났지.

너는 그들이 만족해하는데 그치지 않고, 한발 더 나아가 네 실력을 과시했어. Length Biased Distribution을 유도하려면 칠판 한 면 전체를 활용해야 할 만큼 길었지. 그걸 너는 단 3줄로 증명해 보였어. 책을 따로 구해 별도로 터득한 Renewal Theory를 적용했지. 교수들이 놀랍다며 서로서로 쳐다봤어. 분위기를 완전 압도했지. 너 스스로도 성공의 차원을 넘어, 교수들에게 마치 신학문을 강의했다는 느낌을 받았어. 이 순간 너는 합격을 감지했지. 감히 수학교수들에게 A수학과 B수학과의 융합이론을 강의하다니! 더 이상 진행할 이유가 없다는 컨센서스가 암묵적으로 일었어.

주임교수가 더 질문할 것이 있느냐고 묻자 모두들 이것으로 됐다고들 했어. 주임교수가 방에 가서 기다리라 했지. 10분도 안 돼서 '지만원 박사 위원회' 5명의 교수가 만면에 웃음을 지은 채 들어오면서 축하의 악수를 한 사람씩 해주었어. 그리고 위원장이 말했지. "당신은 만장일치로 합격되었소. 만장일치는 이 학교 창설 이래 당신밖에 없소. 모든 교수들이 나에게 부탁했소. 당신 같은 귀한 천재 학생을 이용하여 미 해군에 도움이 되는 논문을 쓰도록 잘 지도해 달라고요. 시험장에 온 교수들 모두가 입을 모아 당신은 학교 창설 이래 최고의 천재 학생이라 했소."

이 세상에서 이 이상의 명예로운 순간이 또 있을까? 구두시험 장면과 주임 교수실에서의 이 장면은 아마도 이 세상 그 누구도 겪어보지 못한 가장 화려하고 가장 영광스러운 장면이었을 거야. 모르긴 해도. 수십만 수백만 관중으로부터 박수를 받는 영웅 정치인이 있다 해도, 수백만 팬덤으로부터 박수갈채를 받는 인기인이 있다 해도, 한 유서 깊은 귀족학교에서 봉직하는 수많은 수학교수들이 학생 신분에 불과한 너에게 쏟아준 이 엄청난 찬사의 영광과는 비교조차 할 수 없을 거야.

어느 날, 세계적인 석학 교수가 이 학교의 한 교실에 수학 교수들을 모아놓고 수학 과목들 상호 간의 융합된 맥을 찾아 강의한 일이 있었지. 강의 내용에 만족해하는 교수들의 박수를 받으면서 하얀 귀밑머리 날리며 교실 문을 나갈 때의 모습이 그렇게 아름답고 위대해 보일 수 없었는데 바로 그 박수 치던 교수들이 학생 신분에 불과한 네게 그와 똑같은 종류의 찬사를 아낌없이 쏟아주다니! 이 장면을 영상화할 수 있다면 아마도 너는 영원히 그 영상을 반복 재생해 볼 것이고, 영원히 늙지 않을 거야. 이 세상 그 누구도 쉽게 누릴 수 없는 종류의 영광이었어. 이 순간의 너는 네 인생의 가장 아름답고 화려한 꽃이었어. 바로 이 한 송이 꽃을 피우기 위해 너는 극기에 극기를 반복했던 거였어.

박사 예비생들이 또 밖에서 기다리고 있다가 너를 교실로 데려갔지. 무슨 문제를 냈느냐고 다급하게 물었어. 두 가지 문제를 말해주었더니 모두의 얼굴이 또 어두워졌어. "이 문제 나는 못 푸는데~." "그래서 어떻게 대답했어?" 네가 답한 내용을 말해주었지. 모두의 얼굴이 또 한 번 일그러졌어. "나는 그렇게 대답 못 하는데~."

똑같은 코스를 밟았는데 그들은 왜 너보다 못했는가? 과목을 선택할 때마다 그들은 교수가 정해준 책 한 권만 가지고 열심히 공부했지. 그러니까 시간적 여유가 있었어. 그만큼 사색이 없었던 거야. 그런데 너는 도서관에 가서 같은 과목에 대한 책을 3~4권 더 빌려왔어. 저자마다 개념 잡는 방식이 다르고, 다루는 테크닉이 달랐어. 이것들을 터득하면서 너는 희열을 느끼고, 응용 능력이 향상됐지. 그래서 네겐 주말이 무척 기다려졌어. 빌려온 책에 몰두하면서 희열들을 느끼는 가장 여유 있는 시간이었으니까. 해석력이 풍부해졌고, 과목과 과목 사이에 흐르는 맥들도 잡았지. 학문 간의 융합 능력이 너도 모르는 사이에 길러졌던 거야.

한번은 독일에서 '지머만'(Zimmerman)이라는 교수가 퍼지(Fuzzy) 이론을 개발했다며 요란한 소개를 받고 강단에 올랐지. 선(Line)의 학문이 아니라 밴드(폭)개념을 개발했다는 것이었어. 교수들도 함께 들었지. 듣고 또 들어도 요령부득이라 다른 교수들의 얼굴을 훔쳐봤지. 교수들도 이해가 안 된다는 표정들이었어. 네가 손을 들고 질문을 했지. 감히 교수들 앞에서. "교수님, 퍼지 세트에 대해 이해하고 공감합니다. 퍼지 세트는 선이 아니고 공간인데 그것을 어떻게 수리 모델링으로 전환할 수 있습니까? 저는 없다고 생각합니다. 수리 모델로 전환할 수 없으면 철학은 될 수 있어도 수학은 될 수 없는 거 아닙니까?" 찡그러졌던 교수들의 얼굴이 갑자기 펴졌지. 그 독일 교수는 대답을 못 했고, 그러자 한 사람씩 자리를 떴어.

스탠포드에서 스카우트해왔다는 통계학 여교수, 예쁘장한 얼굴이었는데 그 얼굴에는 늘 거만한 독기가 서려 있었지. 사람을 내리깔고 보는 식의 위압감이 뿜뿜거렸어. 네가 통계자료 하나에 대해 물리적 해석(Physical Interpretation)이 무엇이냐고 물었지. 그 거만한 여교수는 답을 몰랐어. 모른다고 할 수 없으니까 "물리적 해석은 없다. 그냥 수학일 뿐이다." 한심한 대답을 했지. 이때 이스라엘 박사 후보생이 화가 난 듯한 얼굴로 도전적인 말을 했지. "물리적 해석이 없는 통계지표가 어디 있느냐? 수학은 추상적 학문이 아니다." 정곡을 찔렀지. 실력 있는 교수라면 거만할 수가 없지. 실력이 없으니까 거만했던 거였어. 박사 후보생들의 실력들이 매우 탄탄했지.

미 해군에 기여한 발명

주임교수가 미 해군에 도움이 되는 논문 제목을 주었지. "항공모함이 '90일 작전에 나가는데, 40여만 개의 수리부품 각각에 대해 몇 개씩을 창고에 싣고 나가야 하는지, 그 적정량을 계산하는 알고리즘을 만들어 보시오. 이제까지는 공식과 모델이 없어서 시뮬레이션에 의존했소. 한 용역업체가 시뮬레이션 기법으로 제작한 TIGER 프로그램을 미 해군에 400만 달러에 납품했는데, 그 누구도 타이거 모델의 정확성을 판단할 수 없소. 그것을 대체할 수학 모델을 개발해 보시오."

함정이든 비행기든 이 세상 모든 기계는 부품의 연결로 이루어져 있지. 병렬식 연결도 있고, 직렬식 연결도 있어. 부품 하나가 고장 나면 그 부품을 교체할 정비 시간이 필요하지. 그래서 수십만 개의 부품으로 이루어진 기계는 가동상태와 정비상태를 반복하지. UP 상태와 Down 상태의 연속인 것이지. 하나의 장비가 고장나지 않고 가동되는 시간별 확률을 계산하는 분야가 신뢰도(Reliability) 분야이고, 고장난 것을 얼마나 빨리 회복시킬 수 있는가에 대한 확률 계산 분야를 정비도(Maintainability)라 하지. 당시까지는 이 두 개의 분야가 별도의 영역으로 따로따로 다루어져 왔었어. 그런데 이를 융합시킨 것이 가동도(Availability)라는 것이지. 너는 융합의 개척자였어. '신뢰도'와 '정비도'를 융합하여 '가동도'라는 새로운 학문 분야를 개척한 신학문의 개척자인 것이라고. 예를 들어보자고. 전투기는 UP 상태와 DOWN 상태를 반복하면서 운영되지. '즉시 발진'이라는 명령이 떨어졌을 때, 100대 중 몇 대가 UP 상태 즉 즉시 출격할 수 있는 건강한 상태에 있는가? 이것이 매우 중요하지.

'즉시 발진' 명령이 있을 때 정비상태에 있어서 뜨지 못하는 전투기는 몇 대인가? 이것을 계산하려면 부품 1개가 있을 때의 가동도가 몇 %인지, 2개가 확보돼 있을 때의 가동도, 3개..... n개가 확보돼 있을 때의 가동도가 몇 %인지, 계산해 내는 공식이 있어야 했어. 그런데 당시까지 이를 계산하는 공식은 없었어. 마지널 가동도(marginal availibility)와 평균 가동도(average availibility)를 계산하는 공식을 이 세상에서 최초로 발명한 사람이 바로 너, 지만원이라구. 이 엄연한 사실은 결코 겸손이라는 미덕으로 숨길 성질의 것이 아니야. 이는 국가의 명예와도 직결되는 팩트야.

이 공식을 발명해내는 과정에서 수학 정리 6개가 발명되었지. 이 공식이 있기에 항공모함의 가동도를 극대화시키기 위한 최적화 모델을 발명한 거였고. 다이나믹 프로그램 개념을 업그레이드시킨 최적화 모델을 또 새로 개발해서 알고리즘을 완성시킬 수 있었지. 네 논문은 완벽한 성공작이었어. 네가 졸업한 후 주임교수가 한 석사 학생에게 논문 제목을 주었지. 해군이 400만 달러에 납품받아 사용하고 있는 TIGER 모델과 JEE 모델을 비교해 보라고. TIGER 모델은 그야말로 엉터리라는 결론이 나왔어. JEE Model, JEE Formula. 네 발명품에는 JEE라는 이름이 붙어 다녔지.

너를 위한 졸업식

1980년 10월 26일의 졸업식에서는 석사 300여 명과 박사1명이 탄생했지. 석사들은 그들 나라의 군복을 입었고, 박사인 너 혼자만 박사 가운을 입었어. 교실 쪽에서 강단으로 걸어가는데 웬 외국 여성이 너를 붙잡고 쪼그려 앉으면서 펑펑 울었지. 알고 보니 그날 박사학위를 받기 위해 캐나다 소령이 논문을 썼는데 논문을 합격시키느냐의 여부를 놓고 막판까지 교수들이 고심했지만 결국 불합격 처리되었다면서 애통해 우는 것이었어.

이날 졸업식의 꽃은 단연 너였어. 단상에는 네가 서 있고, 교장과 학장이 서 있었지. 주임교수가 네가 이룩한 학문적 업적에 대해 극찬하는 글을 한동안 읽었고, 그래서 많은 박수를 받았지. 그 자리에 참석했던 28개국의 모든 외국인 가족들이 너를 얼마나 부러워했을까 상상해 보라구. 그 지역 교포들이 20여 명씩이나 몰려와 한국인으로서의 긍지를 느낀다며 감격의 눈물을 흘렸지. 그날 길에서 너를 본 미국 사람들은 일부러 다가와 축하를 해주었어. "오늘의 세레머니는 당신을 위한 것이었습니다." 석사과정도 스파르타식이어서, 석사학위를 성공적으로 받는 것만 해도 자랑스러워하는 분위기에서 한 작은 체구의 동양인이 홀로 박사학위를 받고 있으니, 모든 외국인 가족들의 눈망울이 어떠했겠어~.

여기까지의 여정은 프로필 묘사만 하고 지나갈 대상이 아니라 그 의미를 음미해야 할 드라마야. 인간승리! 온갖 질시와 고난과 신체적 역경을 극복하고, 일생일대에 가장 화려한 평가를, 유명 교수들로부터 받고, 새로운 [가동도](Availability)라는 새로운 학문 분야를 최일선에서 개척하고, 수학 공식 2개와 수학 정리 6개 그리고 항공모함 수리부품 적정 탑재량을 계산하는 난공불락의 미 해군의 숙제를 바로 대한민국의 젊은 장교가 해결해 주었다는 것은 누가 뭐래도 장엄한 업적인 거야.

무엇이 특별했던가?

우선 가까운 곳부터 살펴보자구. 미 해군대학원 응용수학 박사과정에 등록되려면 응용수학 석사과정에서 4점 만점에 3.8 이상을 받아야 하고, 석사 논문이 'Excellent'라는 마크를 득해야 하고, 5명 이상의 교수로부터 추천을 받아야 했어. 미국 학생들도 엄두를 내지 못하는 매우 높은 진입 장벽이었지. 수많은 장교들이 응용수학 석사과정을 밟다가 커트라인 3.0을 넘기지 못해 실패하는 경우들이 허다했어. 3.3점 이상을 받은 학생들이 미국의 다른 대학에 박사과정을 희망할 경우, 교수 한 사람의 추천만 받으면 되었지. 이렇게 어려운 관문을 경영학 석사 자격으로 통과했다는 것은 기적이고 미 해군대학원 역사의 이변이었어. 학교 창설 70년 이래 문과 석사가 곧바로 응용수학 박사과정으로 전환된 예는 없었지. 네 논문은 모두를 놀라게 할 만큼 창의적이었고, 너를 가르쳤던 모든 교수들이 다 너를 지지했어.

1년간의 응용수학 석사과정에서 너는 3.8점을 훨씬 넘어 3.96을 땄어. 육사 1학년 때 정화명 교수님이 말씀하셨지. "80점 맞은 학생이 90점 맞으려면 하루에 한 시간씩만 더 노력하면 된다. 하지만 90점 받는 학생이 91점으로 1점 더 올리려면 하루에 두 시간씩을 더 노력해야 한다"고. 이렇듯 3.8점과 3.96점은 엄청난 차이였던 거야.

사회에서 발에 밟히는 게 박사들인데 그 흔한 박사학위 하나 따놓고 웬 너스레를 그리 떠느냐? 발에 밟히는 박사는 인문학 박사이지. 미국에서 가장 따기 어려운 박사가 물리학과 응용수학 분야야. 노력의 질과 두뇌의 종류가 전혀 다르고 몸값도 다르지. 미국의 일반 대학들은 한 번에 많은 수의 박사를 생산해내지만, 미해군대학원은 박사 1명에 몸값 나가는 교수가 5명이나 붙어서 '지만원 박사 위원회'를 별도로 구성하여 공동관리하는 거였어. 그러니까 학비가 스탠포드나 하버드의 2.5배나 되었던 거지. 석사과정에서는 교수 1명이 20명의 학생을 교실에 모아놓고 가르치지만, 지만원, 너는 1:1로 수업을 한 경우가 클래스의 일원으로 받은 수업보다 더 많았지. 사정이 있을 때는 토요일, 일요일에도 교수와 따로 만나 수업을 했고. 교수들이 네 머리를 훤히 들여다보고 있는 거였다구. 일반 유명 대학들에서는 상상조차 할 수 없는 왕실 수업을 받은 거지. 1:1식 Reading 수업은 너의 머리를 그대로 교수에게 적나라하게 드러내는 매우 위험한 코스였어.

'천재!' 이 단어는 석사 때나 박사 때나 네게 붙어있는 트레이드마크였어. 콧대 높은 미국 사회에서 그리고 각국에서 선발돼 온 엘리트 장교 사회에서, 높은 보수로 스카우트해 온 내로라하는 교수 사회에서, '천재'로 평가받은 것은 매우 특기할 만한 족적이야. 그 장면을 소환해서 다시 음미해 보자구. 물리학과, 원자력공학과, 기상학과, 응용수학과, 순수수학과는 수학을 도구로 하는 학문 분야들이지. 이 5개 분야에 분포돼있는 수학교수가 15명씩이나 모인 구두시험장에서 한 동양인 학생이 수학 A와 수학 B를 융합하여 30줄에 걸쳐 증명해오던 이론을 단 세 줄로 증명한 후 Q.E.D라는 글자를 칠판에 썼을 때 모든 교수들이 지었던 경이로운 얼굴 표정을 다시 떠올려 보자구. 교수들에게 한 수 가르쳐준 것이었잖아. 그 15명의 교수들이 한순간에 합창했던 단어가 '천재'였어. "저 천재 학생을 이용해 미 해군에 유익한 논문을 쓰도록 지도해 주세요." 지만원을 위한 박사 위원회에 부탁한 말이었지. 동서고금을 통해 이런 영광의 순간을 맛본 수학자들이 과연 몇 명이나 될까?

제9장 중앙정보부

제9장 중앙정보부

제2의 차지철

차지철, 박정희 대통령 수행비서이자, 경호실장이었던 차지철은 박정희 대통령 한 사람에는 입의 혀가 되었지만, 여타의 모든 측근들을 적으로 돌렸지. 차지철로 인해 마음의 상처를 받은 측근들이 모두 박 대통령의 적이 되었어. 결과론적으로 박정희 대통령은 대통령 자신을 파괴하는 차지철을 절대 신임하셨고, 그게 부메랑이 되어 부하의 손에 시해당하신 거였지. 너를 아끼고 키워주셨던 김성진 박사님, 그 어른은 네가 금의환향할 당시 중앙정보부 제2차장으로 이문동 단지를 지휘하고 계셨지. 중앙정보부는 부장 유학성 예비역 장군 밑에 기조실장과 1, 2차장이 계셨어. 1차장은 남산 단지에서 국내 정보를 관장하셨고, 2차장은 이문동에서 국외 정보를 담당하셨지.

2차장이신 김성진 박사님에게도 수행비서가 있었는데

한마디로 차지철 클래스였어. 차장님의 사랑을 독점하는 남자 기생이었지. 거짓말 창조기였고 갈라치기의 천재였어. 차장님 휘하의 모든 국장들이 네 방에 들르면 거의 예외 없이 차장님 수행비서에 대한 불만들을 토로하셨어. 국장님들이 차장님께 그를 내보내라는 진언들을 했지만 차장님은 정이 든 수행비서를 계속 옹호하셨지. 나중에는 모두가 더 이상 참지 못하겠다며 사표를 쓰겠다고 압박하자 할 수 없이 내보내면서 우셨다 했어. 바로 그 비서가 너에게도 농간을 부렸지.

네가 가족들과 함께 금의환향의 기쁨을 안고 돌아왔으면 일단 집에 들어가 하루라도 쉬게 한 후, 연락을 취하는 것이 인지상정일 텐데, 수행비서는 좀 오버하는 조치를 취하고, 이를 차장님께 생색을 냈지. 귀국하는 여객기 출구에 검은 양복 차림의 네 사람이 '지만원 박사'라고 쓰인 피켓을 들고 서 있었어. 네게는 완전 공포였지. "내가 지만원이오." 하니까 "저희가 모실 테니 따라오십시오." 다짜고짜였지. "왜 그래야 하느냐"고 하니까 그제야 "이문동에서 김성진 차장님이 기다리고 계십니다" 했어. 가족과 짐은 어떻게 하느냐고 하니까 자기들 별도의 팀이 돌봐드리고 있다고 했지.

김포에서 이문동까지 검은 승용차에 실려 가는 동안 말 한마디 없었어. 인자하신 김성진 박사님을 만나 뵈니까 비로소 안심이 되었지. "고생 많이 했어. 성공을 축하해. 당분간 내 특별 보좌관으로 있어 봐. 넓은 사무실을 마련했으니 내일부터 출근해. 국장들하고 대화하면 배우는 게 좀 있을 거야." 네 방에는 국장들이 결재 시간을 기다리시느라고 자주 들렀고, 그들과의 대화에서 국가경영의 스케일을 알 수 있었지. 참 좋은 기회였어.

한시적인 특별 보좌관

짧은 기간이지만 너는 크게 4가지 일을 했지. 눈물의 납북어부! 1980년을 전후해 북은 상습적으로 어부를 납북했다가 일부를 되돌려주곤 했지. 어부들이 귀환할 때마다 중정은 어부들을 훈련시켜서 기자회견을 시켰어. 그러면 국민들은 북괴를 비난하는 것이 아니라 전두환을 비난했지. 너는 차장님께 간단한 보고서를 작성해 드렸어. "어부들이 귀환할 때마다 대통령이 비난당합니다. 중정에서 마사지시켰다는 것이 그 이유입니다. 어부가 귀환하는 바로 그 순간에 언론이 접촉할 수 있게 해야 비난이 사라집니다. 이렇게 어부를 송환시킬 때마다 대통령이 비난당하니까 북괴는 신이 나서 자꾸만 어부를 납치하는 것입니다." 이 보고서가 즉시 수용되었지. 그다음부터는 어부 납치가 현격하게 줄어들었어.

1982년의 아시안게임, 북괴가 그 게임을 자기들이 유치하겠다고 훼방을 놓았지. 너는 차장님께 게임위원회에 편지를 쓰자고 제안했어. "귀 위원회의 노고를 감사하게 생각합니다. 개최지 선정을 위해 평양을 먼저 들르신 다음 번거롭게 중국으로 갔다가 서울로 오시지 말고 곧장 판문점을 통과해 오시면 불과 몇 시간만 소요됩니다. 북한의 양해를 얻어 직접 군사분계선을 넘어오시는 방향을 고려해주시기 바랍니다." 평양에서 판문점까지의 드라이브 코스와 판문점에서 서울까지의 드라이브 코스를 비교시키자는 저의가 들어있는 내용이었지. 차장님께서 그대로 수용하셨고, 문체부 장관의 편지가 곧바로 게임위원회로 타전됐지. 100% 성공! 북괴는 기분이 몹시 상해하면서 포기한다며 꼬라지를 부렸어.

너는 또 TV 방송에 선진국 문물과 문화를 소개하는 프로를 많이 만들어 한국 국민의 문화와 매너 수준을 향상시켜 보자는 건의도 했지. 이 역시 100% 수용, 곧바로 실천되어 현재에까지 이르고 있지. 마지막으로 심리전 목표, 중정에 심리전단이라는 부서가 있었어. 심리

전단의 업무 문헌을 살펴보니 [심리전 목표]부터 기록돼 있었어. '적보다 우세한 심리전을 편다'는 것이 '심리전 목표였지. 어떻게 하는 것이 우세한 것인가? 전단지 숫자가 많은 것이 우세인가? 대북방송 시간을 적보다 더 많이 늘리는 것이 우세인가? 따지고 들자 답들이 궁색했지. 너는 대만 대사관에서 중국 본토로 풍선을 날리는 업무를 맡고 있는 한 관리와 수많은 만찬 기회를 가졌지. 우리나라 서쪽 어느 고지가 중국으로 풍선을 날리기에는 가장 좋은 곳이라는 이유로 파견돼 있었어. 그에게 대만의 심리전의 목표가 무엇인가에 대해 물었지만, 딱 부러진 답이 없었어. 많은 이야기를 나누다가 너도 모르게 무릎을 쳤지. 심리전 목표는 '적의 마음을 우리 마음으로 전환시키는 것!' 비로 이것이라는 생각을 했지.

"적진의 군이나 주민들에게 한국을 동경하는 마음을 심어주면 전투 시에 총을 쏘아도 공중을 향해 쏠 것이 아니겠느냐? 선전 냄새가 나는 인위적인 사진들, 요란하게 차린 밥상 사진, 해수욕장의 여인 사진, 이런 것들은 보자마자 의도적이라는 냄새가 나니까 많이 할 수록 손해다. 차라리 기업들이 신문에 끼워놓는 광고지를 모아 보내자. 그러면 남한의 생활수준과 인쇄술이 그대로 드러나지 않겠느냐. 대북 방송에서도 김일성 체제를 비난하고 욕하는 내용을 삼가하고, 부드럽고, 평화롭고, 목가적인 드라마 이야기를 읽어주고 눈물을 자극하는 노래를 많이 들려주자." 이런 내용으로 2쪽짜리 보고서를 냈지. 이를 읽어보신 차장님은 이 보고서를 작품이라고 칭찬해 주셨어. 4가지 건의를 다 수용하신 차장님은 갑자기 네게 4개월짜리 교육과정을 밟으라 하셨어. 영문을 몰랐지. 4개월 동안 배운 것들 중 가장 재미있었던 것은 간첩 잡는 이야기였어. 말 한마디, 표정 하나에서 실마리를 잡아내는 사례들이 무지 재미있었지. 바로 이것이 네게 간첩과 빨갱이를 감별하는 촉을 발달시켜 주었지.

세 갈래 길

차장님은 왜 너더러 4개월 중정 교육을 받으라 하셨을까? 받으면서도 궁금해 했었지. 받고 나니 차장님이 네게 옵션을 주셨어. "두 달을 줄 테니 그 안에 의사결정을 해 봐. 중정 과장을 할 것인가? 청와대 비서관을 할 것인가? 국방연구원으로 가서 연구를 할 것인가?" 중정 교육을 받으라는 의도가 바로 그 교육이 중정 과장 직에는 필수적인 경력사항이었기 때문이었어. 당시의 중앙정보부 과장은 모든 장관들을 직접 만날 수 있는 막강한 자리였지. 과장이면 거의 모든 사회적 청탁을 관철시킬 수도 있는 대단한 자리였어. 청와대 비서관 역시 당시에는 참으로 막강했지. 국장급에 해당하고, 2성 장군에 해당하는 직급이었지. 두 달 동안 주위의 선배님들과도 의논을 했지만 별 도움이 안 됐고. 드디어 외로운 결심을 했지. "차장님, 제게 과분한 옵션을 마련해 주셔서 매우 감사합니다. 공부를 했으니 연구로 방향을 잡고 싶습니다." "알았어. 그렇게 조치할게."

김성진 박사님은 육사 11기로 전두환 대통령과 육사 동기였어. 인천 제물포 고등학교를 나와 육사에 1등으로 입교하고 1등으로 졸업한 후 육사 교수로 계시다 미국에 가서 기계공학 박사를 취득하신 분이었어. 중정 근무를 끝내시고 국가 행정망 구축을 위해 국가전산원을 창설하시고, 체신부 장관과 과기부 장관을 하면서 한국형 원자로를 개척하는데 핵심 장관으로 일하셨지. 어려운 처지에 있던 너를 구해주셨고, 박사과정을 적극 권장해주셨고, 네게 세 가지 옵션을 열어주시면서 선택을 하라고 길을 열어주시고, 네가 원하는 길을 갈 수 있도록 인사 조치를 해주신 은인이셨어. 선배가 후배를 키워준 가장 아름다운 그림을 그리신 거지. 지나놓고 보면 그의 보살핌은 예술이었어. 그보다 육사 1년 후배인 공병 장교 조 모 대령과는 그릇 자체가 달랐어.

너는 세 가지 옵션 중 세속의 빛이 가장 나지 않은 고리타분한 길을 택했어. 당시 청와대 비서관이나 중정 과장을 했더라면 너는 동기생 중 최고의 선두주자가 되는 셈이었어. 중령이 갑자기 2성 장군급으로 출세하는 엄청난 약진이었어. 가족들까지도 동기생 가족들의 부러움의 대상이 될 수 있었지. 그 정도의 직위면 당시 시쳇말로 나는 새도 떨어뜨릴 수 있는 벼락출세였어. 이런 사실을 다 알고 있는 네가 왜 아무도 부러워하지 않는 연구소를 간다고 결심했을까? 아마도 네 성품이 자유를 사랑하고, 조용히 연구하는 것을 좋아하고, 남 앞에 히까리(빛)내는 걸 싫어했기 때문이었을 거야. 돈과 명예보다는 자유를 누리고 싶은 것이 사관학교 독서를 통해 체득한 너의 정신적 속성이었어. 지금 다시 생각해봐도 참으로 탁월한 선택이었지. 모두가 선망하고 가고 싶어도 갈 수 없는 두 자리를 마다한 것은 용기였을까, 생리였을까? 아마도! 너 말고는 그런 자리 포기할 사람 없었을 거야. 이후 단 한 번도 이에 대한 미련이 없었다는 것은 네 선택이 바로 너에게 맞는 선택이었다는 것을 증명하는 거라구. 후회 없는 인생이었다는 뜻이지.

제10장 국방연구원

제10장 국방연구원

가자마자 홈런

다른 학생들과는 달리 너는 미국에서 한 가지를 배울 때마다 이것을 어떻게 군에 활용할까에 대해 생각했지. 목적의식이 있으니까 배움에 대한 자세가 남들과는 달랐어. 점수만 따서 학위만 받겠다는 학생과 차후 애국적 응용을 생각하는 학생 사이의 학습 효과가 같을 수는 없는 거였어. 회계학, Accounting! 첫 학기에는 재무회계(Financial Accounting), 두 번째 학기엔 관리회계(Management Accounting), 세 번째 학기에는 원가회계(Cost Accounting)를 배웠지. 1, 2학기의 회계학 책은 하버드의 앤서니(Anthony)교수가 썼지. 너는 그 두 권의 책에 반했어. 관리회계의 핵심은 회계를 책임 관리자 단위로 하여 각 책임 관리자가 사용한 비용과 성과를 분석할 수 있게 하는 것이었어. 책임센터(Responsibility Center), 이 개념이 네 머리를 강하게 때렸지. '아하, 바로 이거다. 한국군에도 책임자를 정하고, 그 책임자를 Center로 하여 회계자료를 생산해야 되겠다.' 이런 생각을 했지.

PPBS는 당시 미국에서는 한물이 갔었지. 1960년대의 맥나마라 국방관리! 세계를 풍미했어. RAND연구소의 히치 박사(Dr. Hitch)박사를 국방관리차관보로 임명하여 국방예산관리를 개혁했지. 예산을 편성하는 방법을 전면 바꾸었어. 전년도 수준에서 가감하는 증분방법을 버리고 장기 계획에 따라 예산을 기획하고, 프로그램을 짜고, 프로그램 별로 예산화(Planing-Programming-Budgeting System) 하자는 새로운 예선 편성 개념을 정착시켰지. 이는 5개년 계획이라는 예산 메커니즘으로 표현됐어. 온 세계가 이 제도를 흉내 내며 따라했지.

그런데 한국군에서는 1975년에 육사 교수부 출신 조 모 대령이 '달리는 파도의 뒷자락'에 올라타 국방부에 PPBS실을 만들었지. 미국에서는 이미 한물간 제도를 최신의 시스템이라 선전하면서 실 단위의 새로운 조직을 만들었어. 결국 조 대령은 PPBS실을 만들어 대령에서 장군으로 진급하는 수단으로 한시적인 장사를 한 거지. 네가 조 대령 밑에서 따돌림을 당했을 때의 미국은 이미 맥나마라- 히치 시대가 가고, 하버드의 앤서니 시대가 열렸어. 프로젝트 프라임(Project PRIME), 바로 책임단위별 회계제도가 열을 올리고 있었지. 너는 고립된 공간에서, 미 국방성 회계제도 혁신에 관한 새로운 문서들을 공부했지.

연구소에 오자마자 네가 가장 먼저 연구 프로젝트로 정한 것이 바로 이것이었어. '단위부대별 책임관리제'! 연구소에 온 지 10개월 만에 처녀발표를 했지. 국방부 대회의실, 육해공군 대령 이상이 참석한 회의 시간을 이용해 네가 발표를 했어. 너는 발표내용을 타자해서 10번 이상 소리 내 읽었지. 아무리 자기가 쓴 거라 해도 입에 숙달시키지 못하면 발음에 윤기가 없었어. 너는 무대 앞 탁자에 서서 청산유수로 시나리오를 읽고, 연구원들은 영화 필름을 돌려주는 회의실 2층 골방에서 슬라이드를 비춰주고. 호흡이 기막히게 맞았지.

"존경하는 장관님, 합창의장님, 연합사 부사령관님, 각 군 총장님, 매우 죄송한 말씀이지만 혹시 1개 사단이 1년 동안 얼마의 예산을 쓰는지 알고 계십니까? 아마 모르실 겁니다. 군에 가계부 시스템이 없기 때문입니다. 제가 빗자루로 대략 쓸어보니 제1사단의 연간 운영비가 300억이었습니다. 이는 대우, 삼성 등의 연간 운영비와 맞먹는 큰돈입니다. 그런데 이 엄청난 예산을 관리하는 책임자가 없습니다. 국방장관님과 육군참모총장님께서 이 300억 원을 관리하십니까? 아닙니다. 사단장님께 여쭈어보았습니다. 사단장님도 자기 소관이 아니라 하셨습니다. 아무도 책임지지 않는 돈이 모든 부대에서 쓰여지고 있습니다." 장내가 쥐 죽은 듯이 조용했지.

"사단에서 쓰인 예산은 6%의 현금과 94%의 물자입니다. 사단장님께 여쭈어보았습니다. 물자를 사단장님이 관리하고 계십니까? 아니라고 하셨습니다. 끗발 있는 사단장님은 물자를 많이 확보해서 남기고, 그 반대의 사단장님은 장비를 가동해야 할 때 가동하지 못하고 계십니다. 물자를 다루는 병사들에게 장비나 부품은 공기나 물처럼 자유재 같은 존재입니다. 그 누구도 군사물자를 아끼지 않습니다. 과연 군사물자가 공기나 물처럼 공짜로 마구 떨어져 내려옵니까? 국민 세금입니다. 군은 국민의 자식입니다. 모든 장병에게 비용의식을 갖게 해야 합니다. 장비마다 관리책임자가 지정돼야 합니다. 그 장비에 고장이 나서 수리를 하면 수리 비용이 책임자에게 회계돼야 합니다. 가정에 가계부가 있듯이 장비

관리책임자에게 그리고 부대 지휘관에게 가계부 장치가 설치돼야 합니다. 감사합니다. 이에 대한 기술적인 대안을 말씀드리는 것은 본 발표 시간의 범위를 넘습니다. 감사합니다"

맨 앞에서 회의를 진행하던 사회자 고참 대령이 엄지척을 하면서 "홈런"이라고 낮게 말해주었지. 다음날 국방부에서는 난리가 났어. 발표가 끝나자 4성 장군들과 국방장관이 장관실에 모여 전군에 걸쳐 예산개혁을 추진하겠다는 회의를 했고 곧장 예산개혁 지휘서신을 전군에 하달하라고 지시하셨지. 회의에 불려간 연구소장은 장관님으로부터 예산개혁 지휘서신 제1호를 작성해오라는 지시를 받았어. 그 지시가 네게 떨어졌고 지휘서신 1호는 네가 작성했어. 윤성민 국방장관님은 네가 작성한 지휘서신 제1호를 한자도 고치지 않고 그대로 전군에 하달하셨지.

전군 예산개혁 5년

전군 예산개혁! 모든 사단의 그림이 바뀌었어. 일반사회에는 잘 알려지지 않았지만, 창군 이래 전무후무했던 대단한 혁명이었지. 모든 사단에 중령이 지휘하는 자원

관리 참모부와 전산실이 신설되었어. 대형전산기가 들어갔고, 전산요원들과 회계사들이 대량으로 들어갔지. 사단구조가 바뀌고, 군이 회계를 하는 과학집단으로 바뀌게 되었지. 모든 장비에 관리책임자가 정해지고, 부대와 부대 사이에 비용 절약 성과가 비교되었어. 공기나 물처럼 여겨지던 군수물자가 현금처럼 회계 처리되니까 장병 모두에게 비용의식이 생겼지. 그야말로 돌풍과 같은 혁명이었어. 전국 군단급 부대에 예산개혁 내용을 강의하러 가면 각 사단 중령급 이상의 장교, 장군들이 집결해 2시간 동안 네 강의를 들었지. 육사 13기 김병엽 장군이 에스코트하듯이 너를 태우고 강연장엘 다녔어. 국방부에 예산개혁 실장실이 생겼고, 경리장교 홍성재 대령이 새로 급조된 예산개혁실 실장 자격으로 장군이 되었지.

전두환 대통령은 군 예산개혁의 끝장을 보라며 윤성민 장군을 5년 동안이나 국방장관 자리에 있게 했어. 이 역시 전무후무했던 기록이었지. 이로써 군 예산개혁이 중간에 시들지 않고 완전하게 정착될 수 있었어. 육군 중령에 불과했던 네가 국방장관과 군 수뇌부를 움직여 창군 이래 처음으로 국방개혁을 주도한 사실은 결코 허투루 지나칠 수 없는 국가 차원의 이정표였어.

어느 날 윤성민 국방장관께서 국방부 전체회의 석상에서 말씀하셨지. "지만원 박사는 국방의 보배다. 지 박사가 장관을 만나기 원하면 비서실은 다음날로 시간을 잡아라. 하루에 8시간을 잡아도 좋다." 겨우 중령에 불과한 너를 일국의 국방장관이 이토록 지극히 우대한 사례가 한국군 창설 이래 단 한 번이라도 있었던가? 대부분의 3성, 4성 장군들은 너를 '국보'라고 불렀어. 매우 기이하게도 너를 못마땅하게 여기고 위아래 모르는 시건방진 문제아로 여기는 사람들이 당시 국방부의 국·실장으로 있었던 육사 12기들이었지. 황인수 차관, 황관영 기획관리실장, 그리고 육사 11기 이기백 국방장관이었어. 이기백 장관은 육사 11기 전두환 대통령의 동기생이었고, 아웅산에서 생존해온 사람으로 윤성민 장관의 뒤를 이어 국방장관이 되었지.

합창의장으로 명예롭게 군 생활을 장식하신 정호근 장군은 1986년에 3성 장군으로 특검단장을 하셨지. 그분이 너를 불러 "너를 씹는 장군들이 너무 많다. 1987년 한해만 조용히 있으면 1988년에는 내가 책임지고 장군 시켜주겠다." 여러 번 당부하셨지. 하지만 너는 쉬지 않고 장군들을 건드렸어. 네게는 연구할 제목들이 너무 많았고, 연구를 하면 그 연구 결과를 반기는 장군들이 있는 반면, 연구로 인해 기득권이 침해당하는 장군들이 있었기 때문이었지. 주위로부터 네가 가장 많이 들었던 말은 "당신 목이 몇 개냐?" 이 말이었지. 너를 씹는 장군들이 많으니 1년만 쉬고 있으면 장군을 시켜주겠다는 어른의 말씀을 듣고서도 그게 안 되는 것이 너의 생리였던 거야. "지만원은 트러블 메이커이고, 이 트러블 메이커만 제거하면 온 동네가 조용할 텐데~." 이렇게 벼르던 사람들이 1986년 당시 국방부 건물 2층을 차지했던 육사 출신 장군들이었어.

3인의 전라도 박사 카르텔

연구소에 가기 전까지의 네가 걸어온 길들에는 환경의 스케일이 컸고, 접촉한 인물들에겐 인격이 있었지. 월남 전쟁터가 그랬고, 미국과 중앙정보부가 그랬지. 그런데 연구소엘 가니까 사람들의 얼굴이 어둡고 포커페이스들을 하고 있었어. 알고 보니 전라도 3악당이라고 불리는 오, 황, 차라는 성을 가진 육사 출신 박사들이 연구소를 장악하고 있었지. 그들에 걸리면 작살난다며 입조심들을 하고 있었지. 전라도 갑질과 횡포가 자행되고 있는 완전 공포사회, 전라도 출신들이 벌이는 지금의 정치판을 그대로 빼닮은 것이었어.

오 씨는 육사 1년 선배로 경제학 박사, 황 씨는 2년 후배로 경영학 박사, 차씨는 4년 후배로 정치학 박사. 이들은 육사에서 공부벌레로 졸업했지. 실제로 오 박사는 네가 소속됐던 육사 생도대 제5중대에서 1년 동안 복도에서 마주치곤 했지만, 환한 얼굴을 한 번도 본 기억이 없었을 만큼 얼굴을 찡그리고 다녔어. 경쟁의식에 사로잡혀 있었던 거지. 육사에서 등수 경쟁을 한 사람 치고, 크게 성장한 사람 없었어. 언제나 타인들이 자기만을 우러러보기만 바라는 삐뚤어진 성품이 길러졌던 거야. 이런 괴팍한 사람들이 많이 모인 곳이 육사교수부였어. 물론 예외는 있겠지만. 이들 전라도 3인이 다 이런 코스에서 오밀조밀한 생활을 하다 보니 인격은 오간 데 없고, 독점의식, 갑질 성향이 자라게 된 거지. 이들 3인이 장악한 국방연구원은 오웰 사회를 박제한 표본 자체였어.

연구원장은 육군 2성 장군들이 보너스 직책으로 오는 자리였어. 연구원장이 부임하면 이 세 명이 술집에 모시고 가서 연구소는 자기들에 맡기고, 편하게 계시라고 가스라이팅을 했지. 오, 황, 차가 잡고 있었던 시절에 낯선 얼굴인 네가 갑자기 나타나 홈런을 쳤고, 국방장관이 너를 국방의 보배라 하고, 지 박사가 연구한 그대로 국방예산개혁을 추진하겠다 하시고, 지 박사가 장관을 만나고 싶어 하면 비서실은 다음날로 스케줄을 잡으라는, 그야말로 경천동지할 공언을 하시게 되니 경쟁의식의 화신인 저들의 속이 어찌 됐겠어?

1년 선배 오 박사와의 결투

이러던 어느 날 아침, 연구단장 자리에 앉은 오 박사가 육사 박사 세 사람을 그의 사무실로 불렀어. "30분 후에 이러이러한 안건으로 책임연구위원 회의를 하니 이것으로 결론을 내자고. 우리 네 명만 단결하면 연구소는 우리의 뜻대로 가는 거야. 모두 돌아갔다가 이따 보자구." 합리성을 모토로 하는 연구소에서는 상상조차 할 수 없는 야합행위라는 생각에 불쾌감이 앞섰지. 의협심 때문에 두 차례씩이나 하극상을 벌였던 너는 여기에 동조할 수 없었어. 예정대로 30분 후 정식회의가 열렸고, 황과 차는 오의 지시대로 의견을 냈지만, 너는 기권을 했지. 오의 얼굴빛이 싸늘해졌어. 회의를 마친 너는 곧바로 국방부에 가서 하루를 보내다 퇴근할 무렵 연구소로 복귀했지.
연구소 건물은 4개 층, 연구소장과 주요 간부들은 2층에서 근무했고, 1층은 로비, 식당, 화장실이 배열돼 있었지. 네가 로비에 막 들어서는 순간 오 박사와 마주쳤어. 오가 갑자기 네게 때릴 듯이 접근하다가 로비에 사람들의 눈이 있으니까 너에게 목소리를 깔고 "너 이 새끼, 어디라고 내 명령에 거역해. 너 곧바로 내 사무실로 와." 옥니를 드러내 보이며 분노를 표했지. 육사 1년 선배라고는 하지만 나이는 같고 다 같이 가족들을 거느리고 사회생활을 하는 마당에 더구나 박사라는 인간이 신사적이어야 할 연구소에서 이런 갑질을 할 수는 없었어. 살다가 별꼴 다 본다는 말은 바로 이 순간을 두고 하는 말이었어. 기가 막혔지. 먼저 사무실에 들려 잠시 숨을 고른 후 비장한 각오로 그의 문을 열고 들어갔어. 금방 따라올 줄 알았는데 뜸을 들인 후에 오니까 그 또한 그의 화를 키웠을 거야. 열었던 문을 닫기도 전에 그는 옥니를 악물고 눈에 불을 켰어. "이 개새끼" 하면서 멱살을 잡고 주먹을 날리려는 순간, 네가 멱살 잡은 그의 팔목을 꺾었어. "아~." 외마디 소리를 지르면서 무릎을 꿇었지. 합기도 하는 사람의 멱살을 잡거나 어깨를 잡는 행위는 자살행위지. 무릎을 꿇은 그 인간을 발로 밀어 차버리니까, 뒤로 나가자빠졌어. 남성의 자존심이 곤두박질친 거지. 이어서 탁자에 있는 두꺼운 유리 재떨이를 벽에 걸려있는 대형 거울에 던졌지. 그 거울 깨지는 소리가 너무 요란했어. "야, 이 새끼야, 너나 나나 똑같은 나이다. 어디라고 감히 한 인격체에 대고 이따위 행패를 부리냐. 이 새끼 일어나. 주먹으로 아구통을 돌려놓을 거야. 임마, 내가 합기도 몇 단인 줄 알고나 덤비냐. 이 개새끼 너 오늘 죽어볼래~."

네 목소리 톤이 얼마나 높으냐? 3층, 4층 사무실 직원들 모두가 석고벽 밖으로 새나오는 소리를 적나라하게 들었지. 사람들이 들이닥치자, 인간 체신이 말이 아니게 되었던 거야. 학위가 없다는 죄로 주눅 들어 지내온 육사 선배들이 해방되는 순간이었지. 겁 없이 갑질로 군림해 오다가 시쳇말로 임자 만난 거였어. 오 박사는 물에 빠진 생쥐가 되었고, 너는 갑자기 흰말 타고 하늘을 나는 조로가 된 장면이었지. 이 스토리는 아마도 연구소 역사의 한 페이지로 전설처럼 이어지고 있을 거야.

이들이 그날 밤 연구원장 관사에 모여 모의를 한다는 것은 당연한 절차였지. 그들은 4명이 합쳐 지혜를 짜내고, 너는 혼자 생각했지. 이튿날, 예상했던 대로 연구원장과 너와의 목장 결투가 벌어졌어. 원장 사무실에서 연구원장과 마주보고 앉았지. 네가 들어서자 긴장하는 쪽은 오히려 원장쪽이었어. "커피 한 잔 먼저 드시고 말씀하시지요." "그래, 알았어. 미스 김, 커피 좀 가져와." 원장이 부저를 눌러 여비서에게 커피를 시켰지. 커피를 마시는 동안 너는 여유로운 자세를 보였지만 그런 너를 마주한 원장은 몸을 좌우로 흔들며 초조해하는 모습이었어.

연구원장과의 담판

"말야말야, 지 박사, 하극상이야. 나가줘야겠어." "어디로요?" "생각해봤는데 국방대학원 교수로 보내줄 테니 그렇게 하지." "그렇게는 할 수 없다고 버티면 어떻게 하시게요?" 이 말에 그의 낯빛이 갑자기 창백해지고 커피잔을 든 손이 흔들렸지. 사실 네가 버티면 그가 할 수 있는 일이 없었던 거야. 이 네 첫마디에 연구원장은 이미 KO 당한 거였어.

"원장님, 우리 모두가 원장님의 막냇동생뻘입니다. 새까만 후배들이 싸우면 술자리라도 마련해서 말리셔야지, 편을 드시다니요. 원장님, 연구원에서 오황차의 행패가 얼마나 심한지 정말 모르십니까? 오황차에 걸리면 끝장이라는 분위기가 팽배해 있습니다. 원장님에 대해 연구원 사람들이 뭐라 하는지 아십니까? 오황차의 로봇이라고들 말합니다." 원장의 얼굴에 경련이 일었지.

"저와 원장님 가운데 한 사람이 나가야 한다면 제가 아니라 원장님이 나가셔야 합니다." "흠흠, 말야말야" 원장의 얼굴이 새하애졌지. "저는 이 두 손에 군을 현대화시키기 위한 연구 과제들을 잔뜩 들고 왔습니다. 원장님은 무슨 과제를 들고 오셨습니까? 원장 자리에 앉을 수 있는 사람은 많지만 제가 두 손에 들고 온 과제를 수행할 사람은 없습니다. 제가 못 나가겠다는 데에는 대의명분이 있는 것이고, 저더러 나가라 하시는 데에는 대의명분이 없습니다. 이 연구원이 원장님 개인 소유는 아니지 않습니까?" "으흠, 말야말야." 말을 잇지 못했지. 그리고 마지막 한 방을 날렸지. "원장님, 제가 나가는 문제는 원장님 손에서 결정될 사항이 아니라 장관님 결정 사항이 아닌가요? 장관님께서 저를 믿고 예산 개혁을 수행하고 계신데, 제가 나가려면 제가 장관님께 허락을 득해야 하는 게 아닌가요? 지난 국방부 대회의 때 장관님께서 비서실에 지시하신 말씀 기억나십니까? 지 박사가 장관님 뵙기를 원하면 비서실은 다음날로 시간을 잡아라. 지금 장관님 비서실에 전화하면 내일 장관님을 뵐 수 있습니다. 그렇게 할까요?" "말야말야, 흐흠, 오늘은 그만하지. 나가봐."

연구원장이 코너로 몰렸지. 아니 네게 문초를 받은 거

였어. 마지막 KO 펀치는 네가 장관님과 함께 예산개혁을 추진하고 있다는 사실을 상기시킨 거였어. 전날 밤, 네 명이서 여러 시간에 걸쳐 머리를 짜냈겠지만 네 머리를 당할 수 없었던 거였지. 네가 나간 후 오 박사 사무실에 모였던 전라도 3총사, 원장실로 몰려갔지. 원장의 얼굴이 새하얘져 있는 모습을 확인했을 거라구. 그날로 오 박사가 사라졌지. 한참 후 들리는 소문에는 그가 인근 경제연구소 부소장으로 갔다 했어. 그리고 오 박사 자리는 육사 2년 후배인 황 박사가 이어받았지.

2년 후배 황 박사와의 결투

연구소는 크게 연구단과 행정실로 구성이 돼 있었어. 연구단에는 8개 연구부서가 있고, 그 8개 부서장을 책임연구 위원들이 각기 하나씩 맡아 지휘했지. 연구단장은 8개 부서장에 대한 연구행정을 관장했잖아. 단장이라는 직책은 연구행정을 담당하는 조정자(coordinator)이지 지휘자(leader)는 아니었어. 그런데 앞사람들이 그 자리를 악용한 거였어. 너는 그 귀찮은 행정을 후배가 담당하니까 다행이라고 생각했지. 그런 어느 날 참으로 가소로운 꼴을 보게 됐어. 황의 여비서가 네게 오더니 "지 박사님, 단장님이 오시라는 데요" 하고는 등을 돌리고 돌아간 거야. 촉이 빠른 네게는 참으로 황당하고 어이없는 일이었지. 그 처지에서 할말이 있으면 후배가 찾아와, 차 한 잔 나누면서 이야기를 나누는 것이 당연한 매너였어. 그런데 호출을 한다? 참으로 싸가지 없는 놈이었지.

화가 머리끝까지 난 네가 황의 사무실 문을 열고 들어가니까 그는 탁자 뒤 소파에 앉아 얼굴도 안 들고 "앉으세요" 했지. 기가 막힌 너는 탁자를 발바닥으로 세게 밀었지. 그놈의 정강이가 타격을 입었을 거야. "야, 황 아무개야. 너 눈에 뵈는 게 전혀 없구나. 너 어디서 이런 돼먹지 못한 버릇 길렀냐?" 탁자에 놓인 두툼한 유리 재떨이를 콘크리트 바닥에 힘차게 패대기쳤지. 유리 깨지는 소리가 크게 났고, 네 목소리가 쩌렁쩌렁해서 또 모든 사람들이 달려 왔어. 소란스러운 그 소리는 이웃방인 연구소장에게도 들렸지. 이어서 그놈의 멱살을 잡고 벽에 떠밀어버리고 씩씩대며 그 방을 나왔어. 그놈은 끽소리 한번 못하고 당해버렸지. 너는 전쟁터와 전방에서 야성을 길렀지만 그 인간들은 입만 살아있었어. 그날 연구소를 나간 오 씨랑, 황 씨, 차 씨가 또 연구소장 관사에 찾아간 것은 정해진 이치와도 같은 거였어.

이튿날, 예상대로 연구소장이 또 호출했지. 오뚜기 모양으로 몸을 좌우로 흔들면서 또 어려운 말을 꺼냈어. "말야말야, 지 박사 말야, 이번에는 꼭 나가줘야 하겠어." "네, 아직도 제 말을 이해 못 하셨네요. 정 그러시다면 제가 원장님을 내보내 드리겠습니다." 소장이 소스라치게 놀래서 너를 바라봤지. "저를 함부로 보셨습니다. 장관님 명령 기다리세요." 소스라치게 놀라는 그를 뒤로 하고 찬바람을 내면서 나왔지. 그리고 곧장 장관님 비서실에 전화를 걸어 장관님을 한 시간만 뵙고 싶다고 했지. 이날이 금요일이었어. 마음만 먹으면 장관님을 만날 수 있었던 너를 미련하게도 연구소장은 쉽게 생각했던 거야.

윤성민 국방장관의 격노

때는 을지훈련 기간이라 장관님의 정위치는 국방부 건물이 아니라 관악산 바위틈에 뚫려진 거대한 지하벙커였어. 설마 토요일에 부르시겠는가 싶어 토요일에 태릉 골프장엘 갔었지. 그때는 핸드폰도 없었으니 연락은 안 되는데 장관님은 너를 부르라 하셨고, 장관님이 지 박사를 찾는다는 말이 연구소에 퍼졌어. 연구원장이 이 크 싶었겠지. 월요일 오전, 국방부 청사로 갔더니 장관실 차량이 대기하고 있다가 너를 태우고 관악산 벙커로 갔고, 장관님이 너를 반기셨지. "죄송합니다. 훈련이 끝나고 부르실 줄 알았습니다." "아니다. 장관은 언제나 급한 일부터 한다. 지 박사, 자네 욕 많이 먹더구나. 나도 욕 많이 먹는다. 욕을 많이 먹는 사람은 일을 많이 하는 사람이고, 욕하는 사람들은 게으른 사람들이야. 나는 욕먹는 사람을 좋아한다. 그런데 왜 날 보자고 했니?"

"장관님. 연구원 내의 작은 일입니다. 연구원에는 호봉제도가 있습니다. 육사에서 교수를 하면 호봉 점수가 반영됩니다. 저는 야전 근무를 했고, 베트남전에 4년 참전하다 보니 호봉이 많이 낮습니다. 이는 제도이기 때문에 당연합니다. 그래서 연구단장직을 육사 2년 아래인 황 아무개 박사가 맡고 있습니다. 저는 단장직을 연구행정의 봉사직으로 생각했기에 이는 당연한 것이라고 생각했습니다. 그런데 후배는 그 연구단장직을 상명하복의 지휘용으로 악용하고 있습니다. 연구단장은 중령이고 저는 대령입니다. 중령이 대령에게 오라 가라 하고 보고하라 합니다. 제가 이를 거부했습니다. 그랬더니 연구원장이 저를 국방 대학원 교수로 나가라 합니다."

장관님의 얼굴에 노기가 서렸지. 네가 주춤해 하니까 "어서 자 말해보라" 하셨어. "제가 대령을 달고 중령에 복종하면 군기문란 행위가 됩니다. 연구원이기 때문에 그래야만 한다면 육군 인사 규정에 연구원에 관한한 대령도, 장군도, 중령 명령에 복종해야 한다는 예외 규정을 넣어 주십시오. 그러면 저는 떳떳하게 중령 명령에 복종할 것입니다. 그렇지 않은 한 이 대령 계급은 영예의 계급이 아니라 치욕의 계급이 됩니다. 저는 장관님께서 제게 대령을 달아주시기 위해 특별히 황영시 육군총장님께 전화로 당부하신 것으로 알고 있습니다. 매우 감사합니다. 이렇게 단 대령 계급을 모욕할 수는 없습니다. 장관님, 제게 대령을 달아주셨으니 장관님께서 떼어주시기 바랍니다." "너 참 고생 많았구나. 언제부터 그랬냐?" "1년쯤 됐습니다." "왜 진작 내게 말하지 그랬니? 알았다. 내가 알았으니 내가 처리하마. 나가봐라."

네가 나간 다음 장관님의 불호령이 떨어졌지. 들리는 말에 의하면 장관님이 그렇게 화를 내시는 모습은 처음 보았다 했어. 연구원장과 황 씨, 차 씨 모두 연구소에서 내보내라는 지시가 떨어졌지. 황 박사는 늘 장관이 목포 동향이기 때문에 개인적 친분이 있고, 보안사령관 박준병 중장이 자기와 가깝다며 팔고 다녔지. 이 두 박사는 육사 12기 황관영의 배려로 해외연수로 나갔고, 연구원장은 한겨울 새벽 7시에 장관실 문 앞에 무릎을 꿇고 1주일을 꼬박 빌었어. 그 후부터 '말야말야 연구원장'은 너에게 아부한다할 정도로 고분고분했고, 골프도 함께 많이 쳤지. 그리고 연구원은 전라도 행패로부터 해방되어 '연구원의 봄'을 맞이하게 되었어.

지만원 주도의 국방개혁

1986년, 국방대학원에 석사과정이 생겼지. 이 석사과정을 지만원이 주도하여 설립했다는 사실을 아는 사람, 몇 사람이나 될까? 넌 육사 교수부에 포화돼 있는 박사학위 소지자들의 능력을 이용해 태릉에 미 해군대학원과 같은 대학원을 만들 것을 추진했지. 육사 교장 김복동 중장 사무실에 가서 브리핑을 했더니, 교장님의 얼굴이 밝아지면서 말했지. "육사 골프장을 헐어서라도 학교를 짓겠다. 적극 추진해 달라." 윤성민 장관님께서도 대찬성하셨어. 이 프로젝트의 핵심은 육사 교수부의 박사학위 소지자가 남아돌아가는데, 이것을 활용하자는 것이었어. 그런데! 여기에 방해꾼이 나타난 거야. 국방부 기획관리실장인 이범천 소장. 그는 같은 육사 11기 동기생인 김복동 장군과 개인적인 라이벌 관계를 형성하고 있었어. 대학원 창설에는 찬성하지만 육사 지역에는 절대 안 세운다고 옹고집을 부렸어. 결국은 수색 난지도 옆에 있는 국방대학원에 석사과정을 설치했지. 육사 부지인 태릉과 수색의 난지도와의 거리는 육사 교수들이 출강할 수 있는 거리가 아니었어. 개인 간의 사적 감정으로 인해 남아도는 육사 교수부 박사들을 활용하지 못하고 만 것이지.

방위청 신설! 너는 전투력 증강사업(율곡사업) 관리 시스템을 조사했지. 하나의 신무기를 해외에서 도입하려면 8~12년씩이나 걸린다는 사실과 그 이유를 조사했어. 무기가 필요하다고 쇼핑 리스트에 올린 지 10년이 넘어서야 무기가 도입되었으니, 도입된 무기는 이미 구닥다리가 되었지. 정작 무기가 도입됐을 때에는 수리부품도 귀해지고, 가격도 더 비싸졌지. 8년 이상의 구매 기간이 걸리는 이유는 소요제기 단계로부터 구매 청구서가 작성돼 미국으로 발송될 때까지 38개 부서를 거쳐야 하는 절차문제 때문이었어. 38개 부서마다 새로운 무기에 대해 업체들로부터 브리핑을 받고, 뜸을 들이는 방법으로 오파상들의 애간장을 말려가면서 은밀히 도장값을 올려받고 있기 때문이라 설명하자 장관님은 매우 소스라치게 놀라셨지. "어이, 지 박사, 나는 이제까지 군대생활 헛했어. 이 중요한 사실을 모르고 지냈다니!" 장관님의 마음이 급해지셨지. 그 해결책으로 38개의 컨베이어 벨트 시스템을 폐기하고, 한 공간에서 해결하자며 방위청을 신설하자고 건의했지. 그런데! 국방차관 황인수와 기획관리실장 황관영이 "지만원이가 장관의 머리를 어지럽힌다"며 죽자사자 방해를 했어. 결국 보류됐지. 하지만 이후 문제의식에 대한 여론이 끊임없이 지속되면서 그로부터 20년이 지난 2006년에야 비로소 지금의 방위사업청이 태어났지. 두 사람의 황 씨는 다 육사 12기였는데, 공교롭게도 한 사람은 1980년대 후반, 그리고 또 한 사람은 1990년대 전반기에 세상을 떠났지. 윤성민 장관님이 퇴역하시자 이 두 사람이 미국으로 연수 나가 있는 황 박사를 감싸면서 너를 연구소에서 나가라 했어. 윤성민 장관 시절에 수많은 장군들이 붙여주신 '국보'라는 트레이드마크를 떼내고, '트러블 메이커'라는 새 꼬리표를 달아준 사람들이었지.

악연의 공군 방공자동화사업

공군 방공자동화사업! 사업이 공군본부 222호실에서

추진됐다 해서 '투투투 사업이라 불렸지. 1978년부터 미국 휴즈사로부터 2억5천만 달러에 구매된 사업인데, 2억 5천만 달러는 당시 국방비의 8%나 되는 엄청난 돈이었어. 그것만 들여오면 공중에 나는 새까지도 잡는다며 구라를 쳤지. 공중에 나는 새도 잡는다는 방공자동화사업, 막상 설치해놓고 보니, 중국에서 여객기가 춘천에 불시착하는 것도 잡지 못했고, 중국 전투기 IL-28기가 연료 부족으로 익산 논바닥에 추락해도 탐지하지 못했고, 이웅평 대위가 M19기를 몰고 와 구해달라는 비행을 처절하게 했는데도 깜깜이었어. 문제가 커지자 보안사가 나섰지. 하지만 보안사는 칼만 가지고 있을 뿐, 연구능력이 없었어. 보안처장이 너를 불러 비밀 보자기를 하나 싸주면서 원인을 분석해달라 각별히 부탁했어. 너와 함께 미 해군대학원에서 캐딜락을 타고 미국 중서부를 여행했던 4년 선배이자 해군 조 소령 문제로 네게 포도주 한 병을 사 들고 왔던 바로 그 선배로 후에 4성장군이 되었지.

10개월 동안의 연구를 거쳐 "이 장비는 2억 5천만 달러에 샀지만 단돈 25달러 가치도 없다"는 말로 연구결과를 표현했어. 군 수뇌부와 청와대에 비상이 걸렸지. 새로 부임한 이기백 국방장관과 김인기 공군총장 등이 전두환 대통령에 불려가 엄청난 야단을 맞았어. "덩치가 크고 속도가 느린 중국 여객기가 춘천까지 날아가고, 중국 전투기가 이리 논바닥에 추락하고, 이웅평 대위가 전투기를 몰고 내려와 귀순비행을 하고 다녔는데도 잡지 못한 장비가 25달러 이상의 가치를 가질 수는 없는 것이 아니겠는가? 오히려 전국적으로 높은 산에 깔려있는 방대한 규모의 장비들은 운용하느라고 운용비만 마셔대고 인력만 소모하는 역기능 장비가 아닐 수 없다"며, 그 기술적 문제를 짚었지. 당시 국방부, 합참, 공군본부 모두가 요동을 쳤어. 요동을 치면서부터의 판은 로비와 장군 정치가 판을 치는 도떼기시장으로 이어졌지.

율곡사업 13년의 평가

전두환 대통령이 1972년부터 시동된 율곡사업(전투력증강사업) 13년을 평가하라는 지시를 내렸지. 222사업 실패의 여파였어. 이 과제는 원체 규모가 크고 내용이 다양해서 한 사람이 책임지고 나서서 수행하기에는 불가능해 보였지. 그런데 연구원에서는 이 과제를 맡길 만한 사람이 너밖에 없었어. 전두환 내란사건 수사기록 18만 쪽보다 훨씬 더 방대하고 복잡했지. 그 방대한 비밀자료 더미는 특검단에 보관돼 있었고, 너는 그 자료를 국방부 청사의 대형사무실에 다 옮겨놓았어. 기다란 탁자를 10개 정도 늘어놓고, 연구원들을 배치시켰지. 그 누가 국방 전력증강사업에 관한 2급 비밀자료를 대형사무실에 쌓아 놓고, 연구원들을 투입해 13년 동안의 전력증강사업에 관한 비용 대 효과 분석을 하려고 대들 수 있었겠어. 엄두조차 낼 수 없었고, 개념 형성 자체가 안됐지. 연구소를 휘어잡고 큰소리쳤던 오, 황, 차도 기피했고. 그걸 하겠다고 덤볐던 너는 참으로 무모했지.

대한민국의 높은 산에는 거의 예외 없이 대형레이더 기지, 통신 중계소, 방공포 기지가 설치돼있지. 네가 안 가본 곳이 거의 없었어. 해안을 지키는 레이더 기지의 운용 실태와 장비 성능들도 공부하고 다녔고. 국산 무기에 대한 원가정산 제도의 허점을 지적함과 동시에 개선 방안을 연구했고, 해외부품 조달시스템의 맹점 등을 연구해서 1986년 후반기에 보고서 초안을 만들었지. 1달러짜리 부품을 1,200달러에 구입하는 등의 아사리판식 별천지가 전개돼 있었지. 국방비는 그야말로 눈먼 돈이었지. 이런 종류의 보고서를 작성하자 가장 신경을 쓴 사람들이 공군사령부 사람들. 하루는 공군 소령이 스파이로 네 연구실에 잠입해, 보고서 초안을 훔쳐 갔어. 연구소에는 약칭 '204호실'이 있었지. 204호실에는 보안사 직원들이 파견돼 있었는데, 그 204호실에 공군 소령이 붙잡혀 보안사 상사로부터 모욕을 당하고 무릎 꿇고 빌었지. 시말서도 쓰고. 그 문서를 촬영한 사진기는 이미 밖에서 기다리던 또 다른 공군 장교가 가져갔지.'

군복이여 안녕

며칠 후, 공군총장 김인기 대장이 이기백 국방장관에게 가서 담판을 했지. "공군을 택하든지 지만원을 택하든지 양자택일을 하라"고. 윤성민 장관이었다면 어림도 없는 이야기였지만  내공이 없는 육사 11기 이기백 장관은 김인기에 넘어갔지. 평소 사사건건 윤성민 장관의 길을 막고 있었던 기획관리실장인 황관영을 연구원 원장으로 보냈고, 연구원장이 된 황관영은 너에게 무조건 나가라 했어. 때가 됐다고 생각한 너는 불과 2년 반 정도밖에 안된 대령 계급장을 떼고 예편을 함과 동시에 연구소를 떠나기로 했지. 그날이 1987년 2월 28일, 들리는 소문에 의하면 국방차관 황인수는 네가 예편 원서를 제출했다는 보고를 받는 순간 입이 귀에 걸렸다고 했어. 몇몇 너를 아끼는 선배들이 예편 원서를 취소시키려고 애들을 썼다고 했지. 연구소를 떠날 때 너는 신임 연구소장 황관영에게 인사말을 건넸지. 너도 모르게 나온 말이 "오래 사십시오." 그런데 2년 후 그는 59세의 한창 나이로 세상을 떴어. 그 후 10년만인 2002년에는 육사 12기생 황인수 국방차관이 69세의 한창나이로 세상을 떴고.

윤성민 장관은 일반장교 출신이지. 너를 친동생이라며 아껴주시던 정호근 대장님 그리고 월남과 국방부에서 너를 키워준 어른들 모두가 일반장교 출신들이었어. 일반장교 출신들은 육사 출신에 비해 교육이 부족하다는 생각 때문에 평생 부지런히 독서하고 신사고를 하는 반면, 육사 출신들은 육사 나왔네 하면서 폼만 잡고 자기계발을 게을리했지. 물론 다는 아니지만 추세가 그러했던 거야.

퇴직금을 챙길 시간도 없어서, 이웃들로부터 조금씩 받은 돈을 주머니에 넣고, 홀트 양자회로부터 미국으로 입양하는 어린아이 세 명을 인수하여 미국까지의 항공료 그리고 미국 국내를 다닐 수 있는 내국 항공표 여섯

장을 얻어 시카고 '오 헤어 공항'으로 갔지. 아기들을 입양받는 십여 명의 여성들이 기내에까지 들어와 호들갑을 떨며 자기 앞 아기들을 찾아 입을 맞추며 안고 나갔어. 여기로부터의 갈 길은 정처가 없었지. 캐나다에도 가고 미국 여러 곳을 떠돌았지. 그래도 가는 곳마다 만난 사람들이 극진히 잘해 주었어. 계급에도 관심 없고, 출세에도 관심 없어 했던 45세의 예비역 대령이 갑자기 방랑자가 된 거지. '황야의 무법자' 클린트 이스트우드가 권총 하나만 가지고 돈 자루도 던져버리고 머나먼 지평선을 향해 뚜벅뚜벅 떠나듯, 너도 그런 사나이가 된 거였어. 죽으라는 법은 없다는 옛말이 유일한 희망이었지. 낙천적이고 낭만적이었어.

신내림의 인연

네가 예산개혁을 한참 추진할 때 저스맥-케이(JUSMAG-K, 주한미군 군사지원단) 미군 대령 두 명이 한 미국 여성을 수행하여 연구소에 왔지. 2층 창을 통해 현관을 내려다보니 키가 훤칠하고 몸매가 멋있는 여성이 회색 계통의 밍크 롱코트를 어깨에 걸치고 차에서 내리는데 마치 여왕 같은 자태였어. "와~." 창에서 이 모습을 내려다 본 사람들 모두가 그 장엄하고 도도한 모습에 기들이 죽었지. 세미나실 중앙에 앉아 있는 자태에서는 위엄의 아우라가 뿜어져 나왔어. 기품 있는 미녀였지. 이름은 바니 스미스.

네가 예산개혁의 요지를 말만 가지고 설명했지. 당시 미국에서는 하버드 앤서니(Anthony)교수가 국방성 관리차관보로 부임해 와서 미 국방회계제도에 회오리바람을 일으키고 있었던 때였지. 너는 그 앤서니 교수의 관리회계(Management Accounting) 과목을 석사 때 공부했고, 삼각지 국방부에서 따돌림당해 있는 기간에 앤서니 국방관리 차관보(4성장군 대우)가 당시 한창 일으키고 있던 국방관리의 회오리바람 Project PRIME에 대해 연구했었지. 그가 일으킨 돌풍적인 국방관리 개혁의 요지가 그의 회계학 저서와 완전 일치했기에 너는 다 이해할 수 있었어. 네가 추진했던 한국군 예산개혁은 정확히 바로 그 앤서니 교수가 국방 관리차관보로 와서 일으킨 돌풍인 미 국방개혁과 동일선상에 있었어. 바니 스미스는 국방성 자원관리 분야의 민간 간부로 3성 장군에 해당한다고 했지. 당시 미 국방사회에 확산된 개혁의 키워드가 네 입에서 술술 나오자 바니 스미스의 눈이 휘둥그레졌던 거였어.

너는 칠판에 미시경제학(Microeconomics)의 한계비용 곡선(marginalcost curve)를 그렸지. 고정내용+변동비용, 고정비 원점에서 마지널 코스트 커브에 접선을 그으면 그 접점이 바로 평균비용이 최소화되는 순간(마일리지)이라는 미시경제학의 극히 초보적인 이론이었어. 차량을 고정비용으로 구입해서 마일리지에 따라 발생하는 비용을 추적하면 Cost Curve가 생산될 수 있고, 그에 따라 차량을 도태시켜야 할 가장 경제적인 마일리지를 계산할 수 있다는 것을 설명했지. 이는 앤서니 교수의 책임관리자별 비용을 회계하는 것으로부터 한 단계 더 발전하여 군용차들의 경제적 수명을 계산해 내는 자료로 사용할 수 있다는 것이었어. 예는 차량으로 들었지만 이는 전투기와 함정에도 해당했지.

자세히 듣던 그녀는 주저 없이, "Dr. Jee~You are genius!" 회계학을 경제분석에 접목하는 응용력을 가진 사람을 처음 본다고 설명했지. 미 해군대학원에서 수학교수들로부터 들었던 '천재' 소리를 마담 '바니 스미스'로부터 또 들었어. 이후 미군 대령은 그녀의 이름을 '마담 바니 스미스'라 했고, 파워가 있는 여걸인데 너에게 관심이 많다고 설명해주었지. 그 대령은 네가 예편을 했고, 연구소도 그만두고, 미국을 방문할 것이라는 사실을 그녀에게 알렸고 '마담 바니 스미스' 는 미국에 오면 꼭 자기를 찾아오라 했다며 전화번호를 네게 주었어. 그리고 그 미군 대령이 나서서 미국 취업이 가능한 H-1비자를 내주었지. 워싱턴 DC에 간 김에 너는 별생각 없이 전화를 했고, 마담은 너를 곧바로 펜타곤으로 들어오라 했어.

"당신 같은 인재를 한국이 쓰지 않으면 미국이 쓰고 싶다. 미 해군대학원에 가서 거처를 알리고, 기다려라. 교수로 채용케 할 것이다." 그분은 국방예산을 주무르는 분이었어. 그분의 단호하고도 시원스런 말에 너는 네 귀를 의심했지. 그분은 너를 3개월 동안 자기 사무실에 출퇴근하라고 했지. 말로만 듣던 펜타곤, 세계 최고의 군 사령부 문화에 접할 수 있었고, 미국 관리들의 사고방식과 업무수행 방식을 견학할 수 있었어. 그 어느 누구에게 이런 혜택과 보살핌이 이리도 자연스럽게 제공될 수 있겠어! 이는 그야말로 신의 선물이 아닐 수 없었지.

누구에게라도 물어보자구. 그 누가 이런 보살핌을 받아 보았는지? 김성진 박사님은 궁지에 빠진 네게 길을 열어주셨고, 윤성민 국방장관은 네 재능을 개혁에 이용하셨고, 바니 스미스는 네 인생 전환기에 그야말로 따뜻한 요람을 제공해 주셨어. 세미나장에서 딱 한 번 먼발치에서 발표한 것밖에 없는 너를 형제 이상으로 보살펴준 이 인연을 어떻게 설명할 수 있을까? 전생의 인연이 아니고서는 해석이 참으로 어렵지. 너의 운명은 네가 기획한 것이 아니라 하늘이 기획한 거라구. 네가 무슨 수로 미 국방성에서 예산을 주무르는 여걸 관료를 만날 수 있는 것이며, 그분이 베풀어준 상상조차 할 수 없는 기적적인 혜택을 누릴 수 있었겠는지 곰곰이 생각해 보라구. 미 해군대학원 교수 시절에 넌 미국과 일본의 기업경영 세계와 세계의 방위산업 실태를 깊이 공부할 수 있었어. 이 과정이 있었기에 네가 1990년대 10년 동안 인생 최상의 번영과 행복을 누릴 수 있었어. 경영학, 군사학, 시스템공학계 최고의 프리마돈나! 이 나라에 이를 부정할 사람 아무도 없을 거야.

제11장 3년의 미국 교수시절

제11장 3년의 미국 교수시절

학습의 연장

미 해군대학원 3년의 시간은 세계를 좀 더 자세히 볼 수 있는 충전의 공간이었어. 도서관을 애용했고, 비행기를 타고 LA 등 세미나장에도 많이 다녔지. 당시 미국 사회에서의 관심은 미국 경제가 일본 경제에 밀려 경쟁력을 상실했다는 데 대한 위기감에 쏠려 있었어. 아시아 4마리 용의 성장동력에 대한 비교분석도 재미있었고, 일본식 기업경영에 대한 눈도 새로 뜨게 되면서 일본 경영을 연구하게 되었지. 일본이 어떻게 했기에 미국 경제를 따라잡고, 미국보다 앞서게 되었는지, 그 과정에 대한 책들을 많이 읽었지. 미국을 흉내 내고, 미국을 뛰어넘자(copy the west, catch up with the west)는 일본 경영의 이 슬로건이 일본 경제가 미국 경제를 압도한 원동력이었어. 네가 해군대학원 교수 시절에 배운 네 지식은 네가 1990년대 10년 동안 대한민국 기업체 강의 내용의 강의록이 되었고, 네가 지은 시스템경영 분야의 저술 내용이 되었어. 이 분야에서는 지금까지도 네가 독보적 지식을 가지고 있을 거야.

그 일부의 엑기스가 책 [일본의 의미]에 들어있지. '일본으로부터 배울 것들'. 많은 독자들이 어떻게 이런 내용을 쓸 수 있느냐고 감탄들을 했다고 하지. 여기에는 그 어느 나라도 따라갈 수 없는 일본의 품질관리 문화, 일본의 토의 문화가 소개돼 있어. 너는 일본에 품질문화를 식목해준 데밍 박사의 책들도 꽤 많이 탐독했지. 데밍 박사는 미국이 낳은 품질 이론의 대가이지만 그의 능력과 역할은 일본에서 꽃을 피웠어. 세계 산업계의 노벨상인 '데밍상'. 일본이 제정한 상이고, 세계의 모든 나라 기업들이 선망하는 상이 되었지. 일본의 품질관리 시스템에 대해 너처럼 속속 그 엑기스를 찾아낸 학자는 아마도 아직은 없을 것 같아.

시애틀 미 공군기지

한 가지 잊히지 않는 추억이 하나 있지. 전투기에 대한 간행물을 읽다가 어느 한 공군 전투비행단 부단장인 대령의 글을 읽자마자 그를 만나보고 싶었어. 정중하게 편지를 썼더니 초대한다는 답장이 왔지. 너는 미국 서부의 중간 지점에 있었고, 그 대령은 서부의 최북단 시애틀에 있었어. 비행기에서 내리니까 여군이 지프차를 가지고 나와 너를 태워 갔지. 장교클럽에 곧장 초대되어 만찬 대접을 받았고. 그런데 그날 만찬의 자리 배열이 이색적이었어. 너의 옆자리에 대령 부인이 앉고, 대령은 맞은편에 혼자 앉은 거야. 수많은 초대를 받아왔지만 이런 경우는 전무후무했어.

너에겐 언제나 유머가 있었지. 처음 그녀와 악수로 인사할 때 "세상이 당신을 어떻게 대우하고 있느냐?(How the world treats you?)라고 했어. 인사말 자체가 무엇인가를 생각케하는 것이었지. 식사를 하는 동안 "맛있다"(Delicious)를 연발했고 포도주에 대해서는 "스위트" 하다 추임새를 넣으면서 접대하는 그들을 즐겁게 해주려 했지. 미국에서는 가끔 미국인 가정으로부터 초대받는 경우가 있었어. 초대하는 사람은 손님을 즐겁게 해주기 위해 많은 음식들을 장만하지. 초대받는 손님에게는 반드시 지켜야 할 도리가 있어. 음식을 애써서 장만한 호스트(주인)의 기분을 좋게 만들어주기 위해 가슴에 와 닿는 립 서비스를 해야 하는 것이지.

"오늘 저는 인생에서 단 한 번도 만나본 적이 없는 미합중국 공군 대령 아무개를 만나기 위해 여름의 땅에서 날아와 겨울의 땅에 왔습니다. 아무개 대령님이 보내주신 썰매를 타고 눈 벽 사이에 뚫린 하얀 길 위를 왕자처럼 달려왔습니다. 겨울 공화국의 눈 덮인 공간에서 매우 영광스럽게도 아무개 미합중국 공군 대령님 내외분의 초대를 받아 이 영광된 자리에 앉아 있습니다. 저는 특별히 따뜻하시고 아름다우신 아무개 대령님의 부인 옆에 앉아 있습니다. 이 행운과 영광을 저에게 하락해 주신 아무개 대령님의 지극하신 우정과 배려에 감읍합니다. 지금 이 자리에는 지구의 넓은 공간에 각기의 사회의 좌표를 확보한 Somebody, 2명의 커널이 자리해 있습니다. 오늘의 순간순간들이 모두 다 제게는 영화 속의 장면들입니다. 영원히 지워지지 않는 아름다운 추억의 주마등으로 제 가슴속에 각인될 것입니다. 이 아름답고 의미 있는 시간을 위해 축배를 제안합니다. 브라보!"

술잔을 들기도 전에 네 옆에 앉은 부인이 몸을 돌려 두 손으로 너의 팔을 잡았어. 그 갑작스런 순간, 그녀 자신도 놀랐지. "어머나! 내가 당신 몸을 터치하다니요. 제 신분으로 해서는 안 될 일을 했네요. 저도 모르게 그랬어요. 당신은 엔터테이너 레이건이예요. 레이건이 누군지 아시죠? 그는 사람을 즐겁게 만드는 엔터테이너예요. 당신은 레이건과 똑같은 사람이예요." 그리고 그녀는 닥터 지를 위해 새로 건배를 제의했지.

"Oh my God, I'm touching you. I am not supposed to do this. You are entertainer. You know Reagan? You are like Reagan. tonight I would like to offer another toast for meeting this sweet man from Korea!"

이 말은 지금까지도 머리에 남아있어. 그 대령의 얼굴, 그녀의 얼굴은 잊었지만, 그 공군 대령 부부가 너를 환대했던 그 시간은 잊을 수 없는 귀한 추억, 다시금 그리워지는 순간이지. 바로 이 순간이 너를 재발견하게 해주었어. 그동안 여러 미국 교수 부인들이 왜 너를 반기고 좋아했는지를.

제12장 프리랜서 10년의 영광

제12장 프리랜서 10년의 영광

F/A-18을 F-16으로 바꾼 경위

네가 예편할 때 군에서는 차기 전투기 사업 이른바 FX 사업이 한창 뜨겁게 진행됐었어. F-20, F-16, F/A-18 세 개의 기종이 경쟁하다가 F-20은 시험비행에서 추락해 탈락했지. F-16은 미 공군 기종이고 F/A-18은 미 해군 기종. 너는 미 해군대학원 도서관에서 국방 간행물(Defense Journal)들을 많이 읽었어. 똑같은 서적들을 많은 사람들이 읽었겠지만, 너는 가동도(Availability)라는 새로운 학문 분야를 개척한 유일한 학자였기 때문에 네가 간행물들로부터 뽑아내는 엑기스는 남달랐지.

너는 전투기 사업의 개념을 새롭게 정립했어. "우리는 전투기 숫자(Numbers)를 구매하는 것이 아니라 공중에 떠 있는 체공시간(Time in the air)을 구매해야 한다." 떠야 할 때 즉시 뜰 수 있는 상태에 있는 전투기가 있고, 떠야 할 시각에 정비소에 앉아 있는 전투기가 있지. 100대의 전투기 중 '발진 명령'이 떨어졌을 때 어떤 기종은 80대가 뜰 수 있고, 어떤 기종은 60대만 뜰 수 있다면, 이는 분명 전투력 분석과 경제성 분석에 반영이 돼야 한다는 것이 네 이론이었어.

여기에 더해 F-16이 공중전의 영웅으로 태어나게 된 전설도 알아냈지. '공중전의 신'이라고 불리는 보이드 대령(Col. Boyed), '공중전의 이론가' 리치아니와 스피니, 이 세 사람을 미국에서는 '전투기 마피아'라 불렀지. 보이드 대령은 패튼 장군처럼 입이 걸어 장군 진급은 안됐지만 그가 사망했을 때에는 그 어느 4성 장군 장례식 때보다 더 많은 인파가 몰렸을 정도로 사랑을 받았어.

당시까지 미 전투기 개발 스펙은 '멀리 보고 먼저 쏜다'는 개념이 지배했지. 그래서 무장능력이 우수한 F-4(팬텀기)가 개발됐어. 하지만 덩치가 크다 보니 공중전에는 매우 약했지. 공중전의 결정적 속성은 회전 반경인데 크고 무거운 전투기는 공중전에 매우 취약하지. 공중전 승패의 또 다른 결정적 요소는 숫자전이야. 한 대의 전투기가 적의 전투기 한 대의 꼬리를 무는 동안 그는 다른 적기들에 노출이 되지. 그래서 독일군 소수의 비싼 전투기들이 미국의 싼 다수의 전투기 공격을 당해낼 수 없었어.

공중전 3대 마피아들이 무거운 팬텀기(F-4)에 대한 비판을 쏟아냈지. 미 공군은 이들 전투기 마피아들에게 공중전의 왕자를 설계해보라 부탁했어. 그들의 스펙대로 만들어진 것이 F-16이었지. 그런데 공군도 F-16이 이러한 탄생의 전설을 가지고 있다는 사실을 알지 못했고, F-16을 제작한 GD(General Dynamics)사의 한국 주재원들도 이런 역사를 모르고 있었어. 네가 귀국해서 GD사에도 알려줬지.

1989년 12월, 미국에서의 교수 생활을 다 마치고 귀국해 보니, 차세대 전투기 사업이 4년 동안의 치열한 경쟁전을 끝내고, F/A-18이 차세대 전투기로 채택이 되어있었어. 너는 비록 민간인 신분이었지만, 즉시 대전 계룡대로 가서 당시 육군참모총장인 이종구 대장을 만나 차세대 전투기가 매우 잘못 선정되었다는 것을 위의 이론 등을 열거하면서 설명했지.

"F/A-18기는 늘 바다 위에 있기 때문에 짠 해수를 견디기 위해서는 재료를 알루미늄보다 매우 비싼 티타늄을 써야 합니다. 이는 지상 활주로를 사용하는 우리나라에 불필요한 비용입니다. F/A-18은 좁은 이착륙 갑판 위에서 뜨고 내려야 하기 때문에 순간 추력을 얻기 위해 엔진도 두 개여야 하고, 수리도 갑판에서 해야 하기 때문에 수리 단위도 부품이 아니라 어셈블리 단위여야 합니다. 이는 활주로가 긴 공군에게는 불필요한 비용입니다. 그래서 F/A-18가격은 F-16기의 2배에 가깝습니다. 두고 보십시오, MD제작사가 설계변경을 이유로 곧 가격을 배로 올릴 것입니다. 미국 방산업체들은 전통적으로 Foot in the door, '일단 발부터 방에 들여놓고 보자'는 식의 상술을 사용합니다. 속여서 사업권부터 따낸 후 이런저런 이유로 값을 올리는 영업전략에 우리가 걸린 것입니다."

설명을 들은 이종구 대장은 즉시 청와대 안보수석 김종휘에게 전화를 걸어 지만원을 빨리 만나보라 했지. 하지만 김종휘는 너를 청와대로 불러놓고 불청객 취급을 하며 외출을 하면서 보좌관들과 이야기를 나누라고 했어. 김종휘 밑에 있던 육사 24기 김희상 준장이 너를 반겼지. "선배님, 이렇게 중요한 자료를 이제 주시면 어떻게 합니까?" 참으로 아쉬워했지. 그 후 이종구 대장이 예편을 했고, 당시 국방장관은 육사 11기 이상훈이었어. 너는 민간인이 된 이종구 장군의 강남 사무실에 인사차 갔다가 차세대 전투기 사업과 방위사업 일반에 대해 아무런 부담 없이 긴 강의를 해드렸지.

그런데 기적이 일어났어. 1990년 10월, 보안사 윤석양 이병이 '보안사의 민간인 사찰' 문제를 폭로했지. 이로 인해 이상훈 장관이 물러나고 이종구 대장이 국방장관이 됐어. 그가 국방장관이 되자마자 MD사는 미국 지분의 가격을 80% 정도 올렸어. 사전 지식이 있었던 이종구 장관은 즉시 기종을 F-16으로 바꿨지. 기종을 변경한 것은 순전히 이런 것이었는데 이회창 당시 감사원장은 빨갱이들 또는 이해당사자들의 끈질긴 의혹 제기에 눈이 멀어 F-16에 부정과 비리가 개입된 것이 확실시된다면서 7개월 동안이나 생사람들을 잡았어. 하지만 기종 변경과 관련하여 찾아낸 비리는 전혀 없었지. 감사원장의 눈에나 의혹을 제기하는 사람들의 눈에나

다 네 이론이 보이지 않았던 거지. 감사원은 네 계좌들도 다 뒤졌다고 했어.

GD사가 너를 미국으로 초청했지. 네 명의 중역이 너와 함께 대형 카트를 타고 30분에 걸쳐 공장을 견학시켰어. 그리고 틈틈이 사진을 찍어 앨범을 따로 만들어주었지. 이런 대접은 외국 수반들에게나 해줄 수 있는 예우였다고 했지. 대표 중역이 너에게 매우 고맙다는 인사를 하면서, 자기네 회사는 단돈 100달러도 드릴 수 없으니 그 대신 엔진 등의 납품 사업권을 주겠다고 제의했지만 너는 이를 매우 정중하게 사양했지. "너무 과분한 배려에 참으로 감사합니다. 하지만 마음만 영광스럽게 받아들이겠습니다." 이 말이 떨어지자 그는 반사적으로 땅에 엎드려 한국식 큰절을 했지. "박사님, 존경합니다." 이후 로키드마틴 한국 지사장 김용호 박사님은 15년 동안이나 매년 세 차례, 설, 추석, 연말에 신경 써서 고른 선물을 운전사를 시켜서 꼬박꼬박 보냈어. 네가 이제는 그만하시라고 해서 멈추었지. 그와의 정신적 우정은 아직도 매우 깊지.

이 제안은 앉아서 갑부가 되는 찬스였는데 너는 왜 이 엄청난 제의를 사양했을까? 네가 사업권을 가지면 네가 차세대 전투기 사업에 대해 설교하고 다닌 행동이 한낱 로비 행위로 치부될 수 있다는 생각이 들었지. 그리고 네 인생 행로에 장사꾼(merchant)이라는 프로필이 끼어드는 것이 싫었어. 정신적 결벽증이 있었던 거야. 가장 중요한 사실은 오랜 경쟁 끝에 대통령이 선정한 F/A-18을 예편한 민간인 신분인 네가 F-16으로 바꾸게 한 것은 하나의 전설감이야. 물론 여기에서 네가 한국군 전력화에 미친 공헌은 반드시 어딘가에 기록이 돼야 할 역사적 공적에 해당해. 자연인 신분인 네가 세계 제일의 방위산업 업체인 로키드 마틴사의 경영진으로부터 극진한 예우를 받고 존경한다는 말을 듣고 큰절까지 받았다는 것은 네 인생 행로에 우뚝 선 정신적 모뉴멘트가 아닐 수 없어. F-16은 어떤 전투기인가? 2024년 3월 11일, 조선일보 만물상에는 "신의 한수 F-16"이라는 제목의 기사가 떴어. 이 만물상의 내용만큼 네가 국가에 공헌한 거지.

"미국이 1970년대 개발한 F-16은 현역 전투기 중 세계 최고 베스트셀러다. 4,500여 대가 생산돼 전 세계 25개국에 배치됐다.'파이팅 팰컨(매)'이란 이름처럼 가볍고 빨랐고 공대공 전투력이 뛰어났다. 단발 엔진이라 가격도 쌌다. 크기에 비해 무장 탑재력과 항속 거리가 길어 다양한 작전에 투입할 수 있었다. '만능 전투기' '전장의 일꾼'이라 불렀다."

"F-16은 실제 공중전에서 격추된 적이 없다고 한다. 1982년 레바논 분쟁 때 이스라엘 공군은 시리아와 벌인 공중전에서 미그-21과 수호이-22 등 84대를 격추했다. 이 중 44대가 F-16의 전과였다. 1981년 이스라엘이 이라크의 핵 시설을 초저공 비행으로 폭격한'바빌론 작전'의 주역도 F-16이었다. F-16 성능은 지금도 향상하고 있다. 항속 거리도 늘렸다. 전술핵도 탑재할 수 있다. 최신형인 F-16V는 F-15를 능가한다고 한다."

"서방이 우크라이나에 F-16을 지원할 거란 소식이 나오자 러시아 외무장관은 '핵위협으로 간주하겠다'고 발끈했다. 러시아의 웬만한 전투기로는 F-16을 당하지 못하기 때문이다. F-16이 전쟁 판도를 바꿀 게임 체인저가 될 수도 있다."

'한국도 현재 F-16 160여 대를 운용하고 있다. 숫자가 가장 많아 공군 주력이다. 현재 최신형으로 개량 중이다. 하지만 한때 잘못된 결정으로 구경도 못할 뻔했다. 1980년대 율곡사업 일환으로 추진한 한국형 전투기 사업(KFP) 때 정부는 F-16이 아닌 F-18을 선정했다. 가격이 비싸지만 성능이 우수하다는 이유였다. 하지만 미국이 가격을 계속 올리자 뒤늦게 F-16으로 바꿨다. 뇌물 로비설, 비자금설이 제기되는 등 논란이 컸다. 당시 예측과 달리 F-18은 사실상 단종되고 있지만 F-16은 성능이 계속 나아지고 있다. 우리 경공격기 FA-50이 최근 폴란드에 팔린 것도 F-16과 호환하는 성능이 뛰어나기 때문이다. 40년 전 F-16 도입이 '신의 한 수'였던 것이다."

사회적 프리마돈나 시절

1980년대의 지만원은 국방 공간의 돌풍이었지. 매너리즘에 빠진 군대에 정신이 번쩍 들게 하는 예산개혁을 주도하는 등 국방장관님을 통해 많은 개혁들을 했지. 한마디로 너는1980년대 국방 공간에서 풍운아였어.

1990년대는 지만원이 군에서가 아니라 한국 일반사회 공간에서 또 다른 독보적인 전성시대를 개척했지. '혜성과 같이 나타난 사나이', '신선한 충격을 주는 샛별', '장안의 지가를 높인 스타' '독보적 군사평론가' '강릉스타' '시스템 전도사' '경영학 강의 5대 강사' '강사료만 1년에 1억 이상을 버는 두뇌 활동가' '시원시원하게 정답을 내는 사람', 이런 표현들이 1990년대의 지만원을 형용한 표현들이었어.

너는 군이라는 철의 장막 뒤에 숨어있는 군사 비리를 까발려, 언론으로 하여금 군의 장막 안으로 들어가 군의 비리를 감시할 수 있게 했던 최초의 군 출신이었지. 철의 장막을 열어젖힌 열쇠가 바로 너의 처녀작 [70만 경영체 한국군 어디로 가야 하나]였지. 베스트 1위를 7주간(49일) 내내 할 수 있었던 유명한 책이었어. 이는 군으로 하여금 밀실 운영을 청산하고 공개리에 합리적인 길을 갈 수 있도록 강요한 개방의 열쇠였지.

네가 두 번째로 저작한 책은 [신바람이냐 시스템이냐]였어. 당시는 김영삼 정권의 초기시대, 김영삼이 '한국병'을 치료하기 위해 [의식개혁]을 주장하고 나섰지. 서울공대 산업공학과 이민우 교수가 [W이론을 만들자]라는 제목의 저서를 통해 [신바람 운동]을 일으켜야 한다며 언론의 힘을 빌어 사회적 호응을 불러일으키고 있었어. [의식개혁]과 [신바람 운동]이 1993년을 대표하는 로고 말이었지. 너는 이 두 가지 운동이 사회적 낭비를 가져오는 비과학적 운동이라는 것을 너의 두 번째 저서 [신바람이냐 시스템이냐]에서 지적했어. 사회를 발전시키고, 생산성을 향상시키기 위한 유일한 처방은 [시스템 개발]이라는 이론을 폈지.

"과거 수십 년 동안 은행 객장이 무질서했습니다. 지식인들은 이 무질서의 원인이 국민의식 때문이라고 개탄하였습니다. 1991년 국민은행에 순번대기표 장치가 도입됐습니다. 그 간단한 장치가 가동되자 은행 객장의 질서가 선진국처럼 훌륭해졌습니다. 이 순번대기표 장치가 바로 시스템입니다. 시스템은 누가 이래라저래라 일일이 통제하지 않더라도 저절로 질서가 유지될 수밖에 없도록 하는 장치입니다." 김영삼이 말하는 한국병은 의식병이 아니라 시스템병이라는 것을 이렇게 지적했지.

1983년 너는 학술세미나 발표차 싱가포르를 방문했어. 싱가포르 창이공항에서 너는 매우 중요한 시스템을 구경했어. 이것을 책에 설명했지. "공항 도착 직전에 기내 안내방송이 있었습니다. 공항이 도심에서 멀리 떨어져 있으니 고객님들께서는 택시미터기 요금에 싱가포르 달러로 5달러를 더 주십시오. 택시기사와 고객 사이에 있을 수 있는 분쟁을 사전에 해소시켜 주는 시스템이었습니다. 공항에서 택시를 타려고 기다렸습니다. 좁은 공간에 사람들이 지그재그의 줄이 그려진 선을 밟고 택시를 기다렸습니다. 좁은 공간에 사람을 차례대로 많이 세우기 위한 시스템이었습니다. 택시가 일렬로 들어와서 일곱 개의 승차대에 나란히 섰습니다. 한꺼번에 일곱 대의 택시가 동시에 서비스를 제공했습니다. 젊은이가 카운팅 기계를 손에 들고 손님 수를 세고 있었습니다. 그 숫자를 택시 회사에 알려주었습니다. 손님이 있는 한 택시가 계속 들어왔습니다. 이것이 1983년에 제가 보았던 택시 운영 시스템이었습니다. 그런데 그 후 10년이 지난 지금 김포공항은 어떻습니까? 사람도 일렬 택시도 일렬, 택시는 드문드문 들어옵니다. 특히 외국인들이 많은 시간을 기다리면서 짜증을 내고 있습니다."

너는 또 의식은 시스템의 산물이라는 것을 책에서 강론했지. "세 대의 공중전화기가 나란히 있습니다. 한국인들은 3줄을 섭니다. 먼저 온 사람이 줄을 잘못 서 나중에 온 사람보다 더 오래 기다립니다. 이때 무슨 생각을 하겠습니까? 줄을 잘 서야 한다, 운이 좋아야 한다는 생각을 하지 않겠습니까? 반면 선진국 사람들은 한 줄을 섭니다. 먼저 온 순서대로 전화기를 차지합니다. 세 줄 시스템은 요행 의식을 길러주지만 한 줄 시스템은 합리적인 의식을 길러줍니다. 요행 의식이 자라면 점쟁이를 찾아갑니다. 보십시오. 의식은 시스템의 산물이 아니겠습니까? 의식을 고칠 사람은 이 세상에 별로 많지 않습니다. 모든 의식병은 시스템병인 것입니다. 선진국일수록 시스템이 훌륭하고 후진국일수록 시스템이 열악합니다."

너는 또 [신바람 운동]의 문제점도 지적했지. "도요타 자동차 생산 라인에 12대의 기계가 배열돼 있었습니다. 12사람의 작업자가 열심히 일했습니다. 시간이 갈수록 숙달이 되자 12사람의 생산성이 매우 향상되었습니다. 만일 이 1명의 작업자에게 신바람을 일으켜 주면 생산성은 더욱 향상될 것입니다. 그런데 매우 이상한 현상이 생겼습니다. 작업자들의 생산성이 향상되면 될수록 기업의 이윤이 내려갔습니다. 작업자들의 생산성이 향상될수록 기업 손익계산서상의 이윤이 점점 더 내려간다는 이 사실을 어떻게 해석하시겠습니까? '오노' 부장이 이 기이한 현상을 놓고 많은 궁리를 하였습니다. 그러다 한순간 무릎을 쳤습니다. 작업자가 열심히 일할수록 기계 앞에는 중간재의 재고가 쌓였습니다. 이 재고는 자금의 사장을 의미합니다. 1개월 후에 만들어도 되는 물건을 지금 만들면 이자가 나갑니다. 그래서 '오노' 부장은 각자 앞에 재고가 쌓이지 않도록 시간이 남아도 서 있으라 했습니다. 재고가 사라지자 이윤이 향상되었습니다. 그런데 남는 시간을 활용해야 했습니다. 1번 기계를 다루는 작업자에게 2번 기계를 동시에 다루라고 했습니다. 12명의 작업자가 6명으로 줄었습니다. 이윤이 많이 향상되었습니다. 이렇게 반복하다 보니 12명이 다루던 12대의 기계를 한 사람이 다루게 되었습니다. 이윤이 가파르게 상승했습니다. 한 사람이 12대의 기계를 다루려면 작업반

경이 문제가 되었습니다. 그래서 기계들을 몸만 돌리면 다룰 수 있도록 U자형으로 배열하였습니다. 재고가 없게 하는 생산시스템, 이를 JIT(Just In Time) 시스템이라 합니다. 이처럼 신바람 나게 열심히 일하라 하기 전에 우리는 먼저 시스템부터 시정해야 합니다. 신바람 운동은 부질없는 운동입니다."

많은 국민들이 너로부터 신세계를 접하면서 너를 사랑해 주었어. 당시 TV 방송사의 전부였던 방송 3사가 거의 매일 뉴스 프로에서부터 심야토론에 이르기까지 너를 초대했고, 조중동은 물론 지방신문사들과 잡지사들이 너에게 칼럼을 부탁했지. 대기업체들이 연달아 시스템경영 강의를 부탁했고, 정부기관, 감사원, 경찰, 소방소 등으로부터도 강의 초청이 쇄도했지.

사회비리 문제, 군사 문제에 대해서는 네가 곧 답이었어. 1993년, 김영삼이 전쟁이 곧 날 수 있다 해서 국민들이 공포에 떨고 라면을 사재기를 해서, 라면 품귀현상이 발생했지. 대통령이 섣불리 경솔하게 앞장서서 불안감을 조성해놓고는 사회가 불안에 떨며 사재기를 하자, 김영삼이 이를 수습하려고 애를 썼지. 하지만 국민은 YS의 말을 귓등으로도 안 들었어. 네가 중앙일보 최우석 주필님께 전화를 했더니 칼럼이 몇 꼭지 필요하냐 물으셨지. 이틀 분, 두 꼭지 상·하 편만 쓰면 된다고 했지. 왜 전쟁이 날 수 없는지 설명했지. 그 글이 장안의 화제가 됐고, 국민은 네 칼럼의 논리를 이해하고 안심을 하면서 사재기를 멈췄어. 생전 처음 들어보는 '장안의 지가!' 너를 향해 '장안의 지가를 높인 사람'이라고 칭송들을 했지.

세계일보는 매주 수요일 전면 시리즈로 전투력증강사업(율곡사업) 역사를 연재했고, 영남일보와 국제신문도 수요 칼럼을 연재했어. 1993년, KBS 김상근 부장이 담당하는 [인생 이야기 저얘기] 프로에 네가 한 시간 출연했지. 같은 시기에 쓴 [멋](A Grace Inside)이 KBS에 방영되면서 너를 육사에 입학시켜 준 소령님, 대령님, 독서를 강조하신 정하명 교수님, 월남 대대장님을 KBS가 너 몰래 수배해 깜짝 등장시켰지. 그것이 바로 김상근 KBS 부장에 의해 [TV는 사랑을 싣고]로 발전했지. 네가 바로 'TV는 사랑을 싣고'의 원조였던 거야. 1997년에 쓴 [시스템 요법-추락에서 도약으로]는 김대중 정부 각료들의 필독서가 됐었지. 인물들을 도마 위에 올려놓고 요리하는 강준만 교수는 인

물과 사상 제11권에서 너를 극찬했어. 강준만 교수의 레이더에 잡히는 사람 대부분은 많은 비판을 받았지만 너의 경우에는 굉장한 호평을 받았지.

좌익계 거물들 몰려와

네가 군을 비판하고 김영삼의 정책들을 비판하자 좌익계의 거물들이 줄줄이 네게 몰려들었지. 리영희, 강만길, 한완상, 김근태 등 좌익계 거두들이 너에게 모여들었고, 그들이 너를 세미나에 자주 초청했지. 홍사덕이 세실레스토랑에서 너를 만나자 하여 제의를 했어. "지만원, 장기표, 홍사덕 셋이 뭉치면 정계에 바람을 일으킬 수 있다"며 함께하자 졸랐지만 너는 정치를 매우 싫어했어. 김대중은 1995년 5월 스위스그랜드호텔에서 한-중 세미나를 개최할 때 너에게 기조연설(Keynote speech)을 부탁했지. 기조연설자는 최소한 유명한 총리, 서울대나 연고대 총장 경력자들 중에서 뽑는 것이 상례였지. 그런데 김대중은 기성 인물들을 제치고, 너를 선정했어. 세미나장에서 너는 18분 동안, 원고를 보지 않고 기조연설을 했지. 대단한 열기의 기립박수를 받았어. 점심을 김대중과 이희호 사이에 앉아서 했지. 그해 10월 25일부터 1주일 동안 중국에서 또 세미나를 하는데 함께 가서 발표하자는 연락이 왔지. 1등 칸에서 김대중은 너를 이희호 자리와 바꾸어 앉혔어. 중국에서도 신사고라며 대히트를 쳤지. 그리고 1주일 내내 김대중과 같은 식탁에 앉아 말동무가 되었어.

당시 고건 서울시 시장이 너를 서울시 시정개혁위원으로 위촉했고, 이종찬 국정원장이 너를 국정원 자문위원으로 위촉했지. 이종찬 국정원장은 주요 이슈가 터질 때마다 따로 사무관을 네게 보내 해답을 얻어오라 했지. 김대중이 대통령이 되자 김상현 의원, 청와대 총무수석, 안보수석, 경제수석, 박지원 등이 너를 만나자 하여 만났지. 이들은 네게 장관직을 맡으라 했어. 이회창-홍사덕이 한나라당 총재-부총재를 할 때 홍사덕이 너를 세 차례나 찾아와 전국구를 하라, 정책위 의장을 맡아달라 졸랐지. 그래도 너는 자유를 택했어. 당시 장관 봉급이 420만 원이었을 때 너는 1,500만 원 이상을 벌었으니까. 기고, 저술, 강연은 네가 좋아하는 일이고, 네가 좋아하는 일을 하면 그것이 밥벌이였으니까 공직은 네 천성에 전혀 맞지 않았어.

호텔 세미나장에서 문정인 교수가 말했지. [70만 경영체 한국군 어디로 가야하나], 그런 책을 쓰는 것이 자기의 소원이라 했어. 이어서 그는 네게 그런 기발한 발상력으로 '통일' 문제에 대해서도 책을 쓰면 좋겠다고 했지. 1996년 너는 [통일의 지름길은 영구 분단이다]를 썼지. 이 책이 일요일 KBS에서 '역발상'의 상징이라고 소개가 됐어. 통일과 영구 분단은 정반대인 말인데 어떻게 영구 분단이 통일을 가져올 수 있느냐는 것이 파라독스(모순)였지. 영구 분단 통일론은 곧 파라독스 통일론이었지.

그해 한국일보사가 한중 세미나를 기획했는데 거기에 네가 포함된 거야. 이변이었지. 북경 켐핀스키호텔, 2층에 가니 한쪽 코너에 몰려있던 북한 사람들이 일어서 오더니 "아, 선생이 바로 지만원 선생이 아니십니까?" 하면서 원동연이 일어서서 다가와 인사를 했지. 이어서 북한사람 10여 명이 모두 너를 반기며, "어떻게 책들을 그렇게 잘 쓸 수 있느냐"고 수선들을 떨었어. 북한 측 대표는 훗날 북조선 적십자회장을 했던 장재언, 당시 북한 서열 6위라 했지. 장재언이 3박 4일 동안 너를 친동생이나 되는 것처럼 자상하게 대했어. 원동연은 최근 통전부 부부장을 지냈고, 너와는 동갑이라며 매우 친하게 지냈지. 그들은 네가 쓴 저서 모두를 읽는다 했고, 네가 나오는 신문과 잡지 모두를 구해 읽는다고 했어. 김대중이 너한테 빠졌던 것처럼 북한 대남 공작부인 통전부 사람들도 네게 관심이 많았던 거야. 저녁 식사 때면 북한 측 10여 명 모두가 너를 극진히 대우했고, 술잔을 가장 많이 주었지. 그 후 네가 김대중을 반국가행위자라며 공격을 하면서부터 그들 역시 너로부터 돌아섰지. 통일에 대한 감상적 고정관념이 얼마나 논리에 반하는 것인지, 그로 인한 위험성이 무엇인지 지적하는 사람을 너는 아직 보지 못했어. 반통일분자로 낙인찍힐까 무서워 그런 생각조차 하지 못했을 거야. 1995년에 네가 통일에 대해 어떻게 생각했는지 당시 발표문 일부를 통해 잠시 살펴보자구.

1995.5.24. 스위스그랜드호텔 국제세미나 기조연설(일부)

1988년 12월 7일 고르바쵸프 대통령이 UN에서 연설을 했습니다. 불과 253자에 해당하는 짧은 연설문이었습니다. 이 짧은 연설문이 수십 년간 쌓아 올렸던 냉전의 벽을 한순간에 허물어 버렸습니다. 지난 반세기 동안 세계인들의 마음을 얼어붙게 했던 이데올로기적 가치관이 사라져 버리고, 이제 세계인들의 마음속엔 [삶의 질]이라고 하는 새로운 가치관이 자리하게 됐습니다. 이 새로운 가치관이 두 개의 커다란 변화를 가져왔습니다. 하나는 벽 없는 세계로의 변화이고, 다른 하나는 중앙정부의 독단을 배제시키는 지방경영화 시대로의 변화입니다.

냉전 시대에는 국가와 국가 간에 장벽들이 있었습니다. 이 장벽들이 국가와 국가 간에 문물의 흐름을 차단했고, 이로 인해 세계인들의 [삶의 질]이 침해당해 왔습니다. 이 장벽으로 인해 미국인들이 200달러에 사 쓰는 가전제품을 우리는 700달러에 사 썼습니다. 삶의 질을 향상시키고자 하는 세계인들의 욕구는 이러한 장벽들을 그대로 방치할 수 없었습니다.

그동안 저품질 제품만 강요받던 국민들은 이제 외국으로부터 유입되는 고품질 제품을 싼값으로 향유할 수 있게 됐습니다. 바로 WTO의 세계인 것입니다. 이로 인해 세계 곳곳에서는 가격파괴, 서비스 파괴를 비롯한 기존 질서의 파괴 현상들이 이어지고 있습니다. 자본, 기술, 노동력 그리고 문화, 사상, 유행이 세계 곳곳을 국경 없이 흘러 다니고 있습니다. 이러한 흐름을 차단할 때에 삶의 질은 또다시 손상받게 될 것입니다.

한국 기업들이 외국으로 진출하고 있습니다. 값싼 땅과

값싼 임금을 가진 나라, 그리고 규제가 까다롭지 않은 나라를 찾아 나서고 있는 것입니다. 영국에서는 까다로운 규제가 없습니다. 공장 부지도 거저 줍니다. 공무원들이 행정을 대신해 줍니다. 한국에서는 공무원들이 떡값을 바라지만 영국에서는 공무원들로부터 칙사 대접을 받습니다. 투자 여건이 이렇게 훌륭하기 때문에 한국기업들이 영국으로 이동하고 있는 것입니다. 살기 좋은 환경과 풍요로운 사회로 이 땅을 가꾸기 전에는 점점 더 많은 기업과 국민이 한국 땅을 버리고 살기 좋은 외국 땅을 찾아 떠날 것입니다. 내 땅을 살기 좋은 땅으로 가꾸지 못하면, 북한 땅은커녕 우리 땅도 지키지 못합니다.

통일이 이뤄진다면 남한 땅은 지금보다 더 살기 좋은 땅이 될 것이라고 보십니까? 아닙니다. 통일이 되면 더 많은 국민이 외국으로 떠날 것입니다. 말이 통하지도 않고, 생활방식에서 일일이 충돌해야 하는 북한 사람들이 싫어서라도 떠날 것입니다. 범죄가 판을 치고, 경제가 바닥을 드러내고, 통일에 따른 높은 세금에 시달려서라도 떠날 것입니다. 통일보다 더 급한 것은 흐트러진 남한 사회부터 가꾸는 일입니다. 아름다운 국토, 살기 좋은 사회를 만드는 일이 더욱 시급한 것입니다. 반쪽만의 남쪽 사회도 제대로 경영하지 못하는 실력을 가지고 북한 사회까지 떠맡아 보십시오. 남북한은 혼란에 휩싸이게 될 것입니다.

동독 인구는 서독 인구의 25%에 불과했습니다. 그러나 북한 인구는 남한 인구의 50%나 됩니다. 서독의 엄청난 경제력을 가지고도 25%의 인구증가를 감당하지 못해 경제적 사회적으로 몸살을 앓고 있습니다. 하물며 남한 자체의 경제적 생존도 보장하지 못하는 취약한 경제구조를 가지고 어떻게 50%의 인구증가를 감당해 내려 하십니까? 그러면 우리에게 있어 통일은 무슨 의미를 갖는 것입니까. 통일이 되면 사회질서가 마비될 수 있고, 국민 각자의 경제적 부담이 짜증스러울 만큼 급증합니다. 통일은 현재를 사는 우리에겐 엄청난 아픔과 희생을 강요하는 것입니다.

냉전시대에는 부국강병이 최고의 가치였습니다. 강해야 남으로부터 침략당하지 않는다는 생각에서였습니다. 그때는 이데올로기 때문에 전쟁을 했습니다. 승산만 있다면 삶의 질이 아니라 목숨까지도 희생하면서 쟁취하고 싶었던 절체절명의 목표가 바로 통일이었습니다. 하지만 지금은 [삶의 질]이 세계를 지배하는 시대입니다. 국가가 작다고 설움 받는 시대가 아니라 발상 전환이 모자라 설움을 받는 시대인 것입니다. 이데올로기가 지배하는 냉전시대에서는 통일이 최고의 목표였지만, 삶의 질이 지배하는 지금의 통일은 단지 행복을 추구하기 위한 하나의 수단일 뿐입니다. 수단의 하나이기 때문에 언제나 다른 수단으로 바뀌어질 수 있는 것입니다.

한반도에 '평화통일'은 없습니다. 평화와 통일이 따로 있을 뿐입니다. 평화와 통일은 한 마리의 토끼가 아니라 서로 다른 방향으로 달리는 두 마리의 토끼입니다. 어느 토끼를 먼저 잡을 것인가. 지난 반세기 동안 우리는 끊임없이 통일을 잡으려 했습니다. 그 결과 두 마리 토끼 모두를 놓쳤습니다. 우리는 통일에 대한 차가운 현실은 접어둔 채 통일이 주는 장미빛 환상에만 매달려 왔습니다. 하지만 현실적으로 통일은 먹고 먹히는 게임입니다. 그래서 통일에 대한 목소리가 북한에서 높으면 남한이 긴장했고, 남한에서 높으면 북한이 긴장해왔습니다. 한반도에서는 통일에 대한 목소리를 높이면 높일수록 긴장만 더 고조돼 온 것입니다. 바로 통일이 평화를 깨고 있는 모습이었습니다.

통일은 물속의 그림자입니다. 잡으려 하면 사라지고,

가만두어야 다가오는 것입니다. 이것이 '한반도 통일의 파라독스'입니다. 이러한 패턴이 앞으로 100년간 계속돼 보십시오. 남북한은 영원히 긴장 속에서 군비경쟁을 통해 경제적 공멸을 자초할 것입니다. 통일은 버려야 얻을 수 있습니다. 내일의 통일을 위해서는 오늘 하루만큼은 통일을 버리고 평화를 선택해야 합니다. 평화는 평화공존 시스템을 통해서만 얻을 수 있습니다. 서로의 주권을 인정하고 한반도에 두 개의 주권국가가 있다는 것을 인정해야 합니다. 이는 두 가지 변화를 전제로 합니다. 하나는 현재의 휴전선을 국경선으로 전환하는 것이고, 다른 하나는 UN감시하의 상호 감군입니다.

캐나다와 미국을 보십시오. 국경선을 사이에 두고 한집 식구들처럼 자유롭게 왕래하고 있습니다. 남북한도 이들처럼 지낼 수 있다면 그것이 바로 통일인 것입니다. 이러한 '사회적 통일'은 지금이라도 얼마든지 이룰 수 있습니다. 사회적 통일을 이루려면, 정치적 통일을 포기해야 합니다. 정치적 통일은 정치집단간의 싸움만 불러옵니다. 남북한이 서로를 '정치적 통일'의 대상이라고 생각하는 한 '사회적 통일'은 없는 것입니다.

결론적으로 평화공존은 통일의 중간 과정입니다. 평화공존 시스템하에서 한 민족이 자유롭게 왕래하다 보면 우리도 모르는 사이에 정치적 통일이 찾아올 수 있습니다. 그 정치적 통일은 세월과 하늘이 가져다주는 것이지, 결코 인위적으로 얻을 수 있는 성격의 것이 아닙니다.

제13장 5·18의 진실 탐구

제13장 5·18의 진실 탐구

김대중을 불신하게 된 이유

김대중이 너에게 보인 관심은 참으로 대단했어. 장관 자리라도 하나 하라고 김상현 의원, 총무수석, 경제수석, 안보수석, 박지원 등을 꾸준히 보낸 것은 너에 대한 사랑이 매우 컸기 때문이겠지. 그런데 너는 그 자리들을 사양했어. 자유가 침해당하는 것이 싫고, 창작의 즐거움을 당분간이라도 접어야 하는 것이 싫어서였지. 이제 와 생각해보면 사양한 것이 네 인생을 가시밭길로 들어서게는 했지만, 천만다행이었어. 그가 대통령이 되자 그는 완전 김정일의 종이 되어 결핵백신까지 탈탈 털어 국민 몰래 북에 퍼주고, 보건계에는 입단속까지 시킬 정도로 미친 듯이 퍼주었지. 심지어는 UN사 교전 규칙까지 바꿔서 우리 해군의 손발을 꽁꽁 묶어놓고, 참수리호와 거기에 승선한 해군 장병들의 목숨을 희생시켜 가면서까지 1999년 6월, 제1연평해전에서 당했던 김정일의 수모를 설욕시켜 주었어.

김대중이 이렇게 김정일에 충성한 이유에 대해 너는 늘 생각했었지. 그는 1945년 8월 25일 좌익단체인 건국준비위원회 목포시지부에 가입하여 활동한 사실이 있고, 1946년 당시 좌익정당인 신민당(당수 김두봉, 북한 부주석)에 입당하여 조직부장으로 활동한 사실이 있는데다 이후 줄곧 김일성의 도움을 받아 정치를 해왔기 때문이라고 생각했지. 그 하나의 예로 1971년에 도쿄 플라자 호텔에서 북한 부주석 김병식으로부터 20만 달러를 받았고, 1972년에는 일본에 '한민통'이라는 반국가 단체를 구성했고, 그 혐의로 1981년 대법원으로부터도 사형 확정을 받았을 만큼 골수 좌익이기 때문이라고 생각했지. 1981년 1월, 그는 대법원으로부터 사형선고와 무기징역형을 확정받았어. 사형은 일본에서 반국가 단체를 구성한 혐의에 대한 것이고, 무기징역은 5·18을 배후 조종하고 24명의 혁명내각을 구성한 내란음모에 대한 것이었지.

이러한 것도 이유가 되겠지만 그보다 더 크고 직접적인 이유가 2023년 김경재가 Knews에 밝힌 증언내용에 있었다는 것이 최근의 생각이지. 김경재 증언에 의하면, 1999년 말, 고난의 행군으로 인해 정치적 입지가 어려워진 김정일이 김대중에게 심복을 보내라 했고, 그

심복이 바로 김경재였어. 김정일이 5·18을 가지고 김대중을 협박해 달러를 갈취할 목적이었지. 북에 8박 9일 머무는 동안 김정일 수하 김학철 노동당 간부가 작심하고 김경재를 통해 김대중을 협박했어. "5·18은 북한이 통일 차원에서 주도한 군사작전이다. 이 묘역이 바로 광주에 가서 싸우다 전사한 인민군 열사들의 묘역이다. 지금 북이 어렵다. 현찰이 필요하다." 김경재는 이 내용을 모두 김대중에 보고했다고 했어. 이 내용이 남한에 알려지면 전두환은 영웅이 되고, 5·18은 사기가 되며, 전라도는 사기의 고장이 되고, 김대중이 건설한 빨갱이들의 정치적 발판이 송두리째 무너지는 것이었지. 이에 다급해진 김대중이 정상회담이라는 요식행위를 통해 북에 가서 김정일과 단둘이 차내 접선을 했고, 국민 몰래 4억 5천만 달러를 주었다가 미국에 의해 들통이 났던 거야.

하지만 대부분의 국민들은 무심했어. 그래서 너는 김대중이 겉으로는 그럴듯하게 보이는 햇볕정책을 명분으로 내걸고 벌이는 대북정책의 무시무시한 사례들을 낱낱이 기록하여 무관심한 국민들에 알리느라 신문광고도 내고, 언론에도 발표했지. 자기가 아껴왔던 사람으로부터 공격을 당하자 김대중의 분노가 이만저만이 아니었어. 김대중의 아바타라는 임동원 국정원장이 너를 2년씩이나 도청했고, 그 도청으로 인해 임동원이 옥살이를 했지. 임동원의 강압으로 너에 대한 도청을 하급부서에 지시한 김성은 국정원 제1차장이 검찰에서 진술했지. "이상하게도 김대중 대통령은 무게가 별로 없는 지만원을 가장 미워했습니다."

임동원의 도청이 시작되면서부터 예약돼 있던 대기업 강의가 모두 취소되고, 네가 원하면 게재할 수 있었던 조·중·동 기고와 방송국 출연이 모두 금지되는 등 너의 활동공간이 캄캄하게 차단됐고, 밥줄이 일거에 사라졌지. 이후 너는 이런 임동원을 상대로 민사소송을 제기했지만 붉은 색채 완연한 사법부는 겨우 2천만 원만 보상하라 판결했어. 하지만 액수야 어떻든 국가 최고 정보기관의 장이라는 모자를 쓴 임동원이 저항 능력 없는 한 자연인에 대해 2년씩이나 도청하면서 1차장과 8국장에게 수시로 전화를 걸어 "오늘 지만원에 대해 알아낸 것이 무엇이냐. 조치는 어떻게 했느냐. 예예 대답만 하지 말고 구체적 조치를 보고하라." 이렇게 닦달했다는 사실이 이 민사소송을 통해 사실로 확인된 거지. 만일 좌익이 이런 도청을 당했다면 당시의 판사들은 얼마나 많은 배상금을 물렸을까?

5·18을 연구하게 된 동기

너는 김대중의 반역행위를 집대성하여 2002.8.16.자 동아일보에 3,500자의 의견광고를 냈지. 그 3,500자 중에 5·18에 대한 간단한 평가가 포함돼 있었어. "5·18은 소수의 좌익과 북한 특수군이 순진한 광주시민들을 선동하여 일으킨 폭동이었습니다." 이 35자의 문장 하나를 이유로 너는 즉시 광주교도소에 수감되었어. 지금까지도 광주검찰과 광주법원은 민-형사소송법에 규정된 관할권을 무시하고, 5·18 관련 표현에 대해서는 모두 다 광주로 끌어다 재판을 하지. 광주법원은 대법원 판례도 이유 없이 무시해왔어. 대법원 위에 광주법원이 있고, 대한민국 위에 광주공화국이 있다는 참으로 기막힌 억지가 자행되고 있다는 사실을 얼마나 많은 국민들이 알고 있을까? 심지어 광주시청에는 전 국민을 상대로 하여 5·18에 대해 광주의 정서를 건드리는 표현을 검색해 내서 게시자를 고소하는 전담 공무원이 별도로 배치돼 있지.

2002년 10월 24일, 최성필 검사가 지휘하는 광주경찰 4명(김용철, 이일남, 박찬수, 이규행)이 안양에 있는 너의 아파트의 문을 열고 구둣발로 들어와 온 가족이 울부짖는 가운데 네게 뒷수갑을 채웠어. 당시에는 뒷수갑이 위헌이라고 판결나 있을 때였지.(수갑 사용행위 위헌 확인, 전원재판부 98헌마6, 2000. 4. 27) 5·18 때 광주는 국가 권력이 미치지 못하는 [해방구]로 불렸고, 이후 지금까지 광주는 민-형사소송법은 물론 대법원 판례와 헌법재판소 판례에 이르기까지 싹쓸어 무시해오고 있지. 치외법권의 영역에서 그리고 유사 점령군 행세를 하면서 대한민국 위에 군림하고 있는 것이야.

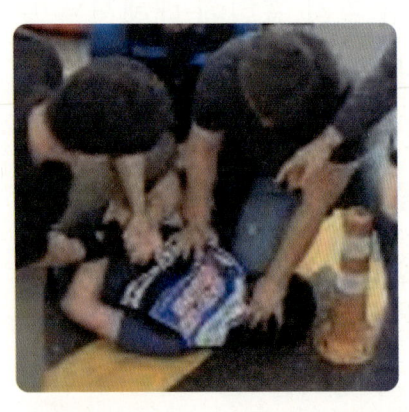

6시간 동안 광주로 연행되어 가는 과정에서, 그리고 2시간 동안 광주검찰청에서 조사를 받는 과정에서, 수갑을 뒤로 채인 상태로 모두 8시간 동안 물리적, 언어적 폭력을 당했어. 호송되어 가는 동안 아들뻘되는 4명의 경찰로부터 쉴 새 없이 주먹으로 머리를 쥐어박히고, 찰싹찰싹 뺨도 맞고, 언어폭력을 당했어. "니미 씨발 좆같은 개새끼, 가다가 논에 처박아 죽이고 가자. 우익새끼들 다 읍쌔부러야 한당께로, 야 이 개새끼야, 네깟놈이 감히 어디라고 5·18을 씨부러, 너 이회창으로부터

얼마나 받아 챙겼냐?" 난생처음 당하는 생지옥이었지.

불과 35자 문장의 의미에 비추어 광주와 김대중 정권의 반응이 지나치게 과격했어. 이념학습을 많이 받아 온 너로서는 5·18에 '중대한 이념적 비밀'이 내재해 있다는 것을 직감하게 되었고, 10년이든 20년이든 진실을 캐야 하겠다는 각오가 생겼지. 2003년 1월, 광주교도소에서 출소하자마자 전두환 측 변호단으로부터 18만 쪽에 달하는 방대한 분량의 '전두환 내란 사건 수사-재판 기록' 모두를 빌렸어. 6년 동안 고무골무를 끼고 18만 쪽을 정리하여 2008년 9월, [수사기록으로 본 12.12와 5·18] 4부작 1,720쪽을 펴냈지.

수사기록 파일   4부작 1,720쪽

책을 낼 때마다 고소하는 광주

이 4권의 책에 대해 5·18단체들로부터 또 고소를 당했지만 천우신조로 이번 재판은 안양법원에서 받게 되었지. 안양법원에서는 2년 동안 재판부를 단독에서 합의부로 옮겨가면서 논리 다툼을 벌였어. 제1차 단독재판부는 "피고인, 제 말을 허투루 듣지 마십시오. 이 사건은 반드시 변호사가 필요합니다." 혼자 재판받아도 자신 있다는 생각으로 변호인을 선임하지 않는 너를 딱하게 바라보면서 한 말이었어. 그다음 바통을 이어받은 단독재판장은 네가 매우 이상한 사람이라는 선입관을 가지고, 눈알을 부라리면서 방청석을 가득 채운 회원들의 절반을 법정 밖으로 내쫓았지. 서석구 변호인이 60분 넘게 열정적으로 변론을 하자, 판단이 만만치 않다는 것을 감지했는지, 적대적이었던 이 판사가 사건을 회피했지. 서석구 변호인에게 "5·18 사건을 단독재판부가 감당하기에는 부담이 크니 합의부로 전환하면 어떠냐"는 제의를 한 거야. 사건이 합의부로 옮겨가자 합의부 재판장은 첫날의 공판정에서 간담을 서늘케 하는 말을 했지. "피고인은 지금 자유의 몸으로 재판을 받지만 언제든지 법정구속될 수 있습니다." 너를 완전히 이상한 행동을 일삼는 존재 정도로 인식하고 법정에서 돌

출행동을 하면 구속하겠다는 엄포인 것으로 들렸어.

이후 네가 부지런히 연속 제출하는 두꺼운 답변서들은 법적 문서라기보다는 새로운 사실들, 신기한 사실들을 탐험하여 정리한 강의록이었어. 요행히도 판사가 네 답변서를 정독했어. 심지어는 증거자료 번호까지 챙겨주었지. 첫날의 재판장 눈에서는 적대감이 실린 레이저 광선이 분출되었지만 시간이 지나면서 그의 눈빛은 부드러워졌지. 너는 판사에 건의했어. "재판장님, 통일부에는 5·18에 대한 북한 자료가 많이 있는데 대외비입니다. 그 대외비 자료를 피고인이 열람-복사할 수 있도록 통일부에 재판장님의 협조공문을 보내주시면 감사하겠습니다." 이현종 재판장님은 네 요청을 받아들였고, 그 덕분에 너는 통일부에서 수많은 비밀자료를 복사했지.

통일부 북한 자료센터에서 복사한 북한 문헌들은 두 가지 종류의 내용들로 채워져 있었어. 첫째는 5·18을 북한이 주도하지 않았다면 묘사할 수 없는, 현장 상황을 마치 비디오를 보는 것처럼 생생하고 동태적으로 묘사한 내용들이었고, 둘째는 광주의 피해를 부풀려놓은 후, 이 엄청난 만행을 글라이스틴 미 대사의 비호하에 전두환이 지휘한 것이라는 모략 내용들이었지. 북한 문헌들이 묘사한 광주 현장 상황들에는 5·18을 북한군이 주도했다는 그림이 묘사돼 있고, 모략 내용들에는 전두환을 광주의 살인마로 묘사하려는 의도가 역력히 드러나 있었지. 광주 현장 상황들에 대한 북한 측의 묘사는 계엄군의 상황일지보다 더 자세하고 동태적이었어. 여기에 더해 북한 문헌들에는 북한식 게릴라 작전의 [전략]과 [전술] 그리고 [교훈]까지도 자세하게 기록돼 있었지. 이것들을 다 요약하여 답변서로 제출했어. 드디어 2011년 1월 19일, 안양법원 이현종 부장판사가 네게 무죄를 선고했고, 이어서 서울고법-대법원이 무죄를 선고했지. 판결의 요점은 너의 4부작 저서의 표현들은 ① '집단표시에 의한 명예훼손'의 판례에 의해 무죄이고 ② 아울러 4부작 책은 연구를 위해 쓴 책이지 5·18의 명예를 훼손시키기 위해 쓴 책으로 보이지 않는다는 것이었어.

이 판결로 인해 [북한군 개입]에 대한 여론이 확산되자 2013.1월 초, 채널A가 "무슨 영문인지를 알려달라"며 너를 초청했지. 너는 이때다 싶어 검찰 보고서와 안기부 보고서 그리고 너의 저작물들을 가지고 나가 1980년 5월 21일 하루 동안에 발생한 광주 군사작전 상황을 5분여에 걸쳐 간단히 설명했어. 이 간단한 상황 설명만으로도 남녀 진행자들은 이구동성으로 "그것은 광주시민이 할 수 있는 작전이 아니다. 북한 특수군 소행이다"라는 해석을 했지. 시청자들이 많은 충격을 받았어. 이에 채널A와 TV조선이 2013년 1월부터 5월 중순까지 경쟁적으로 탈북자들을 초대해 '5·18은 북한의 소행'이라는 요지의 증언들을 방송했지. 이에 광주시장이 2013.5. 광주의 338개 단체와 변호사들을 모아 [5·18 역사왜곡대책위원회]를 만들어 소송전을 벌였고, 이어서 국회를 중심으로 5·18 진상규명법이 제정되고, 5·18 표현들을 국가 차원에서 통제하기에 이르렀어.

수학적 접근이 판도라 상자 열어

전두환 시대인 1980년, 대한민국의 당시 정보력은 그야말로 전무후무할 정도로 방대하고 대단했다고들 하지. 5·18 관련 [군 상황일지]는 이렇게 막강하다는 계엄당국과 보안사 및 국정원의 베타랑 분석가들이 모두 달려들어 다루었지만 이들 모두가 수학적 사고방식(mathematical way of thinking)과 게릴라전의 본질을 알지 못했던 관계로 북한군의 존재를 상상조차 하지 못했어. 그래서 이들이 분석해낸 문서들에는 고작 '무기고가 많이 털렸고, 군용차가 400대, 총기가 5,400

여 정 피탈당했다'는 정도로만 정리되고 말았지. 하지만 수리공학자인 너는 당시 정보당국이 늘어놓은 자료를 통계처리하여 아래와 같이 눈에 보이도록 상황을 구체적으로 정리했어.

"300명의 시위대가, 5월 21일 오전 08시에 20사단 지휘부 차량부대가 광주 톨게이트를 통과한다는 극비정보를 입수하고, 하루 전에 [군분교]라는 작은 교량을 중심으로 하는 매복지점에 중장비들을 동원하여 가두리장을 설치한 다음 5.21.08시에 계획대로 톨게이트를 통과하는 20사단 차량부대를 습격하여 사단장 지프차를 포함한 14대의 지프차를 빼앗아 인근에 있는 군용차량 제조사인 아시아자동차 공장으로 향했고, 09시에는 또 다른 300명이 5대의 버스를 타고 아시아자동차 공장에 접근하여, 총 600명이 공장을 점령한 후 장갑차 4대와 군용트럭 400대를 탈취하자마자 마치 예행연습을 한 사람들처럼 곧장 전남 17개 군에 위장돼있는 44개 무기고로 달려가 불과 4시간 만에 5,403정의 총기와 8톤 분량의 TNT를 탈취해가지고 전남도청에 2,100발의 폭탄을 조립해놓고, 그날 밤부터 광주교도소를 5차례 야간공격하였다."

이와 같이 [북한 개입] 표현은 네가 위에서 정리해놓은 수리공학적 요약문에 대한 세간의 [평가]이자 너의 평가였을 뿐, 결코 [허위사실의 적시]가 될 수 없었던 것이야. 그런데 네 사건을 맡은 이후의 판사들은 예외 없이 [북한군 개입]이라는 [평가 부분]에 대해 허위사실을 적시한 것이라는 억지 판결들을 내렸지. [사실관계]는 재판의 대상이 되지만 사실을 [평가]하고 [의견]을 다는 행위에 대해서는 사법 심판의 대상이 될 수 없어. 그럼에도 5·18 사건을 다룬 이후의 판사들은 다 예외 없이 [의견]을 [허위사실]이라고 판결했어. 완전 점령군식 판결이었지.

권영해와 김경재가 밝힌 5·18 진실

2023년에는 김대중의 심복 김경재 의원이 북한에 가서 5·18은 북한이 통일 차원에서 주도한 군사작전이었고, 그 과정에서 북한군이 많이 전사했다는 사실을 북한 고위층 김학철로부터 설명받고, 그 묘소로 안내되었다는 증언을 Knews를 통해 증언했지. 이어서 1997년 당시 안기부장을 지냈던 권영해 씨가 2024년 일간지 스카이데일리를 통해 2회에 걸쳐 5·18은 북한이 주도한 군사작전이었다는 증언을 했어. 5·18은 북한이 통일 차원에서 주도한 군사작전이었고, 광주에서 북한의 위관급 특수군 490명이 광주에 와서 사망했으며, 국정원 공작팀을 북한 땅 청진시로 보내 광주에서 전사한 인민군 열사 묘지 비석에 새겨진 사망자 명단까지 사진으로 찍어왔다고 증언했어. 그리고 490명에 대한 성명, 출생지, 출생일, 계급, 소속부대 등이 기록된 명단까지 확보해 탈북자 이름으로 발행했다고 증언했지. 이와 똑같은 사실이 북한 노동당이 출판한 2개의 대남공작 역사책에도 묘사돼 있고, 북한의 '조선영화촬영소'가 1980년에 내놓은 5·18기록영화에도 묘사돼있지.

'5·18을 북한이 주도했다'는 너의 '학설'은 이제 '진실한 사실'인 것으로 증명이 된 것이야.

광주의 분노   주체의 기치따라 나아가는
　　　　　　　남조선인민들의 투쟁

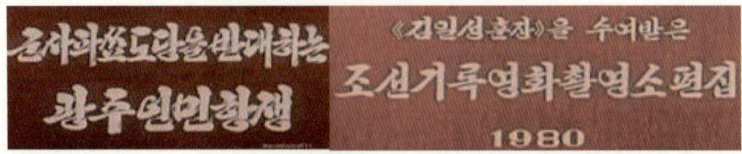

북한이 1980년에 제작한 5·18 기록영화

2020년, 미 CIA보고서가 밝힌 5·18 진실

2020.5.11. 미 국무부가 비밀 해제하여 한국 정부에 이관한 외교문서는 122건 520쪽이었어. 그런데 문재인 정부의 외교부는 이 사실을 숨기고, 43건 140쪽뿐이라고 발표했지. 5·18에 관해, 국가가 나서서 사실을 은폐하고 조작한 거라구. 이관문서가 122건 520쪽이라는 사실은 네가 정재성 동지의 도움을 받아 고스란히 복사해 두꺼운 문서 파일로 인쇄해 여러 곳에 나누어주고, 재판부들에도 제출했지. 이 문서를 미 국무부 홈페이지에 가서 찾아내고, 인쇄해 책으로 제본한 사람도 대한민국에서 너 혼자였어. 그 287쪽에는 '시위의 주도권을 550여 명의 극렬주의자들이 장악하고 인민재판을 열어 이미 몇 명이 처형되었다'는 요지의 내용이 실렸지. 그런데 현장 사진에는 4명의 광주 청년이 북한 체포조에 의해 도청으로 끌려가는 사진이 있어. 이 4명 모두가 다 살해됐어. 광주시민이 광주시민을 연행해 도청으로 끌어다가 살해했다는 것은 당시 상황으로는 있을 수 없는 일이었지. 체포조의 어깨띠에는 [수습학생위원회]라는 글자가 있었어. 어느 모로 보나 이들 체포조가 학생으로 보이지는 않지.

현장 사진들에 나타난 북괴 전투매니아

현장 사진들에 나타난 북괴 전투매니아

5·18을 북한이 주도했다는 판단은 당시의 수사기록에 있는 군 상황일지 한 가지만 요약해보아도 누구나 쉽게 내릴 수 있지. 여기에 더해 북한이 1980년에 내놓은 광주 5·18기록영화 [군사파쑈도당을 반대하는 광주인민항쟁]의 내용과 1982-85년 사이에 발행한 위 북한 노동당 문헌들을 보태면 더욱 명확해져. 여기에 더해 2015년에 매우 놀랍게도 광주 현장 사진들이 수백 장 규모로 쏟아져

나왔어. 현장 사진들에는 고도로 훈련된 전투매니아들이 지휘체계를 갖추고 유니폼을 입고 현장 지휘자의 지휘에 따라 일사불란하게 움직이는 전투준비 행위들이 나타나 있지.

단련된 몸매에 총기를 자유자재로 다루고, 총기를 북한식으로 거꾸로 메고, 무전기를 들고, 유니폼을 입고, 비표식을 하고, 조직화돼 있고, 총기와 수류탄의 기능 여부를 점검하고, TNT로 폭탄을 조립하고, 북한식 제식 동작을 하고, 장갑차를 몰고, 차량을 타이어로 요새화하고, 지휘체계가 잘 갖추어진 군사 집단의 행위가 고스란히 사진들에 나타나 있었어. 현장 사진들에 나타나 있는 이런 전투준비 행위는 누가 봐도 일반 국민이 흉내낼 수 있는 모습일 수가 없어. 만일 광주의 구두닦이 등이 누구의 지휘가 없어도 평소에 이와 같은 지휘체계를 스스로 형성하고, 위와 같은 전투준비 태세를 갖출 수만 있다면 대한민국은 구태여 막대한 3인력과 자금을 들여 군대를 유지할 필요가 없다는 가설도 성립할 수 있어. 아래 사진들만 보아도 5·18은 북한 특수군에 의한 군사작전이라는 판단이 서지. 수많은 사람들이 이런 사진들을 보았겠지만, 사진들이 잉태하고 있는 군사적 의미를 밖으로 읽어낸 사람은 오로지 너 한 사람뿐이었어.

지휘체계가 갖추어진 무장시민군

20사단 지휘부 차량 14대를 탈취하여 이웃 아시아자동차 군납업체로 가는 모습

낱개 실탄을 탄창에 장입하는 모습   수류탄과 다이너마이트 더미에서 수류탄을 골라 박스에 담는 모습

현장의 전투 지휘자 1호 광수

군용트럭을 타이어로 요새화하고 중기관총 장착

보병 무장대를 엄호하고 있으며, 뒤따르는 무장차량대의 가장 앞장서서 전투지휘하고 있다.
1호광수가 페퍼포그차 타고 지휘

여러 대의 트럭에 탑승한 어깨들에 중화기 전달

금남로 옥상을 점령한 괴한들
무거운 유탄발사기를 파지하고,
가슴에는 유탄이 가득 담긴 주머니 착용

장갑차를 전투대열로 유도

군용트럭에 타고 있는 전투병에 사용가능한
총기 골라 릴레이 방식으로 전달

경찰복을 착용한 괴한들

도청 내부에서 작전지휘

도청 내로 진입하는 차량 지휘

계엄군으로부터 접수한 도청을 경비

도청 경비

현장 사진들에 나타난 수백 명 규모의 북한 민간인 집단

현장 사진들에는 북한군 600명 말고도 또 다른 600여 명 규모로 추산되는 남녀노소 민간집단이 대거 동원되어 질서 있게 연기하는 장면들이 많아. 민간부대 규모가 600여 명이라는 것은 사진상에 나타난 집단의 규모로부터 눈대중으로 추산될 수 있었어. 한국군을 살인마로 악선전하기 위해 벌이는 시체장사 행사장 장면들도 있고, 교도소를 야간공격하다가 사망한 수백 명의 북괴군을 추도하는 듯한 행사 장면도 있어. 출동하는 북 특수군을 위장해주고 특수군 출동을 격려해주는 대규모 군중의 모습들이 많이 보였어. 당시 광주시민들은 총알이 날아다닌다며 모두 집에서 대문을 걸어 잠근 채 숨어있었고, 시내로 나오지 못했지. 광주 시내는 완전히 군사 집단 600명, 북한 민간인 집단 600여 명, 합쳐서 1,200여 명의 북한인들만이 활동할 수 있었던 배타적인 북한 영토였어.

일반 국민들은 잘 모르겠지만 공산국가들의 전쟁에는 언제나 게릴라전이 배합돼 있고, 게릴라전의 필수요소가 바로 남녀노소 민간인 조직이지. 6.25 전쟁에서 미군이 노이로제에 시달리면서 많은 희생을 치렀던 이유가 바로 공산군이 전쟁터에 동원한 민간인 집단 때문이었지. 노인, 부녀자, 어린아이들이 게릴라전의 도구라는 사실을 일반 국민들은 잘 몰라.

5.22. 북한주민들로 추정되는 사람들이 도청 공간에 질서 있게 집결하여 장례식 행사를 함. 당시 광주시민은 집에 꼭꼭 숨어있었음

북한 민간인 집단 어떻게 광주까지 왔나?

광주에, 북한 특수군 600명이 왔다는 기록은 남한의 상황일지, 안기부 보고서, 검찰 보고서 모두에 명백하게 기록돼 있고, 아울러 북한 문헌들에도 명확하게 기록돼 있지. 1979년 박정희 대통령이 김재규로부터 시해당한 직후부터 김일성은 마치 시해 사건을 예측이나 한 듯이 바로 그 순간 북한군에 폭풍작전 명령을 내렸어. 10세 전후 때부터 절해의 고도에서 살인 기계로 양성된 김신조급 특수요원들을 10-30명 규모로 남파시켰지. 한편으로는 잠수함을 통해 그리고 또 한편으로는 태백산-문경을 잇는 통로를 통해 소규모 단위로 축

차 파견하여 광주의 수많은 외곽지역에 은신시켰지. 이는 군사 분야의 상식이자 탈북자들의 한결같은 증언이야.

하지만 업힌 아이, 안긴 아이까지를 동원한 또 다른 600여 명으로 추산되는 남녀노소 부녀자 집단은 어떤 식으로 광주에 들어왔을까? 북한이 600명의 군사 집단 말고도 또 다른 600여 명의 남녀노소 어린이 집단까지 적진의 깊숙한 후방에 투입시켰다? 이는 상상의 범위를 넘어도 한참 넘는 미친 소리로 들릴 거야. 그런데 이를 사실이라고 믿을 수밖에 없는 증거가 있어. ① 현장 사진들을 보면 통제에 의해 움직이는 민간인 집단들이 분명히 존재해. 광주시민들은 밖에 나오지도 못했고, 설령 나왔다 해도 시민들을 통제할 광주시민이 없었어. ② 놀라운 증거는 유병현 회고록이야. 2013년 발행한 [유병현 회고록] 제453쪽에는 당시 합참의장이던 유병현 대장이 전남 해안을 텅 비워주었다는 기록이 있어. 당시 유병현 대장이 해군 참모총장이었던 김종곤 대장에게 각별히 부탁해서 전남 해안을 경비하던 부대를 모두 전북 변산반도 이북으로 이동시키게 했다는 기막힌 사실이 기재돼 있어. 그래서 대형 여객선이 600여 명에 이르는 북한 민간인 집단을 태우고 전남 해안에 유유히

입항할 수 있었을 거야.

유병현 대장이 간첩으로 의심받을 수 있는 매우 이상한 조치가 아닐 수 없어. 왜냐하면 당시는 계엄 시국이기 때문에 모든 작전지휘는 지역별 계엄사령관에게만 있었고, 합참의장과 해군총장에게는 부대 이동 등을 포함한 모든 작전지휘권이 없었지. 작전지휘권이 전혀 없는 두 사람이 이희성 계엄사령관의 권한을 바이패스(bypass)하여 도둑 조치를 취한 거였어. 이것이 어째서 문제가 되지 않았는지 당시의 정보 라인이 참으로 어설펐다는 생각마저 들지. 이는 분명 반역 행위였어. 군번 1번 이형근 대장의 회고록 제55-57쪽에는 6.25 전쟁을 한동안 간첩이 지휘했다는 것을 의심케 하는 10대 불가사의가 기록돼 있지. 유병현 대장과 김종곤 대장 역시 간첩으로 의심받을 만한 월권행위를 한 거였어.

5·18이 과연 민주화 운동인가?

현장 사진들에는 분명히 군사 지휘체계가 형성돼 있고, 군사 지휘자들이 분대급 세포조직을 지휘하는 모습들이 많이 보이지. 그런데 그 현장 지휘자들은 오로지 사진에만 나타나 있고, 광주시민들 중에는 없어. 5·18

현장을 지휘했다는 광주시민은 기록상에도 없고, "내가 지휘자였다" 하고 나타난 사람도 없어. 5·18 최상의 영웅이라는 윤상원(본명 윤개원)을 포함한 최상급의 5·18 유공자 대우를 받고 있는 김종배 등은 시위가 격렬했던 5월 18일부터 24일까지 각자도생하자며 뿔뿔이 흩어져 숨어다니다 무장괴한 집단이 도청에서 철수한 이후인 5월 25일부터 비로소 한 사람씩 전남도청에 들어가 갑론을박하다가 5월 27일 새벽 시간에 진압되었지. 광주가 2011년 유네스코에 등재시킨 광주시민들의 증언기록이 80만 쪽인데, 그 많은 기록 중에 낯선 사람들이 현장을 지휘하는 장면을 보았다는 사람은 많아도 그 지휘자들이 광주 사람이라는 말도 없고, 스스로 지휘자 역할을 했다는 사람도 없어. 5·18 기념재단 상임이사 김양래는 법정 증언대에서 "5·18에는 지휘자가 없다. 시민 모두가 지휘자였다"는 비상식적인 발언을 서슴지 않고 했지. 지휘자 없는 민주화 운동? 어불성설이야.

'운동'(Movement)이라는 것은 새마을 운동이나 프랑스의 레지스탕스 운동처럼 지도자가 있고, 조직이 있고, 상당한 기간을 소요로 하는 계몽 내지는 저항하는 것을 내용으로 하는 지속적인 활동이 있어야 하는 것인데, 5·18 사건은 불과 10일 동안 지속된 무력 충돌 사건에 불과할 뿐, 지휘자도 없고, 조직도 없고, 민주주의라는 글자가 들어 있는 슬로건 자체가 없었어. 광주 시민군과 대한민국 국군이 충돌했는데, 한쪽 당사자인 대한민국 국군에는 지휘자들이 모두 다 명시돼 있고 작전기록이 공식 문서들에 작성돼 있는데 반해 다른 한쪽 당사자인 광주 시민군에는 작전을 지휘한 지휘자가 단 한 명도 없어. 광주시민을 대변하는 광주시민군의 활동 내용은 오로지 북한 문헌과 북한 영화들에만 들어 있을 뿐이야. 북한이 광주를 대변한 것이지. 대한민국 국군을 상대로 싸운 광주시민군에 지휘자가 단 한 명도 없다는 것은 매우 중요한 모순이자 아이러니가 아닐 수 없어. 이보다 더 아이러니한 것은 사진에서는 수많은 군사 지휘자들이 지휘를 하고 있는 모습들이 보이는데, 그 지휘자들이 광주시민들 가운데에는 전혀 없다는 사실이야. 이 엄청난 모순을 해명하지 못하는 한, 5·18은 2자 간의 충돌사건이긴 하지만 그 충돌의 광주 쪽 당사자가 광주시민이 아니라는 결론이 도출돼. 사망한 광주시민, 체포된 광주시민들은 모두 '억울하게 피해를 당했다'는 사람들일 뿐, 계엄군을 상대로 시민군을 지휘했다는 사람이 한 명도 없어. 이것을 '민주화운동'이라고 부른다는 것은 대한민국을 부정하는 반국가 선동질에 불과해.

광주의 유언비어, 북한이 제작

좀 과격하게 들릴지는 몰라도 5·18에 관한 한, 전라도 사람들은 거의 다 '공상허언증' 환자들이라고 할 수 있지. 공상을 진실로 맹신하는 정신병자들. 그들에게는 진실이 가짜로 인식되고, 오로지 반국가적 뇌피셜로 제작한 영화 [화려한 휴가], [택시 운전사] 등 픽션 내용들만 진실인 것으로 각인돼 있어. 영화 [화려한 휴가]가 얼마나 기막힌 공상을 사실처럼 믿게 했는가를 한번 살펴보자구. 2007년에 개봉한 [화려한 휴가]는 북한이 1980년에 제작한 기록영화 [군사파쑈도당을 반대하는 광주인민항쟁]과 1991년에 북에서 개봉된 픽션 영화 [님을 위한 교향시] 내용들을 그대로 본떠서 대한민국을 모략한 영화야. 모략의 하이라이트는 [전두환 명령에 의한 도청 앞 집단 발포]였어. 이것이 곧 [전두환의 살인 명령]이라는 것이야.

[전두환의 살인 명령]은 1960년에 김일성이 조작한 [워커 미8군 사령관의 살인 명령]을 그대로 옮겨온 것이지. 1960년 6월 25일, 김일성이 황해도 신천군에 신천박물관을 건립했어. 박물관은 미군이 저지르지도 않은 만행을 상상도로 그린 그림들로 가득 차 있지. 이 박물

관 입구에 대형 조형물이 설치돼 있는데 그것이 바로 [워커 미8군 사령관의 살인 명령]이야.

미8군사령관 워커의 명령문
(황해도 신천박물관에 새겨진 유언비어)-닥치는 대로 죽이라/ 설사 그대들 앞에 나타난 것이/어린이나 로인이라 할지라도/ 손이 떨려서는 안 된다/그대들은 될 수 있는 대로/많은 조선 사람들을 죽임으로써/미국 국민으로서의 임무를 다하라/

1960년에 미군을 모략하는 워커 장군의 위 살인 명령문이 20년 후에 광주로 옮겨져 [전두환의 살인 명령]으로 둔갑한 거야.

전두환의 살인 명령문
(광주 유언비어, 황석영의 '넘어 넘어'유언비어) 경상도 출신 장병들만 뽑아 광주로 보내라/빼갈에 환각제를 타서 먹이라/전라도 사람 70%를 죽여도 좋다/젊은이들은 모조리 죽여라/

신천박물관에는 미군이 여성의 가슴을 도려내는 그림, 사지를 각으로 뜨는 그림, 가족을 구덩이에 밀어놓고 매립시키는 그림, 사람들을 동굴에 몰아놓고 폭발시키는 그림, 여성의 정수리에 대못을 박는 그림, 여러 마리의 소에 여성의 사지를 묶어놓고 각을 찢게 하는 그림, 임산부의 배를 찌르는 그림 등 상상을 초월하는 모략용 그림들이 무수히 걸려있어. 그 그림을 20년 후인 1980년 광주에 캡션화(사진설명)하여 옮겨온 것이 광주에 나돌던 유언비어들이었지.

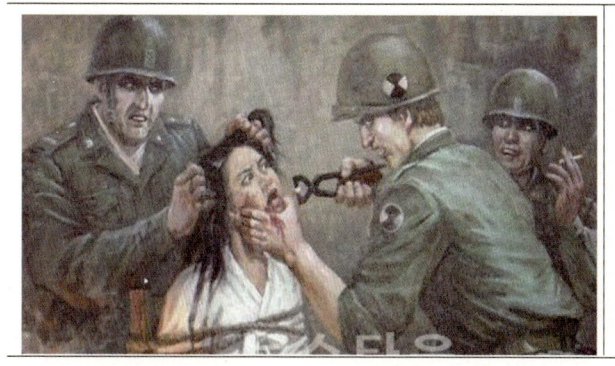
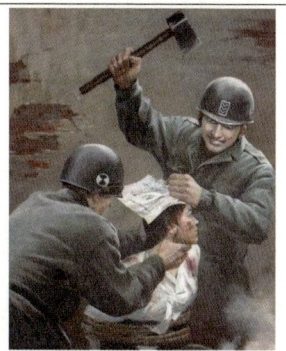

계엄사령부가 정리한 5·18 유언비어들 중 일부만 적어 보자구.

* 경상도 군인들이 전라도에 와서 여자고 남자고 닥치는 대로 밟아 죽이고 있다.
* 공수대원이 이화여대생으로 보이는 여학생 3명의 팬티와 브라자까지 모두 찢어내고 구둣발로 엉덩이를 찬 후 대검으로 등을 찔러 죽였다.
* 공수대원이 광주 수창초등학교 앞 전봇대에 산 사람을 거꾸로 매달았다.
* 5월 18일에 40명의 시위 학생이 죽어 금남로가 피바다가 됐다.
* 공수대원들이 젊은 놈들은 모조리 죽여 버리고 광주 시민 70%를 죽여도 좋다. 개 몇 마리 잡았느냐고 농

담을 한다.

* 계엄군이 출동해서 장갑차로 사람을 깔아 죽였다.
* 김대중을 잡아 죽이고, 전라도 사람을 몰살한단다.
* 공수부대들이 호박을 찌르듯이 닥치는 대로 찔러 피가 강물처럼 흐르는 시체들을 트럭에 던지고 있다.
* 여학생들이 발가벗긴 채로 피를 흘리며 트럭에 실려 갔다.
* 삼립빵 트럭이 시체를 실으려 시내를 돌아다니고 있다.
* 부녀자의 국부를 찌르고 유방을 칼로 도려내니 참을 수 없다.

전두환이 도청 앞에 모인 수만 명의 광주시민을 학살하라는 명령을 내려 공수부대가 5월 21일 오후 1시에 집단 발포를 해서 수백 명이 피를 흘리고 도청 앞을 피의 목욕탕으로 만들었다는 것이 북한 기록영화의 내용이고 화려한 휴가의 내용이지. 그런데 도청 앞 발포의 진실은 이런 선동 내용과는 전혀 달라. 광주폭동은 김일성이 주도한 통일전쟁의 불쏘시개 작전이었고, 통일전쟁을 하려면 남한의 광범위한 반국가 폭동이 필요했고, 반국가 폭동을 유발시키려면 전두환과 한국군에 대한 증오심을 불타게 하는 모략 작전이 필요했던 거야. 그 모략의 개념이 바로 김일성이 1960년에 건립한 신천박물관 반미-모략물들에서 유도(derive)되었어. 너의 연구는 참으로 광범위했던 거야.

도청 앞 집단 발포 주장은 전라도 사기극이라는 사실 밝혀낸 5·18 조사위

2019년 12월부터 2023년 12월까지 만 4년 동안 107명의 광주인들로 구성된 5·18 조사위가 519억 원이나 쓰면서 가장 심혈을 기울여 증명하려 했던 것이 전두환이 내렸다는 집단 발포 명령에 대한 증거를 찾는 것이었어. 이것이 519억 원의 용처였지. 그런데 5·18 조사위는 ① 집단 발포 사실이 정말로 있었는지도 증명하지 못했고 ② 집단 발포 명령을 전두환이 내렸다는 주장에 대한 증거도 찾아내지 못했어. 그래서 송선태가 이끌었던 5·18 조사위는 광주 사람들로부터도 백안시되고 말았지. 5·18 진상조사위원회가 광주 사람들로부터 놀림을 받고있는 거라구.

전두환을 악마로 몰아야만 민주화 운동이 거룩해 보인다는 신념 아래 전라도 사람들은 1988년부터 2024년까지 무려 36년 동안 엄청난 국고를 낭비해가면서 어마어마한 언론플레이를 했지. 전라도 정치권이 주도했던 매머드급 위원회만 추려도 3개나 되었어. 1988년의 '광주특위', 2005년의 '국방부 과거사위원회', 2019년의 '5·18 진상규명위원회'.

1988년에는 5공청산이 쓰나미였어. [광주특위]가 구성되고 [광주청문회]가 전국의 안방을 뒤집어놓았지. 전두환의 발포 명령에 대한 증거를 찾기 위해 국회에 문동환을 위원장으로 하는 매머드급 위원회를 만들어 놓고 언론플레이로 세상을 뒤덮었어. 그래도 찾지 못하자 노무현이 2005-2007년에 국방부에 과거사위원회를 만들어 놓고 김대중 내란 음모사건의 주역 중 한 사람인 목포 출신 이해동 목사를 위원장으로 내세워 온갖 종류의 칼춤을 추었지만 증거를 찾지 못했어. 마지막으로 2019-2023년에 5·18 진상규명위원회가 107명으로 구성되어 만 4년에 걸쳐 519억 원의 국비를 소진했지만 발포 명령을 찾지 못했다고 실토했지.

군을 조금이라도 아는 사람들에게 전두환의 발포 명령이라는 것은 개념 자체가 성립할 수 없는 억지야. 5·18 당시 전두환은 2성 장군으로 정보와 수사를 전문으로 하는 기능계 기관의 수장이었을 뿐, 기라성 같은 4성 장군들이 지휘하는 작전라인에 감히 끼어들 군번이 아니었지. 정보와 작전은 엄연히 영역이 구분돼 있고, 그 사이에는 만리장성이 놓여있어. 2성 장군인 전두환은 정보와 수사를 담당했고, 4성 장군인 이희성은 5·18 진압작전을 지휘했고. 따라서 군을 조금이라도 아는 사람이라면 5·18과 전두환 사이에는 사돈의 팔촌관계도 없다는 것을 상식으로 알고 있었어. 결론적으로 5·18이 민주화 운동이라는 주장은 오로지 민주화를 탄압한 전두환의 발포 명령이라는 전제 위에서만 성립하는 것인데, 전두환의 발포 명령이 없었다는 것이 확인된 지금은 5·18이 더 이상 민주화 운동이 아니라는 것이야.

도청 앞 발포 모략 작전은 인민군의 전설 리을설 원수의 작품

진실은 증거로만 구성되지. 증거로 본 집단 발포의 진실을 간단히 정리해 놓자구. 1980년 5월 21일 정오경, 금남로 옥상에서 사진을 촬영하려던 국내외 기자들이 옥상을 점령한 무장괴한들의 서슬 퍼런 위세에 눌려 도망을 해서 도청 뒷골목에 있는 '동자여관'으로 피신들 했지. 옥상에 올라간 무지막지한 손을 가진 어깨들은 심지어 무거운 총류탄 발사기가 결합된 M16 유탄발사기까지 거뜬히 한 손으로 파지하고 가슴에는 총류탄이 가득 차 있는 휴대 주머니를 착용한 무장 괴한들이었지.

금남로 옥상을 점령한 무장 괴한들

리을설 원수

괴한부대 사령관은 리을설 당시 인민군 상장(3성), 그는 인민군의 전설로 훗날 5성 장군인 원수로 추대되었던 재주꾼인데 여성으로 분장을 하고 광주사태를 지휘했지.

게릴라전의 귀재라는 리을설이 도청 앞 모략전의 기획자였고. 그는 도청 앞에 줄을 지어 정렬해 있는 계엄군을 향해 장갑차를 세 차례씩이나 지그재그 궤적으로 쏜살같이 돌진시켜 계엄군 지대장(40명 지휘)들만 가지고 있는 총알 일부를 발사케 했지. 이렇게 총소리를 유발해놓고, 그 총소리에 맞춰 금남로 옥상을 점령한 무장괴한 부대가 대량 학살을 자행한 것이 도청 앞 집단 발포의 진실이야.

이러하기에 5월 21일 오후에 발생한 사망자 대부분이 금남로에 치중돼 있어. 21일의 총 사망자 62명, 그중 9명은 계엄군과는 무관한 곳들에서 차량 사고, 타박상 등으로 사망했고, 나머지 53개의 총알 진행 방향을 분석한 결과, 옥상으로부터의 하향 사격에 의한 사망자가 18명, 등 뒤에서 맞은 사람 13명, 측면으로 맞은 사람 8명, 정면으로 맞은 사람 9명이었어. 그런데 정면으로 가격당한 9명 모두가 금남로에서 사망했지. 결론적으로 이날 계엄군에 의해 죽은 광주인은 단 1명도 없었어. 도청 앞 사망자라면 다음과 같은 조건을 충족해야 하지.

① 사망 장소가 도청 앞이라야 한다.
② 피격 시간이 동일해야 한다. 일제사격이니까.
③ 정면이 손상되어야 한다.
④ 모두 M16 소총알을 맞았어야 한다.
⑤ 증언자가 있어야 하는데 도청 앞 사망자에 대한 증언자가 전혀 없다. 반면 금남로 사망자들에 대한 증언자는 매우 많다.

⑥ 손상 부위가 여러 곳이어야 한다. M16 소총알은 관통력이 강력해서 여러 부위를 관통하니까.

결론적으로 위 6개 항 모두를 만족시키는 사망자가 전혀 없었던 거야. 도청 앞에서 계엄군에 의해 사살된 광주시민이 제로(zero)인 반면, 모두가 금남로 옥상을 점령한 무장 괴한들에 의해 살육되었거나, 계엄군이 없는 타지역들에서 사격을 당한 것이지. 북괴 게릴라군의 모략 전술이 참으로 정교했어. 건물들이 많은 곳에서는 다중의 에코 현상 때문에 총성의 발원지를 알아내기가 어렵지. 이런 원리를 이용하여 도청 앞에서는 계엄군이 돌진해오는 장갑차를 향해 사격할 수밖에 없도록 유도해놓고, 실제 대량 학살은 금남로 빌딩숲의 옥상을 미리 점령한 무장 괴한들이 자행하도록 정밀한 속임수를 사용했던 거야. 그리고 금남로에서 저지른 대량 학살을 계엄군에 뒤집어씌웠지. 이런 사실을 누구보다 더 잘 알고 있을 전라도 사람들, 나라를 지켜주는 국군을 학살자로 모략하고 있어. 세계의 그 어느 나라 국민이 그들을 지켜주는 국군을 살인마 집단이라고 모함하겠어? 이런 집단은 국민이 아니라 적이지. 대한민국과 전라공화국 사이에 내전이 진행되고 있는 것이야.

제14장 최후의 승리

제14장 최후의 승리

광수가 등장한 사연

2010.5.17. 연합뉴스가 평양 노동자회관에서 거행되는 5·18 30주년 기념행사를 촬영한 사진을 보도했어. 수많은 보도에 의하면 북한은 해마다 5월이 되면 28개 도시 단위 전체에서 5·18을 기념한다고 했지. 북한이 어째서 해마다 저토록 북한 전역에서 5·18을 성대하게 기념할까? 많은 국민들이 의문을 가졌어. 2015.5.3. 한 청년 네티즌이 연합뉴스가 2010.5.17.에 보도한 평양기념식장 로열석 한가운데 앉아있는 사람이 시민군의 아이콘이었던 페퍼포그 차량의 주인공과 똑같아 보인다는 제보를 했지. 이에 미 CIA에서 안면인식 업무에 종사했다는 이민 1.5세대 필명 노숙자담요(이하 노담)가 나타나 안면인식 기술로 광주에 왔던 북한인(광수)을 찾아내기 시작했어. 수많은 네티즌들이 열광했지.

노숙자담요의 화려한 안면인식 기술과
집요한 진실 규명 노력

노담이 사진 한 장을 가지고 동일인을 찾아내는 방법은 우리가 일상에서 검색어로 자료를 찾아내는 방법과 동일했어. 현장의 얼굴 하나하나를 북한 얼굴들이 저장된 [북한 인물DB]에 연결하여 컴퓨터로 하여금 동일인을 찾아내게 한다는 것이었지. 이렇게 만 3년 동안 찾아낸 광수가 661명이나 되었어. 제660 광수와 제661 광수, 너무나 닮았다고 생각했지. 닮았다고 생각하는 사람들은 너 혼자만이 아니었어. 많은 사람들이 네 생각에 공감했지.

확성기 방송선동 요원

통제된 민간군중

제660광수 / 시인 허수산

제661광수 인민군 장성 성명불상

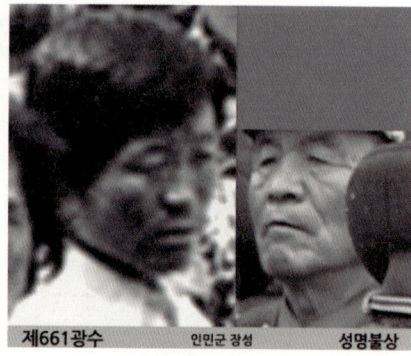
제661광수 인민군 장성 성명불상

무려 만3년 동안 661명의 얼굴을 관찰한 너는 데칼코마니(판박이)가 아닌 얼굴을 단 한 명도 보지 못했지. 이 많은 작업은 컴퓨터의 도움 없이는 절대로 가능할 수 없다는 생각도 했지. 그 누구에게라도 사진 한 장을 주면서 "억만금을 줄 테니 이 사진과 비슷한 얼굴을 찾아내 보라" 요구하면 10년이 가도 육안으로는 찾지 못해. 노담은 안면 인식기를 활용해 현장 사진과 동일한 인물을 ① 북한 인물 DB에서도 찾아냈고 ② 해외순방 북한외교관들을 촬영한 해외언론에서도 찾아냈고 ③ 2017년의 평창올림픽에 왔던 사람들에서도 ④ 탈북자들 가운데에서도 찾아냈어. 그 일부를 다시 정리해 보자구. 매 세트마다 좌측 얼굴은 광주 현장 얼굴이고 우측 얼굴은 최근의 북한 사람 얼굴이야.

제529광수   북한 경공업상   최일룡

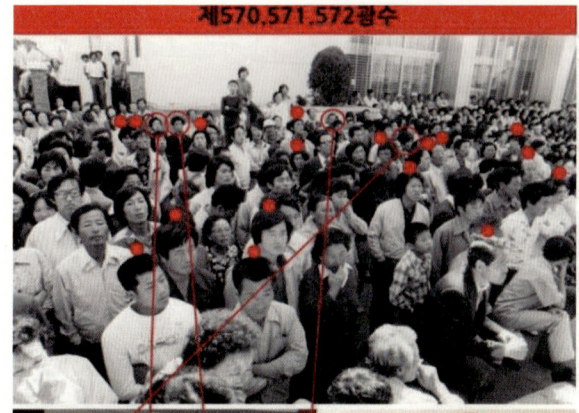

Uganda President Yoweri Museveni, right, receives Democratic People's Republic of Korea Vice Minister for People's Security, Ri Song Chol, left. Friday June 14, 2013.
Photo / Stephen Wandera for NK News

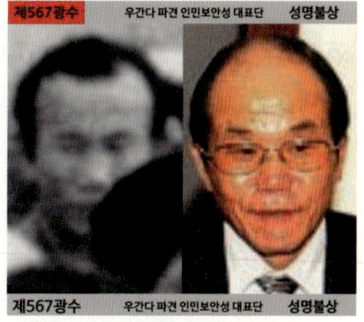

제508광수 북한 외교관 성명불상

제502광수 북한 외무성 북미국장 최선희

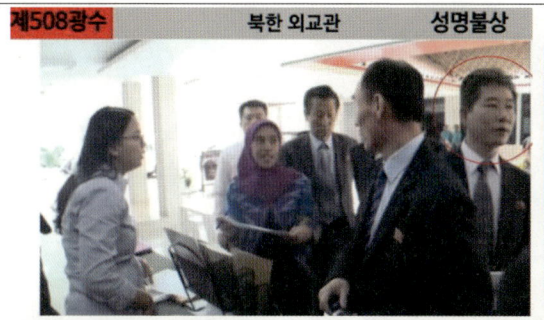

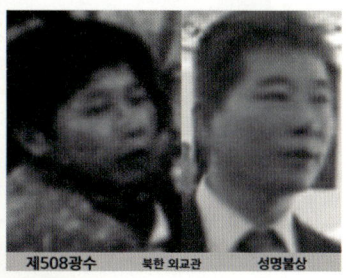

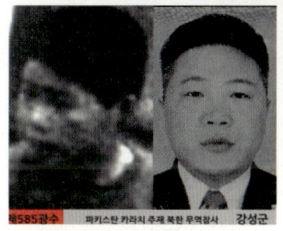

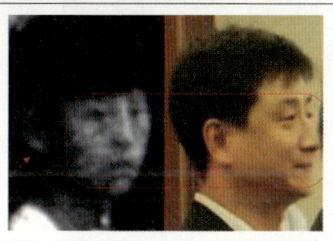

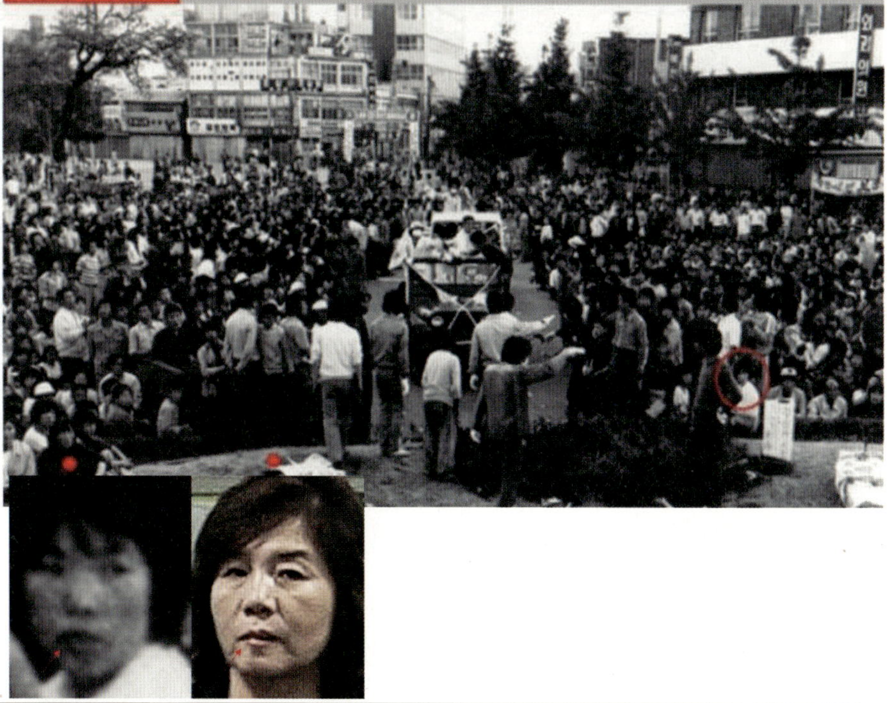

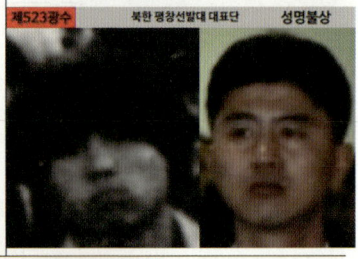

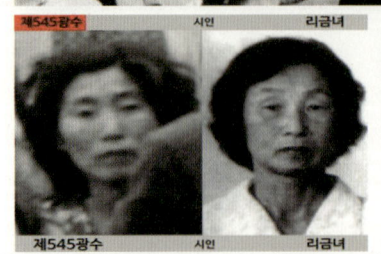

 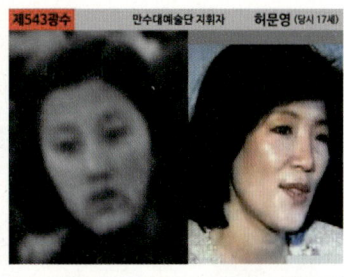

 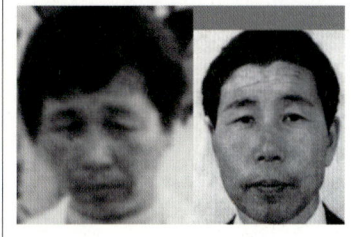

 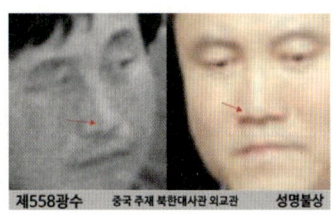

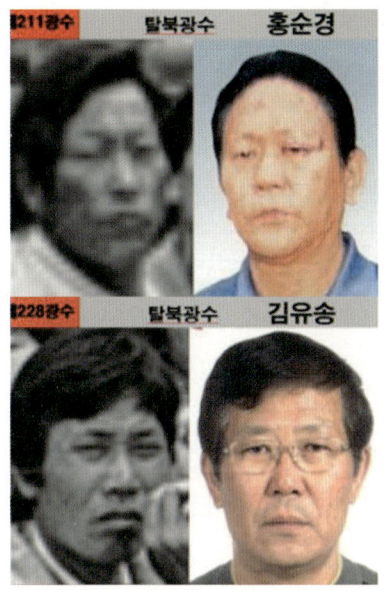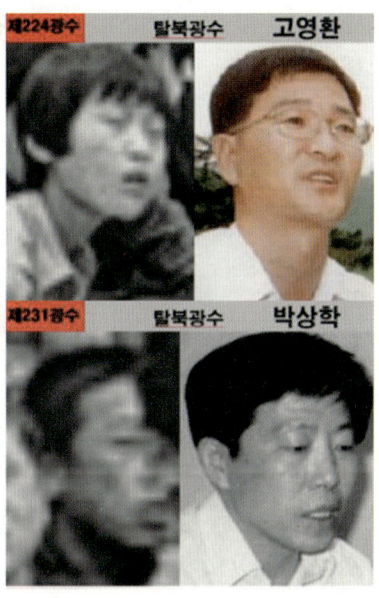

너는 노담의 이러한 열정과 전문성을 존경했지. 요새 같은 세상에 그 누가 돈이 생기지 않는 일에 3년 동안 8명의 직원을 동원해 661명이나 되는 광수를 찾아내고 이를 안면인식에 문외한인 일반 국민에게 설명하기 위해 1명의 광수 당 수십 개씩의 그림을 그려가면서 일일이 설명하는 서비스를 제공할 수 있겠어? 그 누가 돈 한 푼 바라지 않고 3년 동안이나 이런 서비스를 제공할 수 있는지 스스로에게 물어보라고. 당신 같으면 이런 노력을 하겠느냐고. 이렇게 귀한 노담을 놓고 스스로는 국가에 기여한 것이 별로 없는 대한민국의 지식인들과 공무원들이 간첩이니 관상쟁이니 하고 비하들 했어.

너는 어떻게 감옥에 가게 되었지?

2012년, [수사기록으로 본 12.12와 5·18] 책 내용을 최종 심리한 대법원은 [북한개입] 표현이 5월 단체들의 명예를 훼손한 것이 아니라고 판결했어. 그래서 너의 [북한개입] 표현에 대해서는 너를 고소할 수 있는 자격을 가진 단체도 없고 개인도 없게 되었지. 앞이 꽉 막힌 광주가 드디어 기발한 사기술을 동원했어. 안면인식 과학이 일반 사회에는 아직도 낯선 분야라는 어수룩한 면과 국과수의 전근대적인 감정서를 악용하여 [북한개입] 문제는 제쳐놓고, [광수]를 트집 잡아 덤터기를 씌울 전략을 세웠지. 5·18 기념재단 상임이사 김양래가 전라도 80대 노파들과 구두닦이 등 15명에게 일일이 접근하여 "이 광수 얼굴이 내 얼굴이다. 내가 내 얼굴 모르겠느냐? 내 얼굴인데 무슨 설명이 더 필요하냐? 왜 내 얼굴을 북한 얼굴이라 하느냐?" 이렇게 주장하라면서 광주의 민변 변호사 18명을 변호인단으로 구성해 너를 고소케 했어.

이에 검찰과 판사들이 너에게 뒤집어씌운 범죄 내용은 두 가지였어. ① 컴퓨터가 얼굴에 그은 기하학적 도면을 인식 수단으로 하여 동일인을 얼굴 DB에서 찾아낸다는 노담의 주장은 국과수 문기웅이 작성한 감정서에 배치되는 요설이라는 것이고, ② 1980년 사진은 화질이 낮아 동일인 확인용으로 사용할 수 없는데도 노담이 그것을 사용한 것은 범죄라는 것이었어. 하지만 문기웅 감정관의 전근대적인 감정 내용을 과학으로 신봉한 판-검사들의 행위는 생사람 잡는 반-과학적 행위였지.

너를 감옥에 보내는데 총대를 멘 사람들을 어딘가에 기록해놓을 필요가 있지. 5·18 기념재단 상임이사 김양래, 그는 네가 저작한 [무등산의 진달래]를 트집 잡아 징역 5년에까지 처할 수 있는 5·18 특별법에 걸어 또다시 너를 고소했지. 이와 함께 소송가액 2억 원대의 민사소송도 걸어 놓은 후, 그 결과를 보지 못하고, 2003년 9월 8일 지구를 떠났어. 너에게 매우 악랄한 공소장을 쓴 검사는 서울중앙지검 심우정 부장검사와 이영남 부부장검사. 심우정의 공소내용에 따라 너를 2년형에 처한다는 1심 판결을 내린 판사가 광주1고 출신 김태호, 2심 부장판사 3명(장윤선, 장영학, 김예영)이 우리법연구회 계열의 붉은 판사들이었어. 대법원 2부 대법관은 이흥구, 노정희 등인데, 이흥구는 1985년 깃발사건에 연루되어 1심에서 국보법 위반으로 징역 3년형을 선고받았던 빨갱이였지. 노정희는 소문난 빨갱이이고. 네 사건은 모두 대법원 행정처에서 집중-관리하여 빨갱이 판사들에게만 배당을 했지. 1심과 2심 판사들의 판결 잣대가 참으로 기막혔어. "광주에는 북한군이 절대로 오지 않았다. 그래서 광주 현장의 얼굴은 100% 다 광주시민의 얼굴이다. 광주시민이 주장하면 알리바이에 관계없이 진실한 사실로 보아야 한다." 참으로 소름 돋는 요설이 바로 너에 대한 판결문이었어. 결론적으로 네가 억울하게 감옥에 간 이유는 죄가 있어서가 아니라 광주와 붉은 판검사들의 협잡질 때문이었지.

**안면인식 기술 모르면서
무조건 부인하는 자칭 애국지식인들**

계엄군 상황일지로 보나, 북한 노동당 출판물을 보나, 현장 사진들에 나타나 있는 군사 매니아 주역들의 모습을 보나, 5·18은 북한의 소행이라는 판단이 충분히 갔지. 이 판단은 김경재와 권영해 그리고 황장엽 등의 증언과도 일치하고, 2020년 비밀 해제된 미 CIA 보고서에 의해 사실과도 일치하지. 여기에 현장 사진의 주역들이 북한의 아무개라는 것이 판명되면 금상첨화였지만 그 현장 주역들의 얼굴 하나하나가 북한의 아무개라는 사실을 찾아낸다는 것은 2015년 노담이 출현하기 전까지는 완전히 신의 영역이었어. 안면인식용 컴퓨터가 개발돼 있다는 사실을 모르기 때문이었지. 안면인식 과학은 1967년 미 CIA에 의해 개발되어 지금까지 활발하게 활용돼 왔는데 국민 대다수가 이런 세계를 캄캄하게 모르고 있었던 거지. 새로운 과학에 대해 이토록 캄캄했던 시기인 2015년 5월, 노담이 미국 CIA에서 안면인식 분야에 봉직하면서 익힌 안면인식 기술과 수천억 원대 컴퓨터 시스템을 가지고, 광주 현장 얼굴 661명이 북한의 아무개라는 사실을 발견해냈지. 그런데도 2016년의 국과수와 법관들은 안면인식 기술의 현주소를 전혀 알지 못하고, 노담의 안면인식 기술을 백안시했지. 사실은 노담의 안면인식 기술이 과학이었고, 국과수와 법관들이 반-과학이었는데도!

여기에 더해 유튜브와 방송, 기고 등으로 인기를 얻는 자칭 애국 우익 지식인들이 [광수]라는 단어를 통해 너를 마구 그리고 함부로 조롱했지. 류석춘-이우연 교수를 위시한 [이승만 학당] 주 멤버들과 정규재, 황장수, 신혜식, 조갑제, 서정갑, 차기환 변호사 등은 너를 정신병 환자 정도로 비하했고, 문화일보 논설위원 이현종과 성공회대 교수 최진봉은 2018.11.8. YTN에 공동 출연하여

30분 동안에 걸쳐 "자유한국당, 지만원 논란에 골머리"라는 제목으로 광수를 소개한 너를 [공상허언증 환자]라는 단어를 써가면서 너를 짓이겼어. 일방적으로 인격을 마구 짓밟힌 너는 이들을 상대로 소송을 했지만 재판장이 강제조정의 형식으로 없었던 일로 처리해 버렸지.

지금도 일반 국민은 컴퓨터에 검색어를 입력시키고, 컴퓨터로 하여금 검색어가 포함돼 있는 자료들을 찾아내오게 하면서도 컴퓨터가 어떤 원리에 의해 그들이 원하는 자료를 찾아내 주는 것인지 전혀 모르고 있어. 알려고도 하지 않고. 과학적 사고력이 멈춘 것이지. 컴퓨터는 글자의 모양새를 인식하는 것이 아니라 글자의 패턴만 인식한다는 사실을 아는 사람 별로 없어. 얼굴 검색도 마찬가지야. 컴퓨터는 얼굴의 생김새나 회질을 읽는 것이 아니라 얼굴에 그려진 기하학적 패턴만 인식할 수 있다는 사실을 아는 지식인이 없어. 그래서 노담의 안면인식 방법을 비웃고, 너를 마음껏 조롱했던 거야.

**국과수 문기웅 감정관,
1.2심 판사들 모두 다 반국가 반역자**

검찰은 2016년 국과수에 24년 격차가 있는 1980년의 광주 현장 사진과 2004년에 촬영된 사진이 동일인인지를 판독해달라는 공문을 보냈고, 이에 국과수 문기웅 감정관은 다음과 같은 감정서를 검찰에 제출했어.

① 20년 이상의 격차가 있는 두 개의 사진은 사진술의 기술적 발전에 따른 화질의 격차가 존재하기 때문에 동일인 판단용으로 사용될 수 없다.
② 동일인 여부를 판단하려면 키와 체형에 대한 분석도 함께해야 한다.

이 감정서를 받은 검찰은 이래와 같은 요지의 주장을 폈어. "수십 년 전에 촬영되고 인화되어 화질이 조악할 수밖에 없는 사진과 그 이후 기술의 발전에 따라 고화질로 촬영된 사진에 등장하는 인물을 비교 분석한다는 것 자체가 어불성설이다."

이런 검찰의 주장을 반영한 서울중앙지법 2심 재판부(김예영, 장윤선 장성학)는 이래와 같이 판결했지. "우리나라에서 얼굴 동일성 판독에 관하여 권위 있는 기관이라 할 수 있는 국립과학수사연구원은 비교-분석하려는 화질이 낮아서 동일인인지 여부를 판단하기 불가능하거나, 판단할 수 있다 하더라도 그 정확도가 현저히 낮다고 회신하였다. 노숙자담요의 안면인식 기술의 정확성을 인정하는 공신력 있는 기관을 찾을 수 없을 뿐더러, 이 사건 광수 사진 비교분석 외에 노숙자담요의 안면인식 기술이 적용된 사례도 보이지 않는다."

이후 검찰과 재판부들은 이 문기웅의 반과학적인 감정 내용을 바이블로 삼아 노담의 기하학적 도면 이론과 컴퓨터 프로그램에 의한 얼굴 검색 기술 자체를 언어도단이라고 백안시했어. 그런데 2020년 1월 9일 자 보도를 보면 국과수는 "옆얼굴만 찍혀도 99% 당사자를 잡아내는 안면인식 컴퓨터 기술을 개발하여 행자부 표창까지 받았다"고 했어. 2020년의 국과수는 안면인식 수단이 컴퓨터라는 사실을 인정했고, 2016년의 국과수 문기웅 감정서는 안면인식 수단이 육안이라고 주장했어. 심지어 화질과 키와 체형까지 고려하여 종합판단해야 한다고 했어. 이 세상에 동일 여부를 판단하기 위해 키와 체형을 동원하는 과학은 없어. 이런 한심한 감정서를 검찰과 판사들이 신봉하고, 반-과학을 잣대로 하여 너를 감옥에 넣은 것이야.

노담의 기술을 과학으로 인정해준 조선일보 만물상 등장

천우신조로 2024년 10월 24일. 조선일보가 [만물상] 보도를 통해 노담의 안면인식 기술이 정당한 과학이고, 국과수 감정이 반-과학이라는 사실을 증명해 주었어. [만물상] 기사를 요약해 둘 필요가 있지.

> "1967년 미 CIA가 수학자인 '위드로 윌슨 블레드소'에게 얼굴로 사람을 인식할 수 있는 과학적 기술을 개발해 달라고 주문했다. 블레드소는 얼굴의 주요 부위를 선으로 연결하여 그린 기하학적 도면이 사람마다 다르다는 사실에 착안하여, 그 <u>기하학적 도면</u>(패턴)으로 사람을 인식하는 컴퓨터 프로그램을 개발했다. 이후 법 집행기관들은 범인의 머그샷을 수많은 얼굴들이 저장돼 있는 사진DB로 연결시켜 범인을 검색해내고 있다. 2024년 북한군을 러시아 전쟁터로 인솔했던 인민군 장군이 2023년 김정은을 따라 러시아까지 수행했던 미사일 전문가였다는 사실을 발견한 것도 국정원의 AI안면 인식기 덕분이었다."

① 조선일보 만물상 보도가 나왔고 ② 안면인식 과학의 사례들이 쏟아져 나온 지금은 전라도 사람들이 안면 인식기의 공증 없이 "내가 바로 제 몇 호 광수다" 이런 주장을 더 이상 할 수가 없게 되었지.

점령군식 위헌 판결 사례: 재심의 명확한 사유

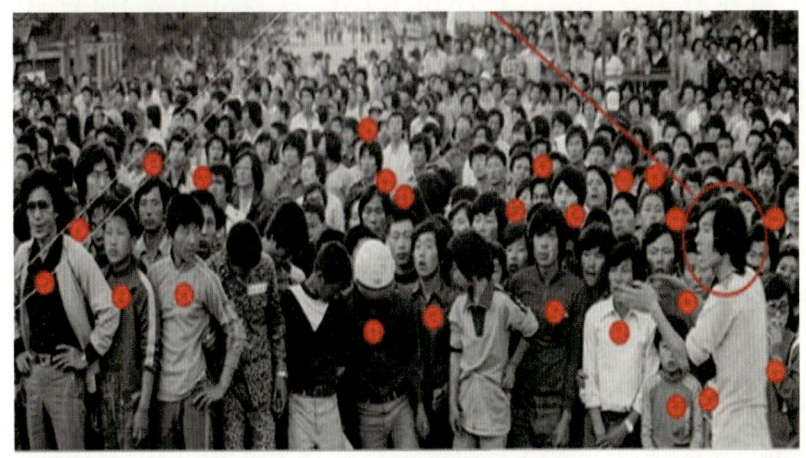

1. 현장 사진

2. 388광수   3. 북한 장관 문응조   4. 박철이 제출한 사진   5. 박철 얼굴

너를 감옥에 넣은 검사와 판사들의 네다바이식 판결 사례 하나를 다시 정리할 필요가 있어. 너를 고소한 전라인 15명 중에는 '박철'이라는 광주 사람이 있지. 판검사들의 네다비이식 억지를 정리하기 전에 필요한 사진들부터 정리해 보자구. <1>번 사진은 광주 현장 사진이야. 시체가 든 관을 도청 앞에 내놓고 수백 명으로 보이

는 민간집단이 질서정연하게 집합해 추모행사를 하는 단체사진이야. 지휘자가 지휘를 하고 서 있는 순간을 촬영한 사진이지. 맨 좌측 앞에서 선글라스 끼고 손을 허리에 얹고 있는 사람이 그 유명한 간첩 손성모야. 노담은 행사 지휘자의 얼굴을 따서 <2>번 사진으로 제시했고, <2>번 얼굴이 바로 <3>번 얼굴과 동일인이라는 요지로 그림을 그려가면서 안면분석을 했어.

노담은 <3>얼굴을 1949년생(당시 32세)의 북한 양정성 장관을 지낸 문응조라 판독했지. 긴 얼굴과 나팔꽃을 닮은 입술이 특징이었어. 그런데 광주에서 18세로 고교를 중퇴하고 다방 종업원을 하고 있었다는 박철이 제388 광수가 바로 자기라며 소송에 나섰어. 이 주장을 입증하기 위해 박철은 <4>번 사진을 제출했어. 사진이라고 부르기조차 어려울 만큼 이리저리 일그러진 영상이었어. <5>번 사진은 <4>번 사진의 얼굴을 확대한 것이고.

2018.8.16.자 제4회 공판준비기일 조서에서 김경진 판사님은 검사 측에게 박철이 제출한 사진이 누구인지 알아보기가 어려우니 제대로 된 사진을 다시 제출하라 촉구하셨지. 하지만 박철과 검사는 명령에 응하지 않았어. 김경진 판사님께서 "어째서 증인은 증인의 얼굴이

388광수의 얼굴이라고 생각하느냐"라고 질문하시자 박철은 "장발이 닮았습니다"라고 답했지. 코미디가 따로 없었어. 검사 측은 지금 진행되고 있는 재판에서도 [검찰의견서]를 통해 1980년 사진은 화질이 조악하여 고화질 시대인 지금은 동일인 확인용으로 사용될 수 없기 때문에 노담이 1980년 사진을 북한의 누구라고 지정하는 것은 [언어도단]이라고 혹평했지. 바로 이 장면에서 재판부들은 두 가지 위헌적 처분을 자행했어.

첫 번째 판사들이 저지른 위헌 사항부터 정리해 보자구. 박철이 제출한 <4>번 사진의 화질은 김경진 판사님이 지적하셨듯이 1980년에 촬영된 <2>번 사진보다 더 조악하지. <2>번 사진도 조악해서 동일인 여부를 판독하는 과정에 사용할 수 없다면서, 그 <2>번 사진보다 수십 배나 더 조악한 <4>번 사진을 놓고 <2>번 사진의 주인공과 동일인이라고 판독한 것이야. 코미디도 이런 코미디가 다시 없을 거야. 군사 법정에서나 상상할 수 있는 마구잡이 재판이라 아니할 수 없지. 이 사안은 지금 현재 서울중앙지법에서 진행되고 있는 형사사건에서 집중적으로 다퉈야 할 쟁점 사항이야. 심리 과정에서 집요하게 매달려 이전 재판부 판결의 승복력에 대해 다툴 예정이지.

판사들이 저지른 두 번째 위헌 사항도 있지. 헌법 제11조 1항이 규정한 '평등의 원칙'을 위반한 것이야. 검찰과 재판부들은 [화질이 낮은 1980년 사진](<2>번 사진)을 노담이 동일인 확인 용도로 사용한 것이 불법이라 했어. 그렇다면 박철도 똑같이 1980년의 그 <2>번 사진을 본인 확인 용도로 사용할 수 없어야 평등한 것이 되지. 똑같은 1980년의 <2>번 사진을 놓고 광주시민은 동일인 인증용으로 사용해도 되고, 노담은 안된다는 것이 너를 감옥에 넣었던 재판부들의 판결이었어. 이 하나만을 보아도 광수 재판이 얼마나 전근대적인 날림 재판이었는지 누구나 인식할 수 있을 거야. 5·18 재판은 다 공사판 재판이라 할 수 있지.

세 번째 위헌적 판결은 반-과학적인 잣대를 가지고, 과학을 처벌했다는 사실이야. 조선일보 만물상 보도는 노담의 안면인식 기술이 과학인 반면, 국과수의 감정과 판검사들의 판결이 반-과학이라는 사실을 증명해 주었고 수많은 안면인식 관련 보도들이 국과수와 판검사들의 안면인식 방법이 전근대적 우화에 해당한다는 사실을 입증해 주었어. 이는 분명한 재심 대상이야.

5·18 때 광주에 왔던
유명 탈북자들도 지만원 죽이기에 나서

빨갱이들의 카르텔은 광주-전라도뿐만이 아니었어. 골수 주사파였던 하태경이 또 나서서 제2의 김양래 노릇을 했지. 2019년 2월 8일 네가 국힘당 이종명 의원의 요청으로 국회의원 회관 대강당에서 5·18의 진실을 4시간 동안 발표한 것이 많은 호응을 얻자 당시 국힘당 의원 하태경이 탈북 광수 12명에게 일일이 접근하여 변호사를 대줄 테니 지만원을 고소하라고 종용했지. 스스로 언론플레이를 연출하면서 서울중앙지검에 나와 고소장을 제출했어. 이렇게 해서 생긴 사건을 2020년부터 심리하기 시작했지. 김양래에 의해 동원된 15명의 전라도 사람들은 광수 얼굴이 북한 얼굴이 아니라 자기 얼굴이라고 떼를 쓰는 반면, 하태경이 인솔한 12명의 탈북자들은 광수 얼굴이 자기 얼굴이 절대 아니라고 주장하지. 안면인식에 과학적인 방법이 없다고 생각하니까 이런 술수를 쓰는 것이야. 검찰과 판사들은 언제나 5·18편에 섰으니까, 마음 놓고 고소를 해대는 것이지. 전라도 고소자들은 "몇 호 광수가 바로 내 얼굴이다." 이렇게 주장한 반면 탈북자들은 "나는 몇 호 광수가 아니다. 나는 5·18 때 북한에서 이런저런 일을 하고 있었는데 광주에 어떻게 올 수 있었겠느냐?" 이렇게 주장하고 있지. 전라도 고소자들이나 탈북자 고소인들이나 다 [안면인식 과학]을 알지 못하는 상태에서 너를 고소했고, 검사와 판사들도 [안면인식 과학]을 모르는 상태에서 네게 참으로 억울한 죄를 씌웠지.

아래는 전남도청 안 사진인데 두 장정이 [사망자 명단]을 들고 가는 시늉을 하고, 광수들이 이 명단을 바라보는 모습을 촬영한 기획 사진이야. 이 2장의 사진에 50여 명의 탈북자들이 끼어있지.

사망자 명단 바라보게 하는 단체사진

12명의 탈북 고소인(좌측: 광주현장 얼굴, 우측: 최근 얼굴)

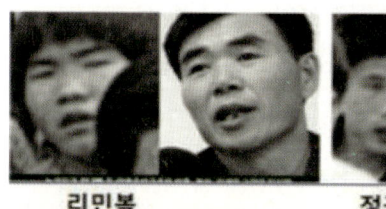  

리민복   정광일   안명철

김영순   이순실   김용화

장진성(본명 위철현)

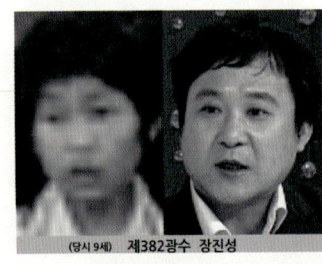

노담이 발굴한 661명의 광수 중 50명은 탈북자들이었어. 이 50여 명 중 13명은 너를 고소했고, 나머지 37명 정도는 너를 고소하지 않았지. 13명 중 성남에서 한약방(묘향산)을 운영하는 박세현은 하태경의 설득에 못 이겨 고소 대열에 참가하기는 했지만, 나중에 생각해보니, '살길 찾아 대한민국으로 탈북해 왔는데 대한민국 애국자를 고소한다는 것이 정당하지 않다'는 이유로 고소를 취하했지.

TV 유명세 타는 탈북자들은 국정원과 북이 공모하여 남파시킨 트로이목마

너는 13명의 탈북자들이 위장탈북자일 것이라는 직감을 가지고 이들이 남한에 와서 했던 거짓말들을 찾아내기 위해, 이들이 한국에 와서 벌인 행각을 조사했지. TV 방송, 유튜브 방송, 언론 인터뷰, 교회 간증, 안보강사 등으로 출연하여 이야기했던 내용들을 각 개인당 여러 달에 걸쳐 수집하고, 이를 공인된 녹취회사에 의뢰하여 녹취하고, 도서관에 가서 그들이 쓴 책들을 찾아 복사했지. 그리고 개인당 여러 달에 걸쳐 분석을 했어. 탈북자들이 거짓말쟁이로 인정이 돼야 그들이 고소장에서 주장하는 내용들을 신뢰할 수 없다는 결론을 이끌어낼 수 있기 때문이었어.

이들 탈북자들은 모두 국정원 비호 아래 허황된 거짓말들을 마구 지어내, 탈북자들을 동정하는 순진한 남한 국민을 속여 스스로를 위대해 보이도록 함으로써, 인기인이 되고 성금을 모으고, 저마다 세포조직(야체이카)을 따로따로 만들고 있다는 것이 너의 결론이지. 요덕에 갔었다는 탈북자들 몇 명은 요덕에 가지 않고 그럴듯하게 소설을 꾸며서 동정심과 존경심을 얻어 성금을 모으고 활동 범위를 넓히고 있다는 것을 발견했어. 예를 들면 강철환이 써서 세계적으로 유명해진 [평양의 어항]도 모순투성이라는 것이 법정 신문 과정에서 밝혀졌지. [평양의 어항]은 강철환의 로고인데, 그 책이 허위로 써진 것이야. 장진성의 탈북 스토리도 자가당착들로 가득 찬 소설이고, 김일성종합대학을 졸업했다는 말도, 대남사업부에서 근무했다는 말도 다 거짓이었어. 이순실이 뭇사람들을 울리기 위한 단골 소재로 써먹던 두 살 난 딸 이야기도 거짓말, 8전 9기의 탈북 스토리도 거짓말인 것으로 들통났지. 네가 그녀를 법정에서 직접 2시간여에 걸쳐 신문하자, 그녀는 판사에게 실토했어 "방송을 할 때마다 그때그때 거짓말을 지어냈다"고. 요덕에서 10년 동안 감금됐었다는 김영순은 [나는 성혜림의 친구였다]는 제목으로 탈북 스토리를 썼지. 그런데 그것이 다 거짓이었어.

2016.9.27일 자 조선일보에는 군에 침투한 간첩 13명 중 12명이 위장탈북자라는 기사가 났고, 2020년 6월 11일 KPI뉴스에는 '남파간첩 절반이 탈북민 위장연계 간첩'이라는 헤드라인이 붙어있어. 너는 너를 고소한 13명의 탈북자들을 이런 종류의 사람들이라고 확신하고 있지. 2015년 10월 29일, 너는 이런 탈북자들이 위

장탈북이 아닌지 조사해달라고 국정원에 직접 가서 신고했어. 국정원 직원들이 너를 적대시하기에 [신고필증]을 떼어달라 했지. 신고필증에는 조사 결과를 30일 이내에 알려주어야 한다는 규정이 기재돼 있지만 국정원은 이를 무시하고 여태까지 답이 없어. 육사 19기 이병호가 당시 국정원장이었는데 육사 13기 대선배님들이 이병호에게 왜 지만원의 신고에 대해 응신을 하지 않느냐 했더니, 이병호가 "지만원은 이상한 사람이다"는 말을 건넸다고 했어. 그런데 그로부터 10년이 지난 최근, 네 의심 그대로 국정원에 또아리를 튼 간첩 조직이 북괴와 짜고 탈북자 광수들을 남으로 데려왔다는 사실이 밝혀졌지.

2024.7.18. 서울 중앙지법 서관 526호 법정에 탈북자 정광일(본명 최광일)이 증인으로 출두하여 증언했지. "저는 국정원 직원으로부터 탈북자 박세현 가족을 중국 심양으로 데려다달라는 거래요청을 받고 그 가족을 청진에서 차를 태워 두만강으로 데려가 늙은 부모를 업어서 두만강을 건네주고 심양에까지 3인 가족을 데려다가 국정원 직원에 인계하고 돈을 받았습니다." 국정원이 광수 탈북자들을 기획적으로 탈북시켰다는 그간의 의혹이 사실로 드러난 거였어. 안명철도 국정원의

기획탈북자라는 정황이 신문 과정에서 또 드러났지. 결론적으로 5·18은 남북한 당국과 광주와 위장탈북자들로 구성된 카르텔 집단이 공동으로 지키는 철옹성인 셈이야.

5·18 조사위원회의 자기 발등 찍기

증거는 한꺼번에 쏟아져 나오지 않고 세월에 따라 나타났지. 그래서 20여 년이라는 긴 세월이 걸린 거야. 너는 20년 동안 5·18이 북한군 작품이라는 결론을 증명하는 42개 증거를 수집했지. 국가는 너의 [북한군 개입] 표현을 범죄로 규정하기 위해 2019.12.로부터 2023.12.까지 4년 동안 5·18 조사위원회를 가동시키면서 519억 원의 예산을 투입해 1,246쪽의 보고서를 발행했어. 국가 단위의 이 조사위원회는 자연인에 불과한 너의 [실명] 지만원을 보고서에 명시해놓고, [지만원의 연구 내용]을 탄핵 목표로 명문화했지. 5·18을 조사하는 위원회가 아니라 지만원을 죽이기 위한 위원회였던 거지.

위원회는 5·18 진실 조사 인력의 대부분을 광주시민들로 채웠어. 조사위원장 송선태는 5·18 유공자이고. 연구 능력이 입증되지 않은 광주 사람 100명에게 9급으로부터 1급에 이르기까지 임시공무원 직급들을 부여했지. 네가 제시한 북한개입 증거 42개에 흐르는 '전체적 맥락'을 파괴하기 위해, 전체를 살라미식으로 잘라 체크리스트로 전환한 후, 이들 임시 공무원들로 하여금 각각에 OX를 치게 하는 지극히 비학술적인 방법으로 너의 학문적 연구 실적을 희화화하고 범죄시하는 보고서를 작성했지. 여기에 더해 보고서의 [발간사]에는 "이 보고서를 5·18 영령님들께 삼가 헌정합니다"라는 표현까지 썼어. 보고서를 국민에게 바치는 것이 아니라 오로지 5·18 영령들에 바친다고 명문화한 거야. 얼마나 다급하면 국가가 한 학자의 학설을 논리와 증거를 가지고 누르지 못하고 이런 비이성적인 방법을 동원하여 무력화시키려 했겠어.

권영해 전 안기부장의 증언 어떻게 이해해야 하나?

[1980년 전후사]의 진실이 담겨 있는 18만 쪽의 수사기록은 지금 현재까지 검찰청 지하창고에 보관돼 있고, 누구나 원하면 열람 복사를 할 수 있지. 2004년 대법원은 이 사건기록을 국민이 연구할 수 있게 공개하라고 판결했어. 따라서 누구든지 검찰청에 열람 복사 신청을

하면 이 4개 사건 모두의 진실이 담긴 수사-재판 자료들을 획득할 수 있어. 그런데 문제는 대한민국에서 그 누구도 이를 시도할 사람이 없다는 점이야.

그 이유는 몇 가지로 생각해 볼 수 있지. 첫째, 5·18을 연구하면 돈벌이는 안 되고 지만원처럼 감옥에 가는 길밖에 없는데 그 누가 그런 가시밭길을 가고 싶어 하겠어. 둘째, 수사-재판 기록에는 법률용어들이 매우 많고, 용어들이 낯선 데다 가독성이 매우 낮아 해독하는 데 상당한 어려움과 인내를 요하지. 일반 학자들이 한 권의 역사책을 쓰려 해도 많은 세월이 필요하고 생활비가 보장돼야 하는데, 그 누가 돈 생기지 않는 일에 5·18 세력으로부터 공격을 당해가면서까지 10-20년 단위의 시간을 투입하고 싶어 하겠어. 셋째, 이 사건은 게릴라 전투 사건이라 군에 대한 전문성이 없거나, 특히 게릴라전 전투 경험이 없는 사람들은 아무리 군에서 고급장교로까지 승진했다 해도 사건의 환경 자체가 낯설어 감히 분석할 엄두를 내지 못하지.

하나의 역사 사건에 대해 너처럼 다양한 방법으로 교차 체크(cross check)를 해가면서 연구한 사례는 너의 5·18 연구 말고는 아마도 없을 거야. 완전성을 갖춘 연구이기도 하지만 아름다운 연구였어. 권영해 전 안기부장의 증언은 네 연구 내용을 토양으로 삼아야 꽃으로 피어날 수 있어. 북한의 위관급들로만 구성된 살인특공대 490명이 광주에서 전사했다는 권영해 전 안기부장의 증언은 진실한 사실로 믿을 수밖에 없지. 그런데 490명이 어떻게 와서 어디에서 어떻게 죽었는지, 그들의 시신은 어떻게 처리되었고, 지금은 어디에 있는지 등 세부적인 조사는 권영해가 이끌던 안기부가 규명하지 못했어. 그래서 네 책은 대한민국이 필요로 하는 책이야. 특히 네가 감옥에서 쓴 [다큐소설 전두환]을 읽으면 1980년 전후 4사(四史)가 확실하게 눈에 들어오겠지. 10.26역사, 12.12역사, 5.17 그리고 5·18 모두가 하나의 끈으로 연결돼 있고, 이들 4개의 역사는 다 전두환의 역사야. 대한민국 현대사의 핵이 바로 1980년을 전후하여 발생한 전두환의 역사지. 너는 귀하다는 말년의 인생 20여 년을 바쳐가면서 역사를 썼는데 대부분의 국민들은 무관심하지. 하지만 여기에도 하늘의 뜻이 계실 거야.

북한에서는 [무등산의 진달래]가 구슬픈 곡조로 아리랑처럼 불리지. 2절 중 1절 가사만 기록해 보자구. 동강난 조국 땅을 하나로 다시 잊자/ 억세게 싸우다 무리죽음

당한 그들/ 사랑하는 부모형제 죽어서도 못 잊어/ 죽은 넋이 꽃이 되어 무등산에 피어나네/ 한마디로 통일을 이루려고 광주에 와서 억세게 싸우다가 떼죽음을 당했다는 내용이야. 이 노래 가사가 권영해와 김경재의 증언과 정확히 일치하지. 네가 발견한 북한 문헌들과 조선영화촬영소가 제작한 다큐영화에는 하룻밤 사이에 475명이 떼죽음 당해 도청에 누워있다는 사실을 원망과 분노의 리듬에 실어 절규했지. 너는 그 475구의 행방을 깊이 추적했어. 그것은 탐정소설처럼 스릴 넘치는 추적이었지. 490명이 광주에서 전사했다는 말은 곧 475명이 광주에서 사망했고, 나머지 15명은 중상 상태로 북으로 철수했다가 1980년 6월 19일까지 다 사망했다는 뜻일 거야. 북한에는 490명이 사망한 제삿날이 다 같이 1980.6.19.일로 기록돼 있거든.

북한군 490명 어디에서 전사했을까?

5월 21일 오후 5시, 공수부대 10개 대대 4,000여 명은 북한군이 이끄는 시민군의 압박에 못 이겨 전멸될 위기에 처하자, 사수하던 도청을 포기하고 시 외곽으로 밀려났지. 5월 21일 오후 5시 이전까지는 계엄군에 실탄이 지급되지 않았어. 실탄이 없는 상태에서 계엄군이 몰살 위기를 맞자 그 후부터 실탄이 지급되었지. 당시 광주교도소를 경비하고 있던 제31 향토사단은 민병대 수준이었고, 사단장 정웅 소장은 사상이 지극히 의심되는 사람이었어. 오후 5시, 계엄군이 시 외곽으로 철수하자 북한으로부터 암호화되지 않는 대화체의 무전 명령이 숨가쁘게 쇄도했어. "날래날래 교도소를 공격해서 2,700명의 수용자를 해방시켜 폭동의 동력으로 삼으라"는 지시였지. 이 무전 내용을 청취한 계엄사는 즉시 31사단이 맡고 있던 교도소 방어 임무를 3공수 여단에 부여한 후, 즉시 실탄을 지급했어. 시민군은 이날 야간부터 5회에 걸쳐 교도소를 공격했지. 이날 밤에 공수부대가 소모한 실탄이 548,548발이었어. 이 많은 양의 실탄의 사용처는 오로지 교도소 방어작전 말고는 달리 생각할 여지가 전혀 없지.

북한군은 교도소를 향해 벌판으로 소리 내지 않고 공격해 왔을 것이고, 칠흑의 밤이라 계엄군 눈에는 보이지 않았을 것이야. 다만 촉감으로 공격 기미를 느낀 예민한 공수대원으로부터 첫 사격이 개시됐을 것이고, 칠흑 속에서의 불안감과 전쟁심리에 따라 다른 공수대원들이 벌판을 향해 조건반사적으로 집단사격을 가했을 것임은 야간 전투를 치러본 사람들이라면 다 이해하고도 남지. 이들 북괴군 사망자들을 야밤에 도청으로 가져가려면 광주시민을 부역자로 활용할 수밖에 없었겠지. 사망자 475명 중 430구는 1980년 5월 27일 새벽에 청주로 가져다 1미터 깊이에 가매장시켜 놓았다는 것이 네 분석이야. 이 추적 내용을 추리소설처럼 전개한 책이 네가 옥에서 저술한 [다큐소설 전두환] 등 최근의 책들이야. 수많은 증거들이 마치 시계 톱니바퀴처럼 맞물려 돌아갔지. 청주유골 430구가 2014년 10월 4일 인천공항에 느닷없이 날아온 김정은 전용기에 실려 갔을 것이라는 논리적 추적도 전개돼 있고.

**계엄군은 왜 490명의
북한군 시체를 확보하지 못했을까?**

북한군에게 내려진 지상 명령은 꼬리 감추기, 증거 인멸이야. 만일 당시 5·18을 북한이 주도했다는 사실이 밝혀지면 김일성은 국제사법재판을 받아야 했지. 증거 인멸이 지상의 과제였어. 이 시체들이 어디로 갔는가에 대해서는 합리적 추리만 있을 뿐이야. 광주에 파견된 북한 특수군 인원수는 남북한 문헌에 공히 600명으로 기재돼 있지. 그중 110명만 교도소 공격대열에서 제외돼 지휘부와 민간인 부대를 호위하면서 살아 있었고, 490명은 광주에서 사망했거나 중상을 입은 상태에서 북한에 가서 죽었을 거야. 그러면 교도소 앞에 전개된 벌판에서 즉사했거나 중상을 입은 490명의 북한군 시체를 누가 어떻게 도청으로 옮겨왔을까? 광주시민들이 부역을 했을 것이야. 광주시민이 부역을 했다면 수십 명이 했을 텐데 왜 증언자가 없는가? 비밀을 지키기 위해 부역자는 다 죽여서 암매장했을 거야. 이는 상식이지.

179명의 행방불명자, 왜 발생했을까?

광주에서 북한군에 부역한 케이스는 몇 개나 될까? 3개 장면이 꼽히지. ① 5월 21일 밤, 교도소 앞에서 전사한 북한군을 도청으로 운반한 사람들이 살해되어 암매장 당했을 것이고 ② 5월 20일 저녁 광주 톨게이트 부근의 [군분교]라는 작은 하천 다리 부근에, '행군하는 20사단 차량부대'를 몰아넣기 위한 대규모 가두리장을 구축하는데 중장비를 운전하는 광주시민이 동원됐다가 비밀을 위해 살해된 후 암매장 당했을 것이고 ③ 5월 24일 광주에서 북한 주민부대 600여 명과 15명의 부상자를 목포항으로 운반하는 과정에서도 광주시민이 운반 및 치료 목적에 부역 당했다가 비밀 보호를 위해 암매장 당했을 것이고 ④ 1980년 5월 27일 이른 새벽에 430구의 시체를 광주에서 200km 떨어진 청주 야산 밀림지역으로 운반하여 1m 깊이에 군대식 대오를 갖추어 가매장시키는 일에 동원된 인부들이 사살되어 암매장 되었을 것이야. 그러면 얼마나 많은 광주 사람들이 이렇게 암매장 당했을까? 2024년 12월, 5·18진상규명조사위는 광주의 행방불명자가 179명이라 최종 결론을 냈어. 이들 행불자가 바로 위에서와 같이 북한군 비밀작전에 부역 당한 후 살해됐을 가능성이 매우 높지. 그런데도 광주는 해마다 국고를 탕진해 가면서 중장비들을 동원해 땅을 파는 행사를 대대적으로 벌이고, 언론에 공개하면서, 마치 계엄군이 이 179명의 광주시민을 몰래 살해해서 암매장시켰다는 투로 악선전을 해왔어. 목숨 바쳐 국가를 지켜주는 국군을 살인마로 모략하는 국민은 전라도 사람들 말고는 아마 세계에서도 그 유례가 없을 거야.

우익진영이 낸 유일한 5·18 책

용공 좌익진영이 발간한 책은 1985년에 황석영 이름으로 처음 발간됐고, 우익진영에서 발간된 책은 그보다 24년 이후인 2008년에 지만원에 의해 처음으로 발간됐지. 좌익진영의 5·18 책은 문화 황제 자리를 굳힌 황석영 이름으로 발간된 [죽음을 넘어, 시대의 어둠을 넘어](일명 넘어 넘어)였고, 이 책이 2007년 말경에 개봉된 [화려한 휴가]의 모태가 되었어. 이 책은 지금까지도 수많은 국민들, 특히 지식인, 언론인, 판검사, 공무원, 학생, 주부, 학원계 인물 등등의 필독서였고, 5·18의 바이블로 통하고 있지. 이 [넘어 넘어] 책과 영화 [화려한 휴가]에 의해 형성된 사회 인식이 쓰나미처럼 강산을 뒤덮고 있을 때인 2008년 9월, 네가 쓴 [수사기록으로 본 12.12와 5·18]이 1,720쪽 4부작으로 발간되었어. 너는 6년에 걸쳐 수사기록 18만 쪽을 소화해서 4부작을 냈지만, 이 책은 이미 황석영 책에 의해 세뇌된 사회에 발붙일 곳이 없었지. 급류 속의 잉크 한 방울에 불과했던 거야.

2010년 너는 황석영의 쓴 [넘어 넘어]가 1982년 북한의 조국통일사가 펴낸 [주체의 기치따라 나아가는 남조선인민들의 투쟁]과 1985년 노동당출판사가 펴낸 [광주의 분노] 내용을 짜깁기한 것임을 밝혀냈어. 이 짜깁기를 증명한 책 [솔로몬 앞에 선 5·18]은 겨우 3천 부 발행하고 절판이 되었지. 같은 해 말경, 신동아 기자가 황석영이 쓴 [강남몽]이라는 책이 다른 사람이 쓴 내용을 거의 다 표절했다며 태클을 걸었고, 이에 황석영이 두 손을 들었지. 바로 이 사건에 이어 신동아 기자가 또 [솔로몬 앞에 선 5·18] 내용을 인용하여 [넘어 넘어]가 북한 당국이 발행한 두 개의 대남공작 문헌을 표절한 것이라고 지적했어. 이에 황석영이 실토했지. [넘어 넘어]는 자기가 쓴 책이 아니라 이름을 밝힐 수 없는 사람들이 와서 "네 이름으로 발행해야 널리 읽힌다. 네 이름으로 내야 경찰도 감히 체포를 못 한다"는 취지로 요청하기에 자기 이름으로 발행했다고 실토했지. 이로써 대한민국 국군을 살인마로 모략한 [넘어 넘어]는 저자가 북한이라는 사실이 너에 의해 밝혀졌고, 신동아 기자에 의해 재확인된 거야. 그런데도 사람들은 지금도 네 책은 읽지 않고 [넘어 넘어]만 찾고 있지. 결국 너는 숫자의 전쟁에서 밀려 감옥에 간 거라구.

문화 간첩 황석영과 윤이상은
김일성의 괴벨스

황석영이 누구야? 초등에서부터 고등학교에 이르기까지의 교과서에 황석영 글이 실려 있지. 황석영이 곧 문화 황제인 것이야. 북한에 충성하는 문화 간첩 황석영이 대한민국의 문화 황제로 군림해오면서 많은 학생들의 우상이 된 거라구. 이 기막힌 사실, 얼마나 많은 국민이 문제로 인식하고 있을까? 황석영은 북한이 써준 책 [넘어 넘어]를 자기 이름으로 발행한 간첩이기도 하지만, 이에 더해 1989년부터 1991년까지 3년 동안 또 다른 문화 간첩 윤이상과 함께 평양으로 침투하여 김일성의 지시에 따라 미국과 한국과 계엄군을 모략하는 내용의 영화 [님을 위한 교향시]를 제작했지.

황석영은 시나리오를 썼고, 윤이상은 배경음악을 작곡했어.
그 배경음악의 주제곡이 '임을 위한 행진곡', 황석영은 김일성으로부터 [재간둥이]라는 별호를 하사받았고, 20만 달러도 받았지. 그때 당시 2억 이상이면 얼마나

큰돈이야. 윤이상은 대형 저택과 평양에 5층짜리 [윤이상 음악당]을 하사받았지. 이 기막힌 사실을 얼마나 많은 국민이 알고 있을까? 아마 몇천 명 정도나 알고 있으려나? 용공 좌익세력이 날로 번창하는 이유는 우익들의 이러한 게으름과 무관심 때문이야.

무엇이 내게 이로우냐? 세상 사람들은 주판을 놓지. 너는 공인회계사 뺨치는 회계학 전문가이기도 하고, 평생 '최적해'(optimal solution)를 구하는 수학적 사고방식에 젖어있는 학자야. 그런데 네가 5·18에 도전한 것은 네 이익을 추구하기 위한 최적해가 아니라, 너 스스로를 불살라버리는 분신자살과도 같은 선택이었어. 더구나 5·18은 전라도의 먹거리와 정치적 신분을 보장하는 철옹성 같은 성역인데, 네가 그 판도라 상자를 열어젖히면, 인격도 수치심도 없는 전라도 패거리로부터 분명히 위험한 패악질을 당할 수밖에 없다는 사실을 너는 잘 알고 있었어. 바보나 또라이가 아닌 다음에야 그 누가 이 험하고 더러운 길을 택하겠니? 하지만 하늘은 너를 계속 그 길로 밀어 넣었어. 운명이라는 것 말고는 해석할 길이 없지.

간첩 황석영과 윤이상은 5·18로 출세와 영광을 평생토록 누렸지만, 너 지만원은 5·18로 재판받고, 손가락질 받고, 피눈물 흘리며 가시밭길을 걸었어. 5·18에 거역하면 패가망신 당하고 5·18에 충성하면 출세하고 호의호식하는 사회가 대한민국이야. 거짓이 참이 되어, 대한민국의 헌법 위에 군림하면 이 나라는 어떻게 될까? 이 비극을 막기 위해 열심히 연구했고, 연구한 것을 책에 담아 널리 전파하느라 발을 동동 굴렀지만 국민들은 진실이 담긴 책을 읽지 않아. 그래도 어쩔 수 없지. 너의 체력이 이미 한계를 다했으니까. 나머지는 하늘이 하실 일이야.

가시밭길에서 널리 알린 5·18 진실

너에게는 두 가지 언론 수단이 있었어. 홈페이지와 월간 시국진단! 홈페이지 시스템클럽(Systemclub.co.kr)은 2000년, 사회적으로 홈페이지 개설이 막 시작되던 초기에 개설했지. 정치, 경제, 교육, 국방, 통일 등 비교적 여러 분야에 시스템적 견해를 제시했기 때문에 메뉴가 비교적 풍부했고, 사회문제에 대한 시스템적 사고방식을 강의하니까 네티즌들이 처음부터 많이 모였어. 그 후 10여 년 동안 개인 홈페이지로서는 방문자 순위가 늘 1위라고 보도됐지. 하루 방문자 수가 1만 명

내외였으니까. 당시로서는 대단한 인기였어.

인터넷 접근이 어려우신 분들을 위해 2003년부터 매월 [시국진단]을 발행했지. 네가 조선과 동아에 광고를 내면 성금을 내주시는 분들이 많았어. 그래서 그분들을 위해 A4지 10장 이내에서 주요 시국을 해설해 우편으로 보내 드렸더니 양을 늘려달라는 요청들이 쇄도했지. 50쪽, 100쪽, 150쪽, 200쪽으로 늘어났지. 2003년에 구독료 월 1만 원이 최근까지 1만 원이야. 이 월간 회원지는 참으로 사랑을 많이 받았어. 많을 때는 5천 명도 되었지. 한 분이 많게는 50부씩 구입해서 지인들에게 나누어주기도 하시고. 네 글을 읽으신 분들은 너를 통해 세상을 이해한다고들 하셨지.

네 홈페이지를 사랑하시는 분들과 시국진단을 구독하시는 회원분들은 너를 신뢰했어. 이에 더해 너는 전단지, 팸플릿, 소책자를 수시로 만들었지. 너 자신도 20여 명 규모의 팀을 만들어 주말이면 등산로에 다니면서 뿌렸고, 전국에서도 이런 분들이 많이들 계셨지. 끊임없이 좌경화에 대한 경고음을 냈어. 이를 통해 너를 신뢰하시는 회원님들이 늘어났고, 그분들을 통해 5·18 진실이 입소문으로 널리 알려졌지. 너를 신뢰하시는 분들이 전국적으로 계시는 것이 너에게는 큰 자산이었어.

방송이 도울 줄이야

하늘도 도왔지. 방송! 2013년 1월 초, 네가 대법원에서 '5·18은 북이 저지른 게릴라전'이라는 표현에 대해 무죄가 확정됐다는 일부 보도에 네티즌 세계에서 난리가 났지. 사회적 여론으로 보아 이 표현은 분명히 중형을 받을 것이라고들 믿고 있었는데 무죄 확정이라니! 사이버 공간에서 뜨거운 화제가 되자 채널A와 TV조선이 너를 초청했어. 그들은 단지 무슨 영문인지 간단히 물어보려고 잠시 너를 불렀을 뿐이었는데 너는 이것을 둘도 없는 기회라고 생각하고, 검찰이 작성한 수사보고서와 저서들을 안고 나가 1980년 5월 21일의 상황을 짧게 소개했지. 두 방송사는 마치 경쟁이라도 하듯이 탈북자들을 섭외해서 북한사람들은 5·18을 어떻게 알고 있느냐고 물었고, 초청된 탈북자 모두가 5·18은 북한이 한 짓이라고들 증언했어. 1월부터 5월 하순까지 거의 5개월에 걸쳐 방송했으니 얼마나 많은 국민이 시청했겠어. 입소문이 대단했지. 바로 이 기간에 5·18의 진실이 전국 규모로 전파된 거였어.

광주와 박근혜의 콜라보

이렇게 쓰나미처럼 갑자기 인식이 바뀌니까 광주가 들고 일어나 민주당과 박근혜를 움직였지. 당시 국방장관 김관진은 "광주에 북한군이 오지 않았다는 것이 국방부 입장"이라고 거짓말을 하면서 판이 뒤집어지기 시작했어. 당시 국무총리 정홍원은 국회에 나가 민주당 의원이 압박하는 질문을 하자 "북한군이 오지 않았다는 것이 정부의 입장이다. 이에 반대되는 표현은 반사회적 범죄로 처벌하겠다"고 답했지. 검사로 고위 승진했다는 사람이 민주주의가 무엇인지, 공산주의가 무엇인지에 대한 개념 자체가 없었어. 이런 사람이 무슨 검찰 고위 간부 출신인지 의문이 생기면서 검사 일반의 자질에 대한 불신이 싹트기 시작했지.

이어서 박근혜가 나서서 방통위를 통해 TV조선과 채널A에서 프로를 진행한 간부 4명씩에게 감봉이라는 중징계를 내리고 그동안의 방송내용은 사실이 아니라는 사과문을 써주면서 강제로 읽혔어. 강제에 의해 사과를 해야 했던 부장급 간부는 수치심에 몸을 떨고, 반민주적 처사에 경악하면서 며칠간 울었다고 했지. 박근혜 역시 민주주의가 무엇인지 모르고 권력을 남용했던 거야. 하지만 이미 방송 내용을 사실로 인식한 국민들이 바보겠어? 사과 방송을 하는 바로 그 순간 국민들은 정치 탄압이라고 생각한 거지. 2002년 네가 멋모르고 5·18에 대한 너의 인식을 가볍게 썼다가 날벼락을 맞았을 때, 너는 국제급 군사평론가이자 장안의 지가를 높인 칼럼니스트에서 갑자기 또라이로 전락했지. 5·18과 김대중은 빨갱이 세력의 존재 발판이었는데, 그걸 모르고 네가 역린을 건드린 거였어. 2002년에는 갑자기 정신이 돌아버린 또라이로 취급됐지만, 그래도 사회 일각에서는 너를 신뢰하는 국민이 꽤 많이 계셨어. 그분들이 바로 5·18 진실을 이웃에 알리는 계몽활동을 해주셨고, 그 결과 지금처럼 아마도 상당수의 국민들이 5·18의 진실을 알게 되었을 거야.

제15장 운명

제15장 운명

왜 고난의 길을 걸었나?

60세부터의 네 인생! 김대중을 이념의 적, 안보의 적으로 정의한 순간에서부터 네 삶의 노선이 바뀌었어. 평화로운 프리랜서의 길로부터 험난한 반공투사의 길로 바뀐 거지. 네가 이제까지 20여 년 동안 소송에 시달린 것은 모두 반공 계몽 활동 때문이었어. 공적으로 게시한 글들로 인해 네게 쏟아진 소송 건수가 180건이 넘지. 경찰서, 검찰청, 법원이 네게는 제2의 생활공간이었지. 20여 년간의 핍박 생활. 그것은 대한민국을 지키기 위해, 진실을 위해, 정의를 위해 당한 핍박이었어. 이 180여 건의 소송 건수 중 네 개인적 이익에 관한 건수는 단 한 개도 없었지.

2009년, 모든 언론들이 문근영을 기부 천사, 국민 여동생으로 칭송을 했지. 사회복지 공동모금회에 이름도 밝히지 않고 6억 원씩이나 기부했다는 것이었어. 여기까지는 백이면 백 모두 칭찬을 해주어야지. 그런데 '다음(Daum)' 대문에 한 좌익단체가 문근영을 내세워 간첩을 미화했어. 문근영을 엄친딸로 반듯하게 키워준 사람이 문근영의 외조부 류낙진 통일운동가라며 수십 년 동안 전향하지 않은 비전향 장기수를 훌륭한 사람으로 선전했지. 그래서 너는 수많은 인간들이 말벌떼처럼 네게 달라붙어 공격할 것을 뻔히 알면서도 이 빨치산 선전행진을 중지시켜야 한다는 생각으로 홈페이지 시스템클럽에 글을 썼어.

아니나 다를까 너는 모든 방송과 신문으로부터 공격을 받았지. 너를 공격하는 사람들은 그것이 자기의 몸값을 올리는 것이라 생각한 나머지 자세히 알아보지도 않고 마녀사냥함으로써 양심가로 보이려 했지. 조선시대의 고질병인 멍석말이라는 것이었어. 그중에는 그 스스로 빨갱이라고 공언했던 진중권도 있었고, SBS도 있었어. 너는 너를 공격한 35명에 대해 일일이 고소를 해보았지. 그런데 SBS를 고소한 사건에 대해서만 호의적인 판결을 받아, SBS로 하여금 두 차례에 걸쳐 네 글의 진의를 그대로 방송케 해주었어. 35명의 재판장 중 우익 부장판사는 단 1명뿐이었어. 이후 너는 기부천사를 폄훼한 악인으로 널리 알려지게 됐지. 이때 너는 무슨 생각을 했지? '나 하나 망가져서라도 나라만 잘 된다면 ~ 하늘은 아실 거야.' 이후 문근영을 앞세워 빨치산을 선전하고, 모금까지 하려던 저들의 계획이 수포로 돌아갔지! 그런데 문제는 문근영을 이용한 빨치산 선전 공작에 대해 경고한 우익이 너 말고 아무도 없었다는 사실이야. 그러니까 우익에서는 늘 너 혼자만 당해온 거라구. 그래서 문근영은 그 후 어떻게 됐지? 너는 빨갱이들로부터 당했지만, 문근영의 인기는 금새 시들어 버렸고, 빨갱이들의 빨치산 선전 행위도 줄어들었지. 네가 돌멩이 맞은 것은 보람된 것이었어.

너는 김대중 시대에는 김대중과 싸웠고, 노무현 시대에는 노무현과 싸웠지. 국가적 이슈가 터질 때마다 그것을 알기 쉽게 정리하여 900만 원짜리 광고들을 내고, 전단지를 만들어 서울 근교 등산로를 다니면서 배포했어. 너는 서울에서 전단지를 배포했고, 너를 지지하시는 분들은 전국 각지에서 팀을 만들어 전단지를 배포하셨지. 우익진영에서 꾸준히 빨갱이들의 족보를 캐서 전단지를 통해 그리고 홈페이지와 월간지 [시국진단]을 통해 주위를 계몽시킨 사람은 너 말고는 없었어. 지금 이 순간, 이 글을 쓸 때까지 너는 너 자신이 어떤 삶을 살았는지에 대해 되돌아본 적이 없었어. 호랑이 등을 탄 사람처럼 바쁘게 정신없이 앞만 보고 달려왔던 거야. 아무리 양심 보따리를 털어보고 흔들어 봐도 너는 오로지 공익을 위해 살아온 사람이라는 평가를 내릴 수밖에 없어.

네 인생은 답변서 인생이었어. 재판이 걸릴 때마다 '이번만은 공의로운 판사를 만날 수 있겠지!' 속고 또 속으면서 우직하게 인생 말년의 삶을 살았지. 판사를 대하는 철학도 생겼어. '저 판사가 빨갱이겠지' 하는 의심이 들어도 일단은 판사가 공의로운 관리자라는 방향으로 최면을 걸었지. 공의로운 판사라고 생각해야만 그에게 진실을 호소할 에너지가 생기지. 반면 저 판사가 빨갱이일 것이라고 가정하면 답변서를 쓸 에너지가 사라지게 돼. 평생 자유를 동경해왔건만 네 운명은 시지프스처럼 열심히 답변서를 쓰는 답변서 운명이 되었어. 하늘이 경영하시는 대로 인생을 살았다 할 수밖에.

왜 외로운 연구자가 되었나?

사회과학을 공부한 사람들은 연구의 발원자(original fountainhead)가 되기 어려워. 수많은 사회과학자들이 있지만, 자신만의 독보적이고도 창조적인 오리지널리티(originality, 창조의 발원)를 갖는 연구는 하기가 참으로 어렵지. 그래서 그들의 논문에는 수도 없이 많은 인용들이 동원되고 여러 페이지에 걸쳐 자료 출처들이 나열되지. 그래서 사회과학자들에는 그만의 창조가 없고 그래서 오리지널리티가 없는 거야. 다른 저자들의 책이나 논문 등을 참고하여 나름의 논리를 세우면 그게 학위논문이 되고 학술논문이 되지.

너는 시스템공학 박사 논문에서 수학 공식 2개와 수학 정리 6개 그리고 항공모함 수리부품 적정 적재량을 계산하기 위한 방대한 알고리즘을 발명했지. 네가 지구에서 처음으로 개척한 응용수학 분야가 [가동도] (availability)였어. [가동도]라는 별도의 학문 영역을 새롭게 개척한 사람이 바로 너야. 네가 개척한 분야이기 때문에 논문에는 참고문헌이 전혀 없었어. 총 9개의 발명품, 2개의 공식과 6개의 수학 정리 그리고 1개의 알고리즘 모두가 다 네가 이 세상 처음으로 창조한 것이기 때문에 참고한 책이 없고 그래서 인용할 책이 없었던 거야. 네 논문 지도교수도 이런 학위논문 처음 본다고 했지. 이 수학 공식과 수학 정리와 알고리즘의 오리지널리티는 지만원일 수밖에 없어. 1600년대 갈릴레이의 지동설은 그에게 오리지널리티(창조의 발원)가 있었지. 뉴턴의 만유인력 법칙도 그에게만 오리지널리티가 있어. 거기에 동원돼야 할 참고서가 없는 것이지.

사회과학도들은 쉽게 말하지. 지만원의 5·18 연구서에는 참고서가 없고 인용한 서적들이 없다고. 이런 생각은 창조적인 연구에는 해당하지 않는 말이야. 네가 찾아낸 42개 증거들은 모두 다 출처가 명확하게 표시돼 있어. 단지 네가 외로운 것은 5·18의 진실을 탐구하고 싶어 하는 사람이 없다는 것이야. 단, 미국에 거주하는 김대령 박사가 그 자신의 오리지널리티를 가지고 연구하고 있을 뿐이지. 세계적인 군사정보 간행물을 발간하는 영국의 IISS(The International Institute for Strategic Studies)가 정의했지. '이 세상에서 가장 훌륭한 고급정보는 적장의 서랍에서 나오는 것이 아니라 아무도 거들떠보지 않는 공개정보들을 정성껏 모아 그 스크랩 자료를 논리적으로 해석한 것'이라고. 이는 네가 이수했던 군사전략 정보 과정에서도 가르쳐준 것이지. 네가 모은 42개 증거들이 바로 아무도 거들떠보지 않는 자료들을 스크랩한 것이야.

학습이 없는 사람들은 말하지. 5·18의 진실은 북한의 대남사업부 3호 청사에 있고, 통일이 돼야 진실을 알

수 있다고. 이런 사람들은 과학이 왜 존재하는지조차 모르는 무식한 사람들이야. 예측 없는 과학은 없지. 연구는 판단을 위해 존재하는 것이지. 많은 고위급 군 간부들이 말하지. 전쟁의 승패는 싸워봐야 안다고. 바로 이런 사람들이 부하를 값없이 죽이는 무책임한 사람들이야. 내일 전투에서 이기려면 지휘관은 오늘 싸워야만 하지. 오늘 지휘관이 어떤 머리를 쓰느냐에 따라 내일 전투의 승패가 결정된다는 원리를 모르는 불성실한 군인들이 이런 말을 하는 거야. 예측이 없는 학문은 학문이 아니지. 5·18의 진실은 통일이 돼야 밝혀진다는 사람들, 참으로 무식- 무책임한 지식인들이야.

승리의 고지 이미 탈환

기독교계의 고전소설 [예수라면 어떻게 할 것인가?] (In his steps), 찰스 M 쉘돈이 1876년에 써서 3천만 부 이상이 팔렸다는 그 종교소설을 정독해 읽었지. 레이몬드시 제일교회 목사 헨리 맥스웰이 주도한 예수님 닮기 운동, 제일교회 교인들 모두가 나서서 '지금 내가 하는 일을 만일 예수님이 하신다면 어떻게 하실까'를 자문해 가면서 각자가 예수님의 고통을 감수할 수 있는 위대한 일이 무엇인가를 찾아내 난관을 뚫고 나가는 과정들을 묘사한 소설이야.

이 책을 읽고 너는 네가 겪어온 고통에 오버랩시켜 보았지. 네가 바로 그 교회 신도들이 했던 일을 한 거라는 생각이 들었어. 위 책은 소설이지만, 너는 그 소설의 스토리를 네 몸으로 쓴 사람인 거야. 너는 당당한 삶을 부끄러움 없이 살았어. 삶의 농도가 참으로 진했고, 롤러코스터와도 같았지. 고공 외줄 타기와도 같은 아슬아슬한 길만 골라서 걸어왔어. 이런 너에게 하늘의 선물이 없다면 인과응보의 철칙이 파괴되는 것이겠지.

제16장 옥살이 스케치

제16장 옥살이 스케치

너를 2년 형기로 잡아넣은 세도 세력도 증오스럽지만, 형기를 단 하루도 감해주지 않은 정부도 야속했지. 드루킹 범죄로 민주주의의 근간을 파괴해놓고도 이를 인정하지도 반성하지도 않는 반국가사범 김경수는 2년 징역형 중 정확히 80%의 형기를 마치자마자 특별 사면과 복권까지 시켜주었고, 윤석열 대통령 장모는 70대 중반인데도 '고령에다 80%를 채웠다'며 1년 형기 중 20%를 단축시켜 가석방시켰어. 원래 1년 형기에는 가석방이라는 혜택이 없다고들 하지.

너는 4년 동안 베트남 전쟁터에 가서 공산주의와 싸우면서 자유 진영을 지키고, 국위를 선양하는 과정에서 무공훈장도 받고, 상이 유공자가 됐고, 연령도 84세나 되는데도 형기를 100% 다 채운 후 2025년 1월 15일에 출소하라 했어. 교정역사상 교정당국이 특별히 한 개인을 위해 법무부 가석방 위원회에 나가 형평성과 유공 공적 내용들을 열거하면서 단 3개월이라도, 단 1개월이라도 가석방시켜 달라고 두 차례씩이나 읍소한 역사는 없다고 했지. 이렇게 했건만 윤석열 정부의 법무부는 너를 석방시키면 5·18 활동을 한다며 끝까지 5·18에 충성했어. 이것이 바로 나라를 공산주의자들이 다 장악하고 있다는 증거였지.

억울하고, 원망스럽기 이를 데 없지만 여기가 어디야? 말 상대를 해줄 사람조차 없는 캄캄한 감옥이잖아. 네가 분노하고 좌절하고 원망하면? 망가지느니 네 건강이고, 좋아하느니 빨갱이들 아니겠어? 네가 그놈들을 원망하면 너는 그들의 소모품이 되는 거라구. 생각을 바꿔야만 해. 그 누구도 원망하지 않아야 네가 살 수 있어. 네가 옥에 온 것은 순전히 하늘의 뜻이야. 너를 여기에 넣기 위해 거짓으로 공소장을 쓴 인간은 심우정 당시 부장검사, 지금은 검찰총장이지. 그 인간의 얼굴이 악마처럼 떠오르고, 그 인간과 콜라보하여 너를 옥에 가두는 데 일사불란하게 움직인 빨갱이 판사들의 얼굴들이 어른거렸지. 드라큘라와도 같은 얼굴들을 떠올릴 때마다 저주와 분노가 치솟았어.

하지만 분노가 너를 사로잡으면 너는 몹쓸병에 걸리게 되는 거라구. 그러니 그들을 잊어버려야 해. 너는 그들 때문에 여기 온 것이 아니라 하늘이 짜놓으신 운명의 이정표에 따라 여기에 온 거라고 생각해야 해. 그들이 지은 업보는 하늘의 연자매를 피해갈 수 없어. 너를 끝없이 괴롭히고, 너를 감옥에 보내도록 6개 사건을 조작해 고소를 주도했던 5·18기념재단 상임이사 김양래가 2023년 9월 8일, 불과 67세라는 한창나이에 하늘이 데려갔잖아. 나머지 인생들도 하늘이 돌리는 연자매를 피해갈 수 없을 것이야.

이렇게 살아 있는 것만으로도 감사한 일이야. 이 세상에 억울하게 옥에 갇혔던 위인들이 얼마나 많아? 아프리카의 만델라는 27년, 인도의 간디, 우리나라 이승만 대통령 등 수없이 많은 위인들이 억울하게 감옥생활을 했잖아. 너도 억울한 옥살이를 하고 있어. 만일 네가 파렴치한 범죄로 옥살이를 한다면 하루하루가 얼마나 괴롭겠니. 하지만 너는 옥에서도 늘 면도하고, 머리 빗고, 해맑은 웃음을 지으면서 너를 알아주는 교정관들로부터 인격 대우를 받고 지내잖아. 네 책을 읽고 네게 영치금을 넣어준 구치소 간부도 있고, 너에게 시국을 물어보는 간부들도, 너를 동정하는 간부들도 꽤 많았어.

에필로그

하늘이 낮게 내려와 앉았던 어린 시절, 멍석 위에서 아버지 팔베개 베고, 자욱한 은하수와 반딧불이 명멸하는 하늘을 신비스럽게 구경할 때였지. "아부지, 반딧불 모으면 등잔 되겠네~." "그래, 형설의 공이라는 말이 있단다. 반딧불 빛과 하얀 눈의 빛으로 공부를 해서 학문의 공적을 쌓는다는 말이지. 건달은 낮에 비단옷을 입지만 선비는 밤에 비단옷을 입는단다." 밤에 입는 선비의 비단옷! 20대 초의 사관생도 시절, 독서를 통해 비로소 그 의미를 터득했지.

'인생은 무엇인가?' 감수성이 예민했던 청년들이 자문했던 질문을 너도 했었지. 절대자는 모든 인생에 똑같은 크기의 화폭을 주셨고, 각자는 거기에 아름다운 그림을 그려가지고 절대자와 결산하는 것이 인생이라고 생각했지. 이게 독서를 통해 생각해낸 네 인생관이었어. 밤에 비단옷을 입는 밤의 멋쟁이! 이것이 너의 종교가 되었지. 물질에 대한 욕심도, 출세에 대한 욕심도 없었어. 누구와 경쟁하거나, 누구를 질투해 본 적도 없었어. 후회도 회한도 없어. 네 인생은 오로지 아름다웠던 추억들로 가득 차 있어! 네가 치른 수많은 고통은 오로지 아름다운 꽃을 피어내기 위한 밑거름이었지.

5·18! 5·18이 도대체 뭐길래 거기에 가장 소중하다는 인생의 황금기를 20여 년씩이나 바치고, 그 때문에 옥살이를 하는 거지? 그 의미에 대해서는 너보다 타인들이 더 잘 알겠지. 한 가지 확실한 것은 네가 한 가지에 몰두했고, 목숨 바쳤다는 사실이야. 일본 가라테 세계를 정복한 최 배달의 어록이 바로 너를 위한 어록이었어. "이 세상에서 가장 아름다운 사람은 오로지 하나를 위해 목숨 바친 사람이다." 돈이나 명예가 아니라 가치(value)를 위해 인생을 산 사람이 가장 아름답다는 뜻이겠지. 너는 하늘이 인도하신 대로 하늘이 길러주신 분석 능력을 국가를 위해 발휘했을 뿐이야. 그 과정은 몰두와 고통 그 자체였지만, 고통에서 피어난 작품들은 절대자로부터 칭찬받을 수 있는 아름다운 그림이라고 자신하지. 가장 행복한 사람은 절대자에게 보여드릴 것을 많이 준비한 사람이거든. 네 운명은 절대자가 미리 짜놓은 시나리오였어. 너를 학습시키고 연단시킨 것은 절대자가 이루려 하시는 목적에 사용하기 위해서

였어. 절대자는 너에게 자기 기율(self discipline)을 스스로 설정하고 그에 따라 당신이 정해놓으신 운명의 길을 걷게 하셨어. 세상이 원하는 길이 아니라 절대자가 원하시는 길을 따랐어.

그래서 하늘이 권영해 전 안기부장을 움직여, 5·18은 북한이 주도한 군사작전이었다는 증언을 하게 하셨지. 하늘은 또 조선일보도 움직이셨어. 1967년 미 CIA가 수학자인 블레드소에게 안면을 과학적으로 인식할 수 있는 컴퓨터 프로그램을 개발시켰다는 사실, 컴퓨터가 안면을 인식할 수 있는 매커니즘이 얼굴의 각 부위를 연결하여 그린 기하학적 도면이라는 사실을 조선일보로 하여금 2024년10월 21에 보도하게 하셨지. 너는 연구를 했고, 하늘은 네 연구가 정확했다는 사실을 세상에 입증시켜 주신 거야.

너에게 남은 마지막 희망이 뭐야? 인과응보겠지. 이제 5·18 진실은 드러나 있어. 단지 아직은 널리 전파되지 않고 있을 뿐이지. 5·18의 진실을 계속 덮으려고, 소송과 폭력으로 일관하는 한, 전라도는 더욱 고립되고, 사회 안녕은 더욱더 파괴될 수밖에 없어. 유일한 화합의 길은 오로지 하나. 전라도가 솔직하고 용기 있게 무를 꿇고, "미안했다. 잘못했다. 이제는 화합하자." 이렇게 하는 길밖에 없어. 버티면 버틸수록 사회는 분열되고, 불안해지지. 이게 5·18의 운명인 거야. 여기서부터는 분명 네 소관이 아니라 하늘의 소관이야. 전라인들 중에서도 영웅이 나오겠지~.

이제 마무리해야지? 한마디로 너는 제2의 한스 브링커였어. 네델란드의 소년 한스 브링커, 맨주먹으로 무너지는 댐을 막았던 그 어린 소년의 뒤를 이은 사람이라구. 이제부터 동네 사람들이 몰려와 댐을 막겠지. '수고했다 지만원, 네 수고는 참으로 아름다웠어. 늙고 고단한 몸, 이제는 좀 쉬어야지?'

한스 브링커 동상